任福生 著

朝朝暮暮

天津出版传媒集团

天津人民出版社

图书在版编目（CIP）数据

朝朝暮暮 / 任福生著. -- 天津 : 天津人民出版社，
2022.6

ISBN 978-7-201-18387-9

Ⅰ.①朝… Ⅱ.①任… Ⅲ.①长篇小说 – 中国 – 当代Ⅳ.
①I247.5

中国版本图书馆CIP数据核字（2022）第094204号

朝朝暮暮
ZHAO ZHAO MU MU

出　　版	天津人民出版社	
出 版 人	刘　庆	
地　　址	天津市和平区西康路35号康岳大厦	
邮政编码	300051	
邮购电话	（022）23332469	
电子邮箱	reader@tjrmcbs.com	

责任编辑	陈　烨
特约编辑	周拥军
装帧设计	云上雅集

制版印刷	长沙市精宏印务有限公司
经　　销	新华书店
开　　本	690×980毫米　1/16
印　　张	20.5
字　　数	340千字
版次印次	2022年6月第1版　2022年6月第1次印刷
定　　价	89.00元

现实生活的苦乐人生

——序任福生长篇小说《朝朝暮暮》

再　耕

　　为文友任福生长达 30 余万字的长篇小说《朝朝暮暮》写序,实在是一桩苦差事。身处生活节奏愈来愈快的时代,既要忙于烦琐的工作,还要面对复杂的人际关系,整天昏头涨脑,哪还有什么闲暇时间和闲情逸致来阅读小说?以此状态来说已几十年不曾接触的文体,会不会出现隔靴搔痒的笑话?心中无数,不免忐忑,有点儿像网络语汇所调侃的"压力山大"。

　　然而,谢绝不了文友福生的诚恳相邀,也抵挡不住文友许峰的极力促成,以耿直立世的我,只好点头应允。捧读沉甸甸的书稿,从第一章到第十五章,一气读完,连读三遍,未曾停顿,被动阅读不经意间变成了主动欣赏。写得不错,我不禁拍案叫好!

　　20 世纪 70 年代初,我也曾经写过小说,作品在当地党报占据过整个版面,也曾在外省刊物上排列在头条,但和福生的这部小说相比,差距甚大,完全不是一个档次。我真的是深感惭愧,羞于再提。静心一想,问题根源不难寻找,我当时尚年轻,生活底子薄,文字能力差,生编硬造,再加上时代局限,写起东西来难免人物高大全,故事假大空。俱往矣,沧海桑田,世事变迁,不知不觉,数十年过去,现代小说与时俱进,追随着人们前进的脚步走进了新年代。

福生生于 1950 年,比我小 6 岁,和我应该算是同龄人,我们有着大致相同的经历,因此也有着心灵相通的语言。福生面相厚道,语音低沉,为人处世极其低调,但因为热爱写作,心中一直燃烧着用文学照亮生活的热情。福生出生于渝中半岛,系都市中的都市,由于上山下乡和执教为业,又在农村度过了整整二十个年头,1990 年调回主城继续任教,直到退休。城乡两个差异极大的空间,为他的文学创作提供了大量十分宝贵的素材,因此他在丰都插队期间,在农忙之余,油灯之下写出的散文、快板剧、民歌、新诗等作品很多都发表在了县文化馆创办的刊物上。此后,他又在巴县农村教书的课余,积极参加县文化馆的各种活动,并加入了县文学协会,在县文化馆老师的指导下,在与文友的交流切磋中,写作水平逐渐提升,创作的小小说连续在《四川工人日报》发表,为其退休后创作长篇小说打下了坚实的基础。

福生是一位说话慢条斯理,做事慢条斯理,处理一切事务都不急不躁、稳扎稳打的慢性子人。他写小说的节奏也是如此,胸有成竹,徐徐展开,娓娓道来。不妨看看他是如何开篇的:"在漫长的历史长河中,每一个早晨似乎都没有多大区别,匆忙而有节奏,混乱而有秩序。今天总是在重复昨天的许多故事,朝朝暮暮,恩恩怨怨,周而复始。有的故事在早晨已经结束了,有的故事在黎明才刚刚开始……"晨光初露,都市醒来,大街小巷,人潮涌动;大千世界,芸芸众生,茫茫人海,波掀浪涌。小说中结伴推销公墓的三个重要角色,就在这样的背景之中依次粉墨登场。三个人经历不同,性格各异,有城有乡,有男有女,但都人到中年,蹉跎半生,一事无成,处于社会的最底层。为了有口饭吃,为了摆脱贫困,三个人抱团取暖,取长补短,想尽办法,企盼衣食无忧,甚至有朝一日能进入富裕人群。于是在起步伊始,三人便努力奋发,原始积累阶段总是险象环生,步步惊心,让人读来神经紧绷,欲罢不能。即使是穿插其中的枝蔓,比如寻找亲人的曲曲折折,比如海外初恋情人的越洋相助,等等,所有的纵横交错,也无一不起着避免单调、拓展内涵的重要作用。曾经拥有众多读者的女性作家张爱玲说过:"因为有爱,所以慈悲。"福生就是一位有着满满大爱的好人,爱亲人,爱朋友,更爱艰难困苦的弱势群体。人生谁无生老病死?公墓与陵园也并非是羞于见人的题材。他对创业者自始至终都给予了开阔的包容,展示了足够的悲悯情怀,促使所有人都朝着积蓄正能量的方向大步前行。

老舍先生在创作出大量脍炙人口的京味小说之后,披露获得成功的秘诀是："生活才是小说创作的源泉，一切写作必须真实地反映社会生活。""写的时候必须要言之有物。"老舍先生还着重指出："小说中的人与事是相互为用的。人物领导着事实前进是偏重人格与心理的描写，事实操纵着人物是注重故事的惊奇与趣味。"

福生创作的这部长篇小说，我认为是深得其中要领的——既真实又言之有物；既重视人格与心理的描写，又注重故事的惊奇与趣味。一群小人物，在社会转型期苦苦挣扎，有奔走忙碌，有沉沉浮浮，有酸甜苦辣。小说里人物众多，有的半途退出，有的半途加入，由下岗职工白长顺、进城务工农民汪天书、无业妇女刘四妹组成的铁三角则贯穿始终。白长顺执着干练有梦想，是三人中的领军人物；人称"汪大师"的汪天书，有农民的狡黠又兼小市民的滑头；苦命女人刘四妹则强悍又坚韧，不甘于贫穷的现状，一直向往改变命运走向富裕，是敢于与汪大师作对又事事听命于白长顺的实干家。三个人，一台戏。三个主要人物，撑起一部长篇小说。小说中的每一个人物，无论主次，均刻画得有血有肉，活灵活现，连次要人物王承西的名字也做足了文章，时而王承西时而王承东，既让人忍俊不禁，也发人深省。小说中的每一个细节都设计得合情合理，真实可信。小说中有许多吵架的场面，既是故事发展的必然，也是刻画人物的需要。评论家卢雪云曾剖析著名川籍小说家沙汀先生作品中争吵场面的描写："现代小说中，争吵并不鲜见，而沙汀则风格卓然。他为读者描绘了一个吵闹的世界，展现了一个真实的社会，也形成了自己独特的艺术风格。"我认为，福生在这部小说中所描述的各式各样的争吵，就渝味浓烈，写出了重庆人的火爆性格，也展示出这片土地的独特韵味。十五个篇章，层层叠叠推进，枝节横生，起伏跌宕，若干的意料之外而又情理之中，让人无法搁下，更无法释怀。结尾戛然而止，给人留下许多想象的空间，绝不拖泥带水，恰到好处，值得点赞！

据福生讲，写作这部长达30余万字的长篇小说，从构思到完稿，历时8年，修改8遍。正是他的反复琢磨、反复改进、呕心沥血、精益求精，虚心听取各方意见，不断加工完善，才有了现在这份收获。福生今年68岁，大器晚成，夕阳正红。凭着硬朗的身板，凭着踏实与勤奋，在今后的岁月里，他一定能够摘取更加丰硕更加甜美的果实，为此寄予殷切的祝福，我们期待着。

茅盾文学奖获得者陈忠实生前曾留下肺腑之言："生命体验由生活体验发展过来。生活体验脱不出体验生活的基本内涵。生活体验或体验生活对于任何艺术流派艺术兴趣的作家都是不可或缺的。普遍的通常的规律,作家总是经由生活体验到生命体验的,然而并不是所有作家都能由生活体验进入生命体验,甚至可以说进入生命体验的只是一个少数。"我以为,福生即是这个少数中的一位。亲爱的读者,当您读过这部长篇小说之后,是否赞同我的看法?

2018 年 11 月 8 日 14：26 草成

再耕:本名成再耕,中国作家协会会员,重庆市体育局原副厅级巡视员,重庆新诗学会原常务副会长,《银河系》诗刊原主编。

目　录

第 一 章

　　东方未晓,天空中仍有稀稀疏疏的寒星点缀,这座城市已经醒了。若说那汽车站、火车站、码头、机场的喧嚣是迎接黎明的晨曲,那马路上南来北往的车辆的低鸣声就是沉闷的节拍,那大街小巷东奔西走的人群就是那晨曲中跳动的音符。在漫长的历史长河中,每一个早晨似乎都没有多大区别,匆忙而有节奏,混乱而有秩序。今天总是在重复昨天的许多故事,朝朝暮暮,恩恩怨怨,周而复始。有的故事在早晨已经结束了,有的故事在黎明才刚刚开始……对于那些天没亮就出门奔波的人来说,早晨总是充满着希望。新的一天,新的开始,怀着期望出门,渴望着应有的收获。

　　在这匆匆忙忙的人流中,白长顺显得与众不同,他中等个头,皮肤黝黑,头发梳得光亮,西装革履,半新不旧的白衬衫配了条皱巴巴的黑色领带,肩上挎了个流行的男士挎包。他走得较快,还不时仰头凝视天空,天已微微泛白,一大片一大片的流云在晨风的催促下,在天空中膨胀弥漫。此刻,白长顺最关心的是天气。昨晚他特别留心了天气预报:今天阴,局部地区有阵雨。他害怕局部地区就在脚下,因为有个大业务洽谈了几个月,约定今天签约。若天公不作美,客户要延期,白长顺是一点办法也没有。

白长顺是公墓推销员，几个月前，他在马路边摆展板时认识了马老太太，她要为亡夫买块墓地。白长顺与搭档刘四妹带着她观看了好几座陵园，马老太太最终选择了青松陵园。白长顺劝她买双墓，既能为自己添寿，以后夫妻还能长相守，重要的是价格也便宜。左说右劝，马老太太总算点了头。马老太太快八十了，耳不聋，眼不花，脸色红润，肤色白皙，一头银白的短发，脖子上挂一串精致的佛珠，手里拄着一根黑色的小拐杖，笑吟吟地说："腿脚不行了，不然的话，我还想多看几家。"

　　双方约好今晨七点半在前进路口集合，由白长顺带马老太太和她的五个儿女再上青松陵园做最后定夺。这可是笔大业务，价位三万六。做公墓推销员没有基本工资，只能靠业绩提成，所以今天白长顺要乔装打扮一番，务求能签约成功。白长顺赶到前进路口一看，约好的面包车没到，马老太太和她的儿女们也未见踪影。白长顺慌了神，抬头看天，没有下雨的征兆，掏出手机欲打电话，一看时间，自己禁不住骂出口："撞鬼哟，早到了一个钟头。"白长顺自嘲地笑了起来，掏出香烟在人行道边的黄葛树下坐下，慢悠悠地点上火。这不知有多少年的黄葛树，盘根错节枝叶繁茂，在晨风中发出沙沙的声响。周围的店铺已经开张，树下有一群人正在打太极拳，穿着整齐的白裤白褂，一招一式，柔中有刚，或蹲或立，旋转自如。领拳者皓首白发，拳技精湛，他一边出拳，一边吆喝，不时指点着队伍中的动作欠佳者。

　　白长顺毫无兴致欣赏这道风景，连那与他有缘的黄葛树也没多看一眼，脑海里只有一个念头——业务，业务，今天必须拿下这个大业务。白长顺干这行也有七八年了，大大小小的墓地卖了无数，什么壁墓、树葬、草坪墓，啥花样都搞过，替人迁坟也是主要项目之一。当然，经济效益最高的还是双位墓地，价位从几千到几万，甚至几十万的都有。能遇上出价几万的客户，真是烧了高香，要晓得当前墓地的普通价位才几千，一年也难遇上一两个出手如此阔绰的客户。有好些客户初次交谈时，吹得天花乱坠，要买最豪华的，要买最气派的，惹得推销员暗自激动，热情地带着他出入各个高档陵园，忙前忙后地跑了十多天，结果只成交了几千元的经济墓，能把推销员气得吐血。白长顺摊上这等美事，能不昏头吗？下岗后，白长顺干过好多行业。在工厂时他是工会宣传干事，成天组织唱歌跳舞，出黑板报，带篮球队到外单位打友谊比赛，技术都荒废了。工厂卖给私人老板后，老板嫌他没技术，没录用他。白长顺想做小生意，却没有本钱；去推销保健品，每月的底分都做不满，还得自己掏钱凑；去做保险推销员，当月任务都完不成，只好给自家人买保险。后来，白长顺总算悟出其中玄机，自己是普通工人，生活圈亦为普通人，这五花八门的保健品、各种名目的保险，实在不属于普通人。做过的行业中，白长顺干得最漂亮的是推销牛肉丸子。大街小巷的每一个火锅店、大排档他都不放过，哪怕是只有一两张桌子的小饭馆。那些高档酒楼酒店是他的主攻方向，一次碰壁，厚着脸皮去第二次、第三次，直至成功。再远的店，哪怕在郊县，只要一个电话，刮风下雨他都送货，哪怕要量少到只有一斤、两斤，也乐呵呵地按时送到。白长顺用半年的时间建立了遍及主城区的销售网，收入颇丰。可惜好景不长，正当白长顺美滋滋幻想美好明天的时候，生产牛肉丸子的老板因债务纠纷卷入官司，生意被迫关了门。白长顺只好又四处找工作，稀里糊涂干上了公墓推销员。熬过苦涩的磨合期后，白长顺结识了此行业的许多朋友，他静心揣摩同行的营销套路，逐渐成为公墓营销的高手。

快到七点半时，两辆面包车一前一后停在了路口，马老太太拄着小拐杖领着儿女、媳妇、女婿也到了。白长顺精神大振，忙跑上前去，猛然想起搭档刘四妹没来，赶紧打电话催促，才知她家中有急事，这会儿来不了。白长顺只好叫她办完事后直接去青松陵园。马家还差老幺没到，说是自己去陵园。白长顺一边安排马老太太一大家子上车，一边暗中观察几个儿女的言行举止、衣着打扮。马老太太有三儿两女，来的儿子、女儿、媳妇、女婿中，有一半是下岗职工，只有没来的老幺是个老板。白长顺给司机、男宾发烟，同几位搭讪，没聊上几句，他就皱起眉头暗想，俗话说人多嘴杂，这七八个人中，有一个装怪，业务十有八九要吹，自己一个人，顾得了这头，顾不了那头，节骨眼上刘四妹又掉链子。想到这里，他赶紧给另一个守在陵园的搭档打电话，暗示他到时候配合一下。

面包车在青松陵园停车坪停下，白长顺招呼大家沿着石板小路上山。小路两旁栽有花草，绿树成荫，使人情绪骤然放松。转过山坳，众人眼前豁然开朗，真是别有天地，整个山梁都是墓地，顺山势而下，延伸到半山腰水库边。那一潭碧水，在微风中泛起层层涟漪，给山间增添了几分灵气。那一排排墓地，依山而建，镶嵌在绿树花丛中，是那么庄重，令人敬畏。快到山顶那段的墓地尚未完工，工人们正在繁忙地施工。这群人除了马老太太，其余都是第一次登临此地，感到新鲜，充满好奇。老大和老四不约而同落在队尾，目光对视，两人都感觉到了对方眼神所表达的意念——这里的公墓价格不菲。

老大无心看风景，叹口气说："好歹兄弟姊妹多，一人承担一点吧。"他心里沉甸甸的，自己是长子，应该为老母亲分忧才是，可惜自己手长衣袖短……

瘦瘦的老四把嘴一嘟说："我可不能跟你比，我家两个都下岗，娃儿还在读高中。"

胖墩墩的老大媳妇回头说："买得起就买，买不起就不买。莫要打肿脸充胖子。"

这番话惹得两个女儿不高兴，三女儿瞪眼，欲上前与大嫂论理，被二女儿拦住。两人阴一句阳一句地数落几个兄弟：

"那年旧房拆迁时，老汉把几套大房子都给了当儿的，现在叫你几个出点钱，买个公墓，就像割你们身上的肉。"

"将来你几个老了，儿子媳妇不给你们买公墓，看你两口子怎么办？"

"哎呀，儿子不孝，全是媳妇作怪。"

老大老四媳妇听了，心里憋气，却又不便发作。

在白长顺引领下，众人来到一排墓地处。白长顺指着中间一块墓地说："大家看，这里怎么样？"大家围上来看，这墓地只修建了基座，旁边有些墓地已立起了墓碑。众人不解，白长顺解释道："没有碑的，表示还没售出；立了碑的，表示有主了。叫你们看，不仅是看这基座，还要看它的风水如何。"

众人这才明白，于是站在墓前四处张望。这里风景果然不错，下有碧水，微波荡漾；上有山林，绿树常青；两边山梁松涛声声。一排排墓地皆在绿树花丛中，山风骤起，送来鸟语花香。大家交头接耳、窃窃私语。两个女婿问白长顺价格，白长顺笑而不语，先一人发一支香烟，然后漫不经心地说："不贵，就三万六。"

老大、老四一听，倒吸一口冷气。两个女儿上前拦住白长顺，一个希望优惠些，一个要求再打折。白长顺耐着性子解释，价格是老板规定的，这是最低价了，不可能再低了。

老大摘下眼镜，慢吞吞地擦拭，沉思一阵，看看众人，又看看母亲，说："听说赵家山公墓比这里便宜许多。"

白长顺走到人群中间，点点头委婉地说："对头，赵家山是便宜许多。不过，你们考虑过没有？赵家山比这里远百多里，你们有私家车吗？坐公交车来回五十块，逢年过节人又多，能挤上车就不错了，站一两个钟头，你们受得了吗？再说你家兄弟姊妹多，每家摊下来也才几千块钱，少出去旅游一趟，不就摆平了嘛。"

马老太太拄着小拐杖一言不发,冷冷地看着儿子、女儿、媳妇、女婿在墓前议论纷纷。她走了好几个陵园,最满意的就是这块墓地,这帮人在争吵什么,她心里明白得很,不就是想省几个钱吗。她沿着墓基缓缓地绕了一圈,走到路边,朝山下陵园大门处张望。

二女婿和三女婿在一旁蹲下,两人叽里咕噜,说得十分投机。这墓也就三万六,老丈母娘自己掏钱也没问题,叫上我们来,是替她拿主意,并非叫你我出钱,再说,还有个肥头,怕啥子。说到这里,两人露出会心的微笑。

两人上前,搀扶着马老太太。二女婿讨好地说:"妈,只要你满意,我们就高兴。"

"钱不是问题。"三女婿拍着胸脯笑了笑,接着说,"我们兄弟姊妹分摊了就是。"

马老太太疑惑地看着两个女婿,心想,太阳从西边出来了,两个女婿真的懂事了,哼,女婿,女婿,耍把戏。马老太太正想说什么,老四过来说道:"妈,你买再贵的墓,我都没意见。只是我家的情况,你是晓得的……"

两个女儿又开始数落老四,两个媳妇站得远远的,仿佛是局外人。两个女婿过来劝老四,老四推开二人蛮横地说:"反正我没得钱。"

老四夫妇下岗,娃娃还在读高中,马老太太经常暗里接济,可老四夫妇不懂事,关键时刻来搅局。马老太太气得直哆嗦,用小拐杖指着老四厉声说道:"滚到一边去,这里没你说话的份。"

老四媳妇也不懂事,站出来指着自家老公一顿指桑骂槐。这下激起了公愤,众人七嘴八舌数落老四两口子。马老太太拄着小拐杖,看着老四两口子,气不打一处来。这事,本来就没打算让后人出钱,几十岁了,还不省事,真是丢人现眼。

白长顺一看起了内讧,怕伤了马老太太的心,业务要泡汤,赶紧过来劝解。众人一下将他围住。这兄弟姊妹、妯娌女婿之间,虽然相互猜忌,各有打算,但对付白长顺是空前一致的,那就是打折,打折,再打折。真是狗多为强,人多为王。白长顺被吵得头昏脑涨,他左推右挡,难以招架,急忙发出暗号,使劲儿地打了个响亮的喷嚏,震得山林发出嗡嗡的回声。

只见从树林中走出一个人在马老太太身前停住。此人穿一件旧的蓝色长衫,黝黑的脸庞,蓄着稀疏的长胡须,两只眼睛虽小却炯炯有神。他两手合掌施礼道："看你慈眉善目，定是良家门第。这几天我观此地常有紫光闪耀，想着必有贵人光临，没想到就是你这位老太太。老人家，你好眼力啊。"

众人一头雾水不明就里，白长顺故作惊讶叫道："哎呀，汪大师来了，缘分，缘分。这汪大师一年难得来几次，来必有贵人到。"

众人惊愕不已。汪大师踱步走到墓前，双手合掌拜了三拜，然后转身对大家说道："此墓穴大富大贵，百年难得一遇。"

汪大师见众人满脸疑惑，便笑了笑，向前走了两步，信手指着四周道："大家看，下有绿水，上有青山；左青龙，右白虎，此大吉之兆也。这墓穴左一分是岩，右一寸有崖，正应了'富贵险中求'这句老话。"

"说得闹热，吃得淡白。"老四在一旁冷冷说道，"你在此装神弄鬼，吹得天花乱坠，得收多少钱哇？"

汪大师不气不恼，说："看在老太太份上，分文不取。"他见马老太太胸前挂着串佛珠，知道她是个烧香念佛之人，随口又说："不过，以后上庙进香，多烧几炷高香就行了。"

老大见大家沉默不语，忍不住说："你越说越玄，这些山梁都一致朝向，都有山有水，哪有多大的差别。"

汪大师打量老大一眼，见他戴着眼镜，穿着整齐，细皮嫩肉，斯斯文文，估计是个知识分子，便说道："你也是知书识礼之人，怎能出此谬论？"

汪大师踱步上前，抚着稀疏的胡须对众人道："风水宝地，历来是富豪与官宦最希望拥有的，为此他们之间经常明争暗斗。"说到这里，汪大师提高了嗓门儿，"听我师父讲，还是清朝末年，一个富商与一个将军为争夺缙云山一处墓地，两家明争暗斗十多年，最后将军凭借权势得了那块风水宝地。将军喜气洋洋，择日动工，不料没挖几尺，竟挖出一副明代棺材。将军又惊又喜，下令再挖三尺。本是想埋深些，保险一些，没想到，又挖出一副棺材，木头都腐烂完了，还有好些珠宝……"

马家子女一个个听得目瞪口呆。汪大师冷笑一声道："这说明风水宝地哪个都喜欢，不管是古人，还是今天的人。"

"好！说得好。"洪亮的叫好声从人群后面传来。

众人回头一看，叫道："老幺来了。"

老幺看上去四十岁左右，人高马大，相貌堂堂，身后跟着一男一女，男的是保镖兼司机，女的是秘书。见到老幺，马老太太脸上露出了笑容，心里踏实了许多。白长顺一见此人，顿觉面熟，再看身后一男一女，一下想起来者何许人了。白长顺顿时怒气攻心，横眉冷对，拳头捏得咯咯响。这城市也太小了，多年的冤家竟然撞上了。当年应聘被拒，还当着众人被马老板羞辱一番，白长顺就发誓要报复这个万恶的老板，没想到今天他自己送上门来了。"看我怎么收拾你！"白长顺暗想。

躁动的情绪在他脑海里一闪而过，顷刻之间，白长顺脸色平和如初，没有人察觉到这瞬间的微妙变化。一个胸怀广阔的人，应视往事为过眼烟云；一个精明能干的人，应重视眼前的利益，以前的事以后再说，今天，他是我的客户，我应该为他服务，一定要拿下这张单子。他信心十足地默念着。

老幺给大家打了个招呼，来到马老太太面前，轻言细语地说："妈，我来晚了。公司事情太多。妈，你放心，只要是你看中的，我买就是了，钱不是问题。"

站在圈外的两个女婿交头接耳："老幺胆子够大的，敢把情人带到这里来。"

"这年头，有钱人就是任性。"

女秘书很乖巧，上前搀扶着马老太太，嘴里老太太前、老太太后，哄得马老太太心里甜滋滋的。马老太太告诉老幺，她看中的就是中间这块墓地。

老幺走到墓前，仔细地打量墓地，又抬头认真地观察周边环境，然后转身注视着半山腰的水库，回头再凝视墓地，久久不语。原来这马老板笃信阴阳风水，跨入商场以来，烧香拜佛成为他的必修课，凡有重大决策，必焚香求佛保佑。为每年初一的头炷香，马老板不惜花上十多万元。这在旁人眼里是摆阔，马老板却认为是虔诚。

老幺扶着马老太太四处细察，频频点头，心里很满意。汪大师上前施礼，说道："施主，看来你是有心人。看你面相，天庭饱满地角方圆，两眼有灵气，必将成就一番事业，子孙衣食无忧。"马老板听罢心花怒放，正想叫女秘书给汪大师红包，保镖碰了碰他的胳膊，低声对马老板说了两句话。马老板回头一看，哟，原来是他，便朝白长顺走去。白长顺不卑不亢地说了声："马老板你好。"

白长顺双手递上名片。马老板接过名片一看，笑着说："混得不错嘛，都当总经理了。"

"徒有虚名，哪能跟你马老板相比。你财大气粗，还望马老板赏口饭吃。"说罢,白长顺指着汪大师又说,"马老板,这位就是大名鼎鼎的汪大师,看风水,择良辰,推流年,都是家传。"

马老板闻言,忙合掌施礼:"请汪大师指点迷津。"

汪大师观白长顺脸色神态,揣摩他说话时的语气声调,顿时心领神会。逢场作戏,心里自有套路,汪大师提起精神,还礼后对马老板振振有词:"菩萨法力无边,慈悲为怀,普度众生。其实都是有缘之人。看你马老板为人正直心地善良,孝顺父母,这墓虽说不上荣华富贵,倒也能让子孙衣食无忧。"

众人听罢,皆大欢喜,唯独马老板皱着眉头一言不发。他在墓前踱步,心中想道,虽是好墓,却非上乘,难道我就这个命吗?他两眼盯着汪大师,眼神中满是疑惑与渴望。汪大师见白长顺使了个眼色,知道火候已到——他们经常在客户犹豫不决时,带客户去看更高档的墓地,让客户知难而退,痛快签单。他走到马老板面前,轻声说:"不必焦虑,若想要更好的墓地,可随我上三个台阶。"

马老板听后,忐忑不安的心情放松了许多,连连请汪大师带路。白长顺上前插话:"马老板,这是要给红包的哟。"

马老板问:"要多少?"

"八百。"

马老板立刻示意女秘书掏钱。汪大师摆摆手,连说不忙,看完墓地再说,若不满意,分文不取。

众人在汪大师带领下,沿着旁边的小路上了三个台阶,来到一处地势开阔,墓地间距稍大的平地,只见周围绿树环合,修剪整齐的花草别致有序地分布在四周。在普通人眼里,这儿也就地势高点,墓地宽点,风景好一点而已。但见汪大师脸色肃然,对着中间的墓地恭敬地拜了三拜,然后对马老板说道:"你看,这墓穴坐北朝南,地势高峻,可看关山万重,紫气东来,长风不绝。春风化雨,点点滴滴滋润你家坟头,保佑马家子孙朝朝出状元,代代有官宦。"

汪大师见马老板听得入神,知道已有了五分把握,心想,我再添一把火。于是他故作神秘地说:"你仔细看,这几个墓,方位略有差别。"

马老板仔细观察,只见中间的墓坐北朝南,丝毫不差,左右两墓各向外偏了五度。马老板惊讶不已,诚恳道:"请大师明示。"

汪大师笑着说:"天机不可泄漏。"

马家儿女媳妇女婿呆呆地望着汪大师,听得如痴如醉,唯有马老太太一手拄着小拐杖，一手抚着胸前的佛珠，面带微笑，目光炯炯。邱秘书见保镖一副心不在焉的样子，就用胳膊捅了他一下。保镖回头一看，只见邱秘书一脸严肃的神情，虔诚之至，差点笑出声。保镖晓得，邱秘书跟随马老板多年，自然近朱者赤，近墨者黑。

马老板想再问，汪大师仰天一叹："可惜啊，有多少人到此，却没有缘份啊。"说完，他轻轻拍拍马老板肩头，低声说道："你也是场面上的人。你喜欢站哪个位置？"马老板猛然醒悟，叫道："好，就是这个墓了。"

马家几兄妹听汪大师吹得天花乱坠，还是两个女婿上前问："这么好，价位是多少？"

白长顺说："这墓贵得很哟，一般人是买不起的。"

马老板脸色顿时沉了下来。马老板身后的保镖也感觉这话意味不对，便站出来冲着白长顺大声嚷道："你漫天要价，我就地还钱。把价开出来，莫门缝缝看人，把人看扁了。"

"四十二万五，打折下来，三十六万六。少一个子儿，墓还是老板的墓，钱还是你的钱。"白长顺不冷不热地说。他把马老板引到这里来，只是想让他难堪，挫挫锐气，乖乖地把下边的墓地买了。

马老板冷笑一声道："不就三十六万六，小菜一碟。"

马家几兄妹一片惊诧，但无人发话。马老太太也有些意外，但她很快就明白了老幺的用意。老幺的家底她也清楚，她担心的是老幺为难几个哥哥姐姐。马老太太走到老幺跟前，马老板俯身询问，马老太太点头说："我这里有五万。"

马老板点点头，转身看见哥哥、姐姐、嫂嫂、姐夫全都沉默且脸色难看。马老板提高声音，像是在公司做决定："我决定了，就要这块地，由我全额支付，各位不必破费。"

白长顺、汪大师两人内心狂喜，本想宰只羊，不想套了头猪。白长顺表面不露声色，汪大师抽烟的手却在微微颤抖。白长顺见状，忙找话与汪大师胡聊，让他尽快平静。马家老大张了张嘴，犹言未语；两个姐姐脸上绽出浅浅的笑容，两个女婿心里的石头总算落了地。马老太太八十出头，眼不花，耳不聋，老幺的话，她听得明明白白。她想，还是老幺有本事，能让我老两口在此长眠。马老太太满意之余，留心其余子女的反应，见大家都高高兴兴的，她便也笑得合不拢嘴。女秘书在旁边，一个劲儿地夸马老太太有福气，儿女又孝顺，能活一百岁。

马老板见大家都很满意,就向白长顺询问付款方式。白长顺告诉他,先付三千定金,十日内结清余款。马老板轻松地说:"用不着这么复杂,我一次性付全款。"

马老板吩咐女秘书付八百元给汪大师,然后随白长顺到营业厅办理手续。汪大师见到女秘书手中一大沓崭新的拾元钞票,强压住内心喜悦,频频向马老板、马老太太施礼,嘴里念些谁也听不懂的词语。马老板拱手问道:"道长修行何处?日后弟子好登门请教。"

汪大师一听,慌了神,支支吾吾地说:"本法师乃山野之人,云游四海,居无定所。你我若有缘,随时能见面。"

汪大师深知自己几斤几两,害怕马老板深究,遂退到一边,与两个女婿闲扯去了。他看上去像个道士,口中却是佛家禅词,自己也觉得不伦不类。

白长顺与女秘书顺着山路下山,快到营业厅时,猛听保镖大声喊道:"邱秘书,回来,不签单了。"

白长顺一听,煮熟的鸭子居然飞了,辛辛苦苦几个月,竹篮打水一场空,顿时脸色煞白,脚麻手软浑身无力。细心的邱秘书看在眼里,心里有些幸灾乐祸,嘴上却宽慰道:"白老总,没事的,我这老板最信风水,可能是他那几个兄姐有话说。"

两人回到墓前,见马老板正在打电话,用半生不熟的粤语,拖腔拿调地嚷着,一坝子人都不晓得他在吼啥子。汪大师悄悄告诉白长顺,马老板忽然想起他有个广东朋友,是个有名的道士,他要征求朋友意见。白长顺气得吹胡子瞪眼。好一会儿,马老板打完电话,才给白、汪二人解释,他的朋友高道士过两天就从广东飞过来,他想让高道士看了再说,今天的事就这样了,后会有期。

马老板说完,给马老太太及哥哥姐姐打个招呼,带着女秘书和保镖匆匆离开了。老大和老四的媳妇叫道:"假打,乌龟打屁,冲壳子。"

大家不约而同看着马老太太,不知该说什么。马老太太用小拐杖往地面敲了两下,朗声说道:"不要你们破费,还吵啥子?事情要办就要办好,拖延几天怕啥子。"

白长顺无计可施,只得陪马老太太一行人下山,到陵园门口安排两辆面包车把他们送回去。正在上车之际,刘四妹赶到了。白长顺见她走得气喘吁吁,额头汗涔涔的,也不便责怪她,把她拉到一边小声耳语几句,叫她陪马老太太回家后,到两江茶楼会面。

白长顺和汪大师目送马老太太一大家子离去。汪大师心里愤懑不平,折腾了半天,他马老板一句话,就泡汤了。白长顺很是无奈,感觉马老板对他有成见,正琢磨怎样去化解,汪大师忽然想起什么,用胳膊碰碰他,说:"喂,你与马老板认识?"

"汪大师,你真是金睛火眼,不愧为大师呀。"白长顺掏出烟来,递给汪大师一支,长叹一声,望着远山说,"岂止是相识,有很长一段时间,我最恨的人就是马老板。"

汪大师心里一惊,偷看白长顺脸色,好在风平浪静,没啥不对劲儿,不由想起白长顺常说的一句话,不管过去是恩人还是仇人,只要拿业务来,都是朋友。他心里暗赞白长顺,真是宰相肚里能撑船。汪大师慢吞吞地走着,捋着稀疏的胡须想着刚发生的事,总觉得有些奇怪。他拉住白长顺说:"你是君子坦荡,一门心思做业务。马老板呢?万一他认出你,留了一手呢?"

白长顺想了想,搓着手说:"现在还不好说,你说的这种可能性,完全有可能。"白长顺走了两步,又说:"我们以诚相待,事情也许会有转机。"

"但愿如此。"汪大师附和道。他明白了白长顺原本的意图,心里虽然有些埋怨,还好工夫没有白费,八百元到手了,也就不再多说。颇有几分得意的汪大师看看头上的太阳,已过正午,于是说:"吃饭去,今天算我的。"

白长顺回头看了汪大师一眼,乐了,太阳从西边出来了。他拍了拍汪大师肩头:"对头,该你请客,今天你搞了块肥肉。"

话一出口,汪大师就后悔了,再听白长顺这么一说,心里更是叫苦不迭,不该在这时间也不该在这地点请客。这会儿刘四妹不在,她晓得了,肯定会不依不饶;在这里吃饭,哪里吃得清静,这陵园附近业务员多如牛毛,白长顺的朋友遍街都是,每次是刚坐下时只有两三人,到结账时一个大圆桌都挤满了。

马路对面有三家饭馆,左边是一家小面馆,居中是家火锅店,右边是家中餐馆。汪大师穿过马路直奔小面馆,白长顺叫住他,说自己早上才吃了面,中午要喝点酒。汪大师无奈,只好跟着白长顺进了中餐馆。白长顺瞧着汪大师愁眉苦脸的样子,心里暗自好笑。他全然不顾汪大师的感受,坐下便叫来服务员,点了三四个菜,要了一瓶酒。

汪大师默然坐着,没半点主人气概,也不敢有半点脾气,他是白长顺一手包装出来的,只有恭敬从命的份儿。汪大师真名汪天书,四十来岁,跑到城里来找活路。他身体单薄,受不了工地的苦,又无技术,只好四处打零工,一不小心就混入了公墓营销队伍。可他人地生疏,说话口音又重,一个月也难做一张单子,吃饭住宿都成问题。有一天,他碰上难事,白长顺帮了大忙。两人喝酒时闲聊,白长顺得知他曾在农村当过算命先生,就叫他做身长衫,蓄起胡子,再弄副墨镜,跟业务员配合做业务。从此,他就跟白长顺一起干了,号称"汪大师",收入也很可观,两人逐渐成了形影不离的铁哥们儿。

"今天怎么不戴墨镜?"白长顺一边喝酒,一边漫不经心地问。

汪大师干笑两声,不好意思地摸着后脑勺说:"戴上墨镜浑身不自在。在农村算命时,我也戴墨镜,有人说是假洋鬼子。"

白长顺听罢哈哈大笑,端起酒杯叫汪大师也喝两口。汪大师没酒量,一喝就醉,所以平时不大喝酒,见白长顺叫他喝,只得端起酒杯。

"假洋鬼子?哈哈,你就要与众不同。不戴墨镜?你这对小眼睛多难看。长衫要洗干净,最好再做一件。胡子还不够长。"

白长顺数落着汪大师,汪大师一边夹菜,一边点头应允。果不其然,还没喝上两杯,就有熟悉的业务员过来打招呼,白长顺全都招呼入座。一支烟的工夫,桌子就挤满了。白长顺又要了瓶酒,添了几个菜,对大家说:"今天是汪大师请客,他今天吃了块肥肉。不简单啊,动动嘴皮子,就八百块啊。"

业务员纷纷举杯祝贺汪大师生财有道,汪大师也不推辞,一杯接一杯地往肚里灌。有人开玩笑说,汪大师,你行情看涨哟。白长顺趁势把汪大师吹嘘了一番,说他算命如何神奇,看风水如何奇妙。这帮业务员为首者叫李二哥,此人与白长顺也有几分交情。李二哥说:"大哥,我们都愿与你合作。"

"好,有机会绝不会忘了你们。来,干一杯。"白长顺痛快地说。

好些业务员都表示要与汪大师合作,纷纷留下电话号码。

酒足饭饱的白长顺走出饭馆,衣领的扣子已解开,领带不知啥时也已解掉。面红耳赤的汪大师跟在他身后,低头数找回的零钞。白长顺拍拍汪大师肩头说:"这顿饭不亏,花了百多块,结识了这么多朋友,增加这么多业务关系,大大提高了你的知名度,并且把价格也抬上去了。"

汪大师嘴里应着,仍在数手里的零钞。

"你娃平时不喝酒,今天啷个喝得脸红脖子粗?"白长顺看他的模样有些可笑,随口问道。

汪大师把零钞放进裤袋里,用手按了一下,扬起绯红的脸说:"我不喝,不就便宜了那帮家伙。"

白长顺哭笑不得,只好夸他:"你娃有性格。"

两人都感觉浑身热烘烘的,索性沿着公路走下山,任凭山风吹拂。两人时而并肩前行,时而前后尾随,漫无天际地闲扯,相互取笑作乐。走在前面的汪大师回过头问:"我搞不明白,为啥你最恨的人,竟然是马老板?"

白长顺默不作声往前走,汪大师拦住央求他说一说。白长顺长叹一口气说:"你真想知道?那我就告诉你。"

快十年了,回想起来真是一场梦。那时白长顺在厂工会当脱产干事,负责文体工作,就是出出黑板报、办办宣传专栏。只要领导一布置任务,不出两天,白长顺就会把事情办得巴巴实实的,因此,每次系统检查评比,白长顺都会得奖旗。他最擅长的是组织文艺宣传队,而且他能歌善舞,写个小品,编个舞蹈,对他来说都是小菜一碟,每次参加区、市会演,都能载誉而归。体育方面他也不含糊,组建的男女篮球队也是名声在外。白长顺怎么也搞不明白,正在自己春风得意之时,一个有两千多职工的国营老厂说破产就破产了。工厂关门后不久,一个私企老板收购了这个国营老厂,又逐步恢复生产,招收了厂里许多技术骨干、业务尖子,工资开得比原来高出许多。有一天,厂里又贴出了招工广告,白长顺见了有些动心,觉得自己过去在厂里也算是个人物,进厂上班应该不会太难,就大大咧咧地去了厂里。进了大门,白长顺碰到好些熟悉的工友,但都只和他匆匆打个招呼就走了。白长顺有些纳闷,这些人咋搞的,以前在厂里撞上,哪有不说说笑笑的。白长顺带着疑惑来到招工处,抬头一看,这不是他原来的办公室吗?真是时过境迁,不堪回首。怀着莫名的伤感,白长顺跨进了熟悉的办公室,一眼看见墙上的标语"文艺为工农兵服务",正宗的柳体,那是请书法协会的老吴写的,自己搭梯子亲手贴上去的。

马老板坐在办公桌前,女秘书在侧面的桌上做记录;魁梧的保镖站在马老板身后,两眼不停地巡视着等候报名的工人。等候报名的工人很多,大家排着队,先由马老板询问相关情况,他认为合格的才到女秘书那里正式填表。白长顺一边随队伍慢慢向前移,一边听工友议论着——以前的厂长办公室做了技术科,这里是马老板的办公室。

轮到白长顺站到马老板面前了。马老板习惯性地打量了白长顺两眼,客气地问道:"以前在厂里干什么?"

　　"工会干事。"

　　"工会干事?"马老板一愣,做了个手势继续说,"哦,具体干些什么事?"

　　白长顺兴奋地点点头,把过去办宣传专栏、搞黑板报、组织文艺宣传队、组织篮球队和乒乓球队的陈年往事叙述了一番,最后望着墙壁感叹地说:"墙上那么多面锦旗哪去了?那都是我的成绩啊。"

　　马老板用手敲敲桌面,打断白长顺的感慨,问道:"你在做干事之前,是什么工种?"

　　马老板的提问打断了白长顺的美好回忆,也让他心里有些不安。他进厂去的是机修车间,可他能说会道,才半年就抽调到了厂宣传科。

　　排队的工友中发出了不太友好的声音,有的笑说,"他在宣传科,还是坐办公室的",有的说,"马老板你坐的藤椅,就是他的交椅"。

　　马老板听后站起来诙谐地说:"不好意思,竟然坐了你的椅子,你请坐,请坐。"

　　白长顺气得满脸通红,他猛拍桌子回敬道:"马老板,你莫欺人太甚!你买了这个厂,就得招这厂里的职工,你别以为我不懂政策。"

　　女秘书赶紧站起来,递给白长顺一杯水:"大哥别激动,有话好好说。招聘本厂职工,这不正在进行吗,有什么具体困难、想法、要求,坐下来慢慢说。"马老板有些生气,不客气地说:"招工,是择优录取,不是招全厂所有职工。你还有什么特长?"

　　"唱歌,跳舞,三句半。"在旁边等候的工友中有人冒出这句话,引起哄堂大笑。

　　"你还真是个人才,可惜我这次不招这方面的人才。"马老板说完挥挥手,"下一个。"

　　白长顺猛地扑向马老板,高声叫道:"我要吃饭!"

　　保镖一个箭步冲到白长顺面前拦住了他。白长顺感受到保镖双臂的巨大力量,不由得后退了两步。女秘书委婉地说:"这样吧,请你留下姓名和电话,有合适的工作,我们会通知你。"

　　白长顺狠狠地盯了马老板一眼,哼了一声,扭头走出了昔日的办公室。

　　讲完这段往事,白长顺感觉浑身轻松了许多。这段往事在他心里憋了这么多年,从未示人。今天巧遇马老板,加上酒精的作用和汪大师的怂恿,憋在他心里这么多年的一口气就像地底下的岩浆终于喷发而出。

"白老弟,可喜可贺啊。"汪大师笑眯眯地拱手相贺,见白长顺有些纳闷,就捋着胡子又说,"孟子云,天将降大任于斯人也,必先苦其心志,劳其筋骨,饿其体肤,空乏其身……"

白长顺打断汪大师的话:"别拿老祖宗的话来糊弄我,你这张嘴硬是抹了猪油的,越来越油了。"

两人在路边斗嘴正起劲儿,一辆面包车在他们跟前刹住,驾驶员老陈伸出头来招呼两人上车。陵园的驾驶员都只是在陵园挂个名,连人带车没有固定工资,每出一次车,陵园付一定报酬。这些驾驶员明白,要想多挣钱,一定要同业务员搞好关系。白长顺上车先说感谢的话,然后表示今后一定多多关照老陈。坐在后排的汪大师意犹未尽,叫住白长顺说:"白总,为啥可喜可贺,你听我说嘛。假如马老板收下你,一个月多少工资?当时几百块,现在撑破天给你三千就了不得了,还要早出晚归,看人脸色,你安逸吗? 如今,你车来车去,朋友一大帮,想要就要,钱一点没少挣。何乐而不为?所以可喜可贺。为了让你取得今天的成就,上天特地安排你先去推销保健品,送牛肉丸子,就是磨炼你的意志,锻炼你的才干。"

一席话把驾驶员也逗乐了,趁势求白总以后多多关照。两人倒把白长顺说得不好意思了。

面包车在两江茶楼前停下,刘四妹已在楼下等候,她见白、汪二人满脸通红,浑身酒气,嚷道:"好啊,你们酒足饭饱,我还凉在一边呢。"

得知是汪大师捡了块肥肉,破天荒请了回客,刘四妹果然不依不饶:"请客不请我,心头怪冒火。啷个说,补起,补起。"

三人走进茶楼,找个僻静地方坐下,汪大师给刘四妹叫了份牛肉套餐。刘四妹接过牛肉套餐,一边大口吃饭,一边说:"盒饭就把我打发了,不行,不得行,下回补起,哈哈。"

这两江茶楼地处闹市,价格适当,三人常到此议事,议事之余还爱斗几把地主。因此三人与茶楼老板混得挺熟的。

这三人在公墓营销圈内是有名的"铁三角",他们几乎每天都要碰头,要么一块儿做业务,在街头摆展板,发广告;要么在一块儿交流陵园、公墓销售信息。

如此这般，他们信息比别人灵，下手比别人快。白长顺觉得三人配合是关键，有时口水都说干了，客户就是犹豫不决难下单，穿长衫的汪大师一现身，三言两语就把客户说服了；有时白长顺和汪大师与客户搞僵了，双方都有点尴尬时，女性角色刘四妹一登场，往往会起到峰回路转的效果，双方握手言欢最终签单。白长顺是在一次偶然的相遇中认识刘四妹的。当时，刘四妹正与一群喝得醉醺醺的客户纠缠。客户一个个嚷着要退单，势单人孤的刘四妹束手无策，恰逢白长顺从陵园出来，他见有人起哄，便挺身而出，凭借胆量与谋略巧妙地化解了纷争，帮刘四妹保住了订单。从此，刘四妹便常跟白长顺一起做业务，并且越来越敬重白长顺，对他几乎言听计从。白长顺三人的合作在行业内有示范性，好些人效法他们也拉起了圈子，但都好景不长，一个个都散了伙。究其根本，乃私心太重，遇事吃不得亏。于是那些散伙落魄的同行，愈发敬重白长顺三人。

看上去人高马大的刘四妹吃饭却挺斯文，细嚼慢咽，不慌不忙，心急火燎的汪大师看得着急，无奈之下，只好与白长顺抽烟闲扯。好容易等刘四妹用餐完毕，她却站起来要去洗手间，又是好一会儿。

"不好意思，耽误久了。"笑容可掬的刘四妹一边用纸巾擦手，一边坐下来说，"白总，你布置的事，基本都调查清楚了。"

白长顺将桌上的瓜子盘向刘四妹面前移了移，示意她边嗑瓜子边聊天。刘四妹感谢地点点头，将打听来的陈谷子烂芝麻全抖了出来。

原来这马家老两口有三儿两女。马老先生前年就去世了，马老太太想给老头子买块墓地，也算是把自己的后事安排了。但几个子女意见不一，拖到了今天。马老太太几个儿女中，只有老幺最有出息，是个公司的老总，肥得流油，但是几兄弟关系不好。

老幺就是马老板，大学毕业时分配到一家具厂，三年后，这家厂实行改革，他承包了下来，却没有流动资金，找银行贷款，银行又要求要有固定资产作抵押。这可让马老板犯了愁。他思来想去，想到了父母的房子。马家父母有一栋三层楼的私房，是马家唯一的财产，子女长大后分别成家立业，陆续搬出了旧楼，老两口将剩余的房间用来出租了。

这天是马老先生的生日，儿女齐聚。马老太太在家里办了两桌酒席，连同租客一并请了。席间，晚辈同声祝福父亲生日快乐，杯盏交错，其乐融融。马老板把想好的话提到了嗓子尖上，却找不到适当的机会，他不忍打破这喜庆的气氛。最后一道菜墨鱼炖鸡汤端上桌时，马老板抓住最后的机会，站起来给父母敬酒，又给哥哥、姐姐敬了酒，然后说："爸、妈，哥、姐，我有件大事，要同你们商量。我也是没得办法，希望大家能够理解我。"

马老板咬咬牙，说出了自己目前的困难和要求，席桌上出现了短暂的沉默。马老太太看看几个儿女，最后把目光停留在马老先生脸上。事情来得太突然，马老先生一点思想准备也没有。他迟疑地看着儿女和马老太太，嘴唇动了动，却什么也没说。哥哥姐姐们都一时无语，几个儿媳妇、女婿也是眉来眼去，不肯吱声。长久的沉默让马老板有些尴尬，他看着父母，希望能得到他们的支持。

老大打破了沉默："老幺，这房产是我马家唯一的财产，做了抵押，万一你生意打倒了，妈和老汉到哪里去住？我是你大哥，有责任提醒你。"

僵局一打破，儿媳妇、女婿争先恐后发言，乱成一锅粥。大姐平时对老幺最好，忍不住也说："老幺，放着技术员不干，偏要去当啥子老板，你以为老板好当吗？再说，干事业，有闯劲儿，这没错，但要从实际出发，一步一个脚印，从小到大逐步发展，不要想一口吃成个大胖子。"

"你要想发财，没有谁拦着你。你莫把大家的房子拿去打水漂。"二女婿摇头晃脑地说，"我们都是穷人，只能吃补药，不能吃泻药。"

没有人赞成马老板的想法，舆论一边倒。马老先生想说什么，看看四周又闭口了。再度出现令人窒息的沉默。其中一个租客站起来，打破了沉默："各位，我先敬寿星马老太爷一杯，再敬在座各位一杯。"

这人恭敬地向马老先生鞠躬，再与马家兄妹逐个儿碰杯，抹抹嘴说："这本是你家私事，我一个外人不该在此多嘴。我也是一个生意人，能到本地做服装生意，靠的是父母、兄弟姊妹、亲戚朋友资助。哥儿几个是一母所生，俗话说，打断骨头连着筋，老幺有困难，你们不帮他，谁还肯帮他？将来老幺发了，大家脸上都有光嘛。"

"我们不想沾哪个的光，穷得新鲜，饿得硬梆。"几个儿媳妇、女婿乱嚷嚷。

马老板气得脸色铁青，叫上老婆、孩子拂袖而去。喜庆的生日宴被搅得一团糟。

真应了那句老话，皇帝爱长子，百姓爱幺儿。最终，马老太太用眼泪征服了马老先生，悄悄地把房产证交给了马老板，等哥哥、姐姐晓得了，水都过了三秋。说来也怪，从拿到贷款起，马老板就时来运转，很快就把厂盘活了。十多年来，马老板收购了好几家工厂,办起了家具专卖店,还开了超市。据说马老板年年三十晚上到庙里烧头炷高香,家里肥得流油,每年全家都要到国外度假。

马老板生意场上得意,跟哥哥、姐姐的关系却像仇人一样。这几年,老二、老三、老四都下岗了,加上各家子女长大了,工作不好找,哥哥、姐姐不好意思求老幺,都来缠马老太太,走马灯似的转着诉苦。

那年大年三十晚上,马老太太把儿女们招集拢来吃团年饭。马老板一到,就给所有的人发了红包,给父母的是装有银行卡的大红包。红包是每年都要发的,那些人手捧不菲的红包,神采飞扬,当年说的难听话似乎随风而去了。团年饭刚吃了一会儿,马老板就说还有应酬,准备离席。马老太太叫住他:"老幺,大过年的,你们几个也难得碰面,就多坐一会儿嘛。"

马老板只好坐下。大家心里有话,却张不了口,真是哑巴吃黄连,有苦难言。马老太太见大家沉默不语,只好自己挑起话头:"老幺,你那个公司大,又有工厂、商店、超市,就把马华、江敏两个侄子招收了吧,让我耳根清净些。"

马老板知道是哥哥、姐姐告了状,只好跟老人家慢慢解释:"他们是来找过我,我也同意留他们,但要从底层做起。他俩不干,要做主管、部门经理。可他们没有一点实际工作经验,能做主管、部门经理吗?"

马老太太见众人无语,马华与江敏低头不吱声,叹口气说:"老四是你亲哥,你总该拉他一把,有饭大家吃,有酒大家喝。"

几个月前,老四厚着脸皮去找马老板。刚好马老板在新区开了家超市,他就让老四去做库管员。可老四提出要做经理。马老板跟他说,想当经理也可以,但要自负盈亏,他只负责供货。老四不干,又说做库管员工资要六千,马老板自然不会同意。

马老板把老四找他求职的经过给大家讲了。马老太太看看坐在旁边的马老先生,马老先生已经疲惫不堪,勉强坐在椅子上,半闭着眼睛,早已无力管孩子们的事儿。马老太太气不打一处来,跺跺脚,向老四吼道:"叫你当经理,嘟个不敢当?没出息,不就是怕赔钱吗,差钱来找我。"

马老太太信口一说,几个儿女,还有孙子、外孙都向马老太太伸手要钱。马老太太一看阵势不对,话锋一转说:"我是说你们要向老幺学习,当年他也是白手起家的。创业中有困难,我和老幺都会帮助大家的。"

这顿团年饭不欢而散,马老板与哥哥、姐姐的隔阂更深了,最近几年几乎没有往来。这次买公墓，大家都看着马老板。既然马老板夸下海口，其他人自然没有话说，但几个儿媳妇、女婿信口开河说老幺只说不做，闹得马老太太很不愉快。

刘四妹叙述完打探的情况，端起茶杯喝了一大口茶水，缓缓舒了一口气说："这些情况有用吗？"

白长顺点点头说："有用，有用。照这样看来，矛盾集中在马老板身上，他又是出得起钱的主，不过就怕他光说不练。"

接下来三人就商量怎样尽快吃掉这块肥肉。白长顺、刘四妹要汪大师集中精力对付高道士，充分估计他会出哪些怪招，想想如何应对，彻底打败高道士。

汪大师一听连连摆手说："搞不成，搞不成。"见白长顺和刘四妹有些莫名其妙地盯着自己，他干笑了几声，"我是保安队，人家是正规军，我啷个搞得赢嘛。"

"雄起，雄起。"刘四妹两眼一瞪，一脸的鄙夷。

白长顺用手指轻轻敲着桌面，意味深长地说："这确实有很大的风险。不过，你应该避实就虚。"

汪大师有些着急："哎呀，说明白点。"

白长顺摸摸后脑壳，笑了。究竟怎样对付高道士，他也没有谱。

"关键是要有底气。"刘四妹一边嗑瓜子一边说，"你是个小混混，他高道士也就是个大骗子。现如今，小混混斗倒大骗子的事，多得很。"

白长顺也笑了起来。汪大师忽然感觉不对头，我怎么成了小混混？正要质问，被白长顺拉住了。

三人继续商议。刘四妹的主攻方向是马老太太，她要隔三岔五到马家去一趟，跟马老太太拉家常、套近乎，侧面打探马老板的情况。刘四妹把胸脯一拍，"这个没问题。"

白长顺负责找老对头马老板，设法让他把定金交了。白长顺有些激动地说："这是我们三人第一次合作大业务，一定要同心协力。众人齐心，黄土变金。先说断，后不乱，业务分成，三一三十一。"

汪大师立即表态："要得，要得，啷个都要得。"他看刘四妹阴沉着脸，又说道："能够在一起做业务，这就是缘分。俗话说，百年修得同船渡，千年修得共枕眠。能在一块儿做业务，起码也要有六七百年的修行。哈哈。"

刘四妹把嘴一咧道:"哪个跟你有缘分?"她心里很不痛快。这个大业务,是她和白长顺两人合作的,这下硬生生挤进来个汪大师。不过,碍着白长顺的面子,她不好说什么,因为白长顺是她最敬佩的人。她意味深长地瞥了白长顺一眼。

白长顺自然明白她的意思,只是今天情况太特殊。平常汪大师之类出场起个推波助澜的作用,是个人另行向客户收费的,正常情况下他倒要给白长顺提成。但今天的事才刚刚开始,又即将要杀出个高道士,为确保万无一失,白长顺才如此考虑。他笑了笑说:"以后合作的机会还多。说老实话,我早就不想给这些老板打工了,这话,以前就给你们两个说过。你们两个算一算,推销一个公墓,我们得了多少,老板又得了多少。"

汪大师和刘四妹都有同感,朝白长顺连连点头,却不知他葫芦里卖的什么药。白长顺放下茶碗,郑重地说:"有机会,我也要当回老板。你们两个敢不敢?"

"你敢,我就敢。"刘四妹想也没想爽快地说。

汪大师迟疑一下,干笑两声道:"当老板?谁不想,但是,要有本钱,没得本钱,空了吹。"

白长顺苦笑一声:"当然,只是我们每个人凑点,肯定不够。要找有钱的主儿来投资。"

汪大师眯起小眼睛,用他那职业性的目光端详白长顺,只见此人身材虽不魁梧,但仪表堂堂,目光如炬,眉宇间有种豪爽之气。早在认识之初,汪大师就觉得此人可以深交,今天再看,更觉得此人必成大业。但成事者,天时、地利、人和都必不可缺,若今日论此事,相差甚远。他想起上次在清水湖的情景,感慨白长顺胸有大志。汪大师不想扫白长顺的兴,便拱手说道:"白大哥在前,我汪某人绝不落后半步。"

白长顺见二人都表示要跟着他干,心里很痛快,于是推心置腹地说:"我为啥要拼命挣钱,我是个男人,儿子马上要考大学,老婆吵着要花园洋房,这都需要钞票啊,我能不玩命挣钱吗?"其实,在他心灵深处,还有一个根深蒂固的想法,就是渴望干一番事业,充分体现自己的人生价值,为自己,也为一个女人,一个为他奉献了所有的女人,奋力拼搏一场,只是此刻难于启齿。

汪大师郑重地说:"此事得从长计议,找准项目不难,关键是资金。有钱的主儿多得是,哪个信得过我们,我们又信得过哪个。"

汪大师的话让白长顺冷静了许多,他点点头,觉得汪大师说得在理,便再次向汪大师投去赞许的目光。

刘四妹笑着说:"我没你那么多负担,我只有一个目的,到世界各地去旅游,看看异域风光,这辈子就知足了。"

汪大师眯着眼,歪着头打趣道:"你发了财,要去周游世界,你会英语还是法语?俄语、日语也行。都不会?谨防高鼻子洋人把你卖了。你还睡在磨盘上,硬是想转了。"

刘四妹气得破口大骂:"你这个乡巴佬,只晓得为儿子、孙子挣钱,一点不懂得享受。"

白长顺赶紧说些趣话缓和气氛。

汪大师见事情议得差不多了,抬头瞧窗外准备离去。刘四妹说:"早得很,斗几把地主再走?"

汪大师平时就好斗地主,这时却眯起一对小眼睛摇摇头,心里暗想:斗地主,这晚饭又该我做东,我才不当冤大头。刘四妹又看向白长顺,白长顺说:"我也有事。"

汪大师有了底气,眨着小眼睛,满脸得意振振有词:"我得回去,一大家人等我做饭炒菜呢。哪有你命好呀,一人吃饱,全家不饿。"

汪大师说完,与白长顺打个招呼,自顾自下楼去了,气得刘四妹不行,直骂汪大师是老财迷。望着有几分愁容的刘四妹,白长顺不忍独自离去,毕竟人家辛苦了大半天,将马家的情况搞得一清二楚,就说:"我陪你坐会儿。"

"这才像白大哥嘛。"刘四妹脸上阴转晴,心里乐滋滋地想。

两人东一句西一句地闲聊,当刘四妹得知墓地价格从三万六变成了三十六万六时,她兴奋地站起来,问清来龙去脉后,感慨地说:"天啦!这个汪大师,还有两把刷子。"

刘四妹说完,觉得不妥,又补充道:"这都是白总你巧安排,这回该吃肥肉了。"

刘四妹想到刚才不愿意汪大师入伙分成的事,暗自庆幸没有说出口,不然的话,丢人丢到家了。

白长顺见她心情好多了,便打算告辞,刘四妹忽然像发现了什么秘密似的,好奇地问道:"今天这么热,你还穿西装?"

白长顺解释说早上有点冷,再说穿西装,客户觉得规范,容易沟通。刘四妹笑道:"领带呢?快点把领带系好,让我看看。快点,快点。"

在催促声中,白长顺打好领带,挺胸抬头,刚毅的脸庞黑里透红,露出浅浅的微笑。白长顺在隆重的场合都是这样,刘四妹也不是第一次见,但此时的刘四妹格外兴奋。

"站起来,站起来,好。转身,转回来。不错,不错,好一个老帅哥。"刘四妹像欣赏模特一样,由衷地发出赞叹。犹豫片刻,刘四妹妩媚一笑,柔情地说:"白哥,你说说,我这个人怎样?"

白长顺含含糊糊地点点头。他惊讶地发现,刘四妹是个有心人,在不同的场合,对他的称谓会有所不同。有客户的时候,她总是有礼貌地称他"白总";汪大师在场时,她则叫"白大哥";只有他们两人时,就改称"白哥"了。从对方的眼神和说话的语气中,白长顺敏锐地感觉到,只要自己往前一步,什么事情都可能发生。于是他有意识地将话题引开:"你想知道你的将来,最好找汪大师算一卦,灵得很。"

"我不想知道将来如何,我需要的是现在。"刘四妹将碗中茶水一饮而尽,两眼看着白长顺。

白长顺避开她火辣辣的眼神,一边替她斟茶,一边说:"现在嘛,就是想尽一切办法,拿下这单大业务。"

刘四妹无声地笑了,笑得有些勉强,心下猜测,在外畏畏缩缩的男人,家中必有河东狮吼。她笑了笑说:"还是说说嫂夫人吧?"

"她有啥子好说的,还是说说你自己吧。"后半句话,白长顺是认真的。

刘四妹垂着头,想起往事就心里难过,泪水饱噙于眼眶,几乎夺眶而出。白长顺顿时慌了神,他隐约听别人说过,她离婚丧子。

白长顺说:"你什么条件?我替你物色一个,怎么样?"

"我要找个像你这样,重情义、有担当的。"刘四妹毫无掩饰,一语道破自己的秘密。

白长顺说:"像我这样就惨了。我一个下岗工人,要钱没钱,要房没房。"

刘四妹默默无语地看着白长顺。白长顺赶紧说:"你的事就是我的事。找一个比我强十倍、百倍,真像汪大师所说那样,包你后半生衣食无忧的。"

"现在的人,哪个还缺衣少食。"刘四妹叹口气,"你是假装不懂。俗话说,夫唱妇和,讲的是情投意和。你就是介绍个百万富翁给我,又能保证我后半辈子幸福美满吗?"

白长顺无言以对,两人默默对坐着。隔壁包房传来打麻将的声浪,夹杂着欢喜与叹息的声音。

白长顺忽然想起早晨的事,随口问:"今天早晨你有啥子急事?"

刘四妹头一歪,嫣然一笑道:"女人家的事,莫问。"

白长顺便没有再问,两人无语对坐了好一会儿,隔壁的麻将声、说笑声似乎更加烦人了。

两人并肩走出茶楼,刘四妹说:"你陪我坐了这么久,真不好意思。这样吧,我陪你走走,随便你到哪里。"

白长顺会心地点点头,说:"有空一定陪你,今天真有事。"

看着刘四妹失望的眼神,白长顺郑重地说:"真的不骗你,今天是我老婆生日。"

刘四妹目不转睛地望着远去的白长顺,心里隐约有种苦痛,油然生出一种若有若无的失望。

茶楼老板追出来,笑容可掬地拦住刘四妹:"老板,不好意思,你们今天忘了付茶钱。"

刘四妹正憋着一肚子气,冲着茶楼老板嚷叫:"老娘没钱。"这时她完全可以叫住白长顺,嘴里却说,"明天,叫汪大师给你。"

茶楼老板被刘四妹的架势吓了一跳,随即笑道:"嘿嘿,哪天付都要得。"茶楼老板笑着露出两排焦黄的牙齿,精明的老板可不会得罪店里的常客,还指望常客带生客来呢。

茶楼老板的热情与豁达让刘四妹的气消了大半。她平和地问:"多少钱?"

"三杯茶,一碗牛肉盖饭,外加两盘瓜子、一盘花生,总共六十五。"茶楼老板早已算好账,当即脱口而出。

刘四妹付完账,抬头一望,哪里还有白长顺的踪影。她心中十分懊悔。在茶楼白长顺问她早晨有啥急事,她故意卖关子,哪知白长顺却打住了,让她欲说不能、左右为难。

其实是这么回事。早晨,刘四妹早早起床,准备早点赶到前进路口。这是笔大买卖,三万六啊,她一想起就有些兴奋。不料家里的自来水管爆裂,搞得厨房一片狼藉,刘四妹只好到街上水电维修铺找人维修。天太早,维修铺没开门,刘四妹就死劲儿擂门。水电工是个五十出头的鳏夫,他骂骂咧咧地打开门,见是刘四妹,立刻满脸堆着笑说:"是四妹啊,哪里用得着亲自来嘛,打个电话,几分钟就赶到。"

水电工进门,干活慢吞吞,满口的污言秽语。刘四妹知道他的德行,站得远远的。却不想这家伙一会儿叫她递扳手,一会儿叫她接钳子,刘四妹只好走过去,一个不注意,被他趁势在屁股上捏了一把。刘四妹怒不可遏,转身奋力一推,水电工没防备,一个趔趄摔在水淋淋的地上。

刘四妹掏出五十元钱扔到灶台上,厉声说道:"下午我回来,若水管没修好,老娘叫人踏平你的铺子。"说完转身出了门。

阳光斜照着商店的橱窗反射出耀眼的光,街头行人来去匆匆。刘四妹徘徊街头,回家,太早;逛商场,没心情,她心里升腾起莫名的惆怅。刘四妹平时口风很硬,总是说,一个人,洒脱些,其实暗中一直留心寻觅如意郎君。自从认识了白长顺,她就动了芳心,明知人家有家室,却痴心不改,这不又碰了一鼻子灰。她吐口唾沫心里骂道,不管了,晚上去跳坝坝舞。

第 二 章

　　白长顺真有事，今天真是他老婆的生日，不过是散生，就家里人一起吃顿饭意思一下。他老婆叫王小红，前两年满四十，缠着白长顺到酒店办了二十桌，在亲戚、朋友面前很是风光了一回。

　　白长顺朝熟悉的超市走去。既然是过生日，再简单总得有鸡鸭鱼肉吧，他心里盘算着，却在超市旁边的福彩中心驻足不前。所谓中心，也就一个铺面。有些人总认为名称取得响亮，来的人就会多。福彩中心门上有一副醒目诱人的对联，上联是"多买点，少买点，多少买点"，下联是"早要中，晚要中，早晚要中"，横批是"祝君发财"。白长顺一度热衷福彩，每次都投入二三百元，大有不中头奖誓不罢休的气魄。后经汪大师点拨，他终于醒悟，这福彩大奖是可遇而不可求的，便改变了策略，隔三岔五去一回，每次只买两注，并且是机选，既保留了希望，又不伤筋动骨。

　　白长顺走进福彩中心，见里面有十多个人，有的专注看着墙上的红蓝色球走势图、历次头奖号码表，有的埋头认真填写号码，还有几个人在交流经验，说者故作神秘，听者一副虔诚的样子。白长顺买了两注彩票，走出店门时，有个瘦高个儿要看他的彩票号码。

"有啥看头,机选。"白长顺不假思索,掏出彩票。

"怎么能机选呢?"瘦高个儿并没看他的彩票,神情严肃地说,"要为每一注负责,这都是我们的血汗钱,每一分都来之不易啊。"

白长顺不动声色,看着瘦高个儿。那人从怀里取出一本书,神秘地说:"这是著名数学教授研究多年写成的,保证能中大奖。"

白长顺一看,是一本印刷粗糙、纸质低劣的书,书名挺诱人,《福彩技巧大全》。瘦高个儿说:"内部发行,只剩几本了。要吗?五十元。"

白长顺笑笑,转身欲走,瘦高个儿快步上前:"兄弟,优惠你,三十了。"

白长顺快步逃离,心里很想说,有这等美事,何不自个儿享用,用得着在这里低三下四吗?

白长顺提着两大包鸡鸭鱼肉及时令蔬菜走在厂家属区的路上。每次走进家属区,他的心情总是复杂多变,有时感觉很亲切,他就是在这片土地上长大的,跟着两个姐姐跑遍了家属区的每个角落,熟悉这里的一草一木,偌大的家属区,处处留存着他童年的欢歌笑语;有时感觉很厌倦,家属区越来越破旧、脏乱,且无人修缮整治,乱搭乱建的房屋使街道越来越狭窄,污水横流,蚊蝇遍地,唯有麻将馆遍地开花。

这片家属区修建于 20 世纪 50 年代中期,模仿苏联样式,一楼一顶,红砖墙大洋瓦,木质地板,每套房两间屋子,一层楼一个厨房,几栋楼之间有一座公厕。整个家属区依山而建,层层叠叠,映衬在红花绿树之中,在当时来说,可谓天上人间。据说,当时国家级画报的摄影记者都来拍过照片,还登在了画报的封底上。

白长顺随着父母搬进了新房,一家人过得很开心,真有翻身做主人的气氛,但随着时间的推移,两个姐姐长大了,房间不够用了。其他职工也差不多,有的接了父母来居住,有的子女增多;新工人进厂结婚也要住房。厂里也在不断地建房,而且楼层越修越高,却始终无法满足职工的需求。厂里又将旧房改造一番,每套房增建了一间厨房,安装了天然气。可住房还是越来越紧张,就有人私自搭建。厂里无力制止,你不准他修,他就向你要住房。厂里很无奈。白家也给白长顺建了间房,房间不大,只够摆放一张小床、一张桌子而已,但白长顺十分满足。

白长顺穿过几条巷子就到了家门口,这是他当工会干事后,结婚时分配的房子。这套房也是旧房改造的。他结婚时,正好赶上一栋六层的宿舍完工投入使用。厂里是按资排辈来分房的,老职工搬进新楼,空出的旧房再分配给年轻职工。剩下最后一套旧房时,和白长顺同等条件的还有四人。这可让后勤科长犯了难,最后后勤科长对五人说:"抓阄,同意吗?"

五人一致同意,后勤科长便拿出早就制作好的纸团请大家挑选。白长顺说:"我是工会干事,请大家先选吧。"

第一个人显得有点紧张,歪着头东挑西选,哆嗦着手拿起一个纸团,打开一看,没有。在叹息和欢呼声中,第二个人故作镇静,做了下深呼吸,犹豫半天拿起一个纸团,打开一看,又是一阵叹息和欢呼声。当第三个人也灰溜溜离开人群,第四个人颤抖着手抓起一个纸团的瞬间,白长顺的心怦怦直跳,两眼紧盯着对方手里的纸团。大家齐声叹息的那个瞬间,白长顺兴奋地抓住剩下的纸团,紧紧地攥在手里,朝后勤科长奔去,高喊:"拿钥匙来,拿钥匙来。"

后勤科长也沉浸在喜悦中,他是为自己的创意而陶醉。他不假思索就把钥匙交给了白长顺,白长顺欢呼雀跃地跑出了后勤办公室,一屋子的人都傻愣在那里。

这事在全厂传开后,有人提出了疑问,为什么白长顺没有当众打开纸团?一时间由此而派生的谣言满天飞。有人说白长顺的父亲与后勤科长是师兄弟,两人玩了场智力游戏,坑了前面四位年轻人。又有好事者据此出了道智力测验题:识破后勤科长的把戏,怎样才能获胜?据说有多个答案。白长顺对此的回答是,他当时很冲动,拿了钥匙就往家里跑,纸团不晓得在哪里搞丢了。这事闹腾了几日,也就烟消云散了。

白长顺回到家里,刚把东西放到厨房,他妈就来了。老太太看似清瘦,却精力充沛,手脚麻利,退休多年,在家属区人缘挺好,老老少少都叫她白大妈。其实白大妈已经来了两三次了,她怕儿子累着,特意来帮忙。白长顺在厨房忙碌,白大妈在客厅饭桌边择菜,口中絮絮不休,人老了就是话多,只言片语中常透出某些偏执。娘俩不时对答几句。

白长顺分房后就单过了,白大妈没少操心,有啥好吃的总要叫上儿子、媳妇,还隔三岔五蒸碗烧白或是炖鸡汤舀一大碗送到儿子屋里。有了孙子后白大妈更没闲暇,孙子白宏远几乎就是在爷爷、奶奶家长大的,如今念高中了,在校住读。

白大妈看着儿子在厨房忙碌,心里一阵发酸,她对儿子的婚姻越来越不满意。

白长顺当年进厂时分配到机修车间,他爸就是车间主任。在一次会上,白长顺上台发言讲了七十三分钟,惊动了全厂上下,不久就被抽调到宣传科,后来又成为工会宣传干事,负责文娱体育工作,也搞得有声有色。宣传队有好几个姑娘喜欢白长顺,都被他婉拒了。白大妈托人在外单位给儿子物色对象,儿子连应付一下都不愿去。直到有一次,白长顺半夜三更才回家,喝得头重脚轻,吐得一屋子酒气,睡了一天一夜以后,才同意了给他介绍女朋友。刚好这时有人介绍王小红,她听说白长顺是干部,老爸又是车间主任,立马就答应了。一切顺理成章,他俩很快就结婚了。

俗话说,知儿莫过母,白大妈心里明镜一般,知道儿子心里有结,而且是个不小的疙瘩。她指望新婚的喜悦能够化解儿子心中的苦闷,可直到生了孩子,那压在白长顺心里的情感也不见消逝。白大妈曾多次旁敲侧击或直接挑明,白长顺都以沉默相对,逼急了就逃出家门。白大妈将这一切归咎于儿媳妇,媳妇贤惠,当丈夫的脸上会没有笑容吗?

白大妈择完菜,问道:"老幺,这回送三百够吗?"

白长顺从厨房出来,按住白大妈的手说:"妈,是散生,就一家人在一块儿吃个饭,不收礼的。"

"那也好。"白大妈收回准备掏钱的手。媳妇进门十多年,婆媳间总像隔着层什么似的。小两口闹出啥笑话,传到白大妈耳边,白大妈会唠叨大半天。

王小红在药厂检验科上班,其实是检验科的搬运工,几年下来手臂特别有劲儿。那年冬天,有一天,下着雨,刮着风,白长顺喝得醉醺醺回来,倒在沙发上就呼呼大睡。王小红正在做清洁,见白长顺没脱鞋,弄脏了沙发,顿时怒火中烧,两手提起白长顺就扔到了门外。王小红关上门,听见窗外北风呼呼、雨声阵阵,于心不忍,打开门,只见白长顺蜷缩在门口睡得正香。王小红又气又好笑,把白长顺又提到床上,一边骂,一边给他脱鞋盖被。第二天王小红说给邻居听,邻居们笑得喷饭。白大妈知道后,当面把媳妇数落了一番。

母子两人正闲聊着,白大爷进来了。白大爷自退了休,一不当家管钱粮,二不操劳一日三餐,儿女各自安家,也没啥用得着他操心的,日子过得快活似神仙。他平时早上吃完饭后,一般会邀约几个退休老头老太婆在附近爬爬坡逛逛山,下午到茶馆打几圈麻将,晚饭时喝几口小酒,再在家属区逛一圈,回家看看电视就睡觉。

白大爷进门也不问吃啥,自个儿在沙发上坐下看电视。白长顺见父亲来了,忙从厨房出来倒茶敬烟。白大妈吆喝:"老头子,快去把垃圾倒了。"

白大爷二话没说,放下茶杯就干活去了。

王小红到家时,白长顺刚炒完最后一个菜。白大妈嘴上招呼着媳妇,心里却说:懒婆娘福气好,回来就吃饭,我当年下班回家,又是做饭洗衣,又要照管老人小孩。王小红嘴上热情地答应着白大妈,见二位老人没啥表示的动作,扫视屋里也没发现礼品之类的东西,便沉下脸到卧室里去了。

大家围着桌子正举着酒杯祝王小红生日快乐的时候,儿子白宏远闯进了家门。宏远长得高大结实,比他父亲高出一个头,白皙的脸庞透着青春的光泽。白长顺考虑儿子读高三,作业肯定多,今天并没有叫他回来。白大妈见孙子回来,很高兴,招呼孙子坐自己身边。白宏远很乖巧,不停地给爷爷、奶奶夹菜。王小红问道:"宏远,今天才星期三,你回来干啥?"

"妈,交费三百元。"

"上周才交了三百五,哪个又在收钱?"提起钱王小红心里就冒火。

白宏远给王小红夹了个鸡腿,解释说:"妈,上周交的是补习费,今天交的是资料费。"

"现在上个学怎么这么贵。"王小红愤愤不平地说道,"我读书的时候,一学期才收几块钱。"

王小红下班回来时,挤在人满为患的公交车上,原本就憋了一肚子气,没想到在校园路又硬是挤上来几个怒气冲天的乘客,他们不知在学校受了什么气,一路上不停地埋怨学校,一个个义愤填膺,搞得王小红心里越发窝火。此刻王小红见宏远回家要钱,公交车上累积的情绪一下爆发了出来,不觉脱口而出。白长顺看着老婆,心里有点莫名其妙:王小红今天吃了枪药?哪来这么大的火气。

白长顺见话不投机,忙说:"吃菜,吃菜。"

白大妈正在兴头上,没搭理白大爷,笑道:"这三百块钱,奶奶给你交了。记住,要好好念书,考上大学,给白家争口气。"

白宏远从奶奶手中接过钱,说:"谢谢爷爷、奶奶,我将来一定会好好孝敬你们的。"

王小红见白大妈拿出钱来,心里舒缓了许多,口头少不了推辞一番,一家人又开始愉快和谐地吃饭。忽然响起一段流行歌曲,白宏远掏出一部崭新的手机,站起来对众人做了个歉意的手势,到他卧室打电话去了。白长顺认出那是款刚上市不久的高档手机,他有些纳闷,转头看着老婆,王小红也正疑惑地看着白长顺。两人心里有个共同的疑问,都不相信对方会给儿子买这么贵的手机。

白宏远拎着书包出来,被王小红叫住:"宏远,你过来,手机哪来的?给我看看,这曲子怪好听的。"

"借同学的,耍几天。"白宏远迟疑一下,随口说道。

"借的?你再去给我借一部。"王小红说着一把抓过手机。这手机太漂亮了,她忍不住说:"让我用几天,你再去借一部。"

白宏远哭笑不得,只好坐下来,劝慰妈妈。白宏远给王小红夹了个鸡翅,亲切地说:"妈,这手机算什么,等我工作了,一定给你买个最时髦的手机。"

这时手机又响了,白宏远趁机收回手机说:"我要回校上晚自习了,同学都来电话催了。"

白宏远拎着书包起身,白大妈想留孙子住一宿,白长顺挥挥手,示意白宏远快走。

白宏远走了一会儿,门外有人高声喊:"学习啦。"

这是家属区的创意,其实是邀约打麻将的戏称。王小红闻声立刻应答,赶紧埋头吃饭,三口并作两口吞,嘴里还嚼着,那边就扔下了筷子。白大妈满脸不高兴,数落打麻将的诸多不是。王小红本想不理会白大妈的嘲讽,但想到婆婆的厉害,前不久的教训犹在,灵机一动,换上笑脸热情地说:"妈,我给你买了条裤子,包你喜欢。"

王小红说着从包里取出裤子,双手递给白大妈。白大妈一看,高兴地说:"不错,这布料颜色不错。多少钱?我给你。"

"妈,我送你的。"

不料白大妈抖开裤子,立刻变了脸色:"死女娃子,你这是男裤。"

"妈呀,现在都时兴这种款式。"王小红把白大妈拉到一边,撩开衣襟,拍着小腹说,"你看,现在女裤都这样。"

白大妈鄙夷地摇摇头,说什么也不肯试穿。王小红惊讶地发现白大妈腰间还扎着皮带,心想,现在的女人,特别是像妈这把岁数的女人,哪里还在用皮带哟。想着想着,王小红竟然笑弯了腰。

"自从进城,我就一直用皮带,习惯了。"白大妈瞧着王小红不恭的神态,阴沉着脸说,"你要真有这个心,扯段布来,我去找裁缝做。"

王小红嘴里答应着,人已冲出了门。

白长顺一言不发,默默地看着老婆出门,他已经习惯了。老婆忙碌了一天,晚饭后除了看电视、打麻将,还能干什么?白长顺收拾碗筷,白大妈唠唠叨叨地帮忙。白长顺走出厨房时被白大爷叫住:"顺娃子啊,你还是找个正经工作吧。"

白长顺愣了一下,他看着父亲严肃的面容和充满感情的眼神,不知道父亲为何说出这句话。白大妈从厨房出来,瞪了白大爷一眼说:"有人说你几句风凉话,就受不了了。那你给儿子找个经理、董事长当当,你脸上就有光了。"

白长顺心里一沉,公墓这行,就怕亲人不理解,不过好在如今讲经济效益,他就是用这个理由说服王小红的。于是白长顺对父亲说:"老汉,上次肖老大的妈死了,你提供的业务,我还没给你提成。"

白长顺拿出三百元,递到白大爷面前。白大爷犹豫了一下,正欲伸手,白大妈喝道:"不要,一家人还这样,你怎么好意思。又想挣票子,又怕丢面子。"

前些时候肖老大的母亲去世,肖老大急得团团转,白大爷正好路过他家门口,肖老大便问白大爷要了白长顺的手机号码。白长顺得到消息,马上安排就近的丧事一条龙前往,自己也很快去了肖老大家。白长顺觉得第一次在家属区为本单位职工服务,一定要尽心尽力,于是他不仅跑前忙后,还帮着谈妥了很优惠的费用。肖老大一家很满意,又找白长顺签了一笔公墓业务。家属区的人很惊讶,白长顺每天拎着公文包早出晚归,人模狗样的,叫好多人羡慕,竟然是干这行的。白长顺见人发一张名片,此后家属区有业务,大多找白长顺。

白大妈一声吆喝,白大爷只好转身往外走。白长顺大声喊道:"老汉,我给你买两条烟。"

白大爷是厂里出了名的"妻管严",造成这一局面的根源,可以追究到20世纪50年代初。在城里工厂上班的白大爷本琢磨着如何回乡分田分地,想着有三亩地、一头牛,农闲再做点小买卖,两三年肯定能盖一栋大瓦房。正当他欲向厂里提出辞职时,白大妈却抱着两个孩子进城来了。两人唇枪舌剑争吵了几天几夜,最终白大妈获胜,随后有了白长顺。待白长顺一岁后,白大妈进厂干起了临时工,后来又转为正式工。随着时间的推移,证明白大妈是正确的,她的家庭地位越来越高。

送走了父母,白长顺将客厅打扫一遍,然后泡上一杯茶,坐在沙发上,点上一支烟,打开电视。这是他一天最悠闲的时光。坐着,或是躺着,喝着浓茶,或是吸着香烟,漫不经心地瞅着电视荧屏,一天的烦恼和忧愁就都忘到九霄云外去了;再舒展舒展筋骨,随着荧屏旋律唱上几句,简直仿佛置身于世外桃源。不过,今晚的电视剧却让他快活不起来。

这部电视剧反映的是特殊年代普通百姓的艰难生活,主人公悲凉的童年生活深深打动了白长顺。他和主人公是同龄人,也是从那个特殊年代走过来的,剧中那些场景,似曾经过;剧中那些人物,似曾相识。白长顺斜躺在沙发上,进入了回忆。

与电视剧主人公相比,白长顺的童年是幸福的。他是在家属区长大的,在两个姐姐的带领下,常到附近的农村玩耍,在小河沟里摸鱼捉螃蟹,到桃树园采桃胶,到麦田里寻觅清明菜,偶尔顺手牵羊摘几个瓜果或是掰几个嫩苞谷。常在一起玩耍的还有一帮浑小子,其中杜老幺跟白长顺最要好。他比白长顺小两岁,成天跟在白长顺屁股后面,像个跟屁虫似的。两个姐姐时常捉弄杜老幺,白长顺总是护着他,惹得姐姐们不高兴,抱怨弟弟向着外人。

杜家离白家并不远,也就是坎上坎下的距离。白长顺最喜欢到杜家去玩,杜老幺老爸是厂总会计师,家里收拾得很干净,与工人家庭就是不一样。杜家正屋平柜上有一台华生牌电风扇,这在当时是稀罕物,整个家属区也找不出几台。更让白长顺惊奇的是电风扇旁边的收音机,他怎么也弄不明白,这小小的盒子里怎么会传出男人女人的声音,还会唱歌唱戏。每次去,白长顺总要杜老幺打开收音机,杜老幺总要和白长顺顶几句才会勉强同意,然后自己到门口望风,生怕被父母撞上。收音机打开时,总是在唱川戏,白长顺要换台,杜老幺不允许,说:"要不得,老汉晓得了要打屁股。"白长顺很固执,总是说走时调回去不就没事了,但常常又忘了调,让杜老幺挨了不少冤枉打。那台电风扇也成了白长顺的玩物,每次去他总要享受一番凉风吹拂,哪怕是寒冬腊月,电扇已套上了绣花布套,那也要吹一下,要不然心里不舒服。也只有白长顺去了,杜老幺才舍得动这两件奢侈品,才愿意冒被父母打屁股的风险。

杜老幺有一个哥哥一个姐姐，都比他大许多，正在上大学，要周末才回家。他们其实是同父异母。杜父中年丧偶，隔了好几年才续弦，才有了杜老幺。他母亲人很漂亮，是全厂公认的一枝花。

杜父前妻就葬在后山。白长顺一帮浑小子有时到后山玩耍，走到坟前，就有顽童说："杜老幺，这是你大妈，快跪下，磕头。"

杜老幺不肯，几个嬉皮笑脸的家伙蹿上去，七手八脚将他拉到墓前按下。杜老幺使劲儿挣扎，哪里敌得过众人。每当这时，白长顺就会站出来制止这帮家伙，有时还会动手打架。

白长顺常背着两个姐姐到山后池塘游泳。小孩活动总是结伴而行，这事自然少不了杜老幺。杜老幺人小不敢下水，就负责照看衣物和望风，只要有家长向池塘走来，他就发出暗号，孩子们便迅速抱起衣服逃到树林中去。有一次，白长顺两个姐姐偷偷摸上来，杜老幺发现晚了，大家狼狈躲闪逃进树林，唯有杜老幺被逮住了。

大姐怒吼道："你在干啥子？"

"我，我在，看风景。"杜老幺惶恐地答道。

二姐一把揪住他的耳朵骂道："一个小屁孩，看啥子风景，说，顺娃子呢？"

"不晓得，没看见。"杜老幺回过神来，壮着胆子说。

二姐的手一使劲儿，杜老幺的耳朵受不了，他呜呜地哭起来："顺娃子，快来救我。"

白长顺这帮浑小子在池塘操练得差不多了，就跟着大娃儿们到嘉陵江上逞能去了。

在嘉陵江游泳，不仅能迅速提高游泳技能，而且很能磨炼人的意志和胆识。白长顺喜欢放流。所谓"放流"，就是从上游随波逐流，浮到下游，距离往往有一两千米。到了江边，大家活蹦乱跳地下水，先将双手浸在冰凉的江水中，然后拍拍后颈，口中念道："先湿后颈窝，鬼都不敢摸。"念完就奋力向江心游去。搭上流水后，就不必费劲儿了，躺在水面上，顺流而去，仰望蓝天白云，非常惬意。到了预定地点，要迅速奋力向岸边游去，稍有迟延，便会被冲得老远，还要被大伙儿嘲笑。抱衣服裤子的重任，自然落到杜老幺身上。杜老幺抱着一大堆衣裳，跟着下水的人沿江岸边紧走小跑，经常是等他赶到，白长顺早已上岸了。待到杜老幺也能"放流"了，大家就把衣裤叠好，用皮带绑在头上。一样在江中游泳，水性好的,不会沾半点水花,技术欠佳者,头和衣裤全都湿漉漉的。

白长顺最喜欢"乘浪"。大货轮走上水掀起的千层波浪,小的浪有一尺左右高,大的浪有两三尺高。每当有大货轮冒着滚滚浓烟逆流而上时,大家便会欢蹦乱跳,呐喊着跃入水中,勇者游向江心,不会水的也要趴在水边,享受大自然的馈赠。汹涌的波浪把白长顺托向天空,倏的一下,又将白长顺陷入谷底,来不及惶恐,浪头又把他高高托起。这是勇敢者的游戏。每当此刻,白长顺便静静仰卧水面,任凭潮起潮落,心中无一杂念,两眼微眇,静观苍穹变幻,浑然不闻涛声轰鸣,如一叶扁舟,穿行于浪口波间。

有一天,两个姐姐到江边来寻他时,看得目瞪口呆。她俩觉得弟弟的游泳水平已超过了家人担心的警戒线,不但没责备白长顺,反而悄悄央求白长顺教她俩游泳。白长顺带着两个姐姐在后山池塘度过了许多愉快的夜晚,但两个姐姐的游泳水平很一般。

白长顺是在厂子弟学校念的小学,学校就在家属区边上。白大妈决定让白长顺到市里念初中,白大爷觉得哪里都差不多,在厂子弟学校念书,还能省几个钱。白大妈把眼一瞪,"听你吹。"

白大爷默不作声,白大妈仍在唠叨:"那年要是信了你的话,一家大小都成了向阳花。"白大爷赶紧溜出门找清静去了。

就这样,白长顺来到了新的学校。新的天地,让白长顺感到一切都很新鲜,还有点难以适应。在他幼小的心灵里,有许多困惑,有许多不理解。他不好意思去问别人,只好看在眼里,用心去思索。

白长顺的同桌是位扎着小辫的姑娘,叫孟思凡,是个文文静静长相俊秀的女孩。初次见面,她对白长顺友善地一笑,吓得白长顺手慌脚乱。白长顺在家常跟姐姐们厮混在一块儿,理应不惧异性,但这毕竟是学校,光天化日之下,一个陌生的女孩,稚嫩的脸上透出成熟的气质,虽没说话,却是幽幽眼神蕴涵万千。白长顺机械地笑道:"我,我叫白,白长顺。"

接下来几天,白长顺从几个同学口中得知,这个同桌不简单,在小学就是三道杠的大队长,还是市少先队鼓乐队的号手,参加过市里的节日游行;更神奇的是她还有个苏联朋友,常有信件寄来。不知不觉,白长顺对同桌由衷地佩服。

白长顺不明白,在小学那么出众的孟思凡,在中学却异常低调。每次推选班干部的时候,白长顺和那些调皮的男同学都举手推选孟思凡,在班上她是得票最多的,但班主任总是说,要研究研究。这一研究的结果,就跟推选的结果大不一样。后来有人告诉白长顺,这是贯彻新的政策,白长顺听得似懂非懂。

白长顺还结识了同学王承西。这家伙胖墩墩的,外号"西瓜",脑壳特别灵,是班上的数学课代表。他成绩虽好,却是个淘气鬼。白长顺与他很投缘,两人都爱看连环画,课余常在一块谈论水浒、三国,以及《铁道游击队》《林海雪原》《红岩》中的英雄人物。有一次,白长顺同王承西正争论得面红耳赤时,发觉孟思凡在座位上窃窃私笑。事后白长顺责问她,孟思凡说,她早读过这些小说了。

白长顺和王承西还经常溜到河里去游泳。这可是严重违反学校纪律的行为,被抓住是要记过的。但嘉陵江边的男孩子哪有不下河的。夏天放学后,常有成群结队的男孩子在河边戏水打闹。王承西非常羡慕白长顺高超的游泳技术,常跟在白长顺屁股后头,央求他教几招。

有次周末,白长顺回到家里,听见父母在厨房议论,家属区传出爆炸性新闻,杜老幺父亲居然是什么逃亡地主,乡下农民要把他全家押回原籍。

"老杜怎么成了逃亡地主?他在外读书,毕业后就到厂里做会计,一直干到今天。怎么回事?"

"你问我,我去问哪个?现在的形势,你又不是不晓得,天天在开会。唉,杜老幺要遭罪了。"

白长顺听到后,心想,这事怎么扯到杜老幺身上了。他赶紧跑到杜家。杜家大门虚掩着,白长顺轻声呼喊:"杜老幺,杜老幺。"

过了好一会儿才有动静,杜老幺母亲探头到门外四下张望了下又缩了回去。又过了一会儿,杜老幺才推门出来。他朝白长顺点点头,想说什么,又难以启齿。白长顺见他脸上仍有泪痕,往日机灵活泼的小伙伴变得傻乎乎的了。白长顺想说什么,也不知从何说起,两人在院坝默默地站着。白长顺摸出随身带着的两本连环画,是上周从饭钱里节省的几毛钱刚买的新书,塞到杜老幺手上。杜老幺很感动,他两天没有上学了,没有一个同学来找他玩。他伸手摸了摸口袋,口袋里什么也没有,只得失望地望着白长顺。白长顺拍了拍杜老幺肩头,默默地走了。

第二天早晨,白长顺刚起床就听人说,杜家要被押送回原籍。他顾不上洗脸,迅速跑到厂门前,那儿已围了一大圈看热闹的老少爷们儿。一辆大型的军用吉普车停在那里,已经发动了,杜老幺坐在地上哭泣,不肯上车。两个干部模样的人骂骂咧咧,准备动手拉杜老幺上车,围观的人群发出阵阵嘘声。白长顺挤到前面,杜老幺一见,破涕为笑,拉着白长顺低声说:"我在等你,我要送你一件礼物。"

杜老幺转身从车上拿下一个纸盒,神秘地对白长顺说:"到了没人的地方才能打开。"

杜老幺的父亲探出头来小声说:"顺娃子,好好保护好。"

白长顺抱着盒子,点了点头。他发觉杜老幺他爸脸色憔悴,目光呆滞,胡子拉碴。以前他可不是这模样,而是经常红光满面哼着川戏在家属区转悠。吉普车终于启动,驶离看热闹的人群,车后尘土飞扬,似乎在催促人们赶快散去。

白长顺跑回家,躲进自己的小房间,把纸盒放到桌上,开始琢磨这件礼物。纸盒是女式皮鞋包装盒,白长顺打开纸盒,拂去上面的纸花,露出一只红色的花瓶。他把花瓶放到桌上,用手抚摸,感觉有点冰凉,不是玻璃的,也不是搪瓷的,像是陶瓷的。白长顺从没见过如此精美的花瓶。他经常到杜家玩耍,也没见过这只花瓶。白长顺坐在小床边,望着红色花瓶出神,杜老幺怎么会送我一只花瓶?他爸还叫我保护好。白长顺不知道该怎样处置这花瓶,就草草地装好,扔到了床下。没想到,这一扔就是三十多年。

一晃大半学期过去了,白长顺发觉同桌孟思凡有些微妙变化。往常,每到课余时间,孟思凡桌前总聚着一大堆女同学,闹闹嚷嚷的,吵得白长顺心烦,现在来的同学越来越少。有时课余,孟思凡独自在那里发呆,白长顺见了就会把好看的连环画递过去。孟思凡虽然总是微笑着接过连环画,但白长顺发现孟思凡的手有些微微颤抖。

有次数学测验,白长顺飞快地做完后就玩起了文具盒,老师提醒多检查几遍,他压根儿没听进去,只顾玩自个儿的。快下课的时候,孟思凡站起来交卷子,有意无意地碰了白长顺一下。白长顺正想发作,却见孟思凡的手指按着卷子上的一道计算题,有意地轻轻点了两下。白长顺恍然大悟,仔细检查那题,果然计算有误。从此,白长顺更加佩服孟思凡了。

每天放学,白长顺总是走在孟思凡后面,往常老有一大堆女同学簇拥着的孟思凡,如今她孤身独影一个人走着。白长顺每次都默送到岔路口的黄葛树下,停下来望着渐渐远去的孟思凡。白长顺回家得向南转去,但他总爱在黄葛树下逗留。这棵古老苍劲的黄葛树,不知长了有多少年,盘根错节挺立在路口,粗壮的树身要三四个小孩手拉手才能围拢。前些年扩建马路，人们舍不得毁掉这棵黄葛树，硬是更改图纸，让十字路口向北挪动了十米。黄葛树在白长顺伸手触及处骤然分枝，形成三株大树，枝干纵横交错，像一把巨大的绿伞，伞下是孩子们的乐园。孩子们在树下滚铁环、跳房子、玩弹珠、拍纸画，胆大的还爬上黄葛树，在上下交错的树枝上游走，似有无穷的乐趣。白长顺经常玩得满头大汗，两手尘土。小商贩们瞄准了商机，先是几个卖凉粉、凉面的小贩在黄葛树下摆摊，接着卖糖关刀、棉花糖的也来占地为摊，之后那些摆小人书摊、气枪打靶的也都闻讯赶来了。这岔路口周围有四五所中小学，每到中午、下午放学时，黄葛树下都热闹非凡，宛如市场。

白长顺很怀念黄葛树下快活的时光，每次路过黄葛树，他都要在树下徘徊一会儿。可现在黄葛树下空荡荡的，只有遍地枯叶，小贩的吆喝叫卖声、小伙伴们的欢歌笑语声、树上鸟儿的叽喳声，全都销声匿迹了。

有一天，班主任把白长顺叫到办公室。班主任是位中年妇女，戴着小巧的眼镜，平时待同学和蔼可亲，这会儿却虎着脸，严肃地说：“据同学反映，你经常给大家讲什么重庆掌故、三侠五义之类的故事。说说看，哪个向你提供的书籍？”

本来忐忑不安的白长顺听到老师的问话，心里坦然了许多，他老老实实地回答：“这些呀？听别人讲的。”

“听来的？从哪里听来的？”班主任一脸的疑惑。

这些“龙门阵”真是听来的。在家属区外的街道上有一家茶馆，前段时间来了个说评书的艺人。正值暑假，每天晚饭后，白长顺就带着杜老幺和几个小伙伴去听评书。大人掏出钱来，便可一边坐着听，一边喝茶吸烟嗑瓜子，悠闲得很，小孩们只能挤在茶馆门口站着听。机灵的白长顺常趁老板不注意，溜到空位子上坐着听，杜老幺胆小，只好站在门外听。白长顺记性好，又善于模仿，常在同学中讲这些故事，不晓得怎么就被人反映到学校去了。

班主任听白长顺讲完事情的来龙去脉，长长地舒了口气：“但愿如此，不过，学校还要调查。这事很严重，你不能再讲这些故事了，你要站稳立场。”

对这事，学校领导很重视，派人到街道茶馆调查，却发现茶馆已关张，改为“生活服务站”了，几个老头捧着茶杯，正坐在服务站前闲聊。派去的人向他们打探茶馆老板和说书艺人，却一问三不知，只好打道回府。

有天下午，刚上课不久，班主任急急忙忙走进教室向同学们宣布：“刚才接到紧急通知,我校要抽调两百名师生参加外事活动。我念到名字的同学马上到操场集合,其余的继续上课。"

教室里一下欢呼起来。白长顺不知是怎么回事,孟思凡告诉他,西哈努克亲王来了,要在市里进行足球友谊比赛。白长顺一下子兴奋起来,那漂亮的体育场自己还没有进去过,要是能去,不仅可以参观体育场,还可以亲眼看到外国元首,不过,踢足球不好看。

班主任每念一个同学的名字,都会引起一阵欢呼,被叫到名字的同学兴奋地站起来,脸上洋溢着得意的神采快步跑出教室。眼看同学一个个跑出去,白长顺紧张起来,眼巴巴地望着班主任,生怕被留下来演算那些枯燥的数学题。

"白长顺。"

白长顺雀跃般地站起来,差点把凳子掀翻,引起一阵哄笑。他飞快地跑出教室,在跨出教室门的瞬间,回头望了一眼,发现孟思凡呆呆地坐在那里,两眼充满了渴望。白长顺站在门口,他不知道班主任选人的标准,心里想,我都选上了,为什么不让孟思凡去呢?

被抽到的同学在操场集合完毕,校长带领队伍向体育场进发。到了体育场外面,白长顺傻了眼,只见人潮涌动,许多解放军战士和公安干警在维持秩序,一律凭票入场,许多无票的球迷围堵在入口。白长顺跟着队伍进场时,他发现那些围在检票口的球迷都用羡慕的眼光看着他。

白长顺是第一次进入体育场,对一切都感到稀奇。这时观众入场也差不多了,各个单位坐成方阵正在相互赛歌,歌声、掌声此起彼伏。看台上有两个解放军方队,他们着装整齐,歌声浑厚嘹亮,受到全场热捧。但让白长顺振奋的不是解放军的歌声,而是解放军方队前的那位指挥。那位指挥挥动着的双臂不仅有力,且幅度较大,同时他的全身都在随节拍律动着,给人一种振奋的感觉。指挥张开双臂缓缓与头相平,全队的歌声随之唱到高潮;指挥双手向中一合,用力向下一收,歌声戛然而止,赢得全场热烈的掌声。白长顺看得目瞪口呆,他很想那位指挥再表演一次。

主席台宣布比赛开始,全场的视线都集中在了主席台。这次柬埔寨国家元首西哈努克亲王访问中国,在成都举行了乒乓球比赛后,前往武汉,途经此地,要举行一场柬埔寨国家足球队对重庆市足球队的友谊比赛。这对当地来说算得上是头等大事。比赛哨声一响,双方队员奋力拼搏,全场观众热情地呐喊助威。可白长顺对足球不感兴趣,坐在那里东张西望。在他旁边的是班里的团支部书记,他拍拍白长顺肩头,小声说道:"白长顺,你不太喜欢足球吧?但是,你要知道,这是一次重大的外事活动。国家的事,再小也是大事。我们要当成一项政治任务来完成。今天我们能够到这里观看比赛,是组织的信任,你要明白你的责任。"

白长顺顿时面红耳赤,赶紧直起身来,朝团支部书记连连点头。他装模作样地看着比赛,心里却在想,孟思凡不能来看球赛,是什么原因?白长顺眼前浮现出孟思凡那双充满渴望的眼睛,心里荡漾着莫名的自豪感,甚至有些飘飘然。白长顺开始关注赛场了。场上拼杀正酣,时有球员被撞翻、被铲倒,白长顺觉得有趣,笑得十分开心。白长顺一下来了劲头儿,跟着场上的欢呼声、呐喊声,也大声地吼起来,惹得周围的人朝他直瞪眼睛。

放学后,白长顺回到家里,讲了看国际比赛的事,一家人都很高兴,夸他了不起。

第二天早晨,白长顺来到教室,一大群男生正在议论昨天的球赛,争论得面红耳赤。白长顺正想走过去,瞥见孟思凡孤单地坐在座位上,神情有些沮丧。于是白长顺走到自己座位上,边放书包边大声说:"昨天的足球赛一点也不好看,还耽误半天课,划不来。"

这话白长顺是说给孟思凡听的,他想宽慰孟思凡,又不好对着孟思凡一人讲,就把声音提高了些。

正在热议的同学听到此言,一下围住了白长顺。其实他们也不是球迷,只不过昨天被安排去看了球赛,有几分洋洋得意罢了。他们纷纷指责白长顺。

"你昨天在现场又是吼又是叫,今天又说不好看,真是鼻子生得矮,说话会转拐。"

有人一语道破天机:"你行啊,也会讨好女同学了。"

众人肆无忌惮地哈哈大笑。白长顺急得脸红耳赤大声分辩,孟思凡的头低得更厉害了。上课铃响了,白长顺才得解脱。

一天下午,数学自习课,白长顺正埋头写作业,听见王承西在轻声叫他。数学课代表的脑瓜子就是灵,一样的作业,白长顺还没做到一半,他就逍遥自在了。

"长顺,快把连环画扔过来。"

白长顺从书包里取出连环画正欲扔出去,冷不防孟思凡说道:"我要看《三打祝家庄》。给我。"

白长顺犹豫片刻,说:"这家伙看得快,下午放学一定给你。"

白长顺将书从同学头上扔过去,引起班上同学一阵躁动。快下课时,数学老师来了,有同学告发此事。殊不知,一向严肃的数学老师对他的得意门生却网开一面:"完成了作业,可以做其他事情。"

白长顺没有这待遇,他被叫到办公室狠狠训斥了一顿。放学的时候,白长顺将书递给孟思凡,她却说:"早看过了。"

"那,为什么……"

"我是不想你违反课堂纪律。"孟思凡一边收拾书包一边说。

白长顺心里感动,嘴上却说不出什么。

放学路上,白长顺依旧走在孟思凡后面。快到黄葛树时,孟思凡停住了脚步,递给白长顺一纸条,严肃地说:"好生看一看,想一想。"

白长顺接过纸条,顿时脸皮发热,忙绕过黄葛树后一阵小跑。快十四岁的白长顺对男女之事似懂非懂,班上早有传闻,说王承西与某个女同学眉来眼去,常有纸条传递。白长顺跑到僻静处,四下观察,见没有同学,心里仍是怦怦地跳。

他打开纸条一看:同学,你今天,太让人失望。

白长顺把纸条翻来覆去地看,就这一句话。白长顺不太明白,失望?是指什么?但他没勇气去问孟思凡。

还有件事,白长顺也很长时间没弄明白。有一天下午,白长顺上完体育课回到教室,见孟思凡趴在桌子上哭泣,同学们在一边小声议论。王承西悄悄告诉他:"孟思凡被老师批评了,说她的作文有问题,阶级立场和世界观有问题。"

白长顺听后一言未发,默默回到座位。前几天,老师布置作文,题目是"我最尊敬的人"。白长顺一见,乐了。读高中的大姐早把作文妙招传授给他,凡是写难忘的人,可爱的人,信任的人,尊敬的人,喜欢的人,都是一个套路,准备好一篇文章,以不变应万变。

白长顺洋洋洒洒写了几大页,他写的是任车间主任的父亲,真真假假,连编带造,类似的题目,他写过十多次了。他得意地停下笔,伸长脖子瞧了瞧同桌。

孟思凡的作文才刚刚开始写,白长顺清楚地看到了前几行字:我的父亲,是大学的教师,在家里也是位受人尊敬的丈夫、父亲。白长顺明白,孟思凡的文笔比自己强,她的作文常受老师称赞,还作为范文在班上念过。

白长顺不明白,赞扬自己的父母有什么过错,他很想安慰孟思凡,张了张嘴,却不知道说什么。他察觉同学们都在注视他,赶紧低头假装收拾书包。站在黑板前的一群女同学正窃窃私语,不时朝这边张望,冷淡的目光令人心寒。白长顺背上书包低声说了句:"放学了。"

过了没多久,便放暑假了,可开学后白长顺再也没见过孟思凡,只听同学说她改名了,叫"孟诗凡"。

推门的声音打断了白长顺对往事的回忆,他知道是老婆回来了。从推门声响的轻重,白长顺就可以判断出王小红今晚打麻将是赢了还是输了。无论输赢,王小红总会唠叨半天,要么炫耀自己牌技高超,要么抱怨自己手气臭。白长顺听烦了这一套,干脆闭上眼睛装睡。

今晚王小红回家,既没埋怨自个儿手臭,也没自夸牌技出众。她径直走到白长顺面前,见他睡着,便大声嚷道:"家里出大事了,你还睡得着。"

白长顺睁开眼睛道:"啥事?贼娃子进屋了?"

王小红见白长顺装神弄鬼,心里甚为不满,骂道:"又眯起眼睛做美梦。听说你在外面认了好几个表妹,你小心点,莫让我抓现行。"

白长顺不理她,点燃香烟,打个呵欠,懒洋洋地问道:"到底啥子事,哪个又惹你老人家生气了?"

王小红心情很好,她在白长顺身边坐下,煞有介事地说:"我去打牌时,李二娃告诉我,他看见宏远上了一辆奥迪,那车似乎在等他,他一上车就开走了。"

"认错人了吧?或者上的出租车?"白长顺想了想说,"怕是李二娃开玩笑的吧。"

王小红当时也是这么想的,还把李二娃从头到脚骂了个狗血淋头,急得李二娃赌咒发誓:"我好心被当作驴肝肺,宏远是我看着长大的,我会看走眼吗?出租车与奥迪我还是分辨得清的。"

王小红见李二娃诚恳的模样,也就半信半疑地坐下打牌了。人在牌桌上,她脑海里尽是白宏远的事:谁会开奥迪专程接送宏远?又是谁给宏远买的高档手机?白家、王家的三亲六戚也没有开奥迪的,莫非宏远被坏人拉下水了?说来也怪,这晚王小红的手气特别好,想啥牌来啥牌,不是自摸就是清一色,打得李二娃他们叫苦连天。

王小红把心里的想法对白长顺讲了,弄得白长顺哭笑不得。白长顺说:"看不出来,你还有这方面的天赋。明天你到电影电视剧制作中心去上班,照你这个路子编下去,收视率肯定高得很。"

王小红自己也觉得好笑,仍强词夺理:"那,那你说是啷个回事嘛?难道天上真的掉馅饼了？"

白长顺深吸一口烟,这突如其来的消息确实让他吃了一惊,联想到宏远手中的高档手机,他也有些坐不住了。他想给宏远班主任打个电话,拿起手机又觉得时间太晚了,就对王小红说:"明天你到学校找班主任了解了解情况再说,我觉得没你说的那么严重。"

王小红说明天要上班,叫白长顺自个儿去。白长顺靠在沙发上,思前虑后想了一阵,他对自己的儿子还是了解的,儿子宏远是有抱负的。父子俩那次在房后坡顶乘凉时的情景又浮现在白长顺眼前。

那是初三中考前夕,宏远在家复习功课。那年夏天来得早,气温连续几天都在三十度以上,尽管家里唯一一把电风扇嗡嗡地转个不停,宏远额头上仍是汗涔涔的。白长顺瞧瞧儿子,端来一杯凉开水,又摇着蒲扇,给儿子最爽的清凉。儿子放下笔说:"爸,我们到屋后山顶乘凉吧。"

小山顶上夜风拂面,自然比家里凉爽许多。坐在小山顶光滑的石头上,父子俩交谈了许久。白长顺感慨地说:"宏远,你是赶上了好时候,我小时候,唉,别提了。"宏远望着对岸的万家灯火说:"将来,我还想读研。"

白长顺明白,儿子的话没有说完,他知道家里的经济状况,说出来怕父亲难过。白长顺沉默良久,站起来拍拍宏远肩膀,深沉地说:"先做好眼前事,以后的事,要相信父母。只要你上进,砸锅卖铁我们也要供你上学。"

宏远深情地望着父亲,他的眼眶湿润了。他转身朝山下的嘉陵江眺望,江里正涨端阳水,夜晚看不清,只听见惊涛拍岸发出哗哗的响声。

可眼下这些事,白长顺捉摸不透,总感觉不是好苗头,想着明天真该到学校去一趟了。

白长顺正准备睡觉,王小红喜颜悦色地拦住他说:"还有一个天大的好消息,我们家属区要整体拆了,拆迁办的牌子都挂出来了。"

白长顺无动于衷,这类消息王小红发布过好几回了,每次都是空穴来风。

"这回是真的。"

"你想房子想疯了吧?"白长顺揶揄道,自己洗漱睡了。

提到拆迁,王小红无比兴奋,就像抓住了一个发财的机会。她自言自语道:"这回啊,我要当个钉子户,起码要弄两套住房,还要加点装修费。"

王小红脸上露出了笑容,仿佛新房已经到手。其实她心里有一个更大的愿望——还建房她还看不上,她想把到手的两套还建房卖了,再添点钱买套花园洋房。她对家具要求不高,但一定要买一个浴缸。王小红有个朋友,是和她一个厂的,其老公原来也是厂里一个技术员,停薪留职后,在外做家电生意,没过几年就买了花园洋房。王小红去贺乔迁之喜,唯独看上了女主人卫生间里的粉色浴缸,暗暗发誓今后一定要买个更高级的浴缸。在她看来,躺在温馨的粉色浴缸里,不仅是身体的享受,更是精神的享受。

王小红来到床前,白长顺已经酣然入睡。她没有半点睡意,环视这间卧室。她在这里度过了近二十个年头,没有多少值得留恋的东西,倒是有不少的屈辱,使她伤心不已。

表面看,这是一个三口之家,其乐融融。但公婆一家隔得太近了,王小红总觉得有双严厉的眼睛无时无刻不盯着自己,让她浑身不自在。婆婆白大妈是厂里的退休工人,精明能干,没事就爱往儿子家跑。白大妈见事做事,见不顺眼的就唠唠叨叨,特别见不得儿子洗衣服——白大妈生了七个儿女,只养大了两女一男,白长顺是她的独苗苗,她能视而不见吗?

"哪有做媳妇的不洗衣裳的?我当媳妇的时候,不仅洗男人、娃儿的衣裳,公公、婆婆的,连小叔子的都要洗。"

白大妈唠叨时,王小红是没有还嘴的份儿的,她只好躲到一边去。那天中午,正在吃饭,白大妈来了,王小红忙去拿碗筷。白大妈说吃过了,只坐在一边闲聊。这时,有人在外面喊:"小红,学习啦。"白大妈一听来了气,走到门口嚷道:"今天没空,莫到门口来喊魂。"王小红扔下碗想出门,白大妈故意堵在门口。王小红过不去,随手把白大妈一推,白大妈没防备,差点摔到地上。白大妈恼羞成怒,回到家就给两个女儿打电话,哭诉王小红欺负她。不一会儿,两个女儿就赶到麻将馆把王小红拉扯到家。要论抓扯,身强力壮的王小红自然不怕,但她自觉理亏,只敢一边抵挡一边解释。两个女儿见势不对,忙打电话叫各自老公来助阵。不大会儿工夫,两个女婿赶来,二女婿还叫上了两个朋友,加上看热闹的邻居,挤了一屋人。躲在里屋的白长顺本不想露面,想让两个姐姐收拾一下王小红,见事情闹大了,他不得不出面。白长顺对满屋子的人说:"各位,对不起,这是白家的私事,请无关的人退出去。该干啥干啥去。"看热闹的好事者只得退出屋去,二女婿请来的两个朋友见是家庭纠纷,觉得没啥油水,跟二女婿打个招呼也走了。

王小红见老公来了,胆子又壮了。白长顺把眼一瞪,喝道:"给妈认错。"王小红赶紧给白大妈赔礼道歉。白大妈坐在沙发上把王小红数落一通。王小红好话说了千千万,白大妈才松口。晚上白长顺请大家烫了顿火锅,事情才了结。王小红从此在家属区抬不起头,被一帮好事者嘲讽了多年。王小红视这家为伤心之地,恨不得立马搬出去,离开家属区这帮说长道短的闲人,离开公婆越远越好。

王小红看见在沙发上放着的新买的裤子,拿起来抖了两下,决定明天就穿这新裤子去上班,在姐妹们面前显摆显摆。

王小红靠在床头,看着熟睡的白长顺,拍拍白长顺的脸,骂道:"吃得饱,睡得着,不怕蚊虫咬脑壳。"

她太兴奋了,无法入睡,斜靠在床头,又开始盘算如何当一个钉子户,换一套三居室。

其实,白长顺并没有睡着,只是不愿搭理她。借熄灯后的黑暗,白长顺将自己隐藏在床的一侧。他心态平和,儿子的异常,房屋的拆迁,他都不以为然。自己的儿子自己清楚,哪会像老婆想得那么传奇;拆迁嘛,该怎么办,就怎么办。倒是老婆对花园洋房的期盼,是白长顺心中的一个结。王小红不切实际的想法固然可笑,但扪心而问,也没啥可指责的,哪个女人不想有个温馨舒适的家。想到这些,白长顺倍感肩上的责任重大。儿子要上大学,老婆要带浴缸的花园洋房,可挣钱难啊,眼看今天就要到手的业务,却被一个远方的道士搅黄了,白长顺在被窝里长长地叹了口气,久久未能入睡。

第 三 章

每天早晨，白长顺不是上街摆展板、发名片，就是上陵园揽业务。其实白长顺干上这一行，也算是顺应了时代潮流。

改革开放以来，殡葬政策有重大突被，允许私人或社会团体经营陵园，市里一下冒出四五家经营陵园公墓的公司。但这些先行者虽然敢于吃螃蟹，却不知怎么吃。

各个陵园都是摸着石头过河，一边加大宣传力度，一边广泛招聘营销员。白长顺这时刚丢了销售牛肉丸子的工作，正四处找工作，看到招聘广告不觉动了心——不限学历，不限年龄，不限性别，不收报名费，只要能吃苦耐劳就行。白长顺参加过多次招聘会，招聘单位不是嫌他年龄偏大，就是说他学历不够。白长顺顾不得多想，挤进去报了名，等到了二十三楼用于培训的会议大厅，他心里凉了半截，大大的会议室里挤满了人，大部分是年轻人，好多都是大学生。白长顺在后排找个座位坐下，心想，听一听再说，反正没缴报名费，何况还有顿免费的中午饭。

先是总经理讲话。这是家上海来的大公司，主要经营房地产业务，总经理是个胖子，挺着啤酒肚，在台上口若悬河，讲公司如何誉满全国，实力如何雄厚，前景如何灿烂辉煌。随后,开发部经理在热烈的掌声中登场了。开发部经理也是个胖子,啤酒肚比总经理还要圆三分。这位仁兄中气十足,声音洪亮,但带着上海腔,白长顺很不习惯,费了很大劲儿才弄明白,原来说的是公司拓展的新项目,投资几百万打造的青山陵园。这个陵园占地上百亩,整个一座山,现在一期工程已竣工并开始出售,那里交通方便、风景怡人,是有福之人的最好归宿。白长顺终于搞明白了,这份工作原来是推销公墓,他叹了口气。眼瞅退场的人越来越多,白长顺几次站起来,想跟着一起走出大厅,但想想找工作的艰辛,又坐下了。到中午吃饭时,会议厅里还有一百多人;到下午开会时,已不足百人了。培训结束时,只剩下三十来位中老年人了,而白长顺也搞清楚了青山陵园的销售规则:销售员没有底薪,工作时间灵活自由,业绩按比例提成,多劳多得,上不封顶。

就这样,白长顺干上了推销公墓的行当。第一次在街头做宣传时,为了避开熟人,白长顺从他家所在地城北跑到了城南。摆好展板后,白长顺把宣传资料扔在摊上,自己躲到一边抽烟,有人咨询再过来解答。有一天,有个年轻女人瞅着展板看了很久,脸都快贴展板上了。白长顺以为是个买主,主动迎上去,不料那女人狠狠地瞪了白长顺一眼,训道:"这东西也拿到大街上?"

白长顺也不客气:"没哪个强迫你看呀。"

那女人愤愤不平地离去,白长顺也觉得晦气。眼看一个月就要到了,一笔业务也没做成,家里老婆整天拉长了脸,催他赶快另找份工作,白长顺哭丧着脸说:"找工作难啊。"

这天白长顺好不容易组织了五六个大爷、大妈到青山陵园实地考察。到了地方,白长顺热情主动介绍这,介绍那,可几位大爷、大妈只是东看看、西问问,就是不下单,权当免费旅游。白长顺见其中一个大爷站在那里犹豫不决,就把他作为重点目标,又是送茶水又是递烟,大爷很爽快地表示,他很喜欢这地方,肯定会下单,钱也不会让儿女来出,但这么大个事,总要跟儿女商量商量。白长顺觉得在理,就留下了大爷的电话。回去的路上,白长顺把大爷照顾得很周到,两人谈得很投机。下车后路过一家超市,大爷说,这就到儿子家去,想给孙子买个玩具,可还差50元。白长顺二话没说,掏出50元塞到大爷手里。大爷似乎很感动,一再说明天就会下单。白长顺等了三天也没有消息,电话打过去总是关机,才明白过来是被人骗了。

白长顺拿到第一份订单时已经是他上班的第三个月了。从那以后,隔个三五天,他就会搞到一份订单,很快就成为同行中的佼佼者。在那三个多月的摸爬滚打中,他摸索出了干这行的窍门,并在朋友的引荐下几乎与各陵园都建立了业务关系。后来再给客户介绍时,他就有了充分的回旋余地,东家看不上,再带你上西家,有时甚至带着客户一天跑四五家,客户都不好意思了,订单自然就到手了。

有一天,白长顺在青山陵园碰到位瘦高个儿营销员,愁眉苦脸的,像条霜打的秋丝瓜。

白长顺问道:"兄弟,哪里不顺手?"

那瘦高个儿指了指后面几个西装革履的中年人,小声说:"看了好几处,都嫌贵了。"

白长顺看了那几个中年人一眼,拍拍瘦高个儿肩头说:"让我来试一试。"

白长顺走过去,跟那几个中年人嘻嘻哈哈一阵调侃,一支烟的工夫,几人就爽快地交了定金。瘦高个儿惊喜万分,非要拉白长顺去喝酒,还要按规矩将提成分一半给他。白长顺坦然一笑:"喝酒可以,提成的事就别提了,干我们这行,要互相帮衬。"

在青山陵园边的小酒馆,瘦高个儿自我介绍:"我姓汪,从农村来的,干这行三年多了,头一次这么漂亮利落地收到定金。兄弟十分敬佩,来,我敬你一杯。"

两人一边喝酒,一边交流推销公墓的独门诀窍。瘦高个儿对白长顺是心诚口服。他深知自己满口的外地口音让有些顾客鄙夷,也是众多业务员闲聊嘲讽的对象。他有心结识白长顺,频频向白长顺敬酒,无意中提到过去曾做过八字先生。白长顺一听就来了劲儿,猛拍桌子,"你当过算命先生?"

瘦高个儿点点头。

"会看阴阳,会择时辰?"

瘦高个儿又点点头,说:"幼时学过。在农村,这两手很吃香。"

白长顺兴奋地说道:"哎呀,你是真人不露相啊,会这行好,推销公墓如虎添翼。干杯,干杯!"

瘦高个儿不胜酒力,但在兴头上,也频频举杯。白长顺认为他需要包装一下,置一件长衫,一把黑纸扇,还要蓄胡须、戴墨镜。瘦高个儿虽点头,却显得有些犹豫。

白长顺说:"人靠衣衫马靠鞍,现在叫包装。"

瘦高个儿精神一振,来了劲头儿,"对头,我要把普通话练好。"

白长顺摇摇头说:"不,就说这口地道的丰都话。外来的和尚会念经。"

两人会心地笑了。瘦高个儿看着桌上的三只光盘子,脸上有些尴尬,咬了咬嘴唇说:"加菜,来个豆腐干。"

"不必了,下回我请你。"白长顺站起来接着说,"你就叫,汪大师。"

此后,两人联手,业务越做越红火。汪大师成天穿梭于各个陵园之间,穿长衫,戴墨镜,手摇黑纸扇,大师的派头十足,还真有人慕名而来,大把钞票硬往他怀里塞。"汪大师"的名头逐渐响起来,慢慢地名气越来越大。

大约又过了半年,有一天中午,白长顺从青山陵园出来,一个中年女营销员朝他跑过来,大喊:"大哥,快帮我一把。"

白长顺抬头一看,那边过来七八个男女,大都醉醺醺的。白长顺沉着地迎上去,向大家施礼后和颜悦色地说:"各位,需要什么帮助,请吩咐,我是……"

"退钱,把定金退回来。"

白长顺镇定地说:"要取消合同?完全可以,不过,合同上有规定,乙方单方面毁约,定金概不退还。"

一个满是酒气的中年人冲到白长顺面前,气势汹汹地说:"你……你是她……哪个?跑起来,来打干帮。"

白长顺把头一扬,"我是她老公。"

话一出口,白长顺觉得有些不妥,但见对方被唬住了,又暗自高兴,用眼角余光扫了扫女营销员,感觉她已从惊愕中镇定了许多,似乎更靠近自己了。

"墓碑为啥要另外收费?"一个系着领带的中年平头满脸通红,歪歪斜斜地走过来质问。

闹了半天是为墓碑这点小事,瞧这伙儿人的穿着打扮,不像是抠小钱的人。白长顺又看了那位女营销员一眼,发觉她也喝了酒。白长顺皱了皱眉头,仍笑着解释:"各位,为啥公司不统一墓碑呢?因为墓地有不同的价位,墓碑就不好用一个标准了。再说,各家的经济状况不同,文化教养不同,对墓碑的要求就不同。墓碑就像是家庭的大门一样,许多客户是非常重视的。公司对这个也非常重视,因此在墓碑的设计上,大致分为两类,有经济型的,有豪华型的。"

这伙人听完白长顺的介绍,纷纷指责女营销员没说清楚,女营销员要分辩,被白长顺制止了。

白长顺又提出新的话题："哟,今天喝的酒不错嘛。"

"哈哈,看来你也是个酒坛坛。"满是酒气的中年人舞着手中的酒瓶嚷着,"来,来,喝一杯。"

白长顺接过酒瓶,仰头咕噜咕噜喝了一气,少说也有三四两。几位男子一起喝彩,那求助的女营销员暗自叫苦。

白长顺抹一抹嘴,"好酒,好酒。"

"好酒量,有本事再来一口。"为首那家伙扭住不放。

白长顺摆摆手,问道:"这酒钱比饭钱还贵吧?"

"差不多。"

白长顺又点点头,略带好奇地说:"这么洒脱,是哪位仁兄买的单?"

"我买的酒,她付的饭钱。"打领带者有些得意地说。

大家七嘴八舌相互打趣,这个说你是老大,应该的;那个说你是大姐,还不是大姐夫掏钱。

白长顺问:"哪个是老幺?"

大家一起指向提着酒瓶的中年人。中年人不知缘由,以为找他喝酒,高兴地举起酒瓶。

白长顺对大家说:"我看啊,这个墓碑费用就由老幺出,大家同意不同意?"

大家一起鼓掌,齐声叫好。中年男子冲到白长顺跟前,有些不服气:"你说,你说,凭啥子该我出。"

"俗话说,皇帝爱长子,百姓爱幺儿。"白长顺对中年男子打趣道,"你是幺儿,肯定享受了许多他们没有享受到的待遇。"

白长顺这么一说,几位女士异口同声说"对头",这个说,"跟着妈和老汉吃饭长期不缴伙食费";那个说,"妈和老汉的房子都给他了"。老幺被说得怪不好意思,他把头一扬,"说这些,我去交费,你们安逸了吧。"

女营销员又惊又喜,没想到白长顺三言两语就轻松搞定,心里骤然升起感激之情,不由得抬眼凝视白长顺。白长顺说:"我得走了,这是我的……"

"着什么急,等会儿一同去买菜。"女营销员生怕白长顺一走,那几个酒疯子又节外生枝,情急之下,不觉脱口而出。

在场的人都觉得是两口子在斗嘴,没啥异常。白长顺听了,却觉得别扭。白长顺犹豫着，女营销员在身后推了他一把。白长顺无奈，只好跟着去了营业厅。一切顺利，在众人的鼓动下，老幺高高兴兴付了豪华型墓碑的钱。

白长顺和女营销员目送这群人缓缓离去，女营销员长长地舒了口气，声音有些异样地说："我姓刘，大家都叫我刘四妹。今天幸亏遇上你。"

刘四妹边说边在拎包里掏钱，照行规，此类情况相助者是可以分成的。白长顺按住她的手说："千万别这样，干我们这行，就是要相互帮衬。这是我的名片，有事打电话。"

白长顺说完，急匆匆走了。

当天晚上刘四妹就打来电话，执意要请白长顺吃饭，白长顺拗不过，答应三天后的中午见面。

那天上午，白长顺在青山陵园门口等汪大师，久等不来，便知道他在里面有业务，不便打电话，只有干等。快中午时，汪大师提着只雄鸡出来了，原来汪大师不仅替人看风水、择时辰，还为客户做道场。做道场时，客户要准备一只大公鸡，做完道场，鸡就归汪大师了。汪大师生意太好，鸡把他家冰箱都塞满了，实在放不下的，他老婆就拿到农贸市场去卖。

白长顺和汪大师赶到饭店时，刘四妹已在门口等候多时，见白长顺走来，正欲上前招呼，冷不防瞅见后面跟来的汪大师，心里不由得一战。她一门心思就想跟白长顺好生聊一聊，争取做对好搭档，没想到半路杀出个程咬金。她招呼白长顺后，对汪大师道："近来业务繁忙，整天装神弄鬼，又搞了人家一只鸡，拿来孝敬我吗？"

刘四妹像放连珠炮似的，弄得汪大师无言以对，只能呵呵地傻笑。白长顺在一旁惊喜道："原来你们认识。"

刘四妹是青山陵园最早的一批营销员，早就认识汪大师，没事的时候还常拿他开玩笑。白长顺心里轻松了许多，他今天特意带上汪大师，就是要考察一下刘四妹，既然他们相互认识，那就好办了。

三人一起来到刘四妹预定的包间，三巡酒之后，刘四妹说："白大哥，我真的很佩服你，几句话就把那几个酒疯子搞定了。我拜你为师，你教我两招。"

"互相学习，互相学习。"白长顺说着，举起酒杯连声说，"喝酒，喝酒。"

刘四妹在心里琢磨：我特意请你吃饭，你故意带个人来，啥子意思。她放下杯子说："我干这行也快十年了，万万没想到，阴沟里翻了船。"

"人有失手，马有漏蹄。"汪大师笑道，"正常，正常得很。"

白长顺点点头，说："没办完手续，最好不与客户吃饭喝酒，女同胞尤其要注意。"

"我想订单都已签了。"

"你那天阴沟里翻船，主要是犯了两个错误。"汪大师看了看二人，接着说，"第一，你酒量不行，就不该喝酒。若你喝酒胜过他们，后面的事就不会发生。第二，你穿得过于鲜艳，容易使人想入非非。"

刘四妹气得不行，正要发作，见白长顺点头称是，霎时满脸绯红，赶紧低下头。

白长顺道："你太耿直了。常言道，害人之心不可有，防人之心不可无。干我们这行，接触的人形形色色，得多长个心眼。"

刘四妹感慨地连连点头，心想，他俩啥关系？看来，那天的事，他俩还专门分析总结了一番，今天给我上课来了。

谈话中，刘四妹得知汪大师就是靠白长顺指点才红火起来，她更觉得自己的想法是正确的，要与精明能干的同行多交流才能提高自己。她阴笑着说："你改头换面后，大师的名气越来越大，我以为你狗屎运来了，原来是有高人指点。"

刘四妹转身对白长顺说："还望白大哥拉我一把。"

对于前几天的事，她始终没弄明白，白长顺怎么轻易就制服了那群酒疯子。汪大师嘿嘿一笑道："这里面学问可大了。白大哥这几招是上了兵书的，可圈可点。"

汪大师不顾白长顺阻拦，继续说："首先是移花接木，欲擒故纵，然后再施离间计，旁敲侧击。"

"没有这么玄。"白长顺先是谦虚一番，然后才说出自己的打算：三人抱团做业务，人多，信息多，还可以为客户提供更多的服务，比如迁坟、操办丧事等。

"我赞成，我举双手赞成。"白长顺话音未落，刘四妹就抢着附和。她终于明白白长顺带汪大师来的目的，这正好遂了她的心愿。

汪大师听白长顺头三句就明白了他的用意，有些犯了难，目前业务尚好，多一人就意味着多一份支出，与老白打交道不会吃亏，跟这女人合作就难说了。刘四妹已经表了态，和白长顺两人都看着汪大师，汪大师赶紧挺起胸脯说："没得问题,我听白大哥的。你指东,我绝不向西。"

三人举杯庆贺,汪大师把酒喝到嘴里,借擦嘴又将酒吐到餐巾纸上,被刘四妹抓个正着。刘四妹闹着要罚酒,汪大师涨红了脸,支支吾吾说不明白,白长顺替他解了围。

白长顺扔掉烟头,颇有感慨地说:"这几年,总算看明白了。我们营销员起早贪黑累死累活,都是替老板吆喝,帮老板赚钱。"

"对头,对头。"刘四妹叫道,"我早就有这种感觉了,只是……明白又能怎样?自己当老板吗?"

"就看你有没有这个胆量。"白长顺正色道,"胆大骑龙骑虎,胆小只骑抱鸡母。"

汪大师捋着胡须诡谲地说:"吉人自有天相,一切皆要随缘,不可造次。"

刘四妹看不惯汪大师装模作样的样子,投去鄙夷的目光,但从白长顺坚毅的目光中明白了一切。她心里一热,暗下决心,要跟白长顺好好合作干到底。

三人边吃边聊。汪大师说:"听说马家沟土地已征用,要建一个工业园区。那里有片自然形成的坟山,政府限期迁出,已有个工作组在那里处理迁坟的事。"

白长顺一听,觉得是个机会,决定明天去马家沟实地考察一下。刘四妹表示她也要去。白长顺一看,只好也叫上汪大师。

结账时,白长顺欲掏钱,刘四妹执意不肯。在白长顺几次暗示下,汪大师只好把雄鸡公留给了刘四妹。

第二天,三人到马家沟一看,果然大有商机。原来市里在这儿规划了一个电子工业园区,已经开始招商引资,但基础设施还没动工,原因就是这片坟地迟迟未动,政府已责成工业园开发方幸福集团限期解决,幸福集团有个工作组正在此开展工作。白长顺决定捞一把。三人商量后决定各自去邀约七八个信得过的朋友,最迟后天统一行动。

那天,一共来了二十多人,相互都比较熟悉。大家乘公交车先后到达马家沟。白长顺最先到达,对所到人员预先做好安排。马家沟是一个集镇,附近还有三个乡。马家沟坟山的墓主大都是这几个乡的老百姓,只有少数是城里居民。白长顺挑选了八个人,分为四组,到四个乡镇摆展板宣传。汪大师有些不解,问道:"搞宣传怎么去了这么多人?迁坟怎么办?"

白长顺递给他一支烟,笑着说:"你放心,不会耽误你迁坟,只怕到时你忙不过来。"

一队人马浩浩荡荡到达坟山,白长顺叫大家分成几组分散活动,而自己和汪大师、刘四妹朝负责迁坟的工作组办公地走去。

迁坟办就在坟山脚下,白长顺三人到时,办公室里外都是农民,正围住一个矮胖胖的中年人,七嘴八舌闹哄哄地说着事。

"我家是棺材,哪个迁嘛?"

"哪里去买骨灰盒?"

矮胖子站在中间,大声地说:"期限一到,不迁的,一律按无主坟头处理。推土机一到,半天夷为平地。"

矮胖子说完狠话,见围拢的农民有些气馁,心中暗自得意,正欲转身,见白长顺领着汪大师、刘四妹进来,看打扮,分明是城里人。矮胖子心里敲起鼓来,城里人更难搞。待白长顺说明来意,矮胖子高兴地握住白长顺的手,连声说欢迎欢迎。原来他就是幸福集团迁坟工作组主任,正在为工作进展迟缓犯愁,这会儿来了救兵,他又是让座,又是倒茶。白长顺提出,我们人多,中午借用办公室休息一下,用用开水什么的,胖主任满口答应。就这样,白长顺把签约仪式拿到迁坟办公室来办,大大提高了他们的可信度。

中午休息的时候,白长顺悄悄把胖主任拉到一边说:"你这边搞不定,我这边就没业务。"

胖主任也是一张苦瓜脸,他心急如焚地问道:"你有什么高招?"

白长顺说:"农民闹这么凶,无非是想多搞几文钱。这补助金额已经公布了,事关企业信誉,不宜更改,但可以考虑对按时迁坟家庭发点奖金。无非是多花几个钱而已,农民这点补贴确实有点少。"

胖主任喜形于色,拍拍白长顺肩头说:"你这个想法不错,我马上召集办公室的人开紧急会议,统一思想。不过,我得向上级汇报,但估计不会有大问题。"

到了傍晚,迁坟办果然出了布告,上面的内容基本上是白长顺所言。围观的农民脸上绽开了笑容。

马家沟坟山附近有两家规模不大的陵园,也想借此机会捞一把,正愁人手不够,听说来了一拨生力军,两个老板都打起了白长顺的主意。李老板开车先到一步,把白长顺拉到一边,开门见山地说道:"我这个人不爱绕弯子,月亮坝耍大刀——明砍。业务提成我涨一个点,另外,我再给你一个点。"

白长顺没想到会有这种好事，心里一阵欢喜，却板着脸说："李老板，莫忙开价，你的陵园我没去过，但听人说交通不太方便，周边环境也不够理想。我虽是中介，但对客户负责是我们的宗旨。"

李老板正与白长顺讨价还价，冯老板也赶到了，三人在一起磋商了大半个钟头，终于达成协议：除了业务提成普涨一个点和给白长顺一个点外，两个陵园轮流负责用面包车接送营销员。

白长顺对两个老板说："这里农民穷，可以把那些不好卖的边角、斜坡的墓作特价处理，另外搞些草坪墓、壁墓，还有树葬、花葬什么的，提高价格。"

两个老板茅塞顿开，直夸白长顺够朋友，然后各自给销售部打电话，发指令。

按照白长顺建议，两个老板调集面包车到马家沟坟山，拉业务员们到两个陵园去考察、熟悉情况，声势造得很大，让那些单干户直眼馋。有几个与汪大师、刘四妹相熟的单干户提出要入伙，白长顺一一点头应允。考察完毕，冯老板请大家到镇上烫火锅，酒水管够，这帮人摆开阵仗划拳行令，大吃大喝。李老板不甘示弱，为每人备一盒粽子，以示慰劳。业务员们个个皆大欢喜，人人笑逐颜开。刘四妹提着礼品盒，心中感慨万千，不是这小小的礼品盒让她动心，而是她深深地感受到了白长顺的魅力。在这短短的一天里，白长顺的组织能力、应变能力让刘四妹折服。她暗自叹口气，心里默念：不知道白大哥对我有何印象？

回城路上，大家分乘四辆面包车，无比兴奋，谈论着今天意想不到的待遇和收获。刘四妹有意坐在白长顺身旁，顺着面包车的颠簸，趁势靠在白长顺宽厚的肩膀上，微闭双眸假寐。白长顺瞧她疲惫不堪的模样，不忍推开她。今天刘四妹确实卖力，跑前跑后，展现了她泼辣干练的作风。想到这些，白长顺不觉多看了刘四妹几眼，目光停留在刘四妹白晰的脸庞上，久久不曾移去。刘四妹忽然睁开眼，娇嗔地小声说了句"讨厌"，然后侧过脸去，身子却靠得更紧了。

第二天，白长顺调整了宣传内容，前来咨询的人明显增多，甚至有人开始下单了。迁坟户大多是当地居民，并没有多少选择，不去李老板处，就得去冯老板处。下了订单后，就是迁坟。这里多是棺木土葬，迁坟就得用骨灰盒。这些白长顺早有准备，自己带了两套迁坟工具，另外又拉了一面包车各种样式、各种档次的骨灰盒。此外白长顺还组织了几个人负责迁坟事宜。

有些迁坟户舍不得花钱迁坟，想自己动手，李二哥拦住说："你挖不得。"

"为啥子？"

"你挖这坟，叫挖自家祖坟。"李二哥振振有词地说，"我来挖，是迁坟，是积德的事。"

迁坟户一听，有道理，干脆把迁坟的事情都交给白长顺他们了，自己只做孝子孝孙。白长顺他们又多了一笔收入。

到了第三天，人更多了，有咨询的，有下单的，有购骨灰盒的，有洽谈迁坟的。一切白长顺都安排得井然有序，胖主任对此称赞不已，感叹道："我手下这几个人，抵得上你一半就好了，进度上不去，领导一天几个电话，耳朵都起茧子了。有了你们，我就放心了。"

最忙碌的人要数汪大师，迁坟者十有八九愿意做道场，汪大师每天都是一大早到坟山，一个道场接着一个道场，烟都顾不上抽一口。他这活儿，其他人无法替代。刘四妹悄悄对他说："把时间缩短些。"

汪大师把眼一瞪，把手一挥，神气十足地走向下一个坟头。刘四妹气得咬牙。中午吃饭时，汪大师脱掉长衫，擦拭头上的热汗，疲惫地说："累死我也。明天叫我朱师兄过来帮我一把。"

"不行。"白长顺板起脸说，"肥水不流外人田。你在这些人中挑选个人出来，教他几招，如何？"

汪大师一听，涨红了脸，像受了极大的侮辱，连连摇手，说："这行当，不是随便找个人就行的。"

刘四妹在旁边听得真切，她看着汪大师激动的模样，不觉笑出声来，正想说什么，被白长顺使眼色制止了。

白长顺笑了笑，汪大师那点心思，他全明白，于是走过去，拍拍汪大师肩膀说："好，就这样，你一人包揽了。只是太辛苦你了。"

汪大师嘿嘿地笑起来，掏出一把客户敬奉的香烟，挑出一支玉溪烟，递给白长顺："嘿嘿，还是白大哥你理解我，我一定拼命干。"

这样忙碌了十来天，大大小小的坟头基本铲平了，只剩下几个无主孤坟。

迁坟工作顺利结束，胖主任很高兴，决定由自己出钱请大家吃顿饭。

席间，胖主任语重心长地对白长顺说："老白呀，你，是个将才，干这行太委屈你了。"

"不是说，三百六十行，行行出状元吗？"

胖主任对白长顺的反诘置之不理,继续说道:"这样的机会不会天天有。成事者,不是靠耍小聪明,而是要靠大智慧。当然,干什么职业,要根据自己的实际情况决定。但我认为,无论干哪行,都要做龙头老大。"

白长顺点头称是,胖主任最后一句话深深触动了他的内心,这是他多年梦寐以求的壮举。白长顺举起酒杯:"愿听主任教诲。"

胖主任拿出名片,说:"今后有事,我会尽力帮助你,希望你运用大智慧,干出番大事业。"

胖主任和他的下属高高兴兴地走了,白长顺转身对大家说:"我们也来算一算账,看看挣了多少钱。"

接下来,刘四妹公布了迁坟、做道场、卖鸡的收入以及每天中午盒饭的支出,又请大家讨论一下,收入要怎样分配才较合理。大伙儿七嘴八舌,都说听白大哥的。

白长顺站起来,双手抱拳道:"承蒙大家信任,我提个方案。迁坟收入的百分之二十归迁坟组,按次数计酬;做道场的百分之四十归汪大师;其余都平均分配。大家有啥意见?"

有人提出,给白长顺、刘四妹几个领头的再补助点儿,白长顺一口回绝了。

剩下的事,就是眼巴巴地望着两个陵园老板送钱来。

过了半个月,白长顺带着这帮人分乘五辆面包车又出发了。这次不是做业务,而是去旅游。

上次从马家沟返回城里时,刘四妹和几个人提出,大家劳累了十多天,太辛苦了,何不出去旅游一番。大家热议一阵后,一致决定到郊县去住一宿,具体地方待定。刘四妹与白长顺反复论证,最终选定了郊县一个新开发的旅游景区。据说这里原是个知青林场,后经县旅游局打造,成为旅游景点。

白长顺一行一进入风景区,便驶入了不久前才铺上柏油的盘山公路。公路两边全是参天大树,排列有序,一看就知道是几十年前栽种的。林间草木繁茂,落英缤纷,仿佛世外桃源。不知过了多久,车到了主峰脚下。这里是核心旅游区,有卖各种旅游纪念品的,卖各种土特产的,卖各种时鲜蔬菜及野菜的,有卖各种小吃的,还有十几家农家乐。其中有家农家乐叫"知青山庄",白长顺说:"就住这家。"

知青山庄位于小街后面的土坎上,用竹子编了篱笆,篱笆上爬满了南瓜、丝瓜藤蔓,开了好多小黄花,引来蝴蝶、蜜蜂到处飞舞。跨进院子,篱笆周边种了各种蔬菜,中间是水泥地,两侧各栽有两棵罗汉松。四棵罗汉松体态各有特色,尽显主人别具匠心的栽培技巧,游人到此无不驻足观赏,欣然入住。

上一台阶,便是主楼。主楼有三层,外表看很朴实,就像山庄老板一样。山庄老板是位五十岁左右的男子,黝黑的肤色跟当地人没什么两样。闲聊中白长顺得知,他是当年林场的知青,与当地女子结了婚,林场解散后,回女方生产队做了上门女婿,被安置到县养路队。当地大力开发旅游业后,他办了停薪留职,上山搞起了农家乐,生意还不错,修了新房,买了面包车。

大伙儿在院子里四处观赏,白长顺独处一处,细细品味山庄老板的跌宕人生。老板说得轻描淡写,白长顺听得如雷贯耳,句句穿心,生出许多联想。刘四妹几个围住老板砍价,老板已有些犹豫了,白长顺走上前说:"就照老板说的办,你们先去把房间落实了。"

老板很高兴,主动向白长顺介绍景区特色,建议旅游线路。白长顺决定下午游清水湖。

沿着小街尽头的土路走半小时左右,就到了清水湖。所谓湖,其实是一座水库,里面的水格外清澈,倒也名副其实。这里有许多水上游乐项目,因为不是周末,天气也不热,游人不多,各类船只大都停泊在岸边。见来了一大群游客,几个船老板上前揽生意,白长顺发了话:好生砍价,看哪个手最狠。

一大群人上前围住老板说长论短,刘四妹几个却截住白长顺,问道:"在知青山庄你不讲价,来划船你鼓动讲价,这中间有啥子讲究?"

"哦,白大哥当过知青。"有人自作聪明解释道,好几人附和,称赞白长顺有同情心。

白长顺不置可否,笑而不语。

汪大师站在一旁,他力图从白长顺的面部表情和眼神中捕捉答案。从山庄出来他一直在暗中观察白长顺,猜想其中原因绝不会只是知识青年这么简单,也许在他俩的知青生活轨迹中有相似或相近的地方。

大伙儿三五人一组,纷纷上了小木船,争先恐后向对岸划去。在汪大师和刘四妹的鼓动下,心神不定的白长顺还是上了小木船,但他们没有向湖心划去,而是沿着湖边,迎着西斜的阳光慢慢前行。

四周群山环抱,蓝天白云、苍山峻峰倒映在湖面上,五月的暖风拂面而来,带着泥土气息和百草芳香,让人陶醉。风儿掠过水面,泛起千层涟漪,在斜阳余晖的照耀下,折射出无数金光。刘四妹举着相机不停地拍照,不断地发出赞美之声。她提出要为白长顺、汪大师照相,站起来左右晃动选择最佳镜头,弄得小木船颠簸不已。随着一个大晃动,刘四妹顺势嘻嘻哈哈夹杂着尖叫声倒在白长顺怀里。小木船颠簸得更厉害了,吓得汪大师慌里慌张赶紧朝岸边划去。

小木船稍稍平稳,又沿着湖边前行。白长顺掏出一个信封,刘四妹一看就知道是怎么回事——冯、李两个老板各自交给了刘四妹一个信封,刘四妹将两个信封里的钱合装一起,一共有六千多元。白长顺说:"这钱,我不能吃独食,分了吧。"

汪大师明白是怎么回事,但他清楚,如果分了这钱,他多得的百分之四十也应该交出来,于是赶紧表示反对,很大度地说:"老白,你是大家的头儿,本应按利润抽成,你没这样做,足够江湖义气了。这钱是老板给你的,我们两个怎么好意思伸手。刘四妹你说呢?"

白长顺的做法,刘四妹很感动,说:"对头,对头。"然后侧身对汪大师说:"这回,你总算说了句人话。"白长顺还想坚持,汪大师说:"原本我们应该尊重你的意见,把这笔钱上交充公。但目前我们既没形成团队,也没成立公司,这钱你还是自己先保管着吧。"

汪大师这个话说到了白长顺心坎儿上,他不禁长叹一口气。汪大师沉吟一会儿,缓缓说道:"此事不可着急,得慢慢寻找机会,此谓天时;收集信息找准目标,此谓地利;广结人缘,特别是有财力的人士,此谓人和。天时、地利、人和齐备,事已成功一半,就我们而言,如果能做到借鸡下蛋,就当中了个上上签。"

白长顺听完拍掌叫好。刘四妹一头雾水,问道:"啥子借鸡下蛋?"

"天机不可泄漏。"

刘四妹有些气恼,用手朝汪大师泼水。汪大师为避水,在船头左躲右闪,小小的游船又剧烈摇晃起来,刘四妹发出欢快的笑声。

不知不觉已绕湖行了一周,三人上了岸。刘四妹大声招呼,催促其他人也上岸。白长顺去结了账,人齐后,大家朝知青山庄走去。

晚饭后,李二哥一帮人在麻将室拉开战幕,汪大师也邀约了几人斗地主。白长顺叫刘四妹负责安排房间,自己四处看看,来到了歌厅。这里有十来个人正在唱歌,见白长顺来了,都请白长顺来一曲。白长顺接过话筒唱了一曲《闪闪的红星》，这是他在宣传队的保留节目，时隔多年，白长顺音色依旧，只是歌声中多了几分沧桑。曲声未尽，满堂喝彩，这时，刘四妹进门拍着双手说："我被歌声召唤而来，想不到是你在唱，太棒了。"

刘四妹换了套艳丽的春衫，配着浅花色长裙，她先向白长顺汇报房间安排情况，然后邀请白长顺合唱。众人叫好起哄，刘四妹头一歪，略加思索说："唱《芦笙恋歌》吧？"

白长顺点点头，他当知青时经常在夜深人静时唱这首歌，有时是个人独唱，更多时是二人合唱。

这首歌曲白长顺太熟悉了，甚至可以说已融入他的生活中了。与其说白长顺在唱歌，不如说是在回首年轻时的浪漫，只是，此时此刻多了几分惆怅。

刚唱完，又有人请白长顺合唱。都是同道中人，他不便拒绝，只好又唱了几首。刘四妹玩得兴起，提出跳交际舞，不少人响应。舞曲声起，关了大灯，只剩下两盏壁灯，光线暗下来，白长顺正想趁机溜走，刘四妹挡住他，大大方方地做了个邀请的姿态。

刘四妹身材微胖，但舞步娴熟，肢体灵活，在优美舒缓的旋律中，两人很快进入协调自如的境界。

"你和汪大师住二楼七号房，我住三楼七号房，我一个人住。"刘四妹最后这句话似乎漫不经心。

"啊，一个人住，半夜不怕有人敲门。"

"好啊，只要你敲得开。"刘四妹嫣然一笑。

白长顺成了舞会的主角，几个女士都请他跳舞。白长顺为尽一个团队领头人的责任，与每个女士都跳了一曲，然后离开舞场到麻将桌上摸了几把，又陪汪大师斗了几把地主。

白长顺来到休息室，见还有人在摆龙门阵，便悄悄凑了过去。司机老陈正讲得绘声绘色。

"我有好多天没业务了，在家闷得发慌，就跟营销员小田联系，让她找几个人上山'假打'一回，找几个小钱。小田无奈，找了邻居李大爷、王老太几个老人，说请大家免费上山看风景。我把他们拉到花果山陵园，大家都说那里风景好。没想到，李大爷、王老太都签了单，歪打正着，小田笑得合不拢嘴，真是得来全不费工夫。"

李二哥上厕所路过，听到此话说："你运气好，肯定踩了狗屎的。我这几天才倒霉，五百块的大业务，居然黄了，煮熟的鸭子都飞了。"

大伙儿招呼他坐下来，慢慢说。李二哥坐下来，缓缓说道："那天，我接到个业务，到自贡乡下去迁坟，车接车送，五百元包干，客户是两兄弟。原来，十多年前，他老汉去世了，两兄弟决定将骨灰埋在老家，就写信给老家的堂兄，请他来取了骨灰盒回家安葬，后来还寄钱回去，叫堂兄修墓竖碑。这些年，两兄弟日子过好了，有车有房，又想把老汉的坟迁回来，选好了陵园后，便带上我回乡去迁坟。"

李二哥点上烟，继续说："那堂兄见两兄弟来了，热情招待一番后，带他们到了坟地，两兄弟一看，果然有墓有碑，还算体面。可那堂兄一听要迁坟，立马慌了神，说看了黄历，今天不宜动土。两兄弟不信这个邪，我足足挖了两个多钟头，却啥也没挖到。两兄弟再三追问，堂兄才说出实情。原来，在回老家的火车上，堂兄把骨灰盒弄丢了，只好用两兄弟寄去的钱修了个假坟。这一下，一桌子大鱼大肉动也没动，两兄弟就打道回府了。下车时，我要工钱，老大说，没迁成，哪来的工钱。我说我挖了两个钟头，没有东西，是我的错吗？好说歹说，他们扔下一张百元票，车屁股冒烟，走了。"

众人哈哈大笑，都说李二哥霉起冬瓜灰。

"我来讲个更稀奇的事。"一向不大爱说话的肖大姐也来了劲儿。

有一天晚上，她随一个乐队去丧家演出，正唱得起劲儿的时候，观众突然一阵尖叫，瞬间跑得一个不剩。她回头一看，从冰棺中伸出一个人头来，有气无力地嚷嚷："搞啥子哟？吵死人了。"吓得她扔下话筒就跑。

"真的，太吓人了。"肖大姐心有余悸，"那老太婆死了一天多，嗯个又活了吗？"

老陈说："这在医学上叫假死。"

"假打。"李二哥自作聪明说，"那个老太婆装死，考验儿孙孝不孝顺。"

众人又是一阵嬉笑。有人提议，请白长顺也讲一段故事。白长顺拗不过，只好开口："我没那些稀奇古怪的经历，就讲一件上个月的事吧。"

那天下午，白长顺在营业厅见到一位中年妇女，衣着讲究略显富态，在大厅里踱来踱去，满腹心事的样子。白长顺走上前彬彬有礼地说："你好。我是这里的营销员，有什么需要我帮助的吗？"说罢，他双手递上名片。

那女士接过名片,像遇见救星一样激动,将她家中的烦心事和盘托出,请白长顺帮忙拿主意。

原来,她父母离婚多年,两人现在都跟她住在一起。她想劝父母复婚,哪晓得,说通了这个,那个不愿;好不容易说通了那个,这个又反悔,反反复复拖了好几年。眼看父母的身体一年不如一年,她便想趁着手里有点闲钱,给父母买个墓,可又不知该买单墓还是双墓。

白长顺请女士到贵宾室坐下,直夸她是孝顺女,说得女士心里热乎乎的。白长顺沉思一下说:"我建议暂不急着买墓,再给二老一些时间,说不定就柳暗花明了。还有,真要买,最好买双墓,现在省钱,将来省事。买了双墓,不告诉二老,将来总有一位先走,做一个人的思想工作,总会容易些。"

女士如释重负,连连道谢,郑重地收好名片,并再三承诺,今后不仅买墓要找他,生活中若有啥纠结也要来请教。

众人都赞白长顺是菩萨心肠。李二哥却说:"老白不愧是营销高手,他这是欲擒故纵。"

大伙儿在欢笑中散去。

第二天早晨,吃完早饭,稍事休息,白长顺就出发登主峰了。汪大师明白白长顺的良苦用心,立马跟了出去。

上山的路是水泥砌的阶梯,依山而建,适时修有石凳、凉亭、长廊等供游人休息。早晨雾气重,水泥台阶湿漉漉的,路边灌木丛、花草都挂着晶莹的露珠。走在路上,凉气袭人,树林里不时传来清脆悦耳的鸟叫声。汪大师和白长顺边走边聊,在一拐弯处停住,朝下观望,只见一起来的其他人也都出了山庄,在山路上拉起长长的队伍,三五成群,边走边议论着什么。白长顺朝他们挥手,大声吆喝,山谷传来阵阵回声。汪大师发现有一人超过慢吞吞的队伍向山上赶来,定神一看,认出是刘四妹。

汪大师皱起眉头,抬眼看了一下白长顺。白长顺也看清了追赶者,他向汪大师打个手势,两人继续上山,步子却慢了许多。

过了一会儿,后面传来刘四妹的喊叫声,两人只好停下来。刘四妹追上他们时,已是额头冒汗气喘吁吁。

刘四妹大口喘着气,朝白长顺娇嗔道:"走慢点嘛,这么好的风景,你不会欣赏吗?"

白长顺没有答话，依然缓步向前。刘四妹走上前去，问："昨晚，你怎么没来坐一会儿？"

　　白长顺随口答道："我来了的，敲不开门。"

　　刘四妹嘴一抿，轻轻哼了一声。昨晚刘四妹根本没锁门，结果一宿没睡好，早晨也起来晚了。

　　三人默默地走着，谁也没说话。不一会儿，他们来到一处观景台，从这里眺望，对面的山峰、峭壁、悬崖尽收眼里，早晨的阳光泻满山谷，绿树更绿，草丛更青，花卉更艳。这时，谷底的薄雾已渐渐散去，显现出农田农舍，而山上还被轻纱般的薄雾萦绕着，瞬息变幻，宛若仙境。刘四妹喜形于色，摆出各种姿势，白长顺鞍前马后举着相机忙个不停。

　　刘四妹道："白大哥，我俩照一张。"不等白长顺开口，刘四妹就向汪大师喊道："快一点，照相啰。"汪大师以为是叫他合影，三步并作两步赶到，接过相机才晓得是催他上来给他俩照相。汪大师一肚子不高兴，对准镜头看去，一张脸笑得灿烂，一张脸却是木然。他眉头一皱，眼珠一转，顿时有了主意，于是嘴里喊着，看这里，看这里，手却把相机往上抬了抬，拍了一张风景照。

　　刘四妹跑过来想看效果，汪大师不给看，给白长顺连续拍了几张后，把相机递给白长顺，让白长顺给他也拍几张。白长顺慢条斯理地选镜头、调角度、纠正姿势，刘四妹在一旁干着急。等白长顺忙完，李二哥一帮人也走过来吵闹着要照相，刘四妹只得悻悻地退到一边去。大家照完相，一鼓作气登上山顶。

　　出乎大家意料的是，山顶竟是一道好几里长的山脊，修了柏油马路，有一所四周围满了饭馆茶铺、游乐场以及贩卖纪念品和土特产商铺的房子，门口挂着写有"接待中心"字样的牌子。柏油马路两边的树林中有着一幢幢已建成的别墅，马路那头有工人正在伐木推土，被砍伐下来的大树横七竖八地躺在地上，推土机推出的泥土随意地堆在路旁，好几座高耸的塔吊忙碌地工作着，似乎正在修建高层楼房。整个山顶看起来就是一个狭长形的建筑工地。

　　汪大师望着那一棵棵被掀翻的大树，痛心地说："这要好多年，才长成材啊。"

　　白长顺摇了摇头，说道："简直是毁灭性开发，子孙后代都不顾了。"

　　有人说，那里还有个售房部。李二哥几个打趣道："走，去搞两套来耍。"

　　"两套？纸房子吗？"

"看啥子哟,等我儿发财了来买几套。"

大家嘻嘻哈哈地朝售房部走去,沿途有许多商贩及山民在卖各种纪念品和土特产。一村姑拎着一篮子野生猕猴桃沿路叫卖,李二哥一伙儿人涌上去,砍价的砍价,品尝的品尝,有人混水摸鱼往口袋里放,甚至还有几人乘乱拎着一袋猕猴桃溜走了。村姑哪遇过这阵势,手忙脚乱对付下来,篮子里只剩下了几个蹭破皮的猕猴桃,手中一把零钞远不够应该收回的钱数。村姑又气又急,坐在地上哭了起来,惹来一堆游客围观。

白长顺三人见这里闹嚷嚷的,走近一看,就明白是怎么回事。白长顺神情凝重,村姑悲痛的哭声撞击着他的心。他看了汪大师、刘四妹一眼,见二人也是愤愤不平。白长顺走到村姑身边蹲下,缓缓地说:"小妹儿,回家吧。"说罢,将一张百元币塞到村姑手中,然后低着头挤出了人群。围观者一片感慨。

李二哥拿来几个猕猴桃请白长顺三人尝尝,白长顺阴沉着脸不搭理他。汪大师气愤地说:"简直是一群乌合之众。"

李二哥笑道:"这帮人就这样,到哪里都要捞一把。"

"你晓得么?是白大哥买的单。"刘四妹不阴不阳地说。

李二哥自知理亏,呵呵地干笑着。这时半路蹿出两个照相的小贩,围着他们吆喝:"哥们儿,照张相吧,来到这么美好的风景区,不留纪念照,岂不终身遗憾。"

李二哥举起手里的相机向那两人晃了晃。

"这是最新的高科技相机,不用胶卷,立马出相片。"小贩举起手中的彩色照片,在他们面前晃动。

白长顺他们还真没见过这种相机,一个个半信半疑地盯着那相机和照片看。刘四妹说:"白大哥,试一试嘛,让大家见识见识。"

白长顺见大家高兴,便欣然同意了。两个小贩喜形于色,热情地把大家带到一处最适合照集体照的景点,然后又是一番激烈的讨价还价——这帮人不论洽谈什么,成交前总有番唇枪舌剑。

李二哥主动提出他请客,说昨夜打麻将搞了几个杠上花,其实是刚才挨了骂,想将功赎罪。大家求之不得,纷纷称赞李二哥。这下惹恼了汪大师,认为李二哥在收买人心,对他构成了潜在威胁。汪大师声称,这笔费用算他的,昨晚斗地主他赢了钱,应该请客。两人互不相让,嗓门儿越争越高。

白长顺见二人僵持着，便说："二位不必争执，今天还是我来吧。"

汪大师和李二哥见白长顺发话，便都不说话了。小贩从白长顺手里接过钱，奉承地说："看得出来，你是老大。老板，祝你生意越做越大，到这里来买别墅。"

照完相，大伙儿都觉得奇怪，怎么这边照相，那边就出照片了。小贩故弄玄虚说："这是高科技，说了你们也不懂。"

白长顺拿着照片，仔细端详，沉思良久。他不是在欣赏照片上的风景，也不是在观赏帅哥美女，而是在心里琢磨小贩刚才说的话。生意要越做越大，就凭这些人行吗？自从马家沟迁坟以后，白长顺名声大振，那些陵园老板见了他客气了三分，常把他拉到一旁套近乎，再三拜托推销公墓的事，并承诺许多优惠条件。白长顺想到这里，脸上露出一丝苦笑，今后的路该怎样走，他要好好想一想。

白长顺、汪大师、刘四妹从马家沟迁坟开始，正式成为了铁三角搭档，在公墓营销圈里也逐渐有了名气。眼下，对他们来说，攻下马老板，早日拿到订单是最重要的。

第 四 章

马家的烦心事真多，刘四妹心里烦透了。

马老大是个自尊心极强的人，他不想老幺一个人出资，这样太伤自己的面子了，自己是老大，多多少少也应该出一点。这想法遭到马大嫂的强烈反对："有好大的肚，喝好大碗醋。一点钱没有，还摆啥子老大的架子。"

老大这个想法也引起了老二、老三、老四的不满，倘若老大出了钱，其余弟弟妹妹自然也躲不掉。儿媳妇、女婿们成天在马老太太耳边嘀咕，惹得马老太太心烦，为了平息子女间的矛盾，马老太太干脆扬言不买墓地了。刘四妹听说后，急忙赶到马老太太家问清原委，又凭她那三寸不烂之舌，八方讨好，极力调和，马家几兄妹终于达成共识，老幺出资买公墓，老大负责墓碑的费用。刘四妹总算摆平了这事，可还没安稳两天，马老太太又来电话诉苦，说几个子女为碑文的事又闹僵了。刘四妹连忙叫上白长顺、汪大师风风火火赶到马家。原来老幺想在墓碑上写明公墓是他出的钱，遭到其他兄弟姐妹的共同反对。刘四妹苦笑道："啥子事哟？吃错了药么？有钱的人要面子，没钱的也要面子。"

白长顺三人专门约马老板喝茶，在两江茶楼要了最好的包房，叫了云南普洱茶，再配上几碟瓜果食品。这喝茶犹如饭局，也是有讲究的，它与饭局异曲同工。喝茶有时是饭局的序幕，有时又是饭局的继续。

茶楼老板见三人一反常态，赶忙过来满脸堆笑地招呼。待马老板带着邱秘书走进包房，茶楼老板笑脸相迎，热情地招呼："哟，二位是第一次光临吧，白老板可是我的常客。"茶楼老板那职业性的敏锐目光不经意地在马老板和邱秘书脸上晃了一下，心里已明白这肯定是笔大业务。

"不打扰了，请慢用。"茶楼老板说完，知趣地退到门外，轻轻掩上门。

白长顺与马老板相对而坐，脸上保持着微笑。十余年了，这是两人第二次正式见面，前几天在陵园，来得突然，去得匆忙，两人只是寒暄了几句。十年前相遇，两人是求职者与老板的关系，白长顺处于劣势。此次邀请喝茶，两人是销售方与客户的关系，可以说是平起平坐的，白长顺不卑不亢，随和而有礼貌，热情而有分寸地招呼着马老板。

马老板坐下后环视四周，就这地方，还请我喝茶？心里有些不悦。他当然明白请他喝茶的目的，他也完全可以不来，有啥事叫秘书办理就行了，现在是买方市场，谁求谁啊。但他按捺不住内心的好奇，十多年了，这小子混成了总经理，他倒要看看，这个总经理有多大能耐。他瞧着桌上白长顺的名片，越想越觉得不对劲儿，这名片的质量也太差了，太让总经理掉价了，再说，哪有总经理到墓地游说客户，亲自跑订单的。想到这里，马老板心中的好奇愈发强烈。他脸上挂着难以捉摸的微笑，与白长顺三人寒暄。邱秘书坐在马老板身旁一言不发，机警的目光在白长顺三人身上扫来扫去，试图在某个人身上找出蛛丝马迹，以便及时提醒老板。白长顺依旧西装革履，邱秘书发现他那身行头十有八九是地摊货；汪大师脱去了长衫，失去了神秘的面纱，有些凌乱的头发，稀疏的胡须，配一件肮脏的运动衫，活脱脱一个山里农民；刘四妹倒是穿得光鲜，可稍胖了些，像个提前退休的大妈。邱秘书有些鄙夷，不由得多看了白长顺几眼。

马老板还没坐稳，刘四妹就开了炮："马老板，我觉得你这人很搞笑，提些要求，像小娃儿办家家，搞起好耍。"

马老板上午跟供货商讨价还价吵了半天，搞得头昏眼花，正憋了一肚子的气，加上他没跟刘四妹打过交道，觉得此人好没礼貌，也就生硬地说："我的钱，要花在明处。"

白长顺一看不妙，他本想待马老板坐下，先扯些不相干的闲话，等气氛融洽时再谈此事，没想到刘四妹上来就搞僵了。他连忙委婉地说："对头，对头，花钱就要花在明处。不过,这与刻在碑文上,是两码事。"

邱秘书似笑非笑地看着大家,她也觉得马老板的要求有点荒谬,但不宜在此发表自己的意见,更不能跟自家老板唱反调。她总觉得白长顺三人怀有什么别的目的。

马老板哼了一声说:"说得轻巧。"

汪大师见场面有些尴尬,便说:"喝茶,喝茶。"又掏出烟来,递给马老板一支。

马老板随手接过香烟,瞅了一眼便扔到了桌上,又朝邱秘书使了个眼色。邱秘书会意,从挎包里拿出一条中华香烟,启封后交给马老板。马老板随手甩给白长顺、汪大师一人一包中华香烟。刘四妹见状,便说:"好啊,马老板你重男轻女。好烟不给我,心头怪冒火。"

"你会吸烟吗?"马老板有些不爽,以为又来个占小便宜的,虎着脸说,"从没见你吸烟。这样吧,你先吸支烟让我看看,要是像个样子,我把这几包全给你。"马老板扬起手中的大半条中华香烟晃了几晃,然后随手扔在了桌上,脸上露出一丝轻蔑的表情。

刘四妹也不多言,笑吟吟地接过烟,从容地跷起二郎腿,点上火,轻轻地吮吸了两口。其他四人静观刘四妹拨弄打火机点燃香烟,三人抱着看她出洋相的心态,只有白长顺替她着急,有些怨她太冲动,想要制止,已经来不及了。刘四妹瞥了众人一眼,媚眼转动,深深地吸上一口香烟,只见火星闪,不见烟云来,全都吸到肺里去了。须臾,刘四妹微动红唇,一个个烟圈鱼贯而出,只见大圈套小圈,小圈钻大圈,随风飘逸,缓缓上升,小烟圈演化成大烟圈,随风逐渐消散。

当朵朵烟圈在他们头上飘舞时,四人惊愕万分,马老板耿直地哈哈大笑,拍手叫好:"果然是江湖中人。"

白长顺、汪大师也十分惊奇,与刘四妹打这么久的交道,从没见她吸烟,还时时讨厌他们两人吸烟,没想到她自己一招一式如此娴熟,而且功夫还这么老到。白长顺脸上泛起笑容,朝刘四妹微微点头,邱秘书张着嘴,向刘四妹伸出了大拇指。

马老板站起来,将大半条烟送到刘四妹面前。刘四妹连忙摆着手说:"开个玩笑,莫要当真。"

马老板把烟塞到刘四妹手中说:"我马某人,愿赌服输。"

刘四妹见众人都在吸烟，唯独邱秘书在一旁看热闹，就说："邱秘书，你也来一支？"

邱秘书连连摆手，诡谲地说："哎呀，我不会。听人家说，有故事的女人才吸烟，我，还没结婚哟。"

马老板一听，暗自好笑，三十出头的老姑娘了，还在装纯情少女。

众人笑起来，要刘四妹讲她的故事。刘四妹吐了一个烟圈，苦笑道："我的故事比黄连还苦，讲出来只怕扫了大家的兴。"

白长顺趁势说："改天，改天再说。今天，主要是听马老板的。"

"哪个听我的？"马老板故作生气，"是你们请我来喝茶，应该听你们的。"

刘四妹笑道："马老板，你是聪明人，听我们的，就对了。"

马老板一愣，警惕地看看三人，又看看邱秘书。邱秘书朝他轻轻点了下头，她意识到刘四妹正在偷换命题。

刘四妹停了一下，继续说："马老板，我可以问你个问题吗？"

"当然可以。"马老板大大咧咧地说，"有啥子，尽管问。"

刘四妹清清嗓子说："马老板，你是出了很多的钱，但这一切是为了谁？你想过没有，是为生你养你的父母，是为你的哥哥、姐姐。俗话说，打断骨头连着筋，他们都是你最亲近的人啊。再说，这也是为你自己，为你的事业蒸蒸日上，保佑你家子孙后代荣华富贵。你有这个能力，难道不应该吗？"

字字句句如雷贯耳，马老板有些坐不住了，这些事，他也想过，但从没想明白。他侧目看了刘四妹一眼，刘四妹还在慷慨陈词："当然，哥哥、姐姐也有对不住你的地方。当初，他们之所以反对抵押住房贷款，一来是受传统观念的束缚，二来是没有马老板你这样的气魄和胆识。"

刘四妹一席话，让马老板茅塞顿开，特别是最后几句话，让他心里特舒畅，上午受的窝囊气一下子烟消云散了。他同时也很惊讶，自己家的事，她怎么搞得一清二楚？做业务真是做到家了。马老板心里十分感慨，但他抹不下面子，有意岔开话题："刘四妹，你是个人才，巧舌如簧，欢迎你到我公司来做销售，保证亏不了你，哈哈。"

"好啊，谢谢马老板抬举。"刘四妹眼珠一转，"你啥时签了单，我啥时来报到，怎么样？"

邱秘书见此，知道马老板服软了。她了解马老板的性格，吃软不吃硬。她也很惊讶,一向固执的老板怎么被人家三言两语就劝服了。

此刻场面有些冷清,邱秘书忙站起来招呼大家喝茶,说:"我来讲个笑话,给大家助兴。"

邱秘书绘声绘色地讲了个傻女婿见丈母娘的笑话,随后汪大师也摆了个农村懒婆娘的龙门阵,气氛又活跃了起来。大家兴致勃勃,仿佛是几个老朋友在此叙旧拉家常。

过了一会儿,马老板站起来抱拳道:"各位,实在抱歉,晚上我还有个饭局,要先走一步。"

邱秘书先是一愣,随即恍然大悟,晚上哪有饭局,这是老板的脱身之策,免得被刘四妹扭住不放,太伤面子了。于是她拉着刘四妹大声说:"晚上要洽谈一个五十万的业务,耽误不得。"

这声音大得足以让白长顺、汪大师听明白。马老板朝白长顺微笑道:"白总经理,贵公司在何处?我一定登门拜访。"

汪大师、刘四妹一听,立刻傻了眼,他们目前尚属游摊性质,哪来的公司,两人不约而同地看向白长顺。白长顺不慌不忙地说:"不敢当。马老板只要一个电话,我们全方位服务,决不会让你失望。"

马老板扬起手中白长顺的名片,嘲讽道:"堂堂总经理,我岂敢怠慢。"他早就想戳穿这名片上的小把戏,却一直没机会,临走之时总要捞点面子。

白长顺哈哈一笑道:"马老板果然是老江湖,我这名片只能唬小客户,瞒不了你的金睛火眼。"

众人都心照不宣地笑了起来。

白长顺送马老板走出包房时,见茶楼老板还在门口,也没在意,走到电梯门口,随口问马老板:"高道士什么时候能到?"

"高道士呀,他也是个大忙人。"马老板笑着说,"我再催催他。你放心,我马某人绝不会……"

马老板话还没说完,电梯门开了,邱秘书将马老板半推半攘送进了电梯。白长顺三人无奈,只好回去继续喝茶。茶楼老板进来套近乎,见桌上放了好几包中华烟,打趣说:"各位老板,生意越做越大,发了财,可要拉小弟一把。"

白长顺递给他一支烟,问道:"有二十万吗?拿来入伙,包你发财。"

茶楼老板倒退两步,心里嘀咕,这帮人太难缠,赶紧说:"我起早贪黑累死累活,只能找点稀饭钱,哪有闲钱。只是希望各位多引客人来,照顾照顾我的生意。"说完退了出去。

汪大师打趣刘四妹道:"你今天下午还是捞了一把,发了个小财。"

刘四妹二话不说,给了每人一包中华烟。白长顺指着桌上的烟,说还有。刘四妹得意扬扬地说:"那是他的。"再扬扬手中的中华烟,"这是我的。"

刘四妹说着,暗中又给了白长顺一包中华烟。三人喝了一阵闷茶,刘四妹忍不住问:"今天就这样?哪天再找马老板喝茶?"

白长顺沉吟一会儿说:"喝茶嘛,可以继续,碑文的事不可再提。"

刘四妹有些疑惑。汪大师嘿嘿干笑两声道:"面子,马老板的面子。哼,这都不懂。"

之后,为了稳住马家的业务,白长顺隔三岔五找借口给马老板打电话,邀马老板出来喝茶。有时马老板心烦,想找人说话,也就欣然应邀。这样一来二往,两人竟成了朋友。

一天下午,马老板与邱秘书在办公室闲聊,无意中又说到买墓地的事。邱秘书提醒马老板,小心被白长顺报复。马老板坦然一笑,"据我观察,老白不是那样的人,他很有经营头脑,我的销售科长能赶上他就好了,当初真不该放过他。"

马老板沉默片刻,又说:"你那是妇人之见。他真要坑我,我也不怕,我有王牌——高道士。"

提到高道士,马老板眉飞色舞。邱秘书跟马老板有些年头了,明白高道士在马老板心中的位置,问道:"高道士能来吗?"

马老板点头,说快了。

邱秘书陪同马老板与白长顺一起喝过茶,对白长顺这几年的经历也有所了解,见马老板有些自责,便说:"此一时,彼一时也。塞翁失马,焉知非福。老白的才干跟他这十年的磨炼不无关系,若他一直在你手下,未必能脱颖而出。"

马老板点点头,深有感触地说:"那个刘四妹才叫厉害,一张嘴简直就是铜牙铁齿。"刘四妹给他留下了深刻的印象。邱秘书笑而不答,却说:"我觉得汪大师更有意思。老板,你何不请他算个命,看看今年财运如何。"

马老板哈哈大笑,指着邱秘书说:"我看还是让汪大师给你算一卦,看你何时择得如意郎君。"

邱秘书不以为然，却故作羞涩，"哎呀，老板，看你说些啥子哟。"

两人闲聊正浓，桌上的电话响了，邱秘书接了电话后递给了马老板。马老板接过电话，话筒里传出一个熟悉的女音，原来是四川来的长途电话，打电话的人姓方。方老板在电话那头亲切地叫着马老板，说明天要来签供销合同。方老板声音清脆，语调柔美，跟马老板是多年合作伙伴，私交也不错。最后，方老板停顿了一下，说还有件私事要拜托马老板。

马老板爽快答道："有事尽管吩咐，马大哥愿效犬马之劳。"

马老板听完电话，方知对方是要找回失散二十多年的女儿。

放下电话，马老板靠在椅子上，皱起眉头自言自语："这话好说，事情难办啊，偌大一座城市，上哪儿去找她女儿?哈哈，想不到一向严谨的方老板，居然还有段风流韵事。"

邱秘书在一旁听了个大概。她也认识方老板，对方老板的为人处世十分了解，见马老板胡言乱语，只是微笑着站在一旁。马老板说："这事就交给你了。你联系联系城里最好的侦探事务所，方老板有的是钱。"

邱秘书连连摇头，说："那些侦探不行，只会跟踪别人的老婆或丈夫，偷拍些暧昧照片，敷衍当事人，哄人家口袋里的钞票。"

马老板盯着女秘书，"那你说啷个办?"

"老板，我看事情不会像你说的那样，方老板必定有什么隐情，等她来了，问明白再说。"邱秘书说道。

马老板抽着烟，沉吟一会儿，朝邱秘书点点头。

方老板是四川大巴山里人，经营木材生意，是马老板的主要供货商。在马老板资金短缺、生意惨淡的时候，方老板力排众议果敢出手，一次运来三千立方米优质木材而分文未收，马老板的家具厂得以起死回生。从此，两人结下了深厚友谊。今天，方老板开口相求，马老板自然不敢怠慢。

"老板，我给你推荐一个人，怎么样？此人虽未干过这行，但凭他办事的韧性……"

马老板打断邱秘书的话，哈哈大笑："我也想起了一个人，这个人也没有干过这种事，但他办事执着穷追不舍，一定能办妥这事。"

两人相视一笑，都点了点头，都明白对方说的谁。

三天后，白长顺接到马老板邀请，带着汪大师、刘四妹准时到酒店赴宴。

包间里只有马老板和一位中年女士,白长顺有些诧异,不知马老板葫芦里卖的什么药。刘四妹发现那女人衣着虽平常,但脖子上熠熠生辉的项链却价格不菲,手上戴的镶嵌宝石的戒指也足以暗示其身份不凡。

马老板站起来说:"各位请坐,我来介绍一下,这位方老板,是我生意上的合作伙伴,也是我多年的老朋友。"

马老板又将白长顺三人介绍给方老板。方老板嘴里应酬着,心里却纳闷,这个马老弟,我托你找人,你找几个推销公墓的来,想干啥子?酒过三巡之后,马老板对白长顺说道:"今天请各位来,主要是方老板有一事相求,望各位不要推辞。"

刘四妹心想,马老板不错,给我们介绍业务,还请我们吃饭。不待马老板把话说完,她就抢着说:"马老板,你的朋友,就是我们的朋友。我们一定会让方老板满意的。"

"不仅要让逝者安息,更要让活着的人满意。方老板有什么具体的要求,尽管提出来。"汪大师也认为马老板是要介绍业务,连忙抓住机会又弹老调。

方老板一愣,转头看向马老板,马老板摆手笑道:"误会,误会,你二位真是三句话不离本行。今天方老板是想请各位帮她找回失散二十多年的亲生女儿。"

刘四妹与汪大师面面相觑,白长顺也始料未及,沉吟一会儿才说道:"承蒙二位老板信任,深感荣幸。不过这类事,我们还真没有干过,怕误了方老板的大事。"

"白大哥,你就不要推辞了。"马老板端起酒杯敬了白长顺一下,继续说,"这些我都考虑过。首选,你们长期与各类人打交道,善于沟通。其次,你们是本地人,大街小巷都很熟,查找方便。第三,这不会影响你们的公墓业务,再说方老板也不会亏待你们。"

方老板心里很生气,觉得马老弟在敷衍她,但又觉得马老弟说得也在理,这三人看起来精明能干、重情义。方老板站起来,端着酒杯说:"各位,我先敬大家一杯。"说完一饮而尽。

方老板坐下继续说道:"这二十多年,我无时无刻不在想念我的女儿。做生意后,经济条件好一些,我每年都来寻找女儿,可都无功而返。"

方老板用纸巾擦拭湿润的眼眶,讲述多年前的往事。

"年轻的时候,我和邻村的小木匠王朝木结婚了。他的手艺很好,是祖传的,在当地小有名气，我家里的床呀，桌呀，椅呀，柜子、箱子呀，都是他亲手做的。他除了在生产队干活，空闲时间还干木匠活，家里光景还可以。婚后第二年我们就生了个女儿。小木匠和他爹老木匠一心想要个传宗接代的男孩。小木匠和我商量过去商量过来，我俩最后决定一起到广东打工，把娃儿生了再回家。就这样我们把女儿交给老木匠，两人到了广东，偷偷生了老二，可还是个女儿。这就是命。眼看年关临近，家里一封接一封来信催我们回老家过年。我刚坐完月子没几天，我们就启程了，辗转来到这里。我俩一路都在焦虑，抱着老二敢回家吗?罚款还是小事，要是被结扎了，这香火可就断了。可家总得回，家里有双方父母，还有大女儿。我流着泪说：'把老二送人了吧。'小木匠坐在墙脚，抱着女儿只是流泪，一句话也说不出。

"小木匠在车站照看行李，我抱着孩子盲目地在大街小巷穿行。我想，送人，也得送个好人家。不知走了多少条街，穿过多少条马路，在一个路口，我看见有老两口在卖报刊。我走过去在旁边一边给女儿换尿布，一边和老大娘搭讪，打听有没有人要小孩。老大娘见是个女孩很高兴，说她女儿要，她只有个外孙，这下就有外孙女了。老大娘仔细地盘问了我一阵，确认我不是人贩子，也不是卖小孩的，就叫邻居把我领到了她女儿家。从邻居口中得知，卖报刊的老大娘的女儿叫段刚，家里有个儿子，已满八岁。在一家旅馆门口我见到了段刚，她大约有三十多岁，看上去有些瘦弱，就在这家叫建设旅社的旅馆上班。段刚又把我盘问了一番才接过孩子，看起来很高兴的样子。她见我很凄惨，又给了我几十元钱。我流着泪一步一回头离开了建设旅社。后来经济状况好了一些，我就去找我女儿，但建设旅社不见了，那一带在拆迁，段刚也找不到了。这以后我每年都要去找几次，但都没有结果。"

大家默默无语，都沉浸在方老板的悲凉传奇故事中。最后，方老板说道："各位如能了却我的心愿，让我母女重逢，我付五万元酬金，马老板在此作证，绝不食言。"

白长顺低着头沉默无言，他还在沉思；刘四妹站了起来，和方老板解释帮不了她的因由；汪大师半眯着小眼睛，眼珠子转得飞快。方老板见三人不肯应允，顿时乱了方寸，不觉掉下伤心的眼泪。马老板见此情景，端起酒杯道："白大哥，来，我敬你三位。"

他动情地说："我相信三位有这个实力，马某人是不会看走眼的。再说，赠人玫瑰,手留余香,积善成德的美事,何乐而不为呢？各位也知道,我与方老板是多年的挚友,帮她也就是帮我。"

白长顺一听马老板的话,浑身发热,似乎再不接受,就将陷入不仁不义的境地。可这业务他从没干过,心里没底,又有些犹豫。白长顺一抬头,正对上方老板和马老板充满希望的热切目光,他毅然站起来,先敬了方老板一杯酒,然后说:"既然是马老板的朋友,也就是我白长顺的朋友,为朋友办点事,千万别说钱,说钱就不亲热了。"

两位老板很感动,坚持要付酬金,白长顺推辞不受。汪大师插话说:"我看这样吧,酬金一事先放到一边,先付三五千块钱,作为找人的车船费、误餐费,最后实报实销。你们看怎样？"

刘四妹一听,晓得汪大师又在打歪主意,偏头看了看白长顺。白长顺连忙说要不得,马老板却说就这么办,方老板打开手提包就要拿钱。白长顺说:"方老板不忙,还是先谈谈送人的细节,比如,时间、地点,还有什么人在场,等等。"

于是方老板又仔细回想了一番,补充了一些细节,最后大家约定第二天上午一同到当年送人地点去摸摸情况。白长顺走出包间时,见马老板的秘书和保镖同一个中年男子一起也从隔壁包间出来了。

方老板执意要送白长顺三人回家,并说明天再来接。三人推辞不过只好接受了。原来那中年男子是方老板的司机。

第二天一早,方老板开车接上了白长顺三人。

坐在副驾驶座的方老板侧身对后排的白长顺三人说:"叫我方姐就行了,叫老板听起来太别扭。"

他们的目的地应是方老板送走女儿的建设旅社,可因建设旅社已拆迁多年,方老板有些搞不清到底在哪个具体位置,小车只好在马路上无目的地漫游。刘四妹安慰方老板:"方姐,别着急,慢慢想,旅社周围有什么特别的标志或建筑吗？"

方老板靠在座背上,闭上眼睛仔细回忆。过了一会儿,方老板兴奋地说:"我想起来了,我跟着那带路的邻居走了一段马路就开始上梯坎,对面马路边有一家很大的面粉厂。上了几十步梯坎,就看见面粉厂背后有条河,河上有货轮在行走。上完梯坎向左走几步就是建设旅社。"

白长顺想了想,一拍大腿叫道:"找到了。我晓得是哪里了。"

白长顺与方老板交换了座位,指挥着司机左拐右拐,不一会儿就到了一个地方。

白长顺指着马路对面说:"以前那里就是家面粉厂。"

大家看过去,却是一处街边花园,轻轨正从花园上空经过。汪大师回头一看,此处正好有一坡梯坎,便对方老板说:"方姐,这边请。"

方老板沿着梯坎上行十余步,回头一看,又惊又喜,一条大河出现在眼前,河中正行驶着一艘货轮。方老板三步并成两步上完梯坎,然后急匆匆向左一拐,可没走几步她又犹豫不决。她记得这平路下方有几排矮房子,但现在这平路边修了石栏杆,一座大楼拔地而起。方老板缓慢地走到平路尽头,又出现了一坡梯坎。她记得很清楚,建设旅社就在这个拐弯处,但现在这里却是住宅,而且房屋结构全然不同。方老板急得头上直冒汗,刘四妹轻轻拍着她肩膀,劝慰道:"别急,别急,我先去问问周围的人家。"

这面坡上多半是一二层楼的砖房,重重叠叠,依山而建,还保留着 20 世纪五六十年代的风貌。平时静寂的小巷子里忽然来了群不速之客,引起了居民极大的好奇心。

向周围的人家打听建设旅社,大多数人都表示不知道,只有几个年纪大的老人说以前好像有个旅社,但具体在哪里,却记不清楚了;问及段刚,更无人知晓。白长顺默默地观察着四周,特别是前面那座占地不少的大楼。他想,修这大楼肯定有很多拆迁户,说不定建设旅社和段刚都搬走了。

汪大师见方老板悲愁的样子于心不忍,便说:"方姐,不必悲伤,吉人自有天相。你把小女的生辰八字报来,本大师替你算一卦,如何?"

方老板很惊讶,"老汪,你会这个?"

刘四妹朝方老板点点头说:"他,人称汪大师。"

方老板半信半疑地将二女儿的生辰告诉了汪大师,汪大师捋着稀疏的胡须,口中念念有词,半闭着双眼扳着指头。忽然,汪大师睁开眼睛,朝方老板两手一拱,说道:"恭喜方施主,此女命大,降生人世便躲过一劫。"

方老板听得不明不白,疑惑地看着汪大师。汪大师含笑捋须道:"小女若随你回乡,岂不全家受罚,上下吃苦。她留在城里,从糠箩筐跳到米箩筐,这不是让全家,当然也包括她自己,都躲过一劫吗?"

方老板听得仔细,觉得汪大师说得在理,心情舒缓了许多。她点点头,示意汪大师说下去。

"至于母女分离,天各一方,乃命运使然。好在母女重逢指日可待。以后呀,身负重任,后福未定。"

方老板急切地问道:"什么时候才能团聚?"

"天机不可泄漏。"

方老板仍不放心,又问:"二娃子她这二十多年,过得好不好?"

汪大师仍半眯着眼,"人各有命,不可强求。好亦得过,歹亦得过,好中有歹,歹中有好,日子天天照样过。"

见方老板迷惑不解,汪大师又说:"苦中作乐也是乐,乐极生悲也是悲。"

方老板身为母亲,心里还有好多疑团未解,但见汪大师如此说道,只好作罢,问道:"大师要收多少钱?"

"多不言多,少不言少。随意吧。"汪大师随口道。

刘四妹有些气恼,正欲发作,见白长顺给她使了个眼色,便不作声了。方老板掏出三百元,汪大师道声谢,揣进了裤兜。

这时刘四妹轻声问道:"方姐,你有三个女儿,你觉得老二最像谁?是老大,还是老三?"

方老板受到启发,连连称赞刘四妹:"还是你脑壳灵光,我就没想到这一点。老二,虽然我只带了一个多月,印象还是很深的。我觉得,老二很像老大,对头,就像老大。"

"你有老大的照片吗?"

"有,有照片。"方老板连忙拿出手机,翻出大女儿的照片,递给刘四妹看。

刘四妹接过手机看,说:"好漂亮哟。"

白长顺和汪大师也凑过来一看,果然是位现代时尚女郎,一头秀发,眸黑齿白,浅浅的酒窝增添了几分女性的妩媚。两人都点头称赞。方老板将照片发给了刘四妹,深情地说:"老大在上海交通设计院工作,女婿在上海社保局上班,外孙都一岁多啦。算起来,老二应该大学都毕业了。"

方老板抬头四处张望,看着那些敞开着的门和窗,多么希望此刻女儿从门里走出来,从窗口探出头来,叫声"亲爱的妈妈,你终于来了",然后扑到她怀里。

方老板默默地站在那里,心情渐渐恢复平静,她转身对白长顺三人说道:"刚满月就送了人,是作为母亲的最大的罪过。寻找她,只是想知道她的现状。

我也明白，人家把她抚养成人不容易。我只想认个亲，以后当亲戚来往。如果她生活有困难，我可以资助她们一家。"

三人都用同情和理解的目光看着方老板。离开时，刘四妹搀扶着方老板，一边走一边说些话宽慰她。

中午，方老板请大家吃了顿便饭。通过这半天的接触，她打消了昨天的顾虑，觉得白长顺三人值得信赖。寻找女儿有希望了，她的心情轻松了许多，脸上也露出了一些笑容。临上车时，她拿出五千元硬塞到刘四妹手里，泣不成声地说了好几遍："拜托了，拜托了。"

待方老板的车走远，白长顺三人来到从前的面粉厂，如今的路边花园休息。刚坐下，刘四妹就问白长顺："你怎么允许汪大师收方老板的钱呢？我认为他太不像话了。"

白长顺笑了笑，指了指汪大师。汪大师给刘四妹解释："这是行规也是诀窍。凡算命打卦测字，都得收钱，收多收少则因时因地而论。要是我给你算了一卦，说你命不好，不收钱，你高兴吗？"

"汪大师这一卦，算得及时，我估计方老板在车上肯定会回味汪大师的每一句话，越想心情会越好的。"白长顺肯定地说道。他看了看刘四妹，又说："看得出来，你是个善良的女人，讨你做老婆是人生之大福也。汪大师，你说对不对？"

汪大师一本正经地说："我没看出来，对人一凶二恶，在家肯定是个恶媳妇，说不定还是个恶婆婆。"

这次刘四妹没有作声，只是狠狠地瞪了汪大师一眼。汪大师有几分讨好地对刘四妹说："我是看方老板太悲伤，才提出为她算一卦，目的是劝慰她。我说将女儿送人是逃过一劫，是减轻她的自责；把母女分离说成命中注定，也是减轻她的愧疚；后来说重逢指日可待，但是我不晓得到底啥时才能找到她女儿。至于后福未定，将来的事没法说，只好先这么应付着。"

汪大师见刘四妹低着头，似乎没有听，也就收了话头，自个儿抽起烟来。

白长顺独自坐在一边，心里盘算着如何才能不负方老板重托，干好这件从没干过的事情。眼下找不到地址，寻不着人，下一步究竟该如何办？白长顺陷入了沉思。

忽然，白长顺感觉有人在他肩头轻轻拍了两下，抬头一看，一位戴着眼镜、身体有些发福的中年男人正微笑地问他："请问，你是姓白吗？"

白长顺站起来,点点头,觉得这人有些面熟。对方一听他的确姓白,马上热情地道:"白长顺,老同学,终于找到你了。"

这时,白长顺也从声音认出了对方是谁,高兴地说:"你是王承东,冬瓜。"

对方点点头说:"改回去了,王承西。"

白长顺心里热乎乎的,几十年不曾相见的老同学,竟然在街头相逢。

两人紧紧地握手。白长顺打趣他说:"那又该叫西瓜了。什么时候戴眼镜了,装啥子斯文嘛。"

王承西有点不自在:"上大学时就戴上了,没办法。"

两人坐下叙谈各自现状。王承西拿出名片,双手递给白长顺。白长顺接过一瞧,哟,当教授啦。白长顺本想掏出自己的名片,又一想,人家是真教授,自己是假经理,就把捏在手中的名片放了回去。

王承西拍着白长顺肩头说:"以前听说你在厂里干得不错。"

"厂破产了,下岗了。"白长顺神色黯淡,喃喃地说。

王承西得知白长顺眼下干的是推销公墓一条龙服务,很惊讶,同时也表现出极大的兴趣。他下意识地打量白长顺的两个搭档,原来王承西是历史专业教授,对历代民风民俗颇有研究。

王承西疑惑不解的目光停在白长顺身上,前几年听人说,这小子在厂工会混得不错,现在怎么干上了这行业,真是世事难料。王承西用余光再次打量白长顺的两个搭档,不觉皱起眉头。他很快察觉到白长顺有些不快,赶紧换了话题。

"老同学,你是我的救命恩人,我常惦记着。"王承西感慨地说,"真没想到,找了多年,你杳无音讯,却在街头不期而遇。"

白长顺一愣,啥子救命恩人?有些莫名其妙。王承西笑了笑说:"那年,有天下午,班上同学到江边游泳。那时,我刚学会游泳,一时冲动,跟着同学们游到了江中心激流处。那里水急浪大,我心里一慌,感觉手脚无力,游不动了。这时,是你一下游到我身边,让我一手抓住你肩头,随着你游到了岸边。到岸边后,同学们都围拢来,说七道八。你气喘吁吁歇了好一会儿,默默穿好衣服,骂了我一句,就走了。"

白长顺认真地回想,还是没啥印象。在他有关于游泳的记忆中,这类事时有发生,不知救过多少人。王承西真诚地说:"你要是晚来一步,我就凶多吉少了。"

这时,站在一旁的刘四妹接了话:"那世上就少了个教授啰。"

王承西有些不自在地看了刘四妹一眼。白长顺却说:"记得我就好,有机会给我介绍几个业务。"

此话弄得王承西浑身不自在,他看看手表说:"真不好意思,跟电视台节目组有预约。有你电话就好办了,抽时间我们好好聊一聊。现在班上有几个同学正在筹备同学会,到时一定要来。对了,忘了告诉你,有个女同学一直在打听你的消息。"

白长顺一振,恰似平静的湖面投下巨石,心里激起了千层波浪。他下意识感觉是她,一定是她,但表面若无其事,淡淡地说:"谁呀,还记得我这个倒霉蛋。"

"猜一猜。"

"猜不着,别卖关子了。"白长顺心里愈加肯定,却不肯松口,摆出一副事不关己的样子。

王承西看透了白长顺的心态,也若无其事地随口说道:"你的同桌。她给我打了许多电话,四处寻找你。"

"她在哪里?"白长顺急迫地追问。

王承西已转身准备走了,又回头故作神秘地说:"在美国。晚上等我的电话,一言为定。"

"啥子教授哟,看人贼眉鼠眼的。"刘四妹嚷道。

汪大师也看出了王承西的不友善,眉头一皱道:"当初,就不该救他。让这家伙喂鱼去。"

白长顺没工夫理会二人,他望着远去的王承西,想起远在异国他乡的同桌,不禁百感交集。牵挂多年的同桌有了好去处,他的心终于可以平静了,他仿佛又看到了她熟悉而可爱的笑脸,听到了她热情而奔放的歌声。他对汪刘二人说:"你们先回去吧,我想再坐一会儿。"他想抽烟,掏出烟盒却是空的。汪大师摸出烟来,也只有两三支了,索性连烟盒都给了白长顺。

白长顺独自一人坐在石凳上,凝视着天边的云朵,万千思绪仿佛穿越时空,又回到了那过去的岁月。

记得在乡下第一次见到孟诗凡的时候,是初秋的一个赶场天。赶场天就是知青的星期天,知青们总要找各种理由放松一天。白长顺下乡大半年了,已基本适应山区的生活,那天他与一户的三个男同学都来赶场了,他要去理发,并负责买盐。

想当初,学校大张旗鼓地宣传上山下乡,王承西(那时还叫王承东)在班上带头报名还组织大家贴出联名大字报,誓言要胸怀祖国,放眼世界,扎根农村一辈子。那段时间,学校、街头、单位、家庭、广播、收音机里都在谈论上山下乡,到处是标语口号,豪言壮语满天飞。白长顺被王承西慷慨激昂的发言所感动,也去报了名。他本想和王承西一起落户,王承西却说要回老家,班主任便将他和另外三个男同学组合在了一起,轮船载汽车拉,送到了这大山里。

白长顺他们赶场所到的乡场建在一面斜坡上,理发铺就在下场口附近。白长顺站在土坯墙外面,探头打量这个全乡唯一的理发铺。里面挤着许多人,或坐或站,理发匠一边给人剃头,一边与人说笑。那围裙脏兮兮的,那洗头的面盆是个陈旧的木盆,里面还有半盆污水,微微冒着热气。地上满是头发,地板下面传来一阵牛的叫声,原来这个理发铺搭在牛圈上面。那个剃头匠手艺太差,不论老幼,都是一个样式,就是城里人俗称"马桶盖"的那个样式。没办法,方圆百十里就他一个人一把刀。

白长顺见人太多,就退了出来,心想,怪不得好些知青宁愿走几十里山路到县城去理发。白长顺漫不经心地走着,不想在小食店门口遇见了孟诗凡和另外两个女同学。

两年多没见面,孟诗凡出落得更加光彩照人,她穿了件粉红色上衣,胸脯胀鼓鼓的,昔日的两条小辫不见了,齐耳的秀发散发出诱人的清香。白长顺想躲,可已来不及了。

"你,你也来了。"白长顺结结巴巴地说。

"才来三天,第一次赶场,就碰到你。"孟诗凡甜甜地说道,像是久别重逢的朋友。

白长顺手慌脚乱找不到话说,瞧见小食店里一碗碗热气腾腾的面条,就学着当地方言说:"我,我请你吃包面。"

所谓包面,城里人叫抄手,北方叫馄饨。孟诗凡的两个女同学反复问了几遍,才搞明白。

孟诗凡大大方方地说:"好啊。"

两个女同学一起嚷道:"请客不请我,心头怪冒火。"

白长顺壮起胆子说："请，请，都有份。"

大家低头吃包面，白长顺也不便多问，但他知道，这应该是本年最后一批知青下乡。白长顺看了孟诗凡一眼，偷偷地笑了。三个女同学也在悄悄地观察他。今天的白长顺给人的印象实在有点狼狈，长长的头发乱蓬蓬的，一身旧衣服，脚上的胶鞋已磨出了一个洞。三个女同学相互看看，没说话，心里都是沉甸甸的。

当地包面并不贵，四碗也就四毛钱吧，但白长顺付钱时摸衣兜就慌了，忘带钱了。孟诗凡瞧见白长顺在柜台前的窘相，默不作声走过去，往白长顺口袋里塞了一元钱就走了。

白长顺捏着找补的六毛钱，在赶场的人群中寻找孟诗凡。赶场的农民太多，背着背篓，挑着担子，还有牵着猪、赶着羊的，街面太狭窄，拥挤不堪。白长顺奋力拨开箩筐、扁担，在场口外才追上孟诗凡。孟诗凡知道白长顺会追来，有意落在那两个女同学后面。白长顺正要把钱递过去，孟诗凡回头说："放你那儿吧，下次再请我吃包面。"

孟诗凡说的后半句话是模仿白长顺说的方言，这让两人会心地笑了。白长顺跟在孟诗凡身后，想说什么，又不知从何说起。

"到山区来，习惯吗？"白长顺没话找话。

"随乡入俗，将就过吧。"孟诗凡有些伤感。来到农村，她有逃离逆境的冲动，但没想到，农村竟如此贫穷与落后。

"你家还好吧？"话一出口，白长顺就觉得不妥，她家的遭遇，全校同学都知道，这不是哪壶不开提哪壶吗。

孟诗凡"嗯"了两声，她知道白长顺是出于关心，丝毫没有嘲讽她的意思。她的心情一下有些低落，侧身对白长顺说话时，两眼饱噙泪水地说："谢谢，谢谢你的关心。"

孟诗凡往前紧走了两步，又转身对白长顺说："你看你，才下乡几天，就搞得蓬头垢面。"

白长顺摸摸长长的头发，不好意思地笑了，说："今天就是到场上来理发的，没想到会遇到你。"

孟诗凡也笑起来，摇摇头说："这罪名，我可担当不起，你快去理发吧。"

"不剪了，下一场再来，到时你也来赶场吧。"

孟诗凡没吱声，只是默默地走路。

白长顺还想说什么,孟诗凡朝他摆摆手,又指指前面不时回头张望的两个女同学,意味深长地微笑,明亮的眼睛里闪烁着异样的光彩。白长顺站住了,看着孟诗凡快步离去,瞬间有好多话涌上心头,可孟诗凡已经走远了。白长顺目送孟诗凡追上同学,远远地看见她们打闹着,追逐着,但听不清她们在说些什么。

白长顺心情舒畅,走在回家的路上,很快爬上一道山梁。忽然,他发现孟诗凡三人正走在对面山梁上,孟诗凡那粉红色衣裳分外醒目。他兴奋地大声吼道:"喂,孟,诗,凡……"

浑厚的声音在山谷中回荡。应当是听到了白长顺的吼声,那三人在山谷那边也兴奋地喊叫起来,还挥舞着双手。白长顺也挥舞起双手,欢叫着。

白长顺用手指着半山腰的村子,对面粉红色衣裳也指着前面的村子。白长顺明白了,他俩是隔山相望,两山之间的谷底有条浅浅的小河。白长顺站在陡峭的山路上,深情地望着对面山上的女孩,直到她们的身影消失在茂密的山林中。

快要走进村子时,白长顺猛然想起没有理发,也没有买盐。白长顺怅叹一声,很快被喜悦的心情所淹没,他又有了下次赶场的理由。

第二天,白长顺在坡上干活的时候,特意向人打听对面山上村子的情况。原来,这两个山村虽然隔山相望,却分属不同的大队,对面山属阳光大队,白长顺这边属东风大队,平时大家称对面为张家寨,这边是朱家寨。两寨互相通婚的特别多,随便拉个社员出来,跟对面山寨多少都有些亲戚关系。一个社员告诉白长顺:"再过几天,生产队朱会计那小子,要去对面张家寨迎亲,你去不去?"

白长顺想,到对面张家寨去,或许能见到孟诗凡。于是他找到朱会计,表达了想帮着去张家寨迎亲的意愿。

迎亲那天,白长顺换了身新衣服,戴上借来的军帽,来到朱会计家。迎亲的队伍沿着石板路向对面村子行进,鼓乐队在前面开路,很快到达谷底,走过小河上的石桥,沿着山路盘旋而登,翻过一道山梁,到了张家寨。村口有很多看热闹的人,有个人把白长顺当成了新郎官,惹得人们一阵哄笑。

这地方有个习俗,男方到女方迎亲时要对酒席挑刺儿,如果说酒碗小了,女方就换成大碗;说喜庆之日端上桌的烧白要成双,女方就再上一碗烧白,总之是要热热闹闹、皆大欢喜。可是朱会计的几个叔伯兄弟却有些故意找碴儿闹事。朱老五先是说酒碗太小,女方高高兴兴换成大碗;朱老五又说酒不好,要喝干酒,让女方犯了难。当地办喜事,都是喝自家酿的米酒或苞谷酒,要喝别的酒需要提前打招呼,朱老五这时喊换酒,女方根本来不及准备。双方七嘴八舌吵了起来。女方父母、媒婆、新郎、白长顺都来劝阻,可朱会计那几个堂兄弟根本不听招呼。朱老五提凳乱舞,张家寨的青壮汉子们齐声呐喊冲上前来,刹那间,碗碟横飞,遍地狼藉。白长顺正在劝解,一个石块猛地朝他头上飞来,他急忙闪身逃进一小巷,差点撞上迎面而来的孟诗凡三人。原来孟诗凡她们在家正准备吃饭,忽听外面打起来了,就过来看看,不想撞上狼狈不堪的白长顺。

白长顺跟着三人来到她们家里。她们住在一户村民家,屋里收拾得很干净。白长顺还没坐定,孟诗凡室友之一李小凤就开玩笑:"白长顺,你一到村口,就有人说你是新郎官。你今天想把谁接走?"

平时不爱说话的另一个室友田玉梅也来打趣:"哟,穿得周武正王的,还戴顶军帽,威风,真像个新郎官,哈哈。"

孟诗凡脸蛋绯红,闪进里屋关上了门。田玉梅和李小凤把饭菜摆好,招呼白长顺吃饭。饭菜很简单,白米饭,两碗素菜、一碟咸菜。

两人又开始打趣:"你来迎亲,可没有酒,没有肉。"

"你莫又把桌子掀翻了啊。"

白长顺没说话,心里有些烦这两个饶舌的女同学,就去叫孟诗凡出来吃饭。白长顺还没敲门,门就从里面开了。白长顺站在门口朝里张望,屋里放了三张床,靠墙角那张床头堆满了书。他知道那准是孟诗凡的床,问道:"你带这么多书?"

孟诗凡点点头说:"你也喜欢看书?都看些什么书?"

白长顺说:"我什么书都爱看。"

他故作神秘地问:"喂,有那些书吗?"

"哪些书?"孟诗凡明知故问,板起脸说,"没有。"

孟诗凡挡着道,没有让他进去的意思。白长顺不敢造次,就站立在门口,两眼盯着那些书,涎着脸说:"随便拿一本嘛。"

两人回到饭桌。四人低头吃饭,闲扯些杂事,饭后一起去了新娘家。

新娘家门前围着许多人,闹事的朱家叔伯兄弟早已落荒而逃,鼓乐队的人也扔下乐器,脚板上抹油,溜之大吉了。女方父母很生气,觉得太丢人,执意不肯发亲,新娘急得直哭,朱会计和媒婆急得团团转,张家寨的大队书记正在劝说张大爷。朱会计见白长顺来了,忙叫住他,向他讨主意。白长顺对新娘父母说:

"这场误会不是男方的错，也不是女方的错。过几天我们共同来追究那几个人的责任，起码要告到公社去。你们为这点小事不发亲，岂不是坏了你家的名声，而女儿到了男方家，今后又如何相处？若及时发亲，大家会称赞你们深明大义，处事大度，你家女儿今后在婆家日子也好过得多。"

张大爷仍在气头上，握着叶子烟杆的手微微颤抖。张大爷才五十出头，在寨子里辈分最高，连支书、主任也是一个叫他幺叔，一个叫他幺公。他吧嗒着叶子烟，心里盘算着，今天栽了这么大个跟头，以后在寨子里说话还管用么？他又盘算着如何收场，好歹打跑了闹事的几个家伙，总算捞回些面子，支书、主任左右相劝，也给足了面子。现在知青出面相劝，正好趁势下台，但一定不能示弱。

"鬼的个误会。"张大爷用叶子烟杆敲打桌面，震得杯盘碗盏悉悉作响。其实张大爷心里明镜似的，那几个人捣乱的原因他一清二楚。张大爷提高嗓门："我要这几个家伙，赔偿损失！"

白长顺上前扶了一把张大爷："这是必须的。他们要是不赔，我把知青召集拢来，把他家抄了。"

张大爷得意地把烟杆别在腰上，大声说："好，看在知青同志的面上，开席，发亲！我张老幺是个重情重义的人，为了我的幺女，今天放他一马。"

众人一片欢呼，纷纷动手收拾残局，重新摆酒席。

送亲的队伍就要出发了，朱会计却找不到鼓乐队的人，望着锣鼓发愁。孟诗凡站出来说，她会吹唢呐。大伙十分诧异，她拿起唢呐就吹奏了一曲，赢得满堂喝彩。于是孟诗凡吹唢呐，李小凤打鼓，田玉梅敲锣，鼓乐队总算凑齐了。

鼓乐队一路吹吹打打，迎亲队伍来到朱会计家。孟诗凡三人扔下手上的家伙，溜出热闹的结婚现场，找到新盖的知青房舍。几人推开房门一瞧，里面乱七八糟的，像个狗窝。孟诗凡默不作声走了进去，见桌子窗台满是灰尘，被子也没叠，换下的脏衣服扔得到处都是，地面更是脏兮兮的。

孟诗凡说："都进来，帮帮忙吧，男同学都这样。"

田玉梅与李小凤在门口对视一眼，会心地笑笑，跨进门去。三人一边收拾，一边说笑。

白长顺在门外嚷道："快点，快点，要开席了。"

他才跨进门半步，就发觉整个屋里都变了样，孟诗凡抱着一大堆脏衣服正要出去。

白长顺打趣道:"哟,田螺姑娘进屋啦。"

李小凤、田玉梅揪住白长顺,齐声追问:"谁是田螺姑娘?说,说!不说走不脱。"

白长顺自知用词不当,羞得满脸通红。李小凤、田玉梅笑弯了腰。孟诗凡低着头,佯装没听见,端着脏衣服跨出了门。

婚宴后,孟诗凡三人要随张家寨的人回去了,白长顺把几人送出生产队,目送一大群人下到沟底,消失在山涧中。

在回去的路上,白长顺故意走得很慢。他一进家门,就被同屋的大李、小李、胡荣三人团团围住。他们今天回来,见房间打扫得干干净净,被子叠得好好的,脏衣服也洗好晾晒在地坝,感动不已。

大家拥着白长顺在屋里坐下,胡荣乐呵呵地说:"我是癞子跟着月亮走——沾光了。"白长顺心里甜滋滋的,说:"同学之间,相互帮助是应该的。"

大李忽然像明白了什么似的,盯住白长顺兴奋地说:"你在同孟诗凡耍朋友!"

白长顺矢口否认。小李和胡荣上前来坐在白长顺身边,央求他给介绍女朋友。白长顺还未开口,大李就说:"莫忙,对面那几个女同学,家庭都有点麻烦。"

这个昔日的班里小头头,对全班同学的家庭状况了如指掌。小李和胡荣颇有兴趣,又坐过去缠住大李,要他细说。大李昂起头,神气活现地说:"去去去,这些历史秘密,不能随便告诉你们。"

白长顺气得不行,拉开被子蒙头睡觉了。

知青挺身而出化解社员婚姻纠纷,女知青组成鼓乐队为贫下中农服务,这事像山风一样吹遍十里八乡。公社正在收集先进知青典型事迹,对此事如获至宝,大会小会宣讲,还整理材料上报县委,让白长顺大出风头。在生产队,社员们对白长顺也是另眼相看,朱会计一家人更是感谢不已,新媳妇玉华尤其感恩戴德——她父亲是出了名的犟脾气,居然被白长顺三言两语说服了。玉华还透露了这场闹剧的真实原因。原来朱会计的堂弟朱老五和玉华是初中同学,两年前朱老五到玉华家提亲,因玉华不喜欢他,被玉华父母婉拒了,没想到他记恨在心。这以后,朱会计家有啥好事都会叫上白长顺。

经过这件事,白长顺和孟诗凡的关系进了一层,彼此间加深了了解,同时白长顺和孟诗凡耍朋友的闲言碎语也在知青中流传开了。之后,闲言碎语迅速升温、发酵,大家先是惊讶,然后是嘲讽,最后的结论是一致性的,就是无论从哪个角度分析,两人都不可能,这件事简直是天方夜谭。当大李、小李、胡荣三人将外面的各种谣传告诉白长顺时,白长顺是一口否定的,弄得三人丈二和尚摸不着头。因为在乡场黄葛树下,知青们激烈争吵时,三人是极力看好白、孟两人的,可惜是极少数派。

白长顺内心很沮丧,八字没一撇的事,怎么就满城风雨了,而且舆论一边倒,也太叫人心寒。有很多时候,他的心里也渴望美好甜蜜的爱情出现。他很想知道孟诗凡是怎样想的,却找不到机会。

白长顺呆呆地坐在路边公园的石凳上,习惯性地顺手伸进裤兜掏香烟,掏出来却又是空烟盒。那三五支香烟,被他不知不觉地消灭了。他又把手伸向另一个裤兜,希望有意外发现,但再次失望了。他正想站起来去买包烟,一包红塔山飞到了他腿上。白长顺扭头一看,刘四妹坐在不远处,正看着他。

"你还没有走?"

"走了,又回来了。"刘四妹说着走过来坐下。她和汪大师走了没多远,就分了手。刘四妹心想,一个人回忆往事,往往很孤独,男人孤独时少不了抽烟,于是她买了包烟,不假思索地走了回来。她见白长顺闷坐着,不便打扰,就不远不近坐下,关注着白长顺的一举一动。

白长顺深受感动,觉得刘四妹是个细心、体贴的女人,不由得侧身看向刘四妹。夕阳西下,她微笑的脸庞被余晖照耀着,显得可敬、可爱。

白长顺说:"怎么还不回家做饭?"

"你和汪大师不是常说我,"刘四妹扬起头,无所顾忌地说,"一人吃饱,全家不饿。"

白长顺心里一动,似乎明白了,回想自从结识刘四妹以来,好多场面,看似无意,其实有心。他想劝劝这位搭档,让她清醒清醒,可他自己心中的思绪都还杂乱无章。

"老白,你那位小芳,人在异国他乡,魂还在中国。这么多年了,还在打听你的消息,说明感情很深嘛。"刘四妹恳切地问道,"怎么分手了呢?老白,还是摆出来,莫闷在心头。"

刘四妹的话让白长顺陷入深深的痛苦之中,良久,他才喃喃地说道:"都是我的错,是我的懦弱和自私害了我,我背叛了她,给她带来了无尽的痛苦。"

两人沉默地坐着。放学的小学生打闹着穿过花园,凉爽的江风扑面而来。刘四妹看着痛苦的白长顺,心里暗叹,真是位重情重义的男人。她前段时间还对白长顺心存幻想,对自己的一厢情愿倍感羞愧,此刻心中对眼前这位有些沮丧的汉子更加敬重。她劝慰道:"你也不必过分自责。那时,大家都年轻,根本不懂爱情。凭女人的直觉判断,你留给她的不仅仅是痛苦,还有激情,还有欢乐,不然她怎么会四处打探你呢?"

白长顺依然沉默,呆呆地低着头。刘四妹继续说道:"老白,相信我的话,不会有错的。过去的事情就让它过去吧,我们必须面对现实。日子还得一天天过下去。"

白长顺长叹一声,默默地点燃手中的烟,深沉地说:"这件事,一直埋藏在我心底,只要想到此事,我就多一分内疚,多一分自责。毕竟是我对不起人家。"

"你应该把往事当作美好的回忆。"刘四妹想了想说,"这是哪个大诗人说过的话。你不听我的,总该相信外国大诗人的话。"

"我做不到。"白长顺沉重地摇摇头,缓缓地说,"我甚至没有勇气去开同学会。一是怕遇见她,二是觉得不好意思说自己是干啥的,真的。"

刘四妹一听就来了气,心里说:你平时常对我们进行职业教育,怎么轮到自己头上就行不通了,唉,社会偏见是如此根深蒂固。口头与心里,往往不一致。刘四妹劝解道:"不要把过去的事当包袱背在身上,大道理你比我会说,同学会有啥子可怕?同学会,同学会,搞垮一对算一对。"

白长顺站起来,见天色已晚,便说:"少在这里胡说,该回家了,我都饿了。"

"晚上我请你,想吃啥子,尽管开口。"刘四妹也站起来。见白长顺没开腔,她继续刚才的话,"我是说同学会,你要大胆地去。推销公墓丢人吗?生老病死,哪家都躲不过。把你的名片发给每一个同学,肯定会扩大业务范围。名片是假的?你不说,哪个晓得。再说,你那位初恋情人,远在美国,哪里来得了,来了也不怕。"

话还没说完,刘四妹就咯咯地笑了起来。

第 五 章

高道士终于要来了。

他登机前给马老板打了电话,除了告诉所乘航班,还委婉地提了个要求,希望马老板为他举办一个欢迎晚宴。这让马老板犯了难,晚宴的钱马老板出得起,可一时半会儿到哪里找那么多人来赴宴呢?马老板平时勤于商务,社会朋友不多,于是他叫来女秘书和保镖,让他们赶紧想办法。三人绞尽脑汁最后决定,把材料供货商、产品批发商,凡是想得到的人统统请,并请他们带家属。这样勉强能凑十五桌,但还不知当天能到多少人。为防万一,马老板决定让邱秘书和保镖把他们家里人也都叫来,自己也把老妈及哥哥、姐姐全叫上。邱秘书问叫不叫白长顺三人,马老板沉思片刻后摆了摆手。

在机场出口处,旅客鱼贯而出,马老板睁大眼睛也没找到高道士。他正纳闷儿,一位五十来岁的旅客拖着行李箱来到马老板跟前,说:"马老板,别来无恙。"

马老板定神一看,这不就是高道士吗。高道士一身休闲装,脚上一双名牌运动鞋,显得格外精神。马老板笑道:"马某眼拙,不识高道士之变化,请恕罪。"

高道士一面还礼，一面谦逊作答，眼睛却在漂亮的女秘书身上瞟来瞟去。保镖见怪不怪，上前一步有礼貌地接过高道士手中的行李箱，站在了高道士和邱秘书中间。

一行人上车之后，轿车向市区驶去。

马老板为何认识千里之外的高道士？这说来话就长了。马老板上大学的时候，有一个与他睡上下铺的铁哥们儿，此人毕业后回广东去了，混得不错，还当上了董事长。有一次去广东出差，马老板特意绕道去拜访了这位老同学，在老同学家里与高道士不期而遇。高道士为那位老同学讲经布道，马老板在一旁听得眉飞色舞、津津有味。原来马老板孩童时，马老太太吃斋念佛，初一十五还要带他进庙上香，马老板自幼耳濡目染，自然近墨者黑，近朱者赤。做了老板以后，他每年除夕夜都要到庙里去烧头炷高香，平时有事也总要先敬一敬菩萨。

高道士听说来客是生意人，便留心打量一番，合掌道："施主远在四川，能在贵府相逢，乃有缘人也。"

那位同学将高道士吹嘘一番，马老板又惊又喜，虔诚地说："弟子愚笨，愿听道长教诲。"

高道士微微一笑道："我看你，眉清眼秀，中梁高挺，两耳下垂，日后必大富大贵。不过，人无远虑，必有近忧。"

马老板一时不知所措，那同学朝他使个眼色，马老板茅塞顿开，从皮包里拿出一沓钞票，恭敬送到高道士面前。高道士笑道："施主尽管放心而去，贫道自会替你诵经消灾。不过，你要记住四句话。"

高道士遂对马老板一番耳语，马老板心领神会，一个劲儿地点头。从此，凡是生意场上有重大决策时，马老板都要和高道士通电话，奉高道士之言为圣旨，逢年过节他都要给高道士汇一笔酬金。

高道士自幼父母双亡，衣食无着，流落街头，后经好心人介绍，进入一道观。年幼时的高道士天资聪明，人又勤快，寒暑之晨，苦诵道经，把道经背得滚瓜烂熟；秋春之暮，勤扫庭院，扫得路洁沟净，因此深得道长喜爱，也很受师兄、师弟们敬佩。前几年他成了道长，在当地也算小有名气，从此游荡江湖，明星大腕、商界大佬、暴发户都是他的座上客，他凭借一身道袍，再加上三寸不烂之舌，轻而易举就让各路人等乖乖地交出钱财。几年下来，高道士捞得盆满钵满，可他那贪婪的心永远也无法满足。

轿车到达酒店时,应邀的嘉宾已到得差不多了,但他们都不知道晚宴的主角是谁,纷纷猜测,这位远道而来的客人,与马老板的关系一定非同寻常。

当女秘书领着高道士出现在入口处时,整个宴会厅一片哗然。

高道士这会儿才像个道士,他身穿半新旧的道袍,脚上是地地道道的布鞋布袜。进入宴会厅,高道士两掌在胸前合一,用广东腔普通话朗声说道:"各位施主,贫道这边有礼了,祝各位施主晚上好。"

待高道士入席,马老板致欢迎辞,话语不多,全是赞扬高道士匡扶正义、扶贫济困的言辞。酒过三巡,高道士离席致辞答谢:"贫道此次云游青城山,路过贵地,受马施主之邀,特来为他家排忧解难,道义所在,义不容辞。承蒙马施主抬举,摆下如此盛宴,得以结识诸位女士、先生,贫道三生有幸。"

高道士向四方宾客逐一施礼,然后话锋一转:"贫道不才,但有慈善之心。择良辰,问凶吉之类,对于贫道而言,乃举手之劳。既然已到贵地,自然要拜谒各处道观,估计要花费三五天时间。这期间各位若有难言之事,尽可找我。你们是马老板的朋友,就是贫道的朋友。"

高道士见众宾客只是好奇地望着他,甚至有不少人已埋头猛吃海饮,便提高嗓音:"前不久,我遇到一位富豪。大家都知道,广东出富豪。此人花了一千万买了件古董,唐代官窑三彩花瓶,请我去鉴定。我见那富豪眉宇之间有黑气,再看那古瓶,也是黯然无色。我就说,我不会鉴别古董,但我知道这古瓶即将粉身碎骨。那富豪脸色骤变,厉声问道,依据何在?我掐指一算,说,就在下月初三。那富豪不信。到了初三那天,富豪在家中取出古瓶放到桌上,心里说,我今天就要看看它怎么个粉身碎骨法。

"夫人陪他闷坐,讨好地说,叫几人陪你打麻将,富豪摇头。夫人又说,找几个人陪你喝酒,富豪又摇头。夫人说,那我陪你喝几杯,富豪点头。两人喝了大半天的酒,古瓶纹丝不动。夫人见菜不多了,就说,我再去弄两个菜来。几分钟后,夫人端着两盘菜回来,慌忙之中碰倒了古瓶,古瓶掉到地上,摔成了几大块。夫人吓得面如土色,浑身哆嗦。富豪气急败坏,提起凳子欲向夫人劈去,猛然想起我说的话,于是扔下凳子瘫坐在了沙发上,阴沉着脸半天没言语。事后,那富豪特地摆了一桌酒请我,见到我,又是磕头又是作揖。"

高道士一番广告式的言辞和生动的故事情节,引起众多宾客热议。大家纷纷向马老板打探高道士的情况,马老板脸上颇有几分得意,不厌其烦地为询问者解惑。

马老太太及几个儿女都来了,挤了满满一桌。这是马老板第一次在社交层面请全家人吃饭。马家几兄妹见老幺请个道士吃饭竟如此排场,一个个唏嘘不已,往日他们只晓得老幺有钱有车有房,今日得见,方知老幺有多阔绰,有多霸气。想到当初是怎样对待老幺的,几个哥哥、姐姐一个个肠子都悔青了。马老太太端坐上席环视四周,见客人众多,热闹非凡,自觉脸上有光。众人得知她是马老板母亲,不断前来敬酒祝福,马老太太心花怒放,频频与来者碰杯,却不曾饮一口。当她听完高道士神吹后,有些生气:哪里来的妖道,这个老掉牙的龙门阵我早就听过好多遍了,你好意思编排在自家头上。马老板过来敬酒时,马老太太拉住他说:"我就信汪大师的。"

马老板只能顺从地点头。与哥哥、姐姐碰杯时,马老板察觉几人的脸色不太自然,尤其是大哥,黑着脸一言不发。马老板大度地说:"过去我对家里照顾不周,让大家费心了。今后多联系,有事尽管找我。"马老太太一个劲儿地点头赞许。

高道士致完辞回到座位不久,就有邻桌客人前来敬酒,并和他说起了自己的烦心事。高道士的粤语许多人听不懂,坐在高道士旁边的邱秘书一边充当翻译,一边给高道士介绍敬酒者的情况。不管来者是何身份,高道士都笑咪咪地听着,双手奉上自己的名片。一时间,向高道士敬酒的人络绎不绝,来参加宴会的人几乎都过来咨询了,甚至排起了长队,整个宴会成了高道士的业务洽谈会。马老板在一旁有些焦急,他刚才已给白长顺打了电话,告诉他高道士已到,并和他约定第二天早晨在青松陵园门口碰面,可是看高道士的样子,明天的事可能要延误。

马老板本来打算宴会结束后,好好与高道士彻夜长谈,可直到宴会结束,高道士身边还围着一大堆女士。马老板被晾在一边,他只好叫保镖开车送母亲回家,然后给邱秘书打个招呼,自个儿先回家去了。他这才明白高道士要求接风摆宴的真实目的,看来今天自己充当了高级推手的角色。

第二天早晨,汪大师、刘四妹兴冲冲地赶到青松陵园,见白长顺垂头丧气地坐在台阶上,地上扔了四五个烟头。刘四妹有些慌张地问道:"怎么回事?难道高道士装怪,业务泡汤了?"

白长顺站起来说道:"那倒不至于,电话里只说时间变动,另行再约。"他将马老板昨晚的电话内容及刚才女秘书来电话的内容详细讲了一遍。

"那为啥子改时间呢？"刘四妹追问。

白长顺耸肩摆手说："你问我，我去问哪个？"

汪大师自以为是，不屑地说："这都不懂，不管是和尚还是道士，每到一个新地方，都要到当地的庙宇或道观'挂号'，这样可以享受免费吃住的待遇。高道士这次来，肯定由马老板包吃包住，但'挂号'的规矩还得要，否则，高道士不能在这里公开活动。我估计他是拜码头去了，最多也就耽误半天、一天。"

白长顺见汪大师说得有板有眼，半信半疑地点点头，仔细想来也在情理之中，他那紧绷的心弦略微松弛，但心里仍然有些七上八下。

三人又闲谈一阵，个个无精打采。有营销员来叫汪大师做业务，汪大师高兴地去了。

白长顺和刘四妹默默地站在陵园门口，刘四妹说："别老抽烟了，对身体不好。咳，这会儿没事，讲一讲你那个小芳的故事吧？"

白长顺问道："你真想听？"

刘四妹真诚地点点头，那双明亮的大眼睛扑闪扑闪的。

白长顺叹口气说："今天没有心情，等把高道士搞定了，我一定讲给你听。但不许笑话我啊。"

前几天，王承西与他通了电话，两人聊了一小时，王承西和他说起了读书时的趣事、下乡的感慨和昔日同学的近况，还说到已有几位同学成了故人。白长顺听了感叹不已。他们也谈到了孟诗凡。王承西详细介绍了孟诗凡的情况。她大学毕业后就去美国留学了，现在从事高分子化学研究工作。父母落实政策后，孟诗凡把他们接到了美国，后来其父去世，孟诗凡一直未婚，与母亲住在一起。白长顺听后，忍不住红了眼眶。王承西也谈到了自己的近况。他已离异多年，有一女，随他生活，目前在上大学，亦准备出国。最后，王承西郁闷地说，离异后谈了好几次对象，总是高不成低不就的，也就一直单身着。

白长顺回想到这里，抬头见刘四妹坐在一旁，眼睛顿时一亮，说："喂，我给你介绍个朋友，怎样？"

"说来听听。"刘四妹一脸满不在乎的样子。

白长顺说："就是那天你见过的王教授。"

"呸！"不待白长顺说完，刘四妹跳起来大声说，"莫说了，那人贼眉鼠眼的，哪像个教授。"

"你别急嘛,先让我把他的情况介绍清楚。"白长顺慢条斯理地说道。见刘四妹重新坐下,他又得意扬扬地说:"成功了,要提个猪头来谢媒哟。"

刘四妹朝他冷笑一声:"老娘不嫁人了。"说罢哈哈大笑,像是在谈别人的事。

白长顺哭笑不得,不知该说什么好。

这时来了趟公交车,下来一群人朝陵园走来。白长顺和刘四妹立即朝人群奔去,用独有的目光寻觅客户。

下午,汪大师也沉不住气了,他一个劲儿地催促白长顺给马老板打电话问个究竟。白长顺不搭理他,逼急了就塞给他一支烟。刘四妹见他火烧眉毛的样子,忍不住说:"我们天天在这里守着,还怕他马老板跑了?"

"你懂啥子,"汪大师没憋住,把想了老半天的心里话全端了出来,"我是担心高道士耍了啥手段,把马老板蒙骗去了别的陵园。"

刘四妹一听,认为完全有可能,就在一旁咒骂该死的高道士。白长顺认为不大可能,真要这么干,完全可以明说,用不着遮遮掩掩。

他跟马老板打过几次交道,觉得马老板为人还可以。

"真是知人知面不知心,人家把我们给卖了,我们还傻乎乎地替人找娃儿。"汪大师愈说愈来气。

刘四妹立刻表态,莫给他们找娃儿了。白长顺苦笑一声道:"莫要着急,搞清楚了再下结论。这事与方老板无关,哪个又扯到找娃儿上来了,真是乱弹琴。"

待到夕阳西下,三人闷闷不乐地各自回家。

第三天,三人在陵园内的长廊会合。这长廊本是陵园为客户提供的休息场所,却成了营销员集合的地方,他们常在这里休息,交换信息。天空中的太阳懒洋洋的,似乎走得特别慢。公交车来了,下来许多人,别的业务员争先恐后地迎上去,他们三人却没动。有人来找汪大师做业务,白长顺没让他去。到了下午,始终没有马老板的电话,白长顺也沉不住气了。他烦躁地走来走去,嘴里嘀咕着什么。汪大师和刘四妹不说话,只是看着晃来晃去的白长顺。他俩的话,前两天就说完了,剩下的只有愤懑与无奈。

白长顺与汪大师埋头抽烟,弄得烟雾缭绕,已不知是第几支了。刘四妹厌烦地说:"少抽些。我是二手烟受害者,罚款,罚款,拿钱买瓜子。"

白长顺动手掏腰包，刘四妹装作没看见，扭住汪大师要他出钱破费。汪大师拗不过，只得乖乖掏出十元钱。

刘四妹拿着瓜子回来，见二人愁眉苦脸，便提议到附近茶馆去斗地主，可连平时最爱此项活动的汪大师也无动于衷。刘四妹长叹一声，骂道："完都完了，不做这笔业务了，老娘病都整出来了。"

忽然响起了手机铃声，三人下意识地相互看看，刘四妹耳尖，叫道："白大哥，你的电话！"

白长顺有些激动，打开手机就嚷道："马老板……哦……好的……可以。"

汪大师和刘四妹屏住呼吸，一边努力捕捉电话说了些什么，一边暗暗观察白长顺的神态，猜测着电话内容。

说了几句话后，白长顺失望地挂了电话，喃喃地说："是老婆打的"

汪大师犹豫了好一会儿，再次劝白长顺给马老板打个电话。白长顺固执地摆手，他始终认为给马老板打电话就失去了主动权，显得自己没有底气，还容易让马老板产生误会，弄不好真会把业务丢了。白长顺将自己的想法对汪刘二人讲了讲，两人就不吱声了。

白长顺靠着长廊沉思片刻，又提出新问题："你们说说看，三天了，马老板一个电话也没有，是为什么？"

不等二人回答，他继续说道："因为马老板自己也无法确定时间。唯一合理的推断，就是这个高道士在搞什么鬼把戏。"

一提到高道士，汪大师和刘四妹就来气。刘四妹又把高道士先人骂了一遍，弄得自己舌干唇焦，不停地喝矿泉水。汪大师倒是稳坐在那里，内心却是六神无主。过了一会儿，他忽然说道："消消气，动气伤肝。躲脱不是祸，是祸躲不脱。命里有，终须有；命里无，终须无。"

刘四妹骂道："棺山坡卖布——鬼扯。滚远些。"

"都给我滚远些。"白长顺骂道，随手摸出烟盒，一看，空了，转头看了看汪大师。汪大师见白长顺看着自己，连忙掏出烟盒，一看也空了。白长顺拿出十元钱，示意刘四妹跑跑路。刘四妹接过钱，转身对汪大师喝道："快点拿钱来。"

"谢谢你，我这会儿不买。"汪大师嬉皮笑脸地说。

刘四妹不管，把手伸到他面前，不依不饶。汪大师叹了口气，慢吞吞地拿出钱来。

两人吸烟，一人嗑瓜子，三人漫不经心地闲聊。太阳已经偏西，整个长廊及周边花园就他们三人了，四周静悄悄的，显得有些冷清。从坟地那边吹来的冷风，让人不寒而栗。那边有不少骨灰盒是他们亲手安放的，还有不少安放仪式是汪大师主持的。在魂归故土的最后一个环节，汪大师有时会狠狠地敲诈事主一番。汪大师有些心虚，站起来说了一句，走了吧，不待回应就慌忙离去了。白长顺没搭理他，握着手机看了又看，想了又想，心情沮丧到了极点。这一天又晃过去了，明天还会这样吗？他瞟了刘四妹一眼，缓缓地把手机放回口袋里，刚走了没几步，口袋里的手机响了。这一次，白长顺先看来电号码，啊！马老板的，他兴奋地朝刘四妹点点头，接通了电话。

　　白长顺极力使自己镇定地听完马老板的话，心里一阵狂喜。他挂了手机，把手一挥，急切而坚定地说："给汪大师打电话，我们到两江茶楼去，商量如何对付高道士。"

　　第二天早晨，三人早早来到青松陵园门口等候。灿烂的朝阳照耀着山川，阳光下的三人心态却不尽相同。白长顺对马家这笔业务有着必胜的信心，仿佛手到擒来，马到功成。汪大师内心有点忐忑不安，他明白自己这几把刷子只能蒙骗小老百姓，有点怕见高道士，但巨大的利益诱惑着他不得不硬着头皮出战。他看到白长顺西装领带精神焕发的模样和乐观镇定的神态，心里总算有了几分底气。刘四妹按照白长顺的要求，连夜做了发型，洒上香水，特意穿了件鲜艳的花衣衫，但她对自己的这身打扮信心不足，感觉有些滑稽，就像即将登场的蹩脚演员。白长顺摸透了汪、刘二人的心思，说了些笑话，想让他们释放心理压力，轻松上阵。

　　马老板的轿车一到，三人就迎了上去，邱秘书为他们和高道士双方作了介绍。高道士今天出人意料没穿道袍，而是休闲打扮，俨然是一位游客，显得精神抖擞、态度随和。大家寒暄几句后便向陵园走去。邱秘书敏锐地发现刘四妹与往日不同，以前见面刘四妹总是站在她身边，与她套近乎，今天却像只彩色的蝴蝶，不离高道士左右，并且刘四妹还特地做了发型、搽了胭脂、涂了口红、喷了香水，穿了件刺眼的花衣衫。她预感今天将有一场好戏，一时半会儿很难收场。

　　白长顺并没有急着和马老板谈墓地的事，而是先向马老板讲起了寻找方老板之女的事情，他讲得绘声绘色，就像全然忘记了今天还有桩大业务。马老板听得颇有兴趣，不觉放慢了脚步，渐渐与高道士等人拉开了距离。

高道士和刘四妹、汪大师走在一起，高道士居中，刘四妹、汪大师紧随其左右，三人像是踏青的游客，步子轻盈，举止恣意；又像是阔别多年的老朋友，谈话间既有客套，也显直率。三人间看似风平浪静，却处处暗藏玄机。

汪大师拱手道："今日得见高道长，幸会，幸会。汪某早就想听你谈经论道，点化我等愚昧之辈了。"

刘四妹在一旁娇声说道："我早就想一睹道长风采，今日相见，果然气度非凡，一表人才。你不穿道袍，更加中看，远远看去，简直就是一个老帅哥。"

高道士呵呵一笑，拖着广东腔普通话说："没有办法啦，找我的施主太多了，又都是马老板的朋友，我好意思拒绝吗？有来求发财的，有来算婚姻的，有来求开张吉日的，还有来求男孩儿的，哎呀，求什么的都有，五花八门，累了我三天三夜。"

汪、刘二人这才明白，原来这几天高道士挣现钱去了。刘四妹气得咬牙，嘴上却甜甜地说："道长辛苦了，等这桩业务搞定了，我陪你玩几天，让你轻松轻松，看看这里的名胜古迹，好吗？"

高道士不由得多看了刘四妹几眼，觉得这女人体态丰盈，能说会道，虽是半老徐娘，却另有一番风韵，便兴致勃勃地说："好啊，我正想一览此地大好河山。有劳女施主了，善哉，善哉。"

刘四妹见火候已到，笑着说："高道士，你此次来，已经捞得盆满钵满啦，还是给我们留点稀饭钱吧。我们搞公墓营销的，挣点钱不容易啊。"

"哦。"高道士不动声色，轻轻应答。他是有备而来，早在从广东动身之前，就已打好如意算盘。他盘算着，若要否定所选墓地另起炉灶，必然会引起激烈冲突，俗话说强龙难压地头蛇，搞不好会两败俱伤，对自己没什么好处。倒不如顺水推舟，从中获利，再来个标新立异，锦上添花，如此一来，定能让当地的风水先生佩服得五体投地，马老板也会另眼相看。所以，他今天一反常态，穿了身休闲装，像是出来游山玩水的。

高道士瞧瞧身边的两人，又回头看看白长顺，搞不明白谁是主事的。不过高道士信心十足，自认对付这几个人有的是手段，脸上不由地泛起得意的奸笑。

狡猾的高道士将复杂的事情简单化，而聪明的白长顺将简单的事情复杂化，两者相遇，必然会撞出许多火花。

高道士朝汪大师施礼说道："你就是汪大师，久仰，久仰。我完全相信你的能力，决不拆台，只是……"

高道士做了个数钱的动作。汪刘两人心中暗自高兴，这妖道果然被白长顺算中。汪大师顿时有了底气，哈哈一笑道："好说，好说。"

高道士要现钞，刘四妹心里骂着，脸上仍是和颜悦色，口里甜甜地说："哎哟，你放心，钱一到手，肯定有你一份。这看风水收费才几百块钱，墓地嘛，是有点收入，但马老板还没付款，陵园跟我们又是月底结账，我们现在拿不出现钱来。再说，事先没讲明，我们就没做准备。"

高道士有点犹豫，疑惑地看着二人。刘四妹娇嗔道："刚才不是说好了，人家还要陪你玩几天嘛，怎么不相信人呢？"

高道士见一时半会儿拿不到现钞，也无可奈何，真是阎王好说，小鬼难缠，可事立马得办，如弦上之箭不得不发。他想，若改弦更张另起炉灶，只怕是风险太大，稍有不慎就可能会坏了名声，哎呀，都怪自己疏忽大意，该事先约见几人，搞定了再说的。高道士后悔不已，只好打肿脸充胖子："不好意思啦，客随主便啦。"

汪、刘二人见状，满心欢喜，嘴上一个劲儿地奉承高道士。

高道士有些飘飘然，看了汪大师一眼，问道："汪兄，师从何处？"

"本人乡巴佬一个，非佛非道，无师无派。"汪大师不卑不亢地回应，"从小耳闻目染，无师自通，在此行浪荡，无非混口饭吃而已。"

高道士点头赞许一番，自负地说："我在当地久负盛名，汪兄拜我为师，如何？"

汪大师上前一步，抱拳说："谢谢道长好意，本人愚钝，只怕坏了道长名声。再说，我这人懒散惯了，不想受清规戒律约束。现在这样，想喝酒就喝酒，想吃肉就吃肉，多自在。"

汪大师摆出一副恭谦的样子，心里却说：说得闹热，吃得淡白，收我为徒，不晓得又要敲诈我多少钱，我才不上你老妖道的当，你以为画个圈圈，我就会乖乖地来钻，做梦去吧。

高道士原以为汪大师会欣然从命，感恩戴德，他会名利双收，却万万没有想到碰了个软钉子。高道士又气又恼，却又奈何不得，心里愈发沉重，明白了面对的是几个江湖老手，稍有不慎，就可能会折戟沉沙、丢人现眼。他转念一想，幸好昨晚已定好良策,可力争名利双收,又转忧为喜,拖着广东腔说:"贫道这次前来,是替马施主把关,有你们几位在此,我肯定会成人之美。只是,这江湖规矩嘛……"

原本刘四妹听到广东腔就烦,这会儿却乐开了花。她兴奋地转过身,招呼邱秘书:"秘书小姐,快一点,这里的空气新鲜得很。"

邱秘书同保镖正在谈论什么,听到刘四妹的话,她一边热情地挥挥手,一边侧身对保镖说道:"你看,你看,刘四妹搬救兵了。"

"她不是在叫你吗?"

"你真是个方脑壳,这点小聪明都看不穿。"自以为聪明的女人总爱教训人,保镖常被教训,早已习以为常。

保镖问道:"今天的较量,鹿死谁手?"

这还用问吗,女秘书耸耸肩,不屑启口。这几天,她奉马老板之意,一直陪着高道士,亲眼见到来找高道士的男男女女络绎不绝,多是来算命、打卦、占卜的。这些人一个个对高道士佩服得五体投地,高高兴兴掏钱买快乐。高道士见她鞍前马后伺候周到,许诺这几天忙完后,一定用心为她算一卦。

"高道士好比正规军,汪大师最多算个保安队。"女秘书得意扬扬地说,似乎一切都在她掌控之中。

保镖不以为然,反驳道:"高道士初来乍到,人地生疏。汪大师一伙儿,人多势众,青松陵园又是他们长期活动的地盘,可以说是地头蛇。高道士占天时,汪大师占地利,至于人和……"

"好了,好了。你就等着看好戏吧。"

白长顺听到刘四妹的呼唤,明白他们已把高道士搞定,便催促马老板快走。马老板心中纳闷,这姓白的今天咋个搞的?只字不提高道士,大讲寻找方老板幺女之事。马老板几次想就拖延的事表示歉意,无奈插不上话,只好作罢。他当初做出这样的决定,不是怕花了冤枉钱,而是想得一块好基地,保佑子孙荣华富贵,世代安康。通过这几个月和白长顺接触,他觉得白长顺耿直、仗义,是一个值得交往的朋友,心里暗自决定,若是高道士另有主张,也要让白长顺做成这个业务。

在马老板尚未认可的墓地前,大家静默地站立着,所有的目光都集中在高道士的一举一动上。汪大师心里格外紧张,他干此行,在乡下二十多年,在城里也有十来年了，还从未遇到这么严峻的挑战。

高道士从保镖手中接过旅行包，取出道袍就地穿上，立刻换了副面孔，只见他脸色凝重，眼光冷飕飕的，令人生畏。高道士举止沉稳，有条不紊，先对着墓地三鞠躬，接着从左绕墓地三圈，又从右绕墓地三圈，然后再次施礼。高道士转过身来，半闭着眼，缓步向前，直至石栏，三拜之后，又向左右施礼，再次面对墓地，两掌合一，口中念念有词。忽然，高道士停止了念词，走到马老板跟前，朗声说道："马老板，可喜，可贺。此乃龙凤之穴，偌大一座山，也不过两三处也。"

马老板又惊又喜，问道："有没有更好的？"

"这是天意。"高道士看了众人一眼，说，"人，不可贪婪，贪而无厌是人的劣根之一。你忘了我赠你的四句话？"

马老板羞得面红耳赤，连声说："不是这个意思，我，我只是，随便问问，随便问一问。"

大家碍着面子，不好意思笑出声。白长顺感觉高道士话中有话，装作听不懂的样子，向马老板走去。马老板做了个手势，示意女秘书跟白长顺一道去交款。高道士喝道："慢，我还有话。"

大家吃了一惊，都看向高道士，不晓得这家伙又要耍啥鬼把戏。刘四妹有些心慌，生怕节外生枝，她朝汪大师看去，发现他脸色煞白、头冒虚汗，正眼巴巴地望着白长顺。

高道士踱步来到马老板面前，看着疑惑不已的马老板，笑着说道："这块墓地确实是块宝地。汪大师果然法力无边，佩服，佩服。"大家略微宽心，正欲向汪大师道喜，哪知高道士话锋一转，"虽是好墓，却也是险墓，稍有不慎，必然会祸及子孙。"

高道士此言一出，全场惊异，唯有白长顺冷眼相对，他已明白高道士的出招套路，心中感叹，果然是江湖老妖，深谋远虑，既恭维了汪大师，也自然而然抬高了自己。白长顺转念一想，管那么多，你得名，我得利，何乐而不为？

汪大师愤慨不已，两次欲上前论理，都被白长顺拦住了。高道士看在眼里，心里暗自得意，他胸有成竹地对马老板说："施主不必惊慌，贫道自有办法化解。请问施主，老人家的生辰八字及仙逝时辰如何，我给你选择一个避邪之时辰，保你万事无忧。"

马老板哪里记得这些，急得跺脚搔头。高道士劝道："不急不急，回去搞清楚再说,生辰八字千万不能出错。我推算出来告诉汪大师就行了。"

汪大师实在憋不住,上前几步,两眼怒火,冷冷地说道:"这些具体安排,我自有分寸,绝不会出半点差错。请高道长不必如此操心。"

汪大师软中带硬的话让高道士心里很窝火,却无处发泄,只好顺水推舟说:"哪里,哪里,我只是提醒诸位注意一下。"

邱秘书在一旁看得仔细、听得明白,她拉着保镖说:"你看懂没有?"

保镖摇头,有些失望:"怎么搞的?这么快就结束了。"

女秘书感慨万千,这是最好的结局。高道士不显山,不露水,既奉承了汪大师,又无形中抬高了自己,没有鱼死,也无网破,真是皆大欢喜。

一行人走出陵园大门,从面部表情看,个个面带微笑。白长顺和刘四妹是发自内心的微笑,辛苦了好几个月,不菲的提成终于到手了。汪大师内心则愤愤不平,感觉高道士当众贬损自己,太伤面子了。只有马老板内心是甜蜜的,悬而未决的难题总算解决了,花多少钱都是值得的,他仿佛看到自己的生意蒸蒸日上,大把的钞票源源不断流向自己腰包,一对宝贝儿女的学习成绩也一天一个样,让老师和同学刮目相看,让他在家长会上再也不会难堪了。两个局外人,女秘书和保镖,一个钦佩不已,一个备感失望。高道士落在后面,慢吞吞地踱着方步,他在为自己的杰作自鸣得意。

办完交款手续后,马老板执意要请白长顺三人吃饭,三人爽快地答应了。正在大家为坐车的事相互谦让时,白长顺的手机骤然响起,话筒里劈头盖脸传来王小红的骂声:"白长顺,赶快给我滚回来。你们白家的人都来欺负我,你那两个姐姐,嫁出门的女,泼出门的水,也来抢妈和老汉的房子。"

白长顺无可奈何,苦笑着对马老板说:"你都听见了,真是不好意思。这顿饭,我领情了。"

刘四妹正在极力回避高道士讨厌的目光,见白长顺要走,也马上说下午有事,家里有人住院,说完不待大伙儿反应,转身就走。白长顺见状,只好拜托汪大师做代表,自己匆匆向马老板、高道士告辞而去。邱秘书如梦初醒,她自以为又识破一招,神秘地对保镖耳语:"金蝉脱壳,看懂了吗?"

"电话那边又哭又吼的,难道……"保镖喃喃说道。瞧着女秘书一脸的得意,他恍然大悟,"这是在演戏,对头,肯定是演戏。"

"你总算聪明了一回。"

三人组一下走了两人，只剩下汪大师，这下正好坐满一个车。

马老板沉浸在获得富贵墓地的喜庆中还没回过神来，已走了两人。他疑惑地望着白长顺远去的背影嘀咕："不至于吧，订单一到手，就翻脸不认人了。"

邱秘书过来催他上车，暗地使个眼色，朝高道士呶呶嘴。马老板恍然大悟，心里念道，哦，一山不容二虎，但随后又冒出个大大的问号，既然如此，那汪大师留下来干吗呢？

白长顺风风火火赶回家，见老婆气呼呼地半躺在沙发上，都中午了，也不下厨做饭，他进门也不搭理。白长顺叹了口气，到厨房下面条去了。他这才想起今天是星期六，老婆没上班在家惹事，下午儿子还要回来，菜都没买，唉。水开了，白长顺拿出挂面往锅里放了一大把，朝客厅看了一眼，又往锅里丢进一小把面。

白长顺煮好面，端到客厅，说道："吃面吧，别在那里装模作样。"

王小红爬起来，头发有点凌乱，眼角仍有泪痕。她低头吃面，一言不发。白长顺问她究竟是怎么回事，她始终不吱声。

原来，王小红今天休息，早上睡了个懒觉，起来后在家属区闲逛，看见白家大姐、二姐结伴回娘家。她心生疑惑，今天既不过节也不逢生，她俩来干什么？她想到了眼下最敏感的拆迁问题，心里打起了鼓，赶紧去找李二姐，央求她到白大妈家打听消息。不一会儿，李二姐兴冲冲地回来告诉王小红："你大姐、二姐回娘家，是要接你妈和老汉过去她们家住一段时间。"王小红一听，顿时火冒三丈，把妈和老汉都接走了，那不就是把房产权攥到手心里了，没得这个道理。于是王小红扔下李二姐，朝白大妈家奔去。

常言道，打架无好拳，相骂无好言。王小红和白大妈母女三人把亲情伦理放一边，相互骂得天昏地暗，惹来无数邻里看热闹。白大妈自然站在两个女儿一边，痛斥儿媳诸多不是。白大爷见劝不开，自个儿出门到茶馆喝闷茶去了。白家两姐妹异口同声，我们是来接父母的，今天不谈房子的事，就是要谈也不会跟你这个泼妇谈。王小红气得直跺脚，李二姐几人好说歹说才把她拉回家。王小红没地方撒气，就打电话把白长顺骂了个狗血淋头。

白长顺见王小红不吭声，心里琢磨八成是为父母房子的事，就站起来说："我上妈、老汉那里去了。"

白长顺还没转身，王小红一把抓住他："不准去！"

王小红说完哇的一声哭了起来，白长顺只好坐下来。王小红支支吾吾了好半天，才把事情说了个大概。白长顺沉思一会儿后缓缓地说："父母都健在，嘟个能讲分房产的事，这不是给自己找不痛快吗？"

"我，我……"王小红不知该说什么，只怪自己急于离开这倒霉的家属区，太向往有粉色浴缸的电梯房——这个愿望实在是太强烈了。

在饭桌的两边，两人默默地静坐着。白长顺心里想的是如何向父母及大姐、二姐表明态度平息纷争，王小红内心则惦记着电梯房、粉色浴缸。两人有好多年不曾在大白天这么安静地坐着了。白长顺忙着跑业务养家糊口，白天极少在家，王小红平时要上班，休息的时候不是逛商场就是在麻将桌上打发时光。他们属于典型的"白天各耍各，晚上床上集合"的家庭，家里有啥要紧的事儿，都是在饭桌或床头简单交流几句。平时大多是王小红掌握政策发号施令，白长顺全权操办，往往劳神费力，换来一顿臭骂。可今天，王小红发号施令不灵了，往日的泼辣劲儿荡然无存。

"我们什么时候才买得起房子？"王小红哽咽着说。

白长顺张了一下嘴，却不好开口，家里是有点存款，可那是为儿子预备的大学学费；这套房子虽说破旧，环境也不好，但水电气齐全，生活还算便利，住着也还过得去。看着垂头丧气的老婆，白长顺不忍心让她太失望，就随口说道："最多不过宏远大学毕业，我们肯定能住上新房子，说不定还能提前进入小康。今天我就做了笔大业务，能分到一万多。"

话一出口，白长顺便自知失言，估计老婆又要缠着买这买那，影响他的长远打算。果然，王小红一听，两眼闪着惊喜，顿时来了劲头儿，起身坐到白长顺身边，温柔地说："老公，你好能干哟，这回给我买啥子？"

上次马家沟迁坟后，王小红缠了三天，白长顺不得已给她买了个玉石手镯。一见她又来了，白长顺有些不耐烦，"你是想要房子，还是想要镯子？"

"我都要，房子、镯子我都要。"王小红咯咯地笑起来，撒娇地倒在白长顺怀里。

两人就这样东一句、西一句地闲聊。

下午，儿子宏远回来了，手里提着个名牌服装袋子。王小红赶紧接过来翻看，里面是一套名牌西服，她心里十分诧异。

"妈，有客人来了。"宏远说着，白嫩的脸上泛起红晕。

王小红朝门外看去，果然有两个人往这边走来，后面还跟着个姑娘。来人王小红一个都不认识，她一头雾水地愣住了。白宏远见母亲站着发呆，着急地指指她凌乱的头发，王小红这才反应过来，自嘲着赶紧往里屋去了。

　　来人是一对中年夫妇和他们的女儿，女人比男人高半个头，烫着短发，衣着时尚，脖子上挂着项链；男人矮胖胖的，手里提着两大盒包装精美的月饼；女儿年龄与宏远相仿。不待宏远介绍，男人就向白长顺说道："大哥，我是不请自来，快到中秋节了，一点小意思，不成敬意。"

　　宏远在一旁介绍，白长顺才弄清楚来的是宏远的同学和家长。虽不明白他们为何要送礼，但既然来了，总得招呼，白长顺一边让座敬烟，一边叫宏远泡茶。男人坐下后感慨地说："大哥呀，我们全家都非常感谢白宏远，今天是特地来致谢的。"说完，他习惯性地看了看妻子。白长顺越听越迷糊，疑惑地看着那一家三口。

　　这事还得从头说起。高一下学期的时候，宏远班上来了位插班生，就是今天来的这位姑娘江玉兰。她父亲是一家房地产公司的老总，钱包涨鼓了，银行卡都有十几张了，才想起子女的教育问题。于是江总将老婆、女儿从乡下老家接进城，并将女儿转学到宏远就读的学校。江玉兰很刻苦，但毕竟刚进城，成绩明显比同学差一大截。江总给女儿请家教，每科都请，江玉兰却不适应家教老师的教法，成绩反而下降了。江总无法，到学校找班主任想办法，班主任推荐了白宏远帮江玉兰补习。白宏远试着接受了任务，利用晚自习和课余时间，每天帮江玉兰查漏补缺，辅导作业，节假日还到江家辅导。江玉兰也是个聪明灵敏的姑娘，宏远一点拨，她就开了窍，成绩提高很快，让老师和同学刮目相看。江玉兰父母很高兴，提出每月都要给宏远一笔不菲的辅导费。宏远坚决不收，并认真地说，同学之间应该相互帮助，若用钱来衡量，就是亵渎了同学间纯真的友谊。江玉兰几次把钱悄悄塞到宏远书包里，宏远生气了，说："再这样，我就不管你了。"江家这才不再提钱的事了。

　　宏远的真诚和执着深深打动了江玉兰父母的心，也叩开了姑娘的心扉。江总很喜欢这个英俊优秀的年轻人，每次宏远到家里来辅导，他总要做几道好菜留宏远吃饭，还请宏远上了几回酒楼。一来二去，宏远与江家混熟了，江家也不把他当外人，逢年过节总要送他小礼物。前不久，江总送了一部新手机给宏远，宏远不肯收。江总说，这是辅导所必须的，你不接受，那就借你吧，便于联系。宏远只好半推半就收下了。

江总关心女儿的前途,更关心自己公司的未来。根据自身特点,他把公司定位为家族管理模式。二十多年前,江总从大山深处来到城里工地,是从提灰桶干起的。他为人豪爽,有着农民式的狡黠,先做小包工头,胆子越做越大后就拉起了队伍,成立了建筑公司,如今又成立了房地产开发公司。事业做大了,就需要有信得过的人控制要害部门,江总打算将来把女儿放在财务部门或者工程预算部门,未来的女婿一定要是建筑领域的专家。女儿的心思,父母看得很明白,江家夫妇对宏远也十分满意,眼看中秋节快要到了,他们便借机拜访白家,打算探一探宏远和白家的态度。来白家之前,江家两口子反复琢磨,认为只能适度挑开,不能挑明,一是孩子都还小,现在挑明为时尚早;二是倘若挑明了,人家不乐意,就无周旋的余地了。于是夫妻俩周密谋划一番,这天中午借故和宏远一起在外用餐,餐后偶然提起顺道拜访白家的事,并到商场买了套西装,挑选了两盒月饼作礼品。白宏远推辞不过,只好领着江家三人回了家。

江总坐在白家半新不旧的沙发上,环视所谓的客厅兼饭厅。从踏进家属区起,他心里就明白,住这里的多半是下岗职工,经济状况很一般,为此他有种优越感,觉得自己可以居高临下谈事情。江夫人坐在江总身边,话不多,始终保持着浅浅的微笑,她也在静静地观察屋里的一切。看见那边桌上有两个碗没收拾,她就知道,这家的女主人还没出场。女人嘛,总认为自己的形象很重要,她自然地朝卧室的门望去。她心里明白,今天的事,女主人的态度极为重要。

白长顺客气地对江总说:"哎呀,你太客气了。宏远只是完成老师给他的任务,这是他应当做的,同学嘛。"

江总嘴里说着"应该应该",站起来,双手敬上名片。白长顺接下一看,江河开发公司总经理江成合,顿时心里一震,这可是名扬全市的民营企业老板啊,前段时间报纸、电视台还做过专访,这么大的老板,全家登门致谢,恐怕不单单是致谢。于是,白长顺抬头重新审视几位不速之客。

这时,王小红从卧室步入客厅,此刻的她已焕然一新,重新梳了妆,略施粉黛,着身艳丽衣衫,佩耳环、戴项链,手腕上还有新近才买的玉石手镯。王小红先就自己迟到向客人致歉,随即坐在江玉兰身边,称赞姑娘长得俊秀,夸奖江总有气质、有风度,一下就成了客厅的主宰。她亲切地拉着江夫人的手说:"老板娘,你好富态哟!"

"嫂子,你这样称呼,我浑身上下不舒服。"江夫人指着江总笑着说,"他那帮兄弟都叫我江夫人。"

"哦,对头,对头。"王小红碰了一鼻子灰,仍满脸堆着笑说,"江夫人,你好有福气,有一个这么漂亮的女儿。"

江夫人本想趁势恭维王小红几句,夸她有个英俊能干的儿子,话到嘴边,觉得不妥,就笑而不语地看着王小红。江夫人是个极有心计的女人,高考落榜那年就嫁给了江成合。江成合只有小学文化,那时已是小有名气的包工头了。当时,江夫人并不愿嫁给江成合,但父母已收下江家送来的彩礼,并用了其中一半的钱财为她哥哥订了一门亲事。江夫人痛哭一场,怨家里太穷,为了亲哥,长叹一息,只能认命。自从嫁到江家,她把家里屋外操持得像模像样,公婆、叔伯兄弟说不上一句闲话。有了女儿后,江老板还想要个儿子,江夫人抿嘴一笑道:"好啊,只要你回乡务农,保准给你生个小子,罚款也不怕。你要在城里开公司,有个千金足够了,将来还有一上门女婿。"说得江老板哑口无言。女儿玉兰上小学四年级时,江夫人将女儿交给公婆,自己到城里协助老公打点公司事务。

江夫人精明能干,给公司定了许多规矩,特别是财务工作,更是监督有方,使公司大有起色。她不许公司员工叫她老板娘、嫂子、嫂夫人一类的土俗称呼,一律得叫"江夫人"。很快,员工们发现了个秘密,江总是个"妻管严",公司的重大决策都是江夫人说了算。

王小红的言谈打乱了江总的节奏,他一连喝了好几口茶水才回过神来。他看了看夫人,轻咳了一声说道:"大哥,嫂夫人,你们教养了个好儿子。宏远这娃儿不错,他对我们家帮助很大。"

江总一口气讲了宏远如何替她女儿辅导功课,又如何拒收家教费,他家又如何在逢年过节时为宏远买礼物的事情。

白长顺两口子这才明白轿车接送、高级手机是怎么回事。白长顺感触颇深,觉得儿子有情义,有骨气。王小红听了又惊又喜,大声说:"哎呀,我说呢,宏远这段时间很少回家,偶尔回来也是拿了生活费就走了。这个鬼娃娃,啥子都不告诉我们。上回有人告诉我,说宏远来去坐奥迪,我两口子听了又惊又怕,生怕儿子遇上了坏人。"

江总夫妇不好意思地笑了,异口同声地说我们早就该来感谢了。宏远听得脸直泛红,江玉兰也在一边偷着乐。王小红渐渐听出江总的弦外之音,她不由得仔细端详起江玉兰来,江玉兰不好意思,红着脸低下了头。

江总有点兴奋,话越说越明:"我这个公司,说大不大,说小不小,总得后继有人。我们希望女儿能考上建筑学院,到公司掌握财务部门或工程预算部门。宏远啊,只要你愿意,公司的大门随时为你敞开。希望你未来能成为建筑方面的专家。"

这样的话宏远听过好多遍了,但他从未表示认同。他看今天当着他父母的面,江总又旧话重提,只好表明态度:"我以后想学船舶设计,想造军舰,造潜艇,至少要读研。我的理想是让我们的海军走向深蓝。"

江玉兰有些诧异,问道:"怎么没听你说过?"

"崇高而神圣的事,能天天挂在嘴上吗?"宏远诙谐说道,"再说,你也没问过我呀。"

"那我也不学建筑专业啦。"江玉兰调皮地说。

江总一愣,骂道:"翅膀长硬了?敢不听老子的话!"

客厅里响起欢快的笑声。

白长顺鼻子一酸,刹那间心潮澎湃。他很满意儿子的回答,儿子有理想,有抱负。他意味深长地对江总说:"如今啊,时代不同了。娃娃们的事,当父母的做不了主,让他们走自己的路吧。老话不是说,儿孙自有儿孙福嘛。"

不等白长顺说完,王小红迫不及待地说:"在重大事情面前,比如选专业、就业、耍朋友方面,孩子还是要听从父母的意见,老一辈嘛,过的桥,比他走的路还多。江总,江夫人,你们说对不对?"

江夫人仍然笑而不语。她觉得白长顺气度不凡,说话有板有眼,至于王小红,则有些世俗,她从穿着打扮上就可以看出王小红身上的臭毛病。

江总端着茶杯,频频点头。他先是有些失望,后来又在王小红身上看到一线希望。他又看了看江夫人,闲扯了几句,便起身告辞。宏远还有辅导任务,也要一同走了。王小红站起来极力挽留,江夫人亲切地拍着她的肩头说:"不好意思,嫂子,今天来得匆忙,没备你的礼物。过两天,我叫宏远带给你,好吗?"

王小红受宠若惊,嘴上说些推辞的话,心里早就春风荡漾了。

送完客人回到家,王小红就开始抱怨:"儿子养大了,倒成了别人家的了,真是个白眼狼。"想了想,她又说,"搞错没有?两盒月饼就把我儿子拐走了。"白长顺知道她的臭毛病,这是面带愁容心欢喜,也不搭理她,拿着江总的名片翻来复去地看,自言自语道:"这倒是个有钱的主儿。"他心里很明白,这一切事情都取决于宏远,自己绝不能给宏远任何暗示。白长顺正色对王小红道:"哎,这事你可不能胡来,宏远还要考大学的。""我才不像你。"王小红脸上泛着红晕,振振有词地说,"我的儿子我做主。不送套房子来,一切免谈。"白长顺吸着烟,没吭声,心里说,只怕到时候你说了做不了数。

王小红把两盒月饼放到桌上,细细欣赏盒子上面精美的图案。她的心情是复杂的。这是两盒广味月饼,从包装看,一盒月饼是蛋黄馅的,另一盒是蟹肉馅的。她从来没吃过这样的月饼。以前白长顺总是买几毛钱一个的散装月饼,吃起来简直就是面疙瘩。盒里的月饼强烈刺激着她的食欲,她抬头看看白长顺,眼神中充满期盼。

白长顺笑着说:"差不多的味道。这样吧,一人一盒自己处理。我这盒送妈和老汉。"

"不行,要吃就吃你那盒。"王小红抚摸着月饼盒说,"我看那女娃模样还行,跟宏远也般配,不晓得宏远咋想的。"

"你莫乱表态。"白长顺收好名片,抬头警告她。

王小红一本正经地说:"关键是人家有钱。将来送女儿、女婿一套别墅,我们过去一块儿住。"

说到这里,王小红的声音变得柔和,仿佛自己已住进了宽敞的别墅,正躺在粉红色浴缸里酣畅淋漓地戏水。

两人正在闲聊,白大妈进了门,问道:"听说家里来了客人?"

王小红一听,头都晕了,客人前脚刚走,婆婆后脚就来了。她见白大妈在看桌上的月饼,就讨好地说:"妈,这盒月饼送给你。我们都舍不得吃,孝敬你老人家。"

白大妈没吭声,仔细欣赏包装盒诱人的画面,心里甜滋滋的,一抬头看见王小红一身妖娆打扮,正要发作,想起这是为招待客人,也就作罢了。

"宏远呢? 上去吃饭了。"白大妈拎着月饼盒朝门口走去,边走边对王小红说,"赶快把衣服换了,马上吃饭了。"

在白大爷家,大家吃完饭,不等两个姐姐告辞,王小红便借口不舒服,催着白长顺回了家。一进门,她就躺在沙发上唉声叹气。

这顿饭吃得窝囊,真应了那句老话,有你的席坐,没得你的话说。席间议定了白家房屋产权归属——尊重父母意见。白长顺跟两个姐姐表态说,父母给你们,我绝不伸手;若给我,就三人平分。王小红在一旁干瞪眼。

大家夸宏远有出息,王小红乘机显摆自己如何管教儿子,刚说上两句,就被白大妈打断:"你管了些啥子? 一天到晚只晓得打麻将,懒得碗都不洗,还好意思说。"

大姐、二姐也数落嘲讽王小红,王小红几次想反驳都被白长顺制止了,并挑起新的话题来淡化矛盾,化解误会。王小红感觉自己嫁到白家十多年,在这个大家庭中始终是个外人,心中实在委屈。

席间还商议了白大爷老两口去女儿家的事。白大爷不太愿意去,怕去了不习惯。白大妈眼一瞪:"不去?哪个给你做饭。"说罢,瞟了王小红一眼。

白大爷闻言不吭声了,低头夹菜吃饭。王小红自然明白白大妈那特意的一瞥是对她不满意,对她不信任,但她根本无意管这些闲事。此刻,王小红最关心的事,是白大妈啥时才把月饼端上桌。她朝客厅茶几望去,月饼盒已不见了,看来是被白大妈收起来了,想吃高档月饼,没戏啦。

王小红眼珠一转,故作神秘地说:"你们晓得吗,今天下午宏远带来的客人还送了两盒好贵的月饼。"

大家不约而同地停下筷子,都看着她。

"是一个房地产开发公司的老总,带着夫人和女儿,专程拜访我家。"王小红脸上露出得意的笑容。

白大妈不屑地哼了一声,两个姐姐相互看了一眼,同时轻蔑地抿嘴一笑。

"老总的姑娘看中白宏远了,人家是来提亲的。"王小红提高了声音,犹如投下了重磅炸弹。

白长顺制止住王小红的胡言乱语,把事情的原委说了个大概。白大妈顿时来了兴趣,连声责怪白长顺为啥不叫她。白大爷把碗一撂,喝道:"净是胡扯,娃儿还在念高中,谈啥子讨婆娘的事。吃饱了撑的。"说完,自个儿走了。

王小红讨个没趣,赶紧埋头吃饭。白大妈还在感叹,夸宏远有出息,给白家长了脸,两个姐姐随声附和。

王小红躺在沙发上,左想右想心里很不是滋味,她翻起身来叫道:"老公,我想吃月饼,赶快打开嘛。"

白长顺抱着月饼盒说不行。王小红问为什么,白长顺一本正经地告诉她,有言在先,每人一盒,自行处理,互不干涉,她那盒送给了妈和老汉,没权利来支配这一盒,气得王小红哭笑不得。

王小红问:"那你这盒准备送哪个?"

白长顺眨眨眼:"暂时还没想好。"

"送给我!"王小红说着就去夺月饼盒。白长顺不让,两人围着饭桌追着、闹着。

追打累了,王小红顺势倒在沙发上休息。过了一会儿,她忽然坐起来骂道:"一个乡坝头的臭婆娘,有了几个臭钱,不得了了,竟然自称夫人。我看是外国电视剧看多了。"

王小红见白长顺不搭理她,喝了口水,又自言自语道:"有钱人就是不同,穿金戴银的,说起话来,脑壳都是昂起的。"

她想起江夫人临走时说要送她份礼物,顿时倦意全无,兴致勃勃地问:"老公,猜一猜,江夫人会送我啥子礼物?"

白长顺正在回想早上的事情,对于老婆的纠缠只好耸耸肩膀,表示猜不到。

王小红不耐烦地哼了一声,躺回沙发上继续想,江夫人到底会送她什么礼物。

白长顺的手机响了,他一看,是汪大师打来的。

汪大师在电话里长吁短叹,说今天非常激动,睡不着觉,叫白长顺出去喝夜啤酒。白长顺问中午吃饭的事,汪大师兴奋地大声吼道:"我略施小计,就把那妖道打败了,想分成,门都没有。"白长顺心里踏实了,说:"把枕头垫高些,做个美梦吧,有话明天说。"

趁白长顺接电话之际,王小红打开月饼盒,抓起一个月饼就往嘴里塞。这一口下去,圆圆的月饼变成了弯月亮。半个月饼噎在喉中,王小红差点透不过气来,不停地用手拍打胸脯。好歹缓过气来,王小红将剩下的半个月饼递给白长顺。

白长顺没接月饼,他在掂量,高道士这关到底闯过没有,高道士还有没有什么新招。

刚挂了汪大师的电话,白长顺的手机又响了,这次是刘四妹发的短信。

"白大哥,你好!今天好烦人。想跟你聊一聊,好吗?"

白长顺看后有些莫名其妙。王小红夺过手机一看,乐了,把手机扔回给白

109

长顺,说:"又是个睡不着觉的人,看你都结交些啥人,全是没见过大场面的乡巴佬。喂,你今晚也睡不着?哟,这是个女娃儿,还要与你聊一聊,啊,白长顺,你长本事了。"

"别误会,别误会。"白长顺一边用手挡王小红的巴掌,一边随口胡诌,"可能是她老公想用这笔钱,惹她生气了。她老公五大三粗,火暴脾气,还练过武术。"

王小红有些幸灾乐祸,抿嘴一笑,随即又两眼一瞪:"你以为你是政委还是指导员呀,少管闲事。"

白长顺连声应允,心里却想,钱这个东西,少了犯愁,多了惹事,她怕不是为这点儿钱心烦意乱,肯定遇上麻烦事了。是啥子麻烦?白长顺躺在被窝里百思不得其解,一夜没睡好。

第 六 章

　　汪大师眼睁睁看着刘四妹和白长顺前脚撵后脚地走了，心里有些胆怯，他搔搔头皮，心里叫屈：昨天商议对策时，没有说要开溜呀，你们两个招呼也不打就脚板抹青油，溜之大吉，我一个人在这里哪个办？高道士收不到现钱，岂肯善罢甘休。看着高道士贼眉鼠眼地直盯着自己，汪大师也想找个机会逃之夭夭，不料高道士拍拍他肩头，恶狠狠地说："他俩走了，你可不能过河拆桥。正好，我俩切磋切磋道义经文，如何？"

　　汪大师心中暗暗叫苦，马老板哈哈大笑道："两位高手过招，必定是鸿篇大论，高深莫测，我们三人正好洗耳恭听。俗话说，与君一席话，胜读十年书。"

　　女秘书悄悄暗示保镖，好戏开场了。

　　汪大师一看走不掉，也横下心来，心里念道：你高道士搞钱的把戏肯定是瞒着马老板的，我挣钱可是见得天的，我才不信你会把刚才在墓地前的一番话收回去。主意打定，汪大师也就坦然了，他对高道士不冷不热地说："我们两个道不同，恐怕坐不到一张板凳上哟。"

　　马老板昨天已在酒店预订一间包间，这房间设施齐全、布置优雅，宾主坐定后，少了白长顺和刘四妹两位主角，场面显得有点冷清。马老板发话，说了些感谢之辞，大家共同举杯，以示庆贺。汪大师站起来，把酒杯斟满，说道："白大哥、刘四妹有事先走一步，我在此替他们赔罪，自罚三杯，以示诚意。"汪大师说完，一连喝了三杯，高道士面无表情，稳坐不动。马老板有些奇怪，汪大师没啥酒量，今天怎么这样耿直。女秘书与保镖交换眼色，他们也不知道汪大师葫芦里卖的啥药。

三杯酒过后，汪大师又敬了马老板四位每人一杯酒，一反常态，大有喧宾夺主之势。几个回合下来，汪大师满脸通红，保镖叫道："脸红正吃得，大师，我俩干一杯。"保镖跟汪大师划了三拳，赢了两拳，保镖喜形于色高声叫好，汪大师毫不犹豫，脖子一伸，干了。高道士猛然察觉不对头，不好，这家伙要借酒发疯，瞒天过海。高道士两颗眼珠转得似轮子，也没寻思出办法来，这酒席上就讲一个字——酒。高道士有些后悔，当初就该先收钱，后买卖，有多少收多少，总比现在一个子儿都见不着强，若散了酒席扭住汪大师不放，又有损自己的形象，此法不妥。这事是瞒着马老板的，千万不能露馅儿，汪大师若有人接应，我岂不引火烧身。想来想去，高道士把心一横，暗说此番要戏弄戏弄你这个江湖骗子，出一口恶气再说，便对汪大师道："大师，你喝酒够威风的，我提个小问题，以助酒兴。怎么样？"

汪大师胸脯一挺说："我不过一草民，哪敢与高道长谈经论典。"

高道长阴沉着脸，这话答也不是，不答也不是。他正尴尬着，忽见汪大师起身欲走，忙一把揪住他。汪大师低头笑语："我上厕所，你陪我吗？"

这话让高道长更难堪，去就成了小跟班，不去又恐人跑了。女秘书很机灵，见状主动与高道长搭话，缓解了席上气氛。

汪大师躲进卫生间，几次想给白长顺打电话，甚至还有些想不辞而别，可转念一想，不就是喝酒吗，大不了喝醉，醉了就睡。临阵逃脱，日后怎么好见马老板，还有刘四妹那张烂嘴巴，不从头到脚挖苦个够才怪。汪大师头一仰，把皮带一扎，壮着胆子回到包间。

汪大师主动找马老板划拳，一连输了几拳，女秘书和保镖拍手叫好。几拳下来，汪大师已经是头重脚轻，他把手一挥，打个酒嗝，冲着高道士结结巴巴地说："有，有话，就说。有，有屁，就放。"

"好，就说这个'酒'字。"高道士压住心中怒火，看了众人一眼，缓缓说道，"'酒'字为何有三点水？"

马老板一听，皱起眉头，这不是胡搅蛮缠吗？他抬头见女秘书一副幸灾乐祸的样子，感觉有些不妙。汪大师只觉得天旋地转两眼模糊，高道士怎么变成两个了？他两手扶着圆桌："有……有三点，水么？哈哈，那……那是……有，有人兑，兑了水嘛。"

马老板一听，拍案叫绝。女秘书和保镖齐声说："高道长，你输了，罚酒，罚酒。"

高道士想狡辩，却无从说起，只好认罚，端上茶杯，一饮而尽，感觉茶水也是苦涩的。高道士想再寻几个刁钻的难题挽回颜面，汪大师却趴在桌上发出阵阵鼾声。

马老板一看，菜还没上齐，酒一瓶都没喝完，这边已放倒一个，心里不爽，疑心是白长顺几人有意这样做的，目的可能是避免与高道士发生冲突。高道士坐在椅子上浑身不自在，气不打一处来：我堂堂高道士，在岭南地面也是个呼风唤雨的人物，来到这小地方，竟被几个地头蛇捉弄了，那刘四妹说得比唱得还好听，这会儿连人影都没了，真是阎王好见，小鬼难缠，我煞费苦心，竟是替他人做嫁衣。

马老板笑着对高道士说："道长一路辛苦，这是一点小意思，还望道长笑纳。"

女秘书从提包里拿出早就备好的红包，心里嘀咕，不是说等白长顺一行人走了才给吗？汪大师还在这里发酒疯呢。

高道士接过红包，用手捏了捏，心里舒坦多了，拱手道："恭敬不如从命，贫道失礼了。"

马老板没了兴致，满桌佳肴美酒也失去了意义，几人匆匆吃了饭，便散了席。女秘书看汪大师醉得不省人事，只好准备送他回家，不料汪大师跌跌撞撞站起来："散席啦？这些菜还没动，打包。"

马老板点头，邱秘书叫来服务员，高道士投来鄙夷的目光。汪大师推开前来搀扶他的保镖，高声说："我没醉，我，我还要，和道长，谈道论经。高道士，你说呢？"

高道士气得嘴直打哆嗦，邱秘书宽慰他："道长，你大人大量，莫跟他计较，汪大师喝醉了。"

"我没醉，下午去喝茶，我，我请客。"汪大师越吼越来劲儿。

大家七手八脚将汪大师塞进轿车,轿车一动,汪大师就睡着了。车到了市区,不知汪大师住哪里,高道士只好摇醒汪大师。汪大师睁开醉意蒙眬的双眼,语无伦次地指示行车路线。路上,汪大师故意靠在高道士身上,一会儿一阵干呕,高道士又惊又怕,极力避让,可车厢狭小,哪里避得开。好在只是干咳,一车人虚惊一场。

　　汪大师住在西郊城乡接合部,他在一条大街的巷子里租了套两居室,把老婆成香也接到城里来了。离巷子口还有几百米时,汪大师说"到了"。下车后,他谢绝了保镖要护送到家的好意,提着几大包剩菜,摇摇晃晃地指着路边一个花园洋房小区说:"用,用不着,我,我就住这里。"汪大师又弯腰对着车窗内说:"高,高道士,我还,没有,向你讨教。只有,只有等下回啰。拜拜。"

　　汪大师向马老板挥手致意,直到轿车远去,他才放下挥动的手。他心里很畅快,刚才往车内瞧时,他发觉高道士正用愤怒的目光盯着自己,明显气得不轻。

　　汪大师转过身,踉踉跄跄朝小区门口走去,这时,他才真正感觉自己喝醉了,走路总是左脚踩右脚。小区门口有几个擦皮鞋的摊子,几个擦皮鞋的大嫂看见了他,都叫起来:"哎呀,那不是汪大师吗,哈哈,喝麻啦。"

　　汪大师来到摊子前面,感觉不对头,眼前人影晃来晃去,他心里有点发慌:"哎哟,我的堂客呢?快点来扶我回去。"

　　在擦皮鞋大嫂们的哄堂大笑声中,一个瘦高个儿的中年妇女骂骂咧咧地从摊子中走出来,呵斥道:"喝不得,就少喝些嘛,还跑来丢人现眼。"

　　汪大师一把抓住那妇人,顺势倒在妇人怀里:"老婆,把摊子收了,今天不摆了。"原来这妇人是汪大师老婆成香。

　　成香把眼一瞪,正要发话,汪大师推开她,高声说道:"我,今,今天搞了,搞了一万多……"成香一听,一张脸笑得灿烂,瞬间又意识到这是大庭广众之下,赶紧捂住他的嘴。马老板买墓地的事,成香知道得一清二楚,她一边推着汪大师,一边回头对擦皮鞋的姐妹们说:"疯话,疯话,喝醉了说的疯话。"

　　成香是个闲不住的人,进城后,她在大街小巷转悠了十多天,左思右想,觉得最适合自己的就是擦皮鞋。打定主意后,成香请人做了个擦皮鞋的专用箱子,买了把藤椅,置办了全套擦皮鞋工具,又去各处擦鞋点转悠,暗中观察擦皮鞋的程序和细节,然后回家把汪大师的两双破皮鞋擦了一遍又一遍。一切准备就绪后,她让汪大师择了个黄道吉日,兴冲冲地去开工,不料,不大阵工夫就哭哭啼啼地回来了。

汪大师一看,心里明白是怎么一回事,忙安慰老婆。汪大师进城好几年了,各行各业的规矩也略知一些,一般都是各守各的堂口,自家的地盘岂能让他人乱来,喝口凉水都得有引路人。汪大师紧眉搔头好半天,想出办法来,对老婆说:"等一个钟头,你再背起箱子出来。"

汪大师来到小区门口擦皮鞋处,在第一个位子坐下来,拿起报纸当扇摇。擦鞋的大姐一看,一双破皮鞋,油是上了不少,却没有擦均匀,且揎光不够,心想,来了个哈儿,于是装模作样弄一番,最后用绒布使劲儿揎了揎,就说好了。汪大师给她一块钱,又到第二个位子坐下来。第二位大姐愣住了,汪大师只说了一个字——擦。后面三位大姐看着汪大师,有些莫名其妙。汪大师对她们说,一人擦一遍。其中一人问道:"老板,好有气派,你是干啥的哟?"

汪大师靠着藤椅背,微微一笑,捋着稀疏的胡须说:"现在而今眼目下,找钱不费力,费力不找钱。哈哈。"

几个擦皮鞋的大姐不知所云,你望着我,我望着你。

"我,人称汪八字,如今是汪大师,看你前三十年,算你后三十年。各位来一回?不准,不收钱。"

汪大师指着其中一位大姐说:"看你面相,比实际年龄大出十几岁,从乡坝头到城里头,都在为老公、儿女还债。何苦嘛,学学城里婆娘,天天跳坝坝舞,经常抹点这样霜、那样膏,美美容,懂不懂。照我的话去做,包你擦皮鞋的业务收入翻番。"

汪大师好久没这么开心了,只有面对农村人时,他的智慧才能随心所欲地发挥。他又肆意地指着一位胖大姐说:"你是三个娃儿的妈,半年后,分别考上大学、高中、初中。你看你,下巴都笑掉了。我没乱说吧?哈哈。"

几位大姐惊诧不已,暗自嘀咕,这个其貌不扬的大师算得真准呀。她们几个哪里晓得,汪大师每次来擦皮鞋,都会留意她们的龙门阵。

汪大师给五位大姐都算了一遍,当然是拣好的说,逗得五个大姐嘻嘻哈哈。汪大师把手一伸:"拿钱来。"五位大姐面面相觑,各自把刚刚放进包包的那一块钱又还给了汪大师。

汪大师笑道:"你们也太抠门了。你儿子将来要中状元,也好意思给一块钱。

至少二十元。"

五位大姐极不情愿地凑了二十元。汪大师说："好了,好了,要你们的钱,比要命还难。我再添点钱,今晚请你们吃串串香。"

"为啥子?"

"我把老婆从乡下接到城头,想让她享清福。哎,天生一个苦命人,在家闲不住,她想拜各位为师,学擦皮鞋。"汪大师一本正经说道,"看嘛,人都来了。"几个大姐望过去,见成香背着箱子,提着藤椅走过来。大伙儿恍然大悟。

成香加入擦皮鞋行列后,与几个同行相处得马马虎虎,没业务时嘻哈打笑,业务一来就各显神通,逐渐在这儿稳定了下来。

别看在外对丈夫关爱体贴,一跨进家门,成香就抱怨:"找了几个钱就不得了了,跑到大街上去吼、去叫,生怕人家不晓得。"

"我高兴,今天是马老板……专程……送我回来的。"汪大师有些得意地说,肚里却有股酒气往上涌,万般难受,他连忙跑到门外干呕了一阵。

成香出来打扫后,把他扶上床,盖好被子,又把几大包剩菜提进厨房。她一边收拾菜,嘴里一边乐呵呵念着:"这就对了,自己在外吃饱喝足,还晓得屋里头有老婆、娃儿饿着。"

汪大师浑身发热,他掀开被子坐起来,背靠床头,大声喊道:"成香,成香,你过来。我跟你讲,我今天把高道士搞翻了!"

成香走过来,只见他眉飞色舞,神情亢奋。

汪大师说着就亲吻成香,成香挣扎着推开他的嘴,娇嗔说:"哎呀,你个老不正经的,赶紧给我说说怎么回事。"

汪大师把如何设计套住高道士,自己又如何智斗高道士,大肆渲染一番。成香看着丈夫,想到他的辛苦,亲热地拍拍丈夫面颊,说:"乖,好好休息,我去买肉打酒,晚饭把老二一家喊来,大家高兴高兴。"

汪大师两口子在城里安定后,把二儿子一家也叫过来了。二儿子在附近工地上班,儿媳在农贸市场卖菜,孙子放学后就到爷爷家写作业、吃晚饭。

成香出门去了,汪大师倒在床上翻来覆去睡不着。他处于兴奋状态,成功的喜悦在心中澎湃,脑海里不断跃出过去的画面,渐渐连成一段段往事。

汪大师身份证上的名字是汪天书,上小学的时候,同学们都叫他"望天书"。不过汪天书可不是读望天书的人,他各门功课都很优秀,深受老师和同学喜欢。高考时他落榜了,没有理由,却谁都明白理由。

回家务农后,汪天书耳闻目睹农村世代习俗,婚姻嫁娶、添人进口、伤痛病死、逢年过节,皆有遗风讲究。一次偶然的机会,汪天书找到一本《易经》,随便翻阅一番,觉得有点意思,于是仔细阅读起来,没想到越读越有兴趣,一发不可收拾。从此,汪天书便对算命、算卦产生了浓厚的兴趣,附近几个村里只要有丧葬之事,他都要去观摩见习,把风水先生的口才,端公的一招一式默记在心。次数多了,他同那些所谓的风水先生、算命先生、端公便混熟了,慢慢地也能用行话攀谈几句了。有时临场缺人,风水先生就让汪天书充数,帮着写写祭文,当地人叫写福祉。汪天书渐渐地在这个圈子里站住了脚,因为他收费低,也有人暗地里找他。

一晃几年,汪天书到了谈婚论嫁的年纪,可周围几个村的姑娘一来嫌他家穷,二来说他没工作,都不愿嫁给他。家里只好央求媒人到山里头去给他找对象。功夫不负有心人,山里头有户人家愿意把女儿嫁给汪家,但对彩礼的要求一点不含糊,少一分都不行。汪天书一听要求的钱数,吓得头皮发麻,在生产队干十个年头,也挣不了这么多钱。父母咬牙应允了,汪天书急得团团转,只好铤而走险,到附近乡场赶遛遛场,偷偷替人看风水、推流年。这样凑足了彩礼钱,年底把媳妇迎进了门。这新媳妇就是成香。

成香不仅人长得俊俏,而且勤快能干,里外一把好手,还在三年间给汪天书生了两个胖小子。老二还没满月,汪天书分了家,他没啥家底,为了养活老婆孩子,思前想后,决定还是干他的老本行,到外面去测八字。虽说单次收入不多,只有一元两元,但挣的是现钱,细水长流,填饱一家人的肚子还是可以的。

就这样,年复一年,朝看水东流,暮看日西坠,两个儿子慢慢长大,汪天书也有了名气。虽然也免不了遇到难事,但在成香操持下,家里的日子也过了下来,十年间盖起了两栋二层楼的大瓦房。儿子成年后,成香又四处张罗,把两个儿媳妇也迎进了门。一切似乎都那么美好,令人羡慕。

有一天,汪天书在赶场回家路上,遇见一群从城里打工返乡的青年男女。他们穿着时尚的牛仔裤,大声粗气地说着话,一人还拖个有轮子的皮箱。汪天书在后面默默地跟着,听着年轻人的欢歌笑语,仿佛自己也年轻了许多,汪天书突发奇想，自己也要到城里去闯荡。他那颗早已封闭的心敲响了进城的乐章，他觉得自己还不算老，对于这二十多年来山里山外的变化，他还是有所感触的。成香听说后，抿嘴一笑："好啊，出门挣大钱。你呀，不到一个月，准得滚回来，你以为你有多大本事。"

汪天书单枪匹马来到城里，四处碰壁，闹不完的笑话，出不尽的洋相。有一天下午，汪天书在街上找活儿，处处碰壁，惶惶中觉得内急，找了几条街才找到厕所。他埋着头急急忙忙向厕所里奔去，在门口被一老大妈拦住。

"装啥子憨，搞错没有。"老大妈一声吼。

"没有错，我进男厕所，不会进女厕所。"汪天书说着又要往里走。

"少废话，"老大妈抓住他，指着墙上的告示说，"如厕五角。"

汪天书一惊，叫道："啥子哟，茅房都要收钱哇？"

老大妈一声冷笑，"老娘承包了。"

汪天书满脸痛苦，他进城好几天了，没挣到一分钱，口袋里只有一把零钞和硬币了。他实在不想花这笔冤枉钱，只能转身离去。

过一会儿，汪天书实在憋不住了，便窜到广告牌后面的灌木丛中方便，没想到被两个戴红袖标的人逮住了。

其中一人吼道："好大的胆子！随地大小便，罚款五十元。"

汪天书一听，吓得魂飞魄散，叫道："嘟个搞的？比茅房还要贵。"

那人冷笑道："那是收费，这是罚款。"

汪天书右手伸进口袋摸着那几张零钞和硬币，实在是不愿掏出来，再说也不够啊。汪天书苦苦央求饶了他。那两人油盐不进，一个劲儿逼汪天书交钱。不大会儿工夫，围观的人挤了两三圈，有替农民说好话的，也有为执勤者撑腰的。戴红袖标的两人见有人支持，更加有恃无恐："没钱？带走，拘留七天。"两人说着就要上前拉人，汪天书万般无奈，叫道："放开我，罚款就罚款嘛。"

汪天书从贴身口袋里摸出一张纸来，怒气冲冲地说："拿去抓药吃，补我一百五。"那两人一愣，接过纸条一看，竟是张白条，盖有乡食品站大红印，内容是欠农户汪天书贰佰元整。两位红袖标面面相觑，围观者来劲儿了，大声齐喊："补钱，补钱，快点补钱。"

两个戴红袖标的人灰溜溜地走了，汪天书像打了胜仗一样，把纸条放回贴身口袋，继续去找活儿干。

后来，汪天书干起了墓地营销，又阴差阳错撞上了白长顺，用现在流行的话说，缘分啊。自从结识白长顺，他就叫汪大师了。他觉得老白这人够朋友，有胆有识，讲交情，重诚信。经白长顺包装一番，他以汪大师的形象重新登场，业绩大有改观。

那天，白长顺对汪大师说："大师，去做个大业务，我已报价八百元。敢不敢去？"

"有你在场，我就敢去。"

原来，白长顺有个朋友在高档小区开了家美容院，前来光顾的大多是富家千金、阔太太。其中有个老主顾，最近因男人经常外出打牌赌博，动辄输赢好几万，被气得吐血，扬言要离婚。她想找人算算究竟该怎么办。

汪大师将这些情况记在心里，他明白，要让富婆口服心服，说得她心满意足，那钱才能到手。

到了约定的那天下午，汪大师穿着长衫，戴着墨镜，摇着黑纸扇，在白长顺陪同下来到美容院。

那位富婆早已在此等候。汪大师冷眼看去，只见她大约四十出头，刚刚做完美容，虽说看起来容光焕发，眼睛里那忧郁的神情却怎么也掩饰不了；虽说是穿金戴银，言谈举止仍有小家风气。汪大师心里有了底。

三人坐定，汪大师道："夫人，请伸出右手，把生辰八字报来，要记准啊，不然不灵哟。"

富婆一边伸出右手，一边报自己的生辰八字。汪大师仔细端详这只手，只见手腕处有只精巧的玉镯，暗示主人非一般的身份；手掌厚实，白里透红，掌心三条纹路清晰且长，但手中老茧尚在，可见是远离体力劳动不久。

汪大师笑道："夫人这么漂亮，比实际年龄年轻许多。"

"都是三个娃儿的妈了，哪里漂亮、年轻哟。"富婆随口说道，话语中有几分辛酸凄苦。

汪大师沉思良久，试探性地说道："夫人，从你的命相上看，你的前半辈子是个苦瓜命。早年丧母，家里兄弟姐妹五人，你排行老三，上有两位哥哥，下有弟弟、妹妹，小小年纪，就主政家务，既要照顾好父亲，也要照顾好兄弟妹妹。"

"哎呀，大师，你算得太准了。"富婆惊喜道，或许是提到了少年往事，她的眼睛有些湿润。

白长顺在一旁笑而不语,只顾喝茶。富婆哪里知道,这些情况都是她自己在美容院说出来,被白长顺前两天从美容院老板口中打听来的。

汪大师有点得意,继续说:"你婚后养育三子,两朵花来一个瓜,花儿受些风霜苦,唯有幺儿最有福。"

富婆一个劲儿地点头,越发信服眼前这位大师,似乎自己的命运全攥在他手心里。

汪大师看眼前的妇人对自己已十分虔诚,就开始口出狂言:"你命中注定今年有个坎儿,不是生病住院要开刀,不是长疮流脓疼痛难消,而是你的心病,打针吃药都没得效。莫着急,莫着急,找到我就对了。心病还得心药医。好比在你面前有座山,能登上山顶,你就没了心病;若上不了山顶,心病会越缠越重,你会忧郁而死。"

富婆惊惶不已,泣不成声地说:"对头,这两年,日子好些了,娃儿也长大了,公司也办起了,房子也买了,我倒不舒心了。我男人,一天到晚在外喝酒打牌,嘟个劝,都不听,打架吵嘴也挡不住,我都想跟他离婚了。"

汪大师长长地舒了口气,口中念道:"躲脱不是祸,是祸躲不脱。命中有,终须有,命中无,莫强求。"

富婆急了,擦掉眼泪说:"请大师明示,我该怎么办?要多少钱都可以。"

汪大师将着稀疏的胡须,一时半会儿想不出招来,只能胡诌:"天机不可泄露也。"

"大师呀,我嘟个才能迈过这个坎儿,翻过这座山?你得救救我啊。我的命,好苦哟……"妇人感到绝望,忍不住又哭泣起来。

"大姐,不必这样。我给你提几点建议。"白长顺见汪大师黔驴技穷,怕节外生枝惹出麻烦,忙放下茶杯,正色道,"第一,对你老公,只能以柔克刚,不能硬碰硬。毁了这个家庭,也就毁了你自己。"

富婆停止了哭泣,眼神凝重,静静地听着。

"第二,你要跟子女搞好关系,大家共同做你老公的工作。成了家庭多数派,你才有主动权。"

富婆表情已由阴转晴,她含笑朝白长顺点点头。

"第三,你必须进入公司,掌握决策权,然后逐步把你信得过的人安排到公司,控制财权、人事权等。这样,你才会是不败金身。"

富婆听后，心惊肉跳，她扭头看看汪大师。汪大师想不到白长顺会有如此锦囊妙计，掩饰不住内心的喜悦，"妙哉，妙哉，正合我意。夫人，关键是，你要有长远的安排。"

富婆破涕为笑，心中豁然开朗，再看汪大师，她只觉眼前这位大师真是神人。富婆打开随身的钱包看了看，摇摇头，拨通了电话："老公，把保险柜里的钱，全拿到美容院来，我有急用。"

不一会儿，一个中年汉子拎着一个包进来了。富婆接过包，在茶几上打开，里面是一堆人民币，有银行封扎好一沓沓的，也有散钞。富婆说道："大师，随便拿。"

富婆说得很轻松，就像在菜市场买小菜。汪大师慌了神，他从来没见过这么多钱，全是崭新的，竟然不知道该怎么办。白长顺站起来，两眼直勾勾地盯着那堆钱，恨不得冲上前去狠狠抓起几扎来。房间里静得可怕，其他三人的目光不约而同聚焦在汪大师脸上。汪大师戴着墨镜，无法看到他的眼神，但他那稀稀拉拉的胡须在微微地颤动。汪大师愣了一会儿，上前一步，抓起一把散钞数了八张，将剩余的扔回了包里，对富婆道："说好的价。"

在回家的路上，白长顺骂汪大师："你个山猪儿，不要白不要。"

汪大师也有些后悔，说："哎呀，下次再来过。"

白长顺气得跺脚："这种好事，还会有第二回？"

汪大师躺在床上，那些陈年旧事仿佛刚刚擦身而过，有很多遗憾，也有很多感慨。这会儿，他酒已醒了大半，孙子进来叫他吃晚饭了。汪大师懒洋洋地坐起来，感觉真有些饿了，到外面一看，老二和老二媳妇已到了。

吃饭的时候，老二要给汪大师倒酒，他说不喝。老二自己倒了杯酒，慢慢喝上一口，说："老汉，你今天做了个大业务，搞了一万多？"

汪大师含糊地应了一声，心中已有几分不悦，埋怨老婆这么快就告诉老二了。老二可不是省油的灯，他来到城里，不好好干活，总想投机取巧，幻想一夜暴富，还沾染上了好赌的恶习。

"老汉，你把钱给我，"老二见汪大师不理他，又说，"借给我也行。我想在街上开个小超市，肯定能赚钱。"

汪大师不信任地看了老二一眼，想说什么，动了动嘴唇，又忍住了，低头吃饭。成香从厨房出来，见两父子不对劲儿，一边解围裙，一边说："有话好生说嘛，我看老二这个主意不错。老二，你把情况说详细些。"

看来，母子俩早就商量好了，汪大师更加不悦，老婆偏爱老二倒也在情理之中，关键是老二是做生意的料吗？做甑子的木料，造不起船。

见大家都看着他，汪大师说："钱还没到手，你们就打起主意来了。开超市的具体位置在哪里？我要找人去考察。"

老二不以为然，说："又要装神弄鬼了。"

汪大师把饭碗往桌上重重一放，脸色铁青，站起来指着老二说："你有本事，自己想办法。"

老二媳妇忙叫孩子给爷爷盛饭，孙子盛好饭对汪大师说："爷爷，今晚的菜好香哟。"

桌上的菜全是汪大师打包回来的，味道不错，几个人都吃得津津有味。老二边吃边不屑地说："哼，剩菜，还有啥味道。"

汪大师再次放下碗，对老二说："这些菜都是几十上百元一份，你吃过吗？癞蛤蟆打哈欠——口气不小。"

成香赶紧放下碗说："一家人说话，商商量量才好，莫吵。"

汪大师闷坐了会儿，憋不住又说："开超市，哪个去经营？"

"我负责进货，"老二成竹在胸，"妈和永珍都可以去经营。"

成香和永珍对视一下，都没说话，似乎对这样的安排都有些不满。汪大师怒气冲冲地站起来说："小小超市，用得着专职采购吗？想当跷脚老板，做你的美梦吧！"

汪大师说完，独自走出了家门。天已黑尽，远处的街灯早亮了，但巷道的路灯坏了多天，还没来人检修。汪大师在漆黑的巷子里深一脚浅一脚地走着。到了大街上，他漫无目的地朝前走。小区门口有个自然形成的夜市，有兜售各种生活日用品的地摊，有卖夜啤酒的大排档，有卖各种小吃的小摊，还有卖白天没卖完的小菜的，卖旧书、旧杂志的，卖服装的。在高高的路灯照耀下，食品小摊的大锅里冒出热气，散发出诱人的味道。夜市上各种吆喝声此起彼伏，大排档赤膊青年的划拳声在回荡，给夜市增添了几分热闹。汪大师漫步在夜市中，一些摊主用期盼的目光打探他，很快又把目光移向下一个目标。汪大师目不斜视地穿行在夜市中，最后在旧书摊停住了脚步。他伸手翻了翻，想找一找有关本行道的书,但没找着,他有点失望,离开了旧书摊。

穿过夜市,汪大师继续向前漫步,家中的烦恼又浮现在脑海里。这笔钱,他其实想给留在老家的老大。老大的两个孩子在读中学,老大不便离乡背井,便在家替父母和老二看守房舍并耕种他们撂下的田地。老大为人忠厚,踏实肯干,与老二迥然不同。汪大师想用这钱让老大在家搞养殖业,养牛养鸡养羊养兔都可以,但老婆不大同意,说要重点投资老二,让老二一家在城里站住脚,再考虑老大的事。汪大师走了一大圈,又回到了夜市,他感觉到饿了,中午吃的吐了,晚饭没吃几口又给气出门了。

那边大排档的生意红火,座无虚席。汪大师心里郁闷,辛苦挣钱为啥子?拿给老二糟蹋还不如自己两口子吃好穿好点,瞧人家马老板活得多光鲜,买个三十几万的墓,眼皮都不眨一下,不管了,吃了再说。汪大师忽然想叫白长顺出来喝夜啤酒,把今天戏弄高道士的情况吹嘘一番,再把心中的苦恼向老朋友倾吐一下。他拿起手机拨通了白长顺的电话,却不知道该怎么说,语无伦次地支支吾吾了好一阵。

刘四妹急匆匆摆脱高道士,转过身来,白长顺已不见踪影。刘四妹独自回到市区,在大街上闲逛,想到高道士,她又是气来又觉得好笑,丢下汪大师一人抵挡,这桌酒席怕是不大好吃。想到这里,刘四妹心中有几分担忧,虽说她平常爱嘲讽捉弄汪大师,这时还是为他捏了一把汗。

忽然,有个女人亲切地叫住刘四妹,刘四妹定神一看,竟是前夫的妹妹向东红。自离婚后,两人多年没有见面,姑嫂过去相处得挺不错的,向东红的婚事还是刘四妹一手操办的。

向东红有些诧异地打量着刘四妹,说:"嫂子,你生活得蛮滋润的嘛,哈哈。"

刘四妹知道她在笑什么,解释道:"今天是有事,平时根本不讲究。怪模怪样的,自己看着都不顺眼。"

"气色不错。"向东红亲热地说,"嫂子,身体也发福了。"

"哎呀呀,我这个黝黑人,不上粉。"刘四妹打断向东红的话,自嘲道,"我这个人……"

向东红并不介意,试探地问:"嫂子,你还是一个人单过?"

"习惯了,一个人利索些。"刘四妹苦笑一声,关切地问道,"你这是上哪儿?"

向东红鼻子一酸:"去医院,向东明在住院。"

向东明是刘四妹前夫。离婚后,向东明到邻县私企做技术总监,挣了不少钱,又结识了一个女人,并买了房。两人没结婚,房产证却是女方的名字。向东明一再催促去办结婚登记,女方总是以各种借口拖延。现在向东明查出是肝癌晚期,那女人却消失得无影无踪,那套房子也低价出售了。

刘四妹听完向东红的倾诉,沉默无语。向东红央求刘四妹到医院去看看快要死去的向东明,刘四妹满口答应,但看看今天这身打扮,到医院看望病人有点不合时宜,就推说中午有事,下午再去。刘四妹记下向东红手机号后匆匆离去。

刘四妹忧心忡忡回到家里,无心思烧水煮面条,也懒得换衣服。她有气无力地坐在椅子上,好半天都没动一下。

当年,刘四妹下乡返城后,在一家小厂上班,到了谈婚论嫁的年纪时,经人介绍认识了向东明。向东明是一家化工厂的技术员,两人交往不到一个年头,就扯证办喜事了。婚后一年,刘四妹就生了个胖小子,取名向小兵。后来,向东明四处活动,把刘四妹调到了化工厂后勤科。不久厂里分配住房,向东明是大学生,厂里给了套两居室。在旁人眼里,这是个幸运的家庭。有丈夫的呵护和眷恋,有对儿子的牵挂和关爱,刘四妹无疑是幸福的女人,白天轻松愉快地上班,晚上厮守在丈夫和孩子身边,其乐融融。星期天,一家三口或是上公园游玩,或是去父母家。公公、婆婆最喜欢小孙子——这是向家第一个孙子辈男孩,自然另眼相看。每次上公婆家,婆婆都对刘四妹特别友善,没有一点婆婆的架子。婆婆才五十出头,前两年为了让小儿子向老幺进厂工作,提前退休。婆婆把孙子带到一岁多时,向东红也生了个儿子,取名宋春辉,没有人帮忙带。在父母心里,孙子、外孙内外有别,但向东红实在没有办法,只有求父母帮忙。刘四妹很懂事,就把儿子接回来自己带。两个小家伙很投缘,常在一起玩耍,经常是舅舅家住几天,姑姑家住几天。一晃,向小兵十岁了。

这天,又是个星期天,刘四妹早就说好了今天回娘家,小兵也邀约了春辉,春辉他爸一大早就把春辉送过来了。兄弟俩经常结伴走亲戚,大人们只觉有趣,没当回事。在刘四妹娘家吃午饭时,向东明多喝了两杯,刘四妹一边抱怨,一边搀扶丈夫到里屋休息。忽然,门外有人高声叫道:"刘大妈,不好了!你家客娃儿掉到河里啦……"

刘四妹一听,扔下向东明就向河边奔去。她家在江边,她从小就在江边长大,深知大水无情,何况现在正是涨桃花水的时候。刘四妹赶到江边,岸边已聚集了好多人,江边有只渔船,正用打鱼的网兜捞起一个小孩,岸边一片欢呼。刘四妹一看,是春辉。她连声叫道:"春辉,春辉,小兵,小兵呢?"

还在鱼网里的春辉脸色煞白,有气无力地张开嘴,却说不出话来。一个才八岁的小孩,早已被瞬间骤变吓得魂飞魄散。

岸边的人七嘴八舌告诉刘四妹,河边正在涨水,岸边沙土很松软,刚才两个小娃儿到河边玩耍,小的不慎掉进河里,大的奋力跳到河里相助,周围的人还没反应过来,两个小家伙没了踪影,幸好附近有只渔船,用网兜网住了小的。

渔船靠岸,大伙儿七手八脚把春辉抬下船,央求船老大快去打捞另一个,船老大却要收费。刘四妹想也没想,掏出了身上所有的钱,

渔船在出事水域打捞了几个小时,一无所获。刘四妹气急攻心晕倒在岸边,众人将她抬回家里。刘四妹醒来时,向东红夫妇、公公婆婆都已赶到。

真是天有不测风云,人有旦夕祸福,活蹦乱跳的向小兵,说没就没了。

刘四妹昏昏沉沉地睡了三天三夜,浑身乏力,万念皆空。刘四妹她妈叫向东明在家照顾刘四妹,自己张罗了人到下游几个回水沱寻找小兵尸体,奔波几天却一无所获。

向东明在床边给刘四妹端茶送水,不停地宽慰她。到了第三天下午,刘四妹下床,梳洗一番后,说了一声,回家。向东明立刻收拾东西,左右不离跟着刘四妹出了门。出门后刘四妹拐到江边,在小兵落水处呆立许久,默默流泪。向东明搀扶着她,又说了许多安慰的话,才把刘四妹哄回家。

其实向东明这几天也是心如刀绞,悲痛万分。他在深深地自责,为啥要贪杯?也许……也许……但世上没有后悔药,现实生活中没有也许。刘四妹回到家里,看到小兵的衣服、书包、玩具,又是一场撕肝裂肺的号啕大哭。向东明默默无语,把儿子的遗物全都收拣到刘四妹看不见、摸不着的地方。

经过一个多月的调理,刘四妹的心态渐渐恢复了平静,脸色红润了,眼神里少了几分伤感,家庭生活也步入了正轨。这天,夫妇俩到公婆家去,一进门刘四妹就感觉到了婆婆怪异的眼神,和她说话的语气也不冷不热。午饭后,刘四妹在屋里休息,听见婆婆与邻居在门外议论她。

"我找人给他两个算命,八字先生说,两人命相不合,女方命太硬,现在克子,以后克夫,这啷个得了哟……"

"这个好说，叫东明离婚。"

刘四妹像被电击一样，翻身冲出门，横眉怒视那位多嘴多舌的邻居。那邻居见势不妙，忙说："四妹，我，我啥子也没说。"

那邻居说完，撒腿就遛。婆婆像个犯了错误的小学生，灰溜溜地站在门口。刘四妹瞪了她一眼，转身回到屋里，拉起向东明就走。向东明走也不是，不走也不是，为难之中只好抱住刘四妹好言相劝。刘四妹盛怒之下，奋力推开向东明，哭着离开了向家，从此再没有跨过向家门槛。

没过多久，刘四妹正式提出离婚。开始向东明是理解刘四妹的，并不同意离婚。但后来向母多次哭哭啼啼恳求向东明要为向家着想，向东红也到处为他哥说媒，向家的事闹得满城风雨，刘、向二人不合的流言在厂里传得活灵活现。刘四妹气得七窍生烟，更坚定了要离婚的决心。向东明犹豫了两个月，最终签了字，其中一个主要原因是刘四妹做了节育手术。他把房子、家具、存款都留给了刘四妹，自己拎个手提箱走了。

不久，向东明停薪留职，去了邻县的化工厂搞技术改造，收入颇丰，没过两年就买了房，又找了一个年轻女人跟着他。

一晃又是十多年过去了，期间刘四妹下岗，又与几个命运相同的姐妹混在一起，成天抱怨、酗酒、抽烟。刘四妹就是这样学会吸烟喝酒的。她也曾想过再婚，可男方一听说她做了节育手术，立马撤退。如此几番，刘四妹也就死了这个心。后来，刘四妹做起了公墓营销员，认识了许多汪大师这样的人。她对算卦相面的汪大师们深恶痛绝，每次见了汪大师总要嘲讽一番。

结束了回忆，刘四妹懒洋洋地站起来，骂道："发财不见面，落难大团圆。"骂归骂，刘四妹想来想去，觉得还是应该去看一看向东明。

刘四妹换了身素打扮，在街头小面摊吃了碗小面，又在医院门口买了些水果，走进了向东明的病房。

向东明静静地躺在床上，见刘四妹到来，他浑身一抖，挣扎着要坐起来。向东红想帮哥哥一把，让他坐起来。刘四妹按住向东红的手，说："别这样，躺着吧。"

向东红顺势停下，给哥哥盖好被子。向东明看着刘四妹，心里悲喜交加，口中却木呆呆地说："你来了，谢谢。"

向东明眼眶湿润，眼光里充满悔恨和感激之情。妹妹告诉他下午刘四妹要来看他时，向东明半信半疑，她为向家吃了那么多苦，向家给了她那么多伤害，她会来吗？当刘四妹站在病床前时，他连伸出手来的勇气都没有。

刘四妹向他点点头，示意他别乱动。向东明又黑又瘦，瘦削的脸上过早地布满了皱纹，头发乱蓬蓬的，两眼深深地凹陷下去，眼睛早已失去灵气，显得迟钝又呆板。刘四妹不忍再看，她极力掩饰着内心的复杂情绪，在床沿坐下来，目光移向别处，说些不痛不痒的客气话，且多半是与向东红闲扯。

向东红向刘四妹大诉其苦，自己家公婆尚在，娘家老母亲也病在床上，还要来照顾哥哥，这样累下去，说不定哪天就倒下了，也就不用管这些破事了。

刘四妹明白向东红的意思，她站起来走到向东红面前，拉着她的手诚恳地说："小红，隔三岔五来一趟，问题还不大，天天来不成。这么多年了，他妈给他找的命相不克的媳妇呢？"

这后半句话，表面是说向母，实际是嘲讽向东红的。当初离婚前后，向东红四处奔波，替哥哥物色了五六个所谓命相相合的对象，有未婚的老姑娘，也有离异的单亲妈妈。

向东红没有半点尴尬，笑着说："嫂子，莫提那些陈芝麻烂谷子的事了。你不晓得我妈有多后悔，把肠子都悔青了，硬要我把你找回来。"向东红拉着刘四妹并肩在床沿坐下，宛如一对好姐妹，继续绘声绘色地说，"我来找过你好多次，都说你下岗后把房子卖了，不晓得搬到哪里去了。"

刘四妹坦然一笑，她并不想揭穿向东红的谎言。这么多年在社会上闯荡，她什么样的人没见过？刘四妹又对向东明说了些宽慰的话，就告辞离开出了病房。

向东红执意要送刘四妹，两人分手时又对她大吐苦水，再次希望刘四妹能拉她一把。刘四妹只好告诉她，自己这段时间很忙，除了做公墓业务，还在替别人寻找失散的女儿。

向东红惊愕地叫道："哎呀，你啥子业务都干呀？"

"我没文化，只能干这些晦气的粗活。"

"干这行，来钱快哟。你有退休金，又大把挣外水，肯定存款不少。"向东红半开玩笑地说，"嫂子，我想加入你们的队伍，找点零花钱。"

刘四妹反问道："你不是说你忙得很吗？"

向东红不好意思地笑了，告诉刘四妹，她成天泡在股市，时间都花在那儿了。向东红兴致勃勃地说："股市水很深,但我这脑壳,哪个都要捞它一把才走。你不是有存款吗?拿来我帮你炒,保证能赚钱。"

刘四妹有点心动,但想到前夫还在住院,怕向东红有诈,就说："先看看你怎么炒股再说,怎么样?"

向东红只好点点头,又问刘四妹如何做公墓营销。刘四妹就把做公墓营销的细则跟她讲了一遍,并嘱咐她有业务就来电话。向东红又拉着刘四妹到附近小饭馆吃了顿便饭。

刘四妹回到家里,已是晚上七点多钟。窗外渐渐暗了,夜晚的一丝凉风从窗台飘来,刘四妹躺在床上,连床头灯也懒得开,奔波了一天,真有些疲惫了,头脑也昏昏然,但有一点她很清楚,必须尽快做出抉择。

在昏暗的房间里,她仿佛又看到枯瘦的向东明一动不动地躺在病床上,那浑浊的眼光里仍然有着强烈的求生欲望。刘四妹有些懊悔,当初不该那么任性,真该再生一个,离了也不怕,要是那时能再有个孩子,现在该上高中了。刘四妹又想到向母的愚昧和自私,想到向东红旁敲侧击地鼓动她去护理前夫,心里就不悦。

刘四妹想回绝,内心又不忍,向东明看她的第一个眼神,对她刺激太大。刘四妹坐起来,开了房顶灯,打开电视,让沉寂的房间增添了几分生气。她很想找个人聊一聊,倾诉自己内心的苦恼,可思前想后老半天,也没找到一个适合的人。

忽然,她想起一个人。

"哪个把白大哥搞忘了。"刘四妹掏出手机正要拨号,转念一想,这个时间约他出来,他老婆会乐意吗?就又放下了手机。

自从认识白长顺,刘四妹就觉得白长顺值得信赖,而后来发生的一件事更是让刘四妹感动不已,越发觉得自己没有信错人。

那天,刘四妹在大街上偶然遇到小学同学小莉,两人非常高兴。十多年没见了,有好多知心话要说,两人手拉着手唠叨了大半天。小莉告诉刘四妹,自己在做金融投资,每月收入一两万。

刘四妹吃惊地望着衣着时尚的小莉,这位小学数学考试都很难及格的同学,居然从事金融业,还拿着让人羡慕的高工资。

小莉神秘地说:"现在就有一款产品,是替外国公司筹集资金,每月利息百分之十。你有闲钱的话,我可以给你留点。你也可以介绍别人来投资,我给你百分之二十的介绍费。"

没过几天,小莉就开始打电话催促刘四妹。刘四妹到银行取了五万元,她怕路上不安全,灵机一动,叫上了白长顺。白长顺见她取这么多现金,问她要干啥,刘四妹就把小莉的话一五一十地全告诉了白长顺。

白长顺正色道:"你上当了。"

"这是我小学同学,她也会骗我?"

"骗你没商量。"白长顺说着,劝刘四妹别去了。

刘四妹正在犹豫,小莉又来电话催。刘四妹拦了辆出租车,白长顺无奈,只好跟着上了车。

出租车在一家茶楼前停下。小莉正站在门口迎接刘四妹,见刘四妹身后有位男士,特意多看了几眼。

小莉投石问路道:"这位大哥,哪里发财?"

"四处刨食,难得发财。"白长顺冷冷一笑。

小莉暗地皱了皱眉头,仍与刘四妹并肩说笑着走进了茶楼。

小莉领着刘、白二人进了茶楼二楼的一间包间,室内有一位与小莉年龄差不多的女士正在玩笔记本电脑,见小莉进来,恭敬地对她说:"张经理,您回来了。"

那女士热情地给刘、白二人倒茶,详细介绍产品。小莉坐下,从皮包里拿出一沓钱,放在桌上说:"小文,这是一万五,这月工资加提成。"

刘四妹睁大了眼,天啊,轻轻松松一月一万多,她心里像在打鼓似的,转头瞧瞧身边的白长顺,顿时有些气恼。白长顺耷拉着脑袋,只顾喝茶抽闷烟,对眼前的一切视而不见,像个局外人。

小文放好钱后又回来继续与刘四妹攀谈,刘四妹热切地向她询问各个细节。刘四妹向小文咨询的时候,小莉的手机铃声不断响起,都是各地汇报工作,要求增加指标的内容。小莉摆出经理的架势,拿腔拿调地说:"你们的工作做得很好,但要注意节奏,控制一下进度,我这里指标早就分配完了。对,对。我马上向总公司申请追加指标。"

打完电话,小莉站起来说:"老同学,你都听见了,这指标紧得很,我给你留了五万。"刘四妹感激地点头,表示五万全要了。她有些激动,一边从提包里拿出一沓沓钞票,一边说:"小莉,我相信你,老同学嘛。"

小文见大功告成,便轻描淡写地说:"按规定,我要提醒你们,这就像股票一样,股市有风险,投资须谨慎。不过,这是家国际大公司,哪能说垮就垮呢。"

这时,白长顺放下茶杯,慢条斯理地说:"你们说了半天,就这句话是真的。不晓得刘四妹搞清楚没有?"

小文有些生气,说:"你才没搞清楚,莫乱开腔。"

白长顺站起来,正色道:"笑话,我在大观楼呼风唤雨时,二位小姐在何处发财呀?"

小莉大惊失色,大观楼是他们的发源地,也是他们的葬身之地,几年前就被公安局一锅端了。小莉之流勉强算是步其后尘,大观楼之事她们也只是听说而已。慌乱中小莉不由得再次审视白长顺,感觉对方冷酷的眼神中透着一股杀气。

小莉对刘四妹说:"老同学,你们两个还是商量好了再说,免得出门就吵架。"言下之意是不愿惹麻烦。

刘四妹倒来了劲儿:"我要买,跟哪个商量?"

刘四妹忽然明白,小莉误会了白长顺的身份,正想解释,脑海中闪现出一个念头,又忍住了。刘四妹回过头,见白长顺侧身背着小莉和小文,一个劲儿地朝她眨眼睛。刘四妹顿时来了气,把包往桌上一扔:"老娘买定了。"

正僵持不下,小莉的手机又响了。一接通电话,小莉立刻毕恭毕敬,说话声也变得十分温柔:"总经理,你好。我是小莉,这次任务完成得很好,还有十万,是给我老同学留的……什么?总公司紧急调拨,下个批次补齐?是,是,要顾全大局。总经理呀,下个批次可别把我搞忘了。"

打完电话,小莉做出无可奈何的表情,惋惜地说:"看嘛,耽搁几分钟,错过一个机会。下个批次,起码要等半个月。"

白长顺纳闷,这电话来得蹊跷,不早不晚。白长顺来不及细想,对小莉抱拳说:"对不起了,感谢经理高抬贵手,下次有机会,可别忘了我们。"

白长顺将钱放回包里,拉着若有所失的刘四妹退出了包间。外面大厅空荡荡的,右边楼梯处有三个男子在斗地主。白长顺不乘电梯,拉着刘四妹向楼梯处走去,忽然听见哪里传来小文与小莉的说话声。白长顺循着声音看去,只见斗地主的三个男子面前的桌上有一部手机的显示屏正在闪闪发亮,里面正传出小莉愤慨的声音:"狗杂种,敢挡老娘的财路。"那几个男子见白长顺走来,其中一人慌忙关了手机。

二人走出茶楼，刘四妹甚感惋惜，一个劲儿地乱骂白长顺，白长顺费尽口舌也解释不清。直到有一天，白长顺扔张报纸给刘四妹，刘四妹才晓得，小莉等人是一个诈骗团伙，已被公安机关查获，收缴诈骗所得达五十多万元。

看着手中的报纸，刘四妹感慨万千，她想不到小莉竟然是这种人，口口声声叫同学，亲切得很，还说要召集同学聚会，她来做东，呸，原来想的是同学包包里的钱，真是知人知面不知心。对那天发生的事，她仍是想不明白，求白长顺揭秘。白长顺笑道："去给我买包中华烟来。"

刘四妹果真去买了包中华烟来，白长顺也不客气就收下了，还大大咧咧地招呼汪大师过来，将香烟在汪大师面前晃了一下。汪大师乐滋滋地掏出打火机，先给白长顺点上，自己把中华香烟拿在手里反复欣赏了好一会儿，瞧瞧烟丝，嗅嗅香味，然后才慢慢点上火。白长顺慢悠悠地吐出一串烟圈，不无得意地说："当时就给你说了，你一点儿也听不进去。现在事实摆在面前，你好生想一想，看我说得在不在理。"

刘四妹苦笑一下，连连点头，付出一包好烟，挽回几万元的损失，值了。

"那天一进包间，经理的电话就响个不停，她又拿出一万五现金给小文，目的是要你觉得这款产品很紧俏，还有就是这行很赚钱，只要能拉人上当，就可以得百分之二十的提成，类似传销。另外，当你对他们的描述充满幻想、丧失理智的时候，她说投资有风险，这个时候你是绝对听不进去的。而当你一旦血本无归时，她会说，事先提醒了你的。你是上当受骗，自觉自愿，连一个喷嚏也打不出来。最后一点，当事情闹僵时，总经理恰好来电话，调走给你的指标。这是最好的结局，给足了我面子，又保留了下次诈骗你的机会。"

汪大师听得津津有味，忍不住问道："那个总经理的电话，啷个来得这么巧？"

"是啊，当时我就觉得奇怪。"白长顺停了停，继续说道，"我走出包间时见有三个男子在楼梯处斗地主，走近了发现他们斗地主的桌子上有部手机传出了小莉的声音，我就明白了一切。外面的人通过这部手机与包间内的另一部手机连通，实时监听着包间内的动静。这伙儿骗子按照预先设计的方案，灵活机动地实施诈骗。"

刘四妹仍不明白，问道："他们为啥要给你面子？"

"他们以为我也是道上的人。"白长顺似笑非笑地说,"他们很谨慎,一有风吹草动就会立马收手。再说,一个正经公司,连个办公地点也没有,合理吗?"

"看来你精通此道。"汪大师诡秘地说,"老实交待,在大观楼,干过几回?"

"别抬举我了。"白长顺正色道,"在大观楼,我像刘四妹一样,是只挨宰的羊儿,差点儿上当。"

过一会儿,刘四妹又偏着头问:"假如那天我偏要买,你啷个办?"

"凉拌。"白长顺故意冷淡地说。

刘四妹咯咯地笑起来,她根本不相信他会袖手旁观。汪大师打趣道:"肯定会上演一出英雄救美。"从那以后,她更加敬重白长顺。

想到这里,刘四妹不由得笑出了声。今天这么重大的事,真想听听他的看法,可这电话怎么说呢?再说又是晚上了。她忽然想到,何不发条短信呢。刘四妹摆弄了好半天,终于发出了一条稀里糊涂的短信。

其实,在这初秋的夜晚,还有一人也睡不着,就是白宏远。他躺在学校宿舍的床上,辗转反侧,不能入睡。熄灯铃早已响过,远处路灯的余光照进寝室,让寝室有些朦胧。白宏远睁大眼睛看看其他同学,他们都已经酣然入睡,下铺的小夏又踢开了被子,露出大半截身子。窗外,梧桐树在夜风中沙沙作响。白宏远很想找个人说话,可惜大家都睡着了。他干脆坐了起来,望着窗外朦胧的夜色发愣。

对于下午发生的事情,他感到太突然,他从来没有这方面的想法,更没有这方面的经验。面对玉兰父亲的热情陈词,他真有点儿措手不及。他对江玉兰的尽心帮助,完全是看在同学份上,尽到一个班干部的责任罢了。对于上大学学什么专业,白宏远有过很多设想,但从没想过要学建筑专业。对于自己下午所说的话,白宏远觉得比较得体,既表达了自己的意愿,也没伤对方面子。他把自己的真实想法委婉地表达出来了,他看得出来玉兰对自己也有几分爱意,但却不知如何应对。班上有几个同学偷偷耍朋友,早已是公开的秘密,但白宏远不想过早地卷入无果的早恋。他眷恋着的是名牌大学的船舶设计专业,可俏丽的玉兰又浮现在他眼前,那双大眼睛闪烁着毫无掩饰的真情,白宏远心里有种说不出的滋味。

白宏远隐隐约约地感觉到父母的态度有差异。老爸豁达大度,一切由自己做主,而老妈的意思写在脸上,面对出手大方的客人,她是受宠若惊、喜笑颜开。

知母莫如儿,白宏远完全理解老妈的想法,吃了一辈子的苦,做梦都想过好日子,只有儿子过得好,她才会过得好。

白宏远明白,父母收入都不高,他们全力供着自己上学,非常辛苦。他暗下决心,在这最后半年多的时间里,不能有丝毫松懈,一定要考上理想的大学。可是一想到江玉兰和她的父母,他又犯愁,坐了一会儿,他叹了口气,去睡觉了。

第 七 章

　　前几天办妥了马老板的事，大家都很愉悦，干啥都劲头儿十足，通常上午在陵园做业务，下午到处查访寻人。可方老板提供的地点那一带几度拆迁，人口流动大，多年的老住户都不知道建设旅社，更别说认识段刚了，白长顺三人无计可施，只好求助派出所。

　　这天下午，白长顺、汪天师、刘四妹从青松陵园下山，兴冲冲地向南门派出所赶去。值班民警听了他们的诉求，摇头说："你们无法提供被寻找人的详细地址，不好立案。另外，你们都不是当事人，寻人目的不明，更不好立案。"

　　不一会儿，一个四十岁出头、身材魁梧的民警来到接待室，站在门口用职业的目光审视三人一番后，走过来和蔼地对刘四妹说："我姓周，叫我老周就行了。"那民警热情地说。值班民警站起来介绍："这是周所长。"

　　白长顺三人骤然看到了希望，团团围住周所长。周所长热情地询问事情原委，听后哈哈一笑，吩咐值班民警立刻上网查找，看本辖区有无段刚此人。不一会儿，结果出来了，叫段刚的女性，全市只有一人，但年龄才十七岁，而男性却有几十个。周所长老道地说："看来，我辖区没有这个人，全市范围也没有这个人。你们把姓名搞错没有？是听别人这样喊她？哎呀，这样看来，姓名可能有出入，有时同音不同字,都有可能是另外一个人。这个系统是非常准确的,你们不必怀疑。"

刘四妹伸头想看电脑屏幕,周所长拦住她,说有规定,外人不能看。接着,周所长又讲了几个在破案中搞错名字闹出的笑话,逗得刘四妹笑个不停。

最后周所长站起来说,他到这里两年多,辖区都走遍了,也不知道有个建设旅社,现在所里大多是年轻人,老同志都退休了,过几天,他把老民警请回所里来,争取找到线索。

大家都觉得事情有希望,寻找个人,对公安局来说还不是小菜一碟。过了几天,他们打电话给南门派出所询问情况,却被告知没有进展。又过了半个月,三人找到周所长,周所长很客气,再三说明此案时间跨度太长,有价值的线索太少,而辖区几次大拆迁,人口流动大,实在不好办。最后,周所长说:"我提个建议,你们干脆登个寻人启事,这样范围更大些。有新情况你们及时通知我,所里及时配合。另外,我在晚报有些朋友,一定会给予方便。"

周所长当场拨通了晚报报社的电话,嘻嘻哈哈开阵玩笑就把事情搞定了。他催促刘四妹等人快去报社,争取消息早日见报。

到了寻人启事见报的那天早晨,白长顺三人各执一份晚报来到两江茶楼。时间还早,茶楼尚未开门,老板见是熟客,便让三人进去,开了间包间给他们。茶馆老板站在门口偷偷往里瞅,心中纳闷,这三人今天个个喜笑颜开,难不成捡了金元宝?

白长顺兴致勃勃地把手机放到桌上——他昨晚特地充满了电——又从包里拿出一个笔记本和圆珠笔放好。三人一边闲聊,一边等电话。

白长顺见刘四妹有些疲惫,眼圈发黑,便知道她昨晚到医院护理陪伴前夫去了。前几天,刘四妹将前夫的情况告诉了白长顺和汪大师。汪大师坚决反对刘四妹去医院照顾她前夫,认为那样的人不值得同情。白长顺想了想却说:"你自己的感情纠葛让外人来决定,恐怕不太合适,还是应该自己拿主意。"刘四妹默不作声,低头想了会儿,说:"白大哥,要是你那位初恋情人遇上这类情况,你会怎么办?"白长顺哈哈大笑,心里想着,人家远在美国,真有啥事,也轮不到我,嘴上却说:"感情这事,真不能类比。这样吧,让汪大师为你算一卦吧。"刘四妹不肯算卦,非要白长顺正面回答。白长顺已看出她的心思,也就顺水推舟说:"去看几次,可以,但要保持距离,毕竟是离了婚的,你没有责任和义务。"

看着憔悴的刘四妹,白长顺有些后悔当时不该鼓励她去医院,可现在又不便细问,只好说:"你回去休息吧,这里有我和汪大师,足够了。说不定今天一个电话也没有。"刘四妹不肯回家,说一个人在家,心里闷得慌,在外面干啥都有劲儿。白长顺觉得有些沉闷,就把话头转到了汪大师身上。

"汪大师,你家的事搞定了没有?"

汪大师苦笑一声,摇摇头道:"事情越搞越复杂。老大也跑到城里来了,说把钱先给老二应急。肯定是他妈出的馊主意,老大这人最听他妈的话。老二那德行,你们不晓得,又懒又好吃,把钱给他,怕是赵巧儿送灯台——有去无回。"

"你算一卦呀,你不是吹嘘,你的卦挺灵的嘛。"刘四妹幸灾乐祸地说,暂时忘记了自己的忧愁。

白长顺乐呵呵地笑着,不好多说。他低着头,想起了自己家的烦心事,叹口气,自言自语道:"家家都有本难念的经,这日子该怎么过,还得怎么过。"

这时,手机铃声大作,三人精神一振,脸上泛起了红光。白长顺见是陌生号码,示意汪大师做记录,刘四妹笑嘻嘻地抢过笔和记录本,连声说:"我来,我来记录。"

白长顺开了免提,话筒里传来急促的声音,讲述了二十多年前收养一个女婴的故事,可时间、地点、人名,全对不上号。白长顺耐心地回答:"朋友,非常感谢你,你是有爱心的好人,但你说的时间、地点、人名,和我们要找的人有较大出入,麻烦你再仔细回忆一下关键的人名、地点,我们期待你的电话。"

这部手机成了热线,但所有来电话者提供的线索差不多都是驴唇不对马嘴。有的连抱养的小孩是男是女都没弄清楚就慌里慌张打来电话,更有人打来电话讨要养育费,好像小孩就在他家里。白长顺不冷不热地说道:"朋友,请你再认真地读一遍寻人启事,是寻人,并非要人。关键是你要提供线索证明你说的是事实。你有什么要求,要座金山都可以,但这是下一步的事。朋友,听明白了吗?"

一连三天皆是如此。奇怪的是,每天都会有一个无言的电话,你扯破嗓子吼,那边却总是一言不发,查来电显示,是市中区的一个座机,打过去又无人接听。三人疑惑不解,汪大师推测,或许是有人搞恶作剧,或许某人还在犹豫之中。第四天,三人接到一个令人沮丧的电话,是一个老太太打来的。她开口就说:"段刚死了十多年了,我是她的好朋友,从来没听说她抱养过小孩。"说完就挂

136

断了电话。

白长顺盯着桌上的手机默不作声，仔细琢磨老太太的每一句话，甚至把她说话的语气也再三揣摩。这是几天来最有价值的线索，也是让人泄气的信息。白长顺无奈地看着汪刘二人。三人沉默了一会儿，刘四妹拨通了方老板的电话，汇报了最新情况。方老板斩钉截铁地说："不可能，前两年我和段刚在重庆的天桥上遇到过，还相互看了一眼。我当时觉得她挺面熟，但没多想，等猛然反应过来时，段刚已不见踪影。按年龄算段刚现在也不过五十来岁，怎么会已经死了十多年？"

白长顺三人就神秘老太太和方老板的话反复进行了论证，得出的结论是，如果方老板没有认错人，段刚还活着，那就是老太太明显在撒谎，其目的应该是不想交出小孩；如果方老板认错了人，也有两种可能，一是老太太说的是真的，二是老太太企图隐瞒真相。这样的话，他们最终要弄明白的最根本的问题是，老太太所说的"段刚"是否就是他们要找的段刚。

三人凑在一块儿商量了许久，才由白长顺拨通了那个老太太的电话。他用极其委婉的口气说道："老人家，你好！感谢你提供了宝贵的信息。我们想进一步了解段刚的情况。"

老太太有些犹豫地提出要给她保密，白长顺爽快地答应了。老太太再次证实，段刚已在十多年前死于肺癌，葬于西山区一处公墓；丈夫姓余，有一男孩，拆迁后不知搬到了何处。老太太与段刚是一个单位的，单位改制后叫渝州宏达物流公司，她还提供了总经理姓名及公司电话。

白长顺三人又惊又喜，乐滋滋地抽起烟来，真是峰回路转、柳暗花明。汪大师自告奋勇给总经理打电话。他扔掉烟头，抓起手机，派头十足地说："是总经理吗？我们想要了解一下段刚的情况。"

对方一愣，人都死了十多年了，还有人来调查情况，不觉起了疑心，反问道："你们是干什么的？"

汪大师信口开河："我们是记者。"

总经理说话毫不客气："拿单位介绍信来。"说罢挂了电话。

白长顺一看情况不对，连着几次拨打公司电话试图解释，可对方根本不听，就一句话：拿单位介绍信来。

刘四妹冷笑道："乌龟打屁，冲壳子。这回安逸了。"

汪大师脸上青一块白一块,灰溜溜躲到一边去了。白长顺宽慰道:"总经理这句话告诉我们,这个单位过去确有段刚这个人,也证实了老太太没有撒谎,但他们未必知道段刚抱养小孩的事,也未必知道她家搬到了何处。"

"那我们哪个才找得到她的家?"刘四妹一脸茫然道。

白长顺沉思片刻,说:"还是给所长打个电话,请他查一查。"

刘四妹立马给周所长去了电话,但所长答复,时间隔得太长,不好查,建议还是找单位为妥。

安静的包间,沉闷的气氛。

过了一会儿,刘四妹又接到一个奇怪的电话,对方一直沉默,她扯起喉咙叫了十几遍,对方干脆挂了。刘四妹按照来电号码打过去,却提示已关机,气得刘四妹把手机都扔了。

三人都觉得蹊跷,又找不到合理解释,只好憋在心里。

又过了好一阵,汪大师猛一拍桌子,大声武气地说:"嘿,我有办法了。"

白长顺和刘四妹都诧异地望着他,汪大师两眼闪着光,颇有几分得意,刚才落魂失魄的惨象早已荡然无存。

"想想我们是干什么的。段刚既然葬在陵园,还有我们找不到的吗?找到了死人,也就会找到活人。哈哈。"汪大师几乎手舞足蹈起来。

白长顺和刘四妹连声称妙,李二哥不就是西山区的吗?拜托他查一查,不就完事了。

李二哥花了两天时间,终于在翠柏陵园找到了段刚的墓地。白长顺接到李二哥电话,叫上汪大师、刘四妹,三人风风火火赶到翠柏陵园。说来也巧,李二哥费尽心思找到段刚墓碑时,才发现是当年自己经手的业务。对这笔业务他印象深刻,一是墓主名字像个男性,骨灰盒上的照片却是女性;二是丈夫来办理的手续,却只买了个单墓;三是住的高档小区,却开辆面包车。

在段刚墓前,李二哥揶揄地说:"白总,你要的人找到了,是请她老人家喝酒,还是打麻将?"

"你还记得买主的电话吗?"白长顺哪有心思开玩笑,直接问道。汪大师、刘四妹也严肃地站在那里。

"这么多年了,哪里还记得电话号码。"李二哥大声武气地分辩,"不过我还记得买主家的小区是一个高档小区。我开车去接过买主。"

三人这才松了口气,汪大师说:"电话好办,到营业厅能查到。"

李二哥越发觉得三人神秘兮兮,忍不住问道:"做的啥子业务哟?有好事,莫忘了兄弟啊。"

汪大师笑着说:"天机不可泄漏。"

一行人来到营业厅,很快搞到姓名和电话号码。汪大师将号码输入自个儿手机,仿佛稳操胜券,离成功仅一步之遥了。

迫不及待的白长顺一走出大厅就开始联系对方,可电话虽然通了,却无人接听,连拨了四五次后,对方干脆关机了。

刘四妹嚷叫:"那直接到他家里去,看他往哪里躲。"

白长顺不赞成,李二哥生怕叫他带路,也说道:"电话都不接,还能让你到家里去。再说,我只知道买主家在星光小区,并不知道具体是住哪栋楼,去了也难找。"

汪大师点点头,说:"只有继续打电话,几个手机换着打,直到打通为止。"

太阳偏西时,刘四妹终于拨通了电话,她兴奋无比地叫着"余老板、余老板",忘了该怎样说正文。对方不卑不亢地说:"对不起,我在上海出差,有啥事回来再说。"说完就挂了电话。再打,手机又关了。

汪大师担忧地说:"这样看来有些麻烦,这家伙是在提防我们,不想我们去认亲。"

刘四妹朝汪大师点点头,又转过脸来望着白长顺。白长顺站起来,淡淡地说:"回家,过几天再说。"

一连几天,白长顺都不准汪大师和刘四妹再打这个电话,他希望对方能主动回个话。等到第七天,乱七八糟的电话接了不少,众人期待的余老板却始终一声未吭,大家都快憋疯了,于是决定到星光小区去碰碰运气。

星光小区位于滨江路,背靠的青山是当地著名的生态公园。在小区入口,两个身着保安制服的保安客气地拦住了他们:"请问,有需要帮助的地方吗?"

"我们要找余水清老板。"汪大师理直气壮地说。

保安仍然彬彬有礼地问:"请问,几栋几号房?"

三人一下愣住了,刘四妹只好实说:"小兄弟,我们只晓得他在这个小区住,具体房号正想问你们呢。"

高个子保安笑了笑说:"那你赶紧打电话吧。"

"打了，关机。"

高个子保安为难地说："那我真帮不上啥忙了。业主信息不能透露，这是纪律。"

白长顺嘴里说着没关系，上前与两个保安套近乎，问长问短，大大咧咧地掏出香烟。保安拒抽，说上班时间不许抽烟。白长顺把大半包烟塞到保安衣袋里说："下班慢慢抽。"

第三天，白长顺三人又来到星光小区，正好是高个子保安当班。那天在门口逗留时，汪大师看见了贴在保安亭内的值班表，记住了排班信息，今天他们就是冲着高个子保安来的。

高个子保安态度依旧，热情而不失分寸，说话严谨而周到。这几天，有好几拨人来找余水青，闹闹嚷嚷，说是来讨债的，都被保安挡了回去。

"你们找余老板，究竟有什么事？"

白长顺解释说，主要是叙叙旧，拉拉家常，有二十多年没见面了。正聊得起劲，有位中年妇女拎着个书包走来，后面跟着个十来岁的小男孩。高个子保安恭敬地敬了个礼，那中年妇女说声谢谢，刷卡进了小区。直到那女人转身不见了，保安才嘲笑道："还说叙旧，刚才老板娘进去，你咋不招呼一声？你们也是来追债的？"

白长顺大脑瞬间反应过来，对高个子保安说："只知道余老板再婚，又添了个儿子，他这二房太太还真没见过。你嘟个不早说？"

"早点给你说？我工作都要丢。"高个子保安笑着说，上上下下打量着白长顺，觉得不像是来闹事的，但也吃不准究竟是干啥的。

白长顺靠着保安亭继续神吹："余老板与前妻有一儿一女，恐怕都结婚了。"

另一个保安也笑道："又在吹牛皮，余老板与前妻只有一个儿子，哪里来的姑娘。"

高个子保安点头证实。白长顺无奈，只得将事情的来龙去脉原原本本告诉了两位保安。两位保安很感动，决定帮他们一把，给业主打个电话，看业主愿不愿见他们。白长顺拦住说："你这样说，人家肯定不见。你就说，有几个老邻居，有重要事情要见他。"

保安按白长顺的意思给余水清打了电话。不多会儿，一个五十来岁的中年汉子来到小区门口，问道："哪个找我？"

白长顺向前一步答道:"老邻居,还记得老巷子一百八十三号的白大爷吗?"

余水清想想,点了点头,示意保安放行。白长顺进入守候多天的小区,见到段刚的丈夫,显得很兴奋:"我是白大爷的侄子,叫白长顺。受人之托,前来寻找段刚二十多年前收养的女婴。"

余水清大吃一惊,疑惑地打量三人。白长顺拿出身份证给余水清。余水清仔细地看了身份证,沉思良久,喃喃自语:"早就料到会有这一天,这一天,终于来了……"

余水清把身份证还给白长顺,问道:"你们是私人侦探?"

白长顺摇摇头,将情况大略讲了一遍,说:"老余,这样吧,我们到外边,边吃边聊,怎么样?"

余水清迟疑了一下,说:"不如到我家去,也是吃饭的时候了。你们在门口等了这么多天,罪过,罪过。"

余水清拿出一张百元钞票,托保安在小区门外卤菜摊上买些卤菜。一会儿,保安拿来一大包卤菜,正要退找补的零钞,余水清挥挥手道:"不用了,自己买包香烟。"

白长顺与余水清并肩走在前面,刘四妹与汪大师跟在后面,两人心里备感轻松,忙了几个月,总算可以交差了,方老板的赏金也要到手了。

来到余水清家里,刘四妹四处张望。这是套花园洋房,大概有一百四十平方米,四室两厅,双卫双阳台;各种设施皆是名牌,却显得杂乱无章;没有麻将室,暗示着主人的情趣。余水清招呼大家围着圆桌坐下,刘四妹仍在不停地张望,怎么是个三口之家?

余水清向客人敬酒后,缓缓说道:"段刚是我老婆,可惜她十多年前就因病去世了。"

"我知道你在张望啥子。"余水清笑着对刘四妹说,"那女婴第二天早晨就送了人,严格说,在我家没超过二十四小时。"

三人顿时睁大了眼,疑惑地看着余水清。余水清举起酒杯说:"不急,不急,喝了这杯酒,听我慢慢讲。"

那天晚上,我有应酬回家比较晚,见段刚抱着个婴儿,正乐呵呵地在屋里转悠,嘴里不停地唱着、念着。见我回来,没等我开口,段刚就高兴地叫道:"老公,我们有女儿啦。"

我接过襁褓一看,是个女婴,正甜甜地酣睡,那小帽子、小衣衫、小花被全是新的;再一看桌上,奶粉、牛奶、奶瓶、小杯子一应俱全,也全是新的。段刚絮絮叨叨地讲了经过,眼里闪烁着兴奋与喜悦。我把小孩递给段刚,问道:"感觉怎么样?"段刚有点诧异,以为我不高兴,问我:"你不是说,想有个姑娘吗?"

我长叹一口气:"是啊,俗话说,有儿有女才是个好字。可现在的政策,你还不明白吗?就算是单位不追究,户口怎么办?没有户口,孩子以后吃饭、上学都是问题。"

段刚的脸色一下变了,她皱着眉,抱着婴儿不断地亲吻,问道:"那该啷个办?那女人只留下孩子父母的姓名,没有地址,不能还回去,难道要转送别人?"

我想了想说:"找个有收养条件的人家,送出去。说不定这娃娃还真能落到福窝窝去。"

段刚抱着婴儿,双眼含泪,在屋里来回晃动,嘴里喃喃念叨:"宝宝送哪家?宝宝送给哪个人……"

第二天早晨,我还睡意蒙眬,段刚就兴奋地将我吵醒,急切地说道:"我有主意啦。坡上赵大姐,两口子结婚快十年了,还没娃儿。听说是赵大姐不能生育。这家人厚道,有经济能力。我这就去找他们。"

不等我开口,段刚就冲出了门。我想,赵大姐两口子都是有单位的,又是邻居,知根知底,可以放心。

不大一会儿,段刚领着赵大姐夫妇来到家里,夫妻俩瞧见熟睡的婴儿,甚为欢喜。贺大哥摸摸被褥,看看桌上的奶瓶、奶粉等婴儿用品,不停地点头。赵大姐则不停地刨根问底,段刚便将事情的来龙去脉详细讲了一遍。后来赵大姐夫妇高高兴兴抱着孩子走了。

从此,我们两家的关系更加亲密,段刚没事就往赵大姐家跑。孩子半岁的时候,拜了段刚为干妈,我也就成了干爹。两家人成了亲戚,逢年过节,你来我往,好不热闹。我还给孩子取了个名字,叫什么来着……贺英?对,就是叫贺英,绝对不会错。

余水清说到这里,语气十分肯定。白长顺三人长吁了口气,有名有姓,有性别有年龄,这就好办了。

"赵大姐家的具体地址你晓得吗?"刘四妹仍不放心,追问道。

余水清拍拍脑袋,惆怅地说:"段刚生病去世后,我又搬了家,两家就断了往来。这一晃,二十年过去了。原来她家就住在我家上面不远,门牌号数我记不得了,但位置很好找。你们找到了要通知我啊,我还是贺英的干爹呢。"

刘四妹扑哧一声笑出口:"通知你,你那电话不是关机,就是在外地开会。"

余水清不好意思地笑了笑,两手抱拳道:"实在对不住,我把你们当成追债的了。"

原来这段时间余老板遇上了麻烦,资金周转不开了,有家原料厂老板派了三四个人四处堵他追账,一天到晚不停地给他打电话,闹得人心烦,他便把电话关机了。也因此,白长顺的电话总是打不通。

这时,一直在厨房忙这忙那的余夫人发了话:"差这拨人多少钱?"

"已经凑足了十多万,还差个八九万。"余老板随口答道。

余夫人坐下来,用围裙擦着手,轻言慢语地说:"老余,你哪个不早说。我这里有三四万存款,毛毛历年的压岁钱也存了五六万,拿去应个急吧。"

余老板一听,精神大振,连声夸奖老婆,把这桌饭局推向了高潮。

饭后,余老板坚持要送白长顺他们出小区,没想到刚走出小区不远,就被一伙人儿拦住了。

"余老板,总算把你找到了。"为首的黑胖子愤慨地说,其余几人紧紧围住余老板。余老板定神一看,原来是原料厂吴老板的财务科长高世民。资金有了着落,余老板有了底气,他一边敬烟,一边笑着说:"高科长,真是对不起。我出去开会,今天傍晚才到家。钱已凑足,明天上午你来我公司财务室办理结账手续,怎么样?"

高科长见事情有了着落,语气也缓和了许多,和余老板约好第二天上午办理手续的具体时间后,便带着手下走了。

第二天,忙完业务后,白长顺三人一起商议如何去找贺英的事情。刘四妹昨晚就已将情况向方老板做了汇报。方老板听后,又惊又喜,催促他们尽快找到女儿,她会重金酬谢。三人正说着,白长顺手机响了,话筒里传出一个女人焦急的声音。女人自称刘大姐,说她公公去世,人已到了安乐堂,人多事杂,泡萝卜的坛子——抓不到姜(缰),请白总来帮帮忙。

白长顺风风火火赶到安乐堂,一下就认出了在门口左顾右盼的刘大姐,确实是他的老客户。一年前,刘大姐为去世多年的母亲买公墓,经人介绍认识了白长顺。白长顺看她虽说已是五十出头的年纪,但皮肤白皙,脸色红润,且穿金戴银,知道是个有钱的主,赶紧递上名片,名片上赫然印着"总经理"三个大字。接连几天,白长顺领着刘大姐跑遍了全市上档次的陵园公墓,看了足有十七八处。白长顺的耐心细致加上汪大师的推波助澜,最终,刘大姐心满意足地签下了五万六元的单,还口口声声说白总够意思,要给白总介绍业务。

白长顺紧走几步,招呼刘大姐。刘大姐上前两步,热情地拉着白长顺的手说:"白总,又来麻烦你了。"

"你刘大姐的事,就是我的事。"白长顺客气地说。

两人肩并肩有说有笑地朝里面走去,就像是一对至爱亲朋。刘大姐告诉白长顺,逝者是她丈夫的父亲,是位老革命,今年九十出头,有两儿两女。

话说间,两人来到灵堂。这是安乐堂最大的厅,墙上挂着逝者穿军装的遗像。白长顺说:"我最崇拜革命老前辈,小学时,学校请老红军作报告,我总是听得热血沸腾。"

白长顺走到灵柩前恭恭敬敬地三鞠躬,然后绕着灵柩缓缓走了一周。他发现死者的面部表情非常痛苦,两眼微闭,头发也有些乱蓬蓬的。

白长顺说:"刘大姐,我有个建议。"

刘大姐示意他说下去。

"你们这样的大家庭,今明两天前来吊唁的人应该不少,所以,我觉得应该请个化妆师,整理整理老人家的遗容。"

刘大姐还真没想到这些,她低头细看老人遗容,心里一惊,一时没了主意,抬头见丈夫在门口,忙叫道:"老公,快过来。"

刘大姐的丈夫排行老二,却是长子,前面有个姐姐。他手里拿着条红塔山香烟正忙着,听见老婆叫喊,便走了过来。

刘大姐把白长顺介绍给老公,并说了请化妆师的事。老二长得五大三粗,嘴里叼着烟,先是不屑地瞥了白长顺一眼,狡黠地一笑,然后热情地拍着白长顺肩头说:"好,你是专业的,有你在,我就放心了。化妆师一定要请,还要请最好的化妆师,钱不是问题。"

"请哪个美容院的化妆师?"刘大姐问道。

白长顺说:"只能请殡仪馆的专业化妆师。美容院的化妆师不敢来,来了也没用。"

白长顺一边说着一边打了个电话，然后告诉刘大姐，化妆师半个小时就到。

这时，大姐和大姐夫指挥着十几个人抬着花圈走进了灵堂，刘大姐招呼着又把白长顺介绍了一番。大姐夫矜持地点点头，大姐眼睛一亮："欢迎，欢迎，早就听说你是这方面的专家。上次弟妹她母亲下葬，我就见过你了，办事老练，干净利落。你看这里还有什么地方不妥当，直说无妨。"

白长顺笑道："那我就不客气了。你看这花圈，太多了，又都是一个规格，分不清主次。老革命有儿女四人，就留下四个花圈，其余退掉。有几个孙子便再买几个小一点的花圈，就行了。"

大姐脸上露出笑容，不停地点头。大姐夫嘴上没说什么，心里觉得这样的话花圈似乎太少了点，紧绷着的脸上添了几分不悦。

白长顺看透了大姐夫的心思，慢条斯理说道："待会儿，三亲六戚来了，我会引导他们去买花圈。我去的店，会给我打折的。"

"用不着，"大姐夫打断白长顺的话，"来这里的亲戚、朋友都是有身份的，用不着为这点小钱动脑筋。"

大姐却不听大姐夫的，拉着刘大姐和白长顺一起去退花圈了。店老板先是不退，见白长顺来了，态度大变，亲切地叫着"白总"，二话不说就给退了。白长顺又让大姐和刘大姐买了几个稍小一些的花圈和一些香烛纸钱，然后带着两位女士走出了店堂，老板亲自送出店门。

这时，陆续有人前来吊唁。白长顺站在签到处忙着给来宾发香烟，来者每人一包红塔山，忽然听见有人叫："白总。"

白长顺扭头一看，是王化妆师，不由得皱起眉头，刚才打电话要殡仪馆派首席化妆师，现在却来个三流化妆师。王化妆师是川剧团画花脸的，到殡仪馆只是兼职。事到如今，只好骑驴看唱本——走着瞧，白长顺把王化妆师带到刘大姐面前。

"这位是王化妆师，市里赫赫有名的首席殡仪化妆师。你别看他年轻，却是后起之秀，包二位满意。不过，价格有点贵。"

老二说："不谈价钱，赶快，赶快。"

白长顺拉着王化妆师来到灵柩前，小声说："用心做，莫给老子搞砸了。"

王化妆师不以为然，大大咧咧地说："白总，你放心，活人我都敢画，还怕死人？你说的价钱……"

白长顺不等他说完，在他背上重重地拍了一掌，走了。

王化妆师在灵柩前深深地鞠了一躬，然后靠近灵柩仔细打量逝者面容，又抬头凝视墙上高挂的遗像。

刘大姐见化妆师久久不动手，有些不解，问："这是为什么？"

白长顺十分内行地说："这你就不懂了，他这是在研究分析老爷子的面部特征，再从遗像上捕捉他的神韵，直到胸有成竹方会动笔。"

刘大姐恍然大悟，小声问："价格很贵吗？"

白长顺轻轻一笑："这价格，还真不好说。上次到一老板家，收了老板两千元，人家哼都没哼一声。为啥？全家上下都满意王化妆师的服务。"

白长顺见刘大姐紧皱着眉，就说："我给他说，打个九折，不，打八折，怎么样？"

刘大姐脸色由阴转晴，白长顺靠近她坐下，开玩笑道："以后，你对人讲，我家老爷子整遗容，只花了几百块……"

刘大姐不好意思地笑了，点点头，不让白长顺往下说了。

白长顺又到门口去发烟，过了一阵转回灵柩前，见刘大姐和大姐在烧钱化纸，火光闪闪，青烟袅袅，两人一边忍受着烟熏火烤，一边抱怨老三、老四迟迟未到。

"哎哟，两位大姐，怎么干这活儿。烧钱化纸，意思一下就行了，两位应该在那边迎接宾客。"白长顺蹲下来，接过大姐手中的钱纸说，"这活儿看似简单，但一蹲就得到半夜。这样吧，我找个人替你们。你们搞得灰头土脸的，啷个招呼客人嘛。"

刘大姐乐了，夸白总想得周到，叫他赶快找人。

白长顺一个电话，不到半个小时，刘四妹就赶到了。白长顺给刘四妹交代了具体事情，刘四妹也不言语，蹲下去默默烧纸。

两个女人嘀咕一番，好奇地打量刘四妹，又用余光瞟了眼白长顺。白长顺解释道："是我的搭档。"

话一出口，白长顺自觉失言。大姐惊愕地问："你总经理还有搭档？"

"怕是养的外室吧，哈哈。"刘大姐笑着，忘记了这是灵堂。

白长顺自嘲道："我这个破经理，还得自己做业务。做业务，有搭档很正常。"

这时，灵柩前的王化妆师一边收拾工具一边叫着"白总"，白长顺忙让刘大姐和大姐过去验看。

灯光下，老爷子红光满面，两眼微闭，嘴唇微合，似是安详熟睡；头发朝后梳着，既整齐又精神；那身肥大的西装，经王化妆师撕、扯、裹、压一番特殊处理，显得十分合体。刘大姐和大姐两人十分满意，又招呼弟姐妹来看，大家都很满意，称赞化妆师手艺精湛。刘大姐爽快地叫签到处给王化妆师支付了一千六百元。

王化妆师接过一大沓钞票，手微微颤抖，干这活儿，他还从来没一次挣过这么多钱，心里明白这是白长顺在捧他。白长顺送王化妆师出去，在马路边树阴下，王化妆师将一卷钞票塞到白长顺手里。

白长顺回到大厅，见众人围着灵枢正议论纷纷，都说化妆师有神来之笔，这千把块钱，花得值。刘大姐更觉脸上有光，逢人便说化妆师是她找来的。

白长顺走到大姐夫和老二面前，建议说："这样乱哄哄的要不得。大家都退回休息厅，灵堂要保持肃静。待会儿，谁家的亲戚朋友来了，就由谁家接待。来宾先到签到处，然后向遗像三鞠躬，再绕灵枢一周，最后烧几张钱纸，然后回到休息厅，或是打麻将、斗地主，或是饮茶叙旧。"

大姐夫与老二低头耳语几句，老二点头说好，于是大姐夫站出来大声说："我宣布，特邀请白总经理为现场总指挥，一切程序他说了算。他是这方面的专家。"

之后，各家亲戚朋友陆续到场，在白长顺调度下井然有序：先鞠躬，后瞻仰，再绕一圈，最后烧几张钱纸，既简单又隆重。

快晚饭时，老二对白长顺说："快要开饭了，你去买十只烧鸡。"边说边把一沓钞票递给白长顺。

白长顺接过钱，说："你事先没预定，我到哪里去买这么多烧鸡？"

老二拍着他的肩膀笑了笑，说："那我不管，我只要烧鸡，只要下酒菜。"说完转身走了，就像在自己公司训斥下属一样。

白长顺叫上刘四妹，二人把安乐堂旁边街上的饭馆、卤菜摊扫荡了一遍。手里有钱，二人也不含糊，烧鸡、烤鸭、牛肉、毛肚、猪耳朵、尾巴根、豆腐干、花生米，足足买了十几包。路过烤鱼摊，诱人的香味扑面而来，刘四妹不觉放慢了脚步。白长顺知道她最喜欢吃烤鱼，索性又买了几条烤鱼。

两人满载而归。老二一见，非常高兴，翻看打包袋，见品种甚多，还有自己喜欢吃的烤鱼，不由说道："白老弟，你真行。"

一会儿，饭厅开饭，众人纷纷入席，白长顺叫住刘大姐，让她在遗像前安张灵案,摆上香烛,再拿几个小碟子,盛上烧鸡、烤鸭、烤鱼放上。刘大姐大悟道:"我倒忘了,幸好有你这位行家。"

刘四妹小声对白长顺说道:"你这不是多事吗?"

"干我们这行的,就是要没事找事。"白长顺意味深长地说。

刘大姐叫来大姐、三姐、老幺媳妇,把鸡鸭鱼并几碟卤菜端来递给白长顺,白长顺接过恭敬地摆在了灵案上。

祭品摆好,刘大姐又叫来大姐夫、老二、三姐夫、老幺,一家人分别一一拜祭。大家散去后,刘大姐又拿来一瓶五粮液默默地洒在地上。

嗜酒的白长顺看得心慌,这可是上好的五粮液啊,自己这大半辈子也没喝上几回。眼看一大瓶五粮液已倒掉大半,他忍不住叫道:刘大姐呀刘大姐,你给我留几口嘛。"

刘大姐回过头,抿嘴一笑道:"莫着急,有你喝的。"

刘大姐叫来几个已吃了饭的亲戚料理香火,自己陪白长顺和刘四妹吃饭,席上还有大姐和老幺媳妇。白长顺喝着五粮液,嚼着烤鸡,心里乐滋滋的。

忽然门外有人叫道:"家华回来了。"

坐在白长顺旁边的大姐立刻喜形于色,起身朝门口走去。刘四妹问道:"是那个当县长的孙子?"

"副县长。"刘大姐阴沉着脸,冷冰冰地说。

未走远的大姐听见了,转过身气恼地看了刘大姐一眼,欲说什么,又咬咬嘴唇忍住了,扭头朝儿子迎去。在另一桌喝酒的大姐夫也朝大门口走去。

家华三十七八岁,长得高大帅气,旁边站着他的妻子红雅,手里牵着十岁的儿子。大姐跟儿子、儿媳妇寒暄几句,又去逗孙子,这才察觉他们后面还跟着十来个人。大姐小声问道:"家华,怎么不事先打个招呼?"

家华苦笑一下:"没办法,他们硬要来。我的车都上了高速路,才知道他们在后面跟着。"

大姐夫定神一瞧,嘿,这帮人中他认识一大半,是家华的铁哥们儿,大姐夫上前热情地与这群不速之客一一握手。白长顺也凑上去履行职责,给每人一盒烟,并欲引导他们到签到处签名。大姐夫皱皱眉头,拦住白长顺,说:"白总,这会儿就不麻烦你了,你要喝好。待会儿,我来陪你喝几杯。"

白长顺知趣地退到桌边坐下,刘大姐仍在与刘四妹唠叨:"有什么了不起。"

大姐、大姐夫忙着招呼和家华一起来的客人，白长顺、刘四妹和刘大姐去了灵堂一边烧纸一边闲扯。这时，不少客人正陆续离去，低沉的哀乐在大厅里回荡。刘大姐抬手看了看手表，自言自语道："这才九点钟，后半夜怎么熬啊，身披重孝，又不好去打麻将，唉。"

白长顺看场面有些冷清，想着得活跃一下气氛，于是拿起一个鸡腿，边啃边说："刘大姐，你也来一个嘛，慢慢啃，混时间。"

"这啷个要得，我要保持体形。"刘大姐扭扭腰身，矜持地说，"不要出馊主意。"

"那这样，我还有个办法。"白长顺若有所思地说，"你去把大姐、老三、老幺媳妇叫来，一人哭半个钟头；再把孙女、孙媳妇也叫来，每人哭半小时。这一夜就差不多了。"

刘大姐正色道："亏你想得出来。你以为这些人是农村的封建老婆婆？"

白长顺笑而不语，刘四妹忍不住说："可以请人哭嘛。"

刘大姐睁大眼睛说："这，这个都可以请？"

两人不约而同说："可以，只要有这个。"又同时做了个数钱的手势。

刘大姐乐了，一拍大腿，连声说道："好。管他多少钱，给我请来。"

刘大姐叫来众人，把事情说了。大家都觉得新鲜，无非是花几个钱，热闹一下也好，便都同意了。

不到一小时，白长顺手机响了。刘四妹到外边接人，不一会儿回到大厅，身后跟着位身着浅色风衣的妙龄女郎，只见她脚穿白色浅跟皮鞋，腿上套着白色长丝袜，对众人点头微笑，不卑不亢，看上去不过二十三四岁。这女子一边听刘大姐介绍逝者情况和家庭关系，一边掏出一条白纱巾在手里熟练地翻旋，瞬间做出一朵洁白的花来。女子将纱巾扎到头上，宛若佩戴了纯白的孝花，又褪去浅色风衣，露出白衫、白裙，加上脚下的白袜、白鞋，浑然一色，庄重肃然。

女子肃立，略略抬头，双眼凝视着墙上的遗像，顷刻之间两眼已饱含泪水，然后扑通一声跪拜下去，连叩三个响头。

"爷爷啊，爷爷，你怎么就这样走了……"女子音质甚佳，抑扬顿挫，张弛有度，似歌似泣的声调哀愁凄楚。

正在离去的客人中，有位老者频频点头，认为以女子的年龄而论，孙女哭祖辈,太恰当不过了。

"哪家的女子哟?"

"啷个没见过?"

听说是专门请来哭灵的,好些人的猎奇心理被激了起来,也不着急走了,都围过来看。

嘈杂的大厅逐渐安静,人们注视着女子的每个动作,仔细聆听每句撕肝裂肺的台词,悲伤的气氛笼罩了整个大厅。

哀婉的旋律在大厅里回荡,喝酒的停了酒杯,斗地主的扔掉了手中的纸牌,打麻将的离开了麻将桌,人们纷纷向灵堂聚集,好多人掩面而泣。

哭诉完毕,白衣女子先向遗像施礼,又向众人施礼,然后缓步走出人群,站到刘大姐面前。刘大姐正抱着女儿低垂着头,刘四妹赶紧提醒她,她如梦方醒,忙掏出早准备好的红包双手呈给白衣女子。大姐在一旁说道:"我再加一百。"

白衣女子接过红包,也不道谢,穿上风衣,摘掉纱巾,和白长顺走向门口。刚到门口,他们就被另一灵堂的人拦住了,于是白长顺又做了次白衣女子的经纪人。

白长顺忙完一圈回到大厅时已是半夜十二点了,他与刘大姐闲扯几句后,和刘四妹一道向主人告辞。刘大姐拿出两个红包分与二人,刘四妹连声道谢。刘大姐又拿出两瓶五粮液分送二人,白长顺喜出望外,说道:"知我者,刘大姐也。你太客气了,明天,我们还来为你效力。"

出了安乐堂,白长顺和刘四妹漫步在午夜的大街上,街两边的商店大多已打烊,路上难得遇上一两个行人。白天拥堵的马路此刻变得畅通无阻,来往车辆的车速比白天快了很多,夜风拂面,令人惬意。灯光透过茂密的树叶愈显黯淡,夜风让行道树发出沙沙声响,让有情调的恋人更浪漫,也让胆怯的路人步伐更快。

白长顺劳累一天十分疲惫,刘四妹却兴致勃勃,觉得跟白长顺一块儿,干啥都有精神。她伸手挽着白长顺的胳膊,像一对恋人在散步。

"那个教授来过电话没有?"

"来了好几次。你终于想通了?"白长顺极力显出轻松的样子。王承西三番五次邀请他参加同学会,他都借口走不开婉拒了。他不是怕同学笑话他做墓地业务,而是怕被同学触及心灵的伤痛。至于刘四妹的事,白长顺根本没和王承西谈及,他觉得还是应该当面探探王承西口风再说。

刘四妹看了看白长顺的神态,就知道他还没和王承西说,但她却没有半点儿责备,只是心里暗暗叹了口气。

"我看刘大姐跟大姐有些矛盾,"刘四妹颇有兴致地说,"而且不是一天两天的冤家对头。"

白长顺点点头,有些不平地说:"这大姐有天生的优越感,自然看不起农村来的刘大姐。"

刘四妹听了,没再说什么。

两人回家的方向不同,白长顺建议刘四妹坐出租车回家,刘四妹头一歪,"不,我要你送我回去,晚上出租车贵得很。"

白长顺想解释几句,刘四妹却放起了连珠炮:"你今天终于露出了狐狸尾巴,人家一瓶酒就把你收买了。看你那点头哈腰的样儿……"

一路调侃,不知不觉,两人来到了十字路口。白长顺应该右拐,再走十来分钟就到家了,他有些犹豫地看着刘四妹。刘四妹不依不饶,挽住白长顺的胳膊不由分说地把他往左拽。

白长顺被拖着走了几步,急中生智,想把刘四妹吓退,于是故作姿态地说:"那,你得亲我一下。"

"亲就亲。"刘四妹说着,趁势在白长顺脸庞上给了一个响亮的吻。

猝不及防的白长顺镇静下来,刘四妹已跳出两米开外,笑着说:"看你还敢不敢耍赖?想不想再喝个一醉方休?"

两人默默地走着,都在揣测对方的心理。夜风依旧拂面,树叶儿依旧沙沙地响着。

第二天上午,白长顺和刘四妹一前一后来到安乐堂,还没跟刘大姐寒暄上几句,大厅里就闯进一伙儿人。为首那人瘦高,黑脸,穿一件脏兮兮的廉价西装,脚上的皮鞋已开了口,手提一个黑色塑料皮包,身后十几个壮汉皆是灰头土脸状,疲惫不堪。刘大姐一见,又惊又喜,喊道:"刘老幺,你怎么也来了?"

"大姐啊,我找你找得好苦呀……"刘老幺一句话没说完,就哽咽得透不过气来。

刘大姐以为刘老幺是因她家丧事太悲痛,心里格外激动。她和刘老幺是隔房叔伯兄弟,论辈分,刘大姐是刘老幺的大侄女,但在场面上,刘老幺总是叫她

151

大姐。刘大姐忙倒一杯水，把刘老幺拉到一边小声说："怎么好意思让你破费。"

刘老幺在西装口袋里摸了一阵，又把裤兜摸了一遍，最后从塑料皮包里掏出一张钞票，双手递给刘大姐，颤巍巍地说："大姐，我只有这一百块了，弟兄们下顿吃啥子，都不晓得。"

刘大姐心生疑惑，她丈夫的房地产公司正红火，刘老幺怎么会这副模样？她把脸一沉，厉声问道："你去豪赌了？输得倾家荡产？"

刘老幺长叹一口气说："我要是有钱去赌博，也不至于穿这身衣服丢人现眼了。大姐，你听我说……"

刘大姐此刻哪有心思听刘老幺闲扯，她用双手按住刘老幺握着钞票的手说："心意我领了，这钱我不收了。"

说完，刘大姐抬头看了看刘老幺身后那群汉子。当年，她丈夫办建筑公司时，刘大姐曾回老家找到木匠刘老幺，请他招募了四五十个农民工，刘老幺自然而然成了包工头。那几年，刘老幺春风得意，以为在城里攀上了高枝，钱财会滚滚而来，对刘大姐感恩戴德，对刘大姐一家忠心耿耿。那时，刘老幺没少上刘大姐家，每次去都带着家乡的土鸡、土鸭、土鸡蛋，跟她老公陈老二更是称兄道弟，很是亲热，偶尔还能遇上老爷子。老爷子跟刘老幺很投缘，一老一少在一起，有摆不完的龙门阵。但自从刘大姐家搬家后，刘老幺却再没来过。刘大姐曾多次询问过丈夫，丈夫总是支支吾吾闪烁其词。

刘大姐哪里知道其中的奥秘。

她丈夫的事业蒸蒸日上，由建筑公司摇身一变成为房地产开发公司，刘老幺一直是他的顶梁柱，手下人数最多时有二三百号人。然而，进城时间一长，刘老幺逐渐摸清了建筑业的行情，发现他的工资比同行低了好几成，于是刘老幺找到刘大姐丈夫，也就是老板陈老二，要求涨工资。陈老二先是叫苦，说公司才开张，运作成本高，实际上是负债经营，后又答应给刘老幺个人补偿，并承诺以后提高报酬和按时发放工资。刘老幺碍于刘大姐，不好深究，相信了陈老二的花言巧语，结果一再上当受骗。手下人怨声载道，纷纷离去，刘老幺是哑巴吃黄连，有苦说不出。

一次，陈老二把一项基础工程交给刘老幺，承诺了许多优惠条件。这次，刘老幺听取了手下人的建议，要求和陈老二签署正规的书面合同，双方要签字盖章。陈老二满口答应，当着百十来号工人的面，和刘老幺痛快地签了字画了押。

但工程完工后,陈老二却不按合同付款,拖欠了刘老幺工资三十余万元,而且一拖就是一年多。一气之下,刘老幺将陈老二告了上法庭,法院判决陈老二败诉,限期付款。可刘老幺拿着胜诉的判决书却找不到陈老二,陈老二早有预谋,不知消遁到何处去了。

这可苦了刘老幺,他一边带着兄弟们打工,一边打探陈老二的行踪。屡经波折,昨天刘老幺终于打听到陈老二的父亲死了,停放在江边安乐堂。他手下那帮汉子吵着要去安乐堂捉陈老二。刘老幺犯难了,讨债讨到灵堂前,太不仗义,可看着同甘共苦的兄弟们那一双双愤怒的眼睛,想着大家被拖欠的血汗钱,最终还是一跺脚,咬牙说道:"陈老二,你不仁,别怪我不义。"

刘老幺正要向刘大姐诉说这两年多的遭遇,陈老二冷不防冲了出来,一把抓住他的领口,恶狠狠地吼道:"你这个忘恩负义的东西,竟敢到灵堂前来撒野。来人啊,给我轰出去。"陈老二身后两个大汉应声而出,正要动手,见刘老幺身旁十几条莽汉竖眉怒视、握拳以待,不由得放下架势,愣在了那儿。

刘老幺挣脱陈老二的手,双手提着脏兮兮的西装领口,潇洒地抖了几下,坦然说道:"我今天是来吊孝的,刘大姐是我本家,我来是代表她娘家的人。"

整个大厅鸦雀无声,大家静静地盯着这群衣冠不整的农民工。大姐坐在一侧,皱着眉头,担心会出乱子,心中骂道:"这个陈老二,真是个缺德鬼。"

"陈老二,你不要贼喊捉贼。我问你,你公司欠我三十几万工钱,什么时候给?我不是空口白牙,我有法院判决书。法院判你败诉,你还要当老赖,手机换了,家也搬了。我找你找了一年多,今天总算找到了。"

刘老幺的话犹如一颗重磅炸弹,炸得整个大厅乱哄哄的。

白长顺在一旁冷眼静观,他已经大致弄明白怎么回事。大厅里人头攒动,到处都在议论,他见刘大姐虽稳坐在灵案前,脸上却快挂不住了。刘大姐意识到今天发生的事情将会影响她在这个大家族中的声誉,她的手在微微颤抖,她有些怨恨刘老幺,这个不知趣的家伙竟然敢到灵堂上胡闹。

陈老二及两个跟班想溜,被十几个讨薪的农民工堵在了大厅门口。气氛骤然紧张,人们纷纷涌向门口,大厅内乱作一团。

白长顺向受惊的刘大姐做了个放心的手势,然后站出来,打断刘老幺的话,大声说:"兄弟是来吊孝的,好说,好说。主人有吩咐,来者一人一包烟。"

陈家兄妹趁机赶紧上前,拉走了气急败坏的陈老二。

白长顺说着,给刘老幺和他后面的汉子们一人一包玉溪烟,又叫人招呼他们到一边喝茶,自己则拉着刘老幺到灵案前上香、磕头。期间,白长顺低声对刘老幺道:"兄弟,你今天的目的已经达到了,还是见好就收吧。今天这场面,你的事不可能全盘解决。"

刘老幺抬起头,满脸的疑惑,不信任地看着白长顺。白长顺解释说:"我也是打工的,非常同情你的遭遇。可你只有抓住刘大姐这条线,事情才会有转机。"

白长顺又走到刘大姐身边,对她耳语一番。刘大姐凝重的表情顿时放松了许多,她站起来,想找丈夫商量一下,可陈老二连同他的跟班早已不见踪影,问两个女儿,也不知其去向。刘大姐又想找当副县长的侄儿问问,可找遍整个大厅都没有他的踪影。刘大姐咬咬牙,回到座位上,待刘老幺上香完毕,亲切地把他叫到跟前,从包里取出一个装了两千元的信封,让他先解燃眉之急。刘老幺有些犹豫,迟迟未伸手。

"你放心,刘老幺,有我在呢。"刘大姐恳切地说,"三天之后,我出面给你摆平。这是我的电话,有事尽管找我。"

刘老幺一群人犹疑不定。这时,刘四妹买回了一大袋包子、馒头、油条、糍粑块,招呼他们吃。众人也饿极了,纷纷就着茶水狼吞虎咽,不到片刻工夫,一大袋食品荡然无存。吃饱喝足,这些人的情绪也渐渐平静了些。

大姐悄悄走到白长顺身旁,亲热地拉着白长顺的手,恳求他把这些人想办法弄走。白长顺茫然地点点头,其实他心里也没有底。刘四妹也有些着急,她走到刘大姐跟前说了几句话后,两人就一同找刘老幺说话去了。

刘老幺坐在那里抽着烟,三个包子、两个馒头外搭一根油条下肚,心不慌了,心里也想明白了,陈家这会儿比他要着急。因此,尽管刘大姐好话说了一箩筐,刘老幺只有一句话,拿钱走人。见刘老幺硬是四季豆不进油盐,刘大姐急了,怒气冲冲道:"刘老幺,你还记得你妈临终时说的话吗?"

刘老幺一震,手里的烟头掉到地上,母亲临终的情景历历在目。那年刘老幺母亲在老家卧床不起,刘老幺把她接到城里治疗。刘大姐知道后帮忙联系了医院,却诊断出是胃癌晚期。刘母住院期间,刘大姐时常来看望。临终那天,刘母拉着刘老幺的手,有气无力地说:"幺儿,出门在外,凡事都要听……听你大姐的话……"

想到这里,刘老幺痛苦地点点头,轻轻地叹了口气,回头看了兄弟们一眼。

刘四妹趁势说："以前刘大姐真不知情，你要相信刘大姐，三天之后看……"

刘四妹边说边将刘大姐装着两千元的信封硬塞到了刘老幺手里。刘老幺缓缓站起身，把信封放进塑料皮包，把包随手扔给了后面的兄弟。刘老幺两眼直视着刘大姐说："大姐，我是相信你的，希望你不要骗大家。这是弟兄们的血汗钱啊。"刘老幺说完要回皮包，从包里拿出合同和法院判决书，在刘大姐面前晃了晃。刘大姐一个劲儿地点头。刘老幺又走到灵案前烧了几张纸钱，恭敬地磕了三个头，然后头也不回地走出了大厅。见刘老幺走了，跟着他的人也都跟着走了。

这边刚退场，那边市委组织部和老干部局的领导们就到了，陈家姐弟又忙碌起来。

送走了领导，陈家姐弟才松了口气，大家围住白长顺和刘四妹，说了许多感谢的话。白长顺趁机说道："遇上这事，是有些晦气，我看这样吧，晚上请个道士来摆个道场，除除晦气。"

"照你说的办，听你的。"大姐、刘大姐异口同声，大姐夫、老二及三姐、老幺也都点头称是。刘四妹没想到这么轻松就搞定，心里很是高兴，拉着大姐、刘大姐的手，很亲热的样子。白长顺见给汪大师的业务已谈妥当，陈家也没啥要帮忙的了，就想告辞。临别时，他又将晚上做道场和第二天早晨出殡的事对大姐、刘大姐一一作了交待。刘大姐说："不行，你也要准时来。我们都不懂。"白长顺佯装无奈地答应了。老二又拿来两条玉溪烟，塞到白、刘二人手中。

走出安乐堂很远了，刘四妹不解地问："你刚才为什么要那样做？"

"我是在帮刘大姐，你不也是这样吗？"白长顺望着远处，深沉地说，"其实也是帮刘老幺。"

刘四妹问："三天之后，刘老幺会拿到钱吗？"

"你问我，我去问哪个？"

第八章

陈家的丧事让白长顺三人捞了点小钱。丧事结束的第二天,三人照常去陵园揽业务。汪大师和刘四妹二人喜笑颜开,汪大师说了好几次要请白长顺喝酒,刘四妹把那条玉溪烟也给了白长顺,可白长顺的情绪却不怎么高,他紧绷着脸抽闷烟、喝闷茶,整个人都没精打采。

白长顺的烦恼,可以说是内外交困。

家里是王小红添乱,她劲头儿十足,张罗着要请江老板一家人吃饭。白长顺觉得很滑稽,压住心里的火气说:"娃儿还在读书,你不要一厢情愿。"

"说你是个猪脑壳,真是没错。"王小红挖苦道,有几分得意地说,"这是照你妈和老汉的意思办的。娃儿的事放一边,从礼节上讲,人家送你中秋大礼,眼看国庆就要到了,你不应该请人家吃顿饭?你真是个一毛不拔的铁鸡公。吃这顿饭,主要是联络感情,请江老板给你这个未来的亲家公谋求个好差事。"

白长顺气得七窍生烟,想当场驳倒她,又碍着父母的面子不好说。他挥挥手,没好气地说:"随你的便,想唝个整就唝个整。"

王小红见白长顺松了口,也不跟他计较,欢欢喜喜打麻将去了。白长顺坐在沙发上独自喝茶,电视也懒得开,只想寻个清静。人就是这么怪,越想清静,心里越烦躁,刚才的事儿总在脑海里萦绕。王小红那点花花肠子,哪里玩得过白长顺,不过倒是蒙骗得白大爷老两口信以为真,不仅自愿拿出一块老腊肉,还答应到时来帮忙。王小红的真实想法是想结交江老板这样的有钱人家,而白长顺清醒地认识到这并不现实。

白长顺不由自主地笑了笑,慢悠悠地喝上一口茶。茶水在舌头上来回滚动时,他品味出这并不是自己常喝的下关沱茶或者茉莉花茶。他往茶几下看了看,发现有一盒铁观音,顿时明白喝的是王小红为请客准备的好茶叶。

白长顺又喝了一口茶,思绪转到了王小红刚才说的"好差事"上。江老板是做建筑行业的,他对这个行业一无所知,所谓隔行如隔山,就算是江老板真的给他安排个差事,难道他就只是去混工资吗?树活一张皮,人活一张脸,总得要直起腰杆。

白长顺突然产生了一个大胆的想法:不跟江老板讨差事,而是跟江老板谈合作,共同开发陵园公墓。白长顺想,虽然现在他手上没有项目,但他在陵园公墓行业里摸爬滚打了十余年,积累了丰富的经验和人际资源,目前又正是陵园开发的黄金时期,如果能和江老板合作,有了资金,还怕没项目?谈不成也没关系,总之一句话,不能让江老板小瞧了自己。

想到这里,白长顺不免有些得意,情不自禁地哼起了流行歌曲,仿佛自己已经坐上了陵园总经理的真皮老板椅。正得意,白长顺猛然想起了江老板对白宏远有意思的事,一下子顿住了,深深叹了一口气。

家里这点忧愁不算啥。真正让白长顺犯难的是久违的同学会。前几天,王承西打来电话,说过几天搞个同学聚会,他已联系了二十来个同学了,具体的时间、地点另行通知。白长顺含含糊糊地答应着,内心像打碎了五味瓶。白长顺从王承西那里了解到,他们班上出类拔萃的角色还真不少,除了远在海外的孟诗凡,还有大学教授、医生、公务员、大老板、教师、记者,等等。

白长顺放下茶杯,心里沉甸甸的。和那些同学比,他觉得自己很渺小、无能,他很自卑,甚至产生了不想去参加同学会的念头。其实白长顺在内心深处特别害怕同学们嘲讽他与孟诗凡的情感纠葛。他以为自己和孟诗凡的事在同学中人人皆知,对他的不义之举,同学们会嗤之以鼻。他非常害怕在同学会上看到同学鄙夷的目光,听到同学尖酸刻薄的话语。貌似刚毅豁达的白长顺,内心深处其实是非常脆弱的。对于孟诗凡,他非常自责,多年累积下来,自责已成心病,甚至是精神桎梏,别的事情他都能妥善化解,唯独这件事不能。

"喂,该吃中饭啦。"刘四妹的声音在他旁边响起。

白长顺茫然地抬起头,见刘四妹在不远处坐着,正看着他。

白长顺问:"汪大师呢?"

"有客户请去作道场了。"

白长顺看看天色,是该吃午饭了,可他一点儿食欲也没有,于是懒洋洋地对刘四妹说:"等一等汪大师吧,让他请吃汤锅。"

刘四妹说:"坐着干等吗?水都不买一瓶?"

白长顺正欲掏腰包,刘四妹又笑嘻嘻地说:"哪个要你买,我从来都自带。"

说完,刘四妹拿起水瓶在白长顺面前晃动了一下,接着试探地说:"又在想初恋情人吧?来来来,讲一段来听,不过要讲轻松愉快的,莫讲那些悲情伤感、催人下泪的。"

"你真想听?"白长顺斜视了刘四妹一眼,他真有一吐为快的意思,"那你可不要笑话我。"

记忆的闸门一旦打开,往事并没有像奔腾咆哮的洪水一般喧嚣而至,而是像涓涓溪流,无声无息地静静流淌而出,带着陈年老酒一般的醇厚香甜滋味。

迎亲风波之后,白长顺与孟诗凡有了新的接触,彼此有了更深的了解,知晓了对方的兴趣爱好。书,成了他们之间传播友情的纽带和沟通彼此心灵的使者,两人或借助走亲戚的农民,或借赶场之机互相交换书籍。当时,知青中特别流行赶场,他们赶场并不是为买卖什么东西,而是趁机放松身心。赶场不用去劳作,还会有好心情,可以忘掉烦恼。赶场时,大家经常是三五个知青凑在一起,天南地北乱扯一气,相互讲些笑话或流行故事。白长顺是这方面的行家里手,其他人只能讲几分钟的平淡故事,从他嘴里出来,会变得曲折动人、绘声绘色,而且能讲上大半天。有时甚至有不认识的知青,三五成群在场上拦住白长顺,央求他讲故事。每逢此刻,白长顺都颇有几分得意,来者不拒。平时赶场,白长顺大多和其他知青一起胡扯海吹。有时,白长顺也会借赶场之机和孟诗凡约个地方碰头,交换几本书籍,但因碍于身边经常有其他人,两人常常只能简单交谈几句,没有机会对读书感受进行深入交流。白长顺常常在回生产队的路上后悔,怎么就只知道和知青们胡吹,而没顾上和孟诗凡多说几句话,多谈谈读书感受——他知道孟诗凡读了很多书，对很多作品都有自己独到的见解。

那天下午收工时，白长顺觉得时间尚早，便想到对面村子孟诗凡那里去。《巴黎圣母院》已经读完几天了，他想去找孟诗凡换本书，顺便聊聊读书心得。

不等当天收工时的晚汇报仪式结束，白长顺就悄悄溜了出去。他回到屋里，换了身干净衣服，拿上书就向孟诗凡所在的山头飞奔而去。清澈的溪水汩汩流淌，树上的鸟儿叽叽喳喳叫个不停，溪边茂盛的竹子一垄连着一垄，修长的竹梢在晚风中纵情摇曳，发出沙沙的声响。白长顺顾不上欣赏山涧晚景，来不及在溪边洗个手、擦把汗，只顾着沿着崎岖的石板路匆匆向上爬。

白长顺推开孟诗凡家的大门时，屋内已点上了煤油灯，和孟诗凡同屋的两个女知青被突然推开的门惊得"啊"地叫了一声，随即欢呼起来。

李小凤笑道："白长顺，真是来得早不如来得巧，我们刚炒完菜，你就进门了。"

"你运气好，我们好不容易今天打个牙祭，你就撞上了。"田玉梅附和道，边说边用眼神瞟孟诗凡。

李小凤故意沉下脸，对孟、白二人说："你们两个人从实招来，是不是早就约好今晚相会。"

田玉梅装作恍然大悟，笑弯了腰："哎哟，怪不得，多煮了饭，又开了红烧肉罐头。原来我俩是癞子跟着月亮走，沾了月亮的光。"

孟诗凡脸蛋儿绯红，幸好煤油灯光线黯淡，她又正好绕到白长顺身后去关门，才没有人注意到她的窘态。

白长顺被闹得也有些不好意思，连忙摆着手结结巴巴地说："我是来换书的，换了就走，换了就走。"

李小凤一边盛饭一边说："不吃饭就走，岂不是辜负了诗凡的一片好意。我们怕是消受不起哟。"

孟诗凡大声说："吃饭，吃饭，哪来这么多话。"说话间，暗中推了白长顺一把，白长顺顺势坐上了桌。

桌上除了炒南瓜、炒土豆丝、酸菜汤，还有一碗油亮油亮的红烧肉。有好多天没闻到油腥味了，白长顺迫不及待地夹了块红烧肉塞到嘴里。他三嚼五嚼咽下肚去，正欲再夹一块红烧肉，看见孟诗凡三人都没动红烧肉，有点儿不好意思，便夹了片南瓜。孟诗凡转过身，给李小凤、田玉梅每人夹了块肉，说道："吃肉,吃肉。"孟诗凡自己也夹了一小块红烧肉,笑着对白长顺道:"你就别假斯文了,你上次在公社食堂抢肉吃,可抢出名了。"白长顺有点儿尴尬,更不好意思去夹红烧肉了,只低头扒碗里的饭。

不久前公社召开学大寨会议,各生产队干部及知青代表都去参会了,中午在公社食堂会餐,十人一桌,每桌一大盆回锅肉。白长顺一见肥敦敦、香喷喷的回锅肉,饭都顾不上盛就一口一大块肉片,吃得满嘴流油。几个生产队干部见他这样,一个个也都去抢盆里的肉。白长顺一看盆里肉片所剩无几了,干脆夺过大盆就跑。这下,岩口的知青抢肉吃,山里山外传遍了。

李小凤、田玉梅笑弯了腰,白长顺倒神气起来,把嘴一抹,说:"各人吃了各人好。"

四人说说笑笑吃完晚饭,白长顺拿了书就想往回赶。李小凤拦住他说:"莫忙,讲个故事才能走。"

"对头,听说你很会讲故事,讲一个来听。"田玉梅也说道。

白长顺在桌边坐下,拉开架势,手掌一拍桌面,朗声说道:"书接昨夜上回,杨参谋纵身一跳,从三层楼跳到街当中。只见黑灯瞎火,空巷无人,夜风呼呼,远处传来几声犬吠……"

如此这般,白长顺一口气讲了三个故事,李小凤、田玉梅还是不放他走。

孟诗凡坐得远远的,藏在煤油灯光的昏暗处。她对今天的巧妙安排很满意,脸上有几分得意,一边用心听着,一边脸上泛起少女的红晕。

"……说时迟,那时快……"白长顺讲得兴起,猛一拍桌面,只听房顶上一声炸雷,李小凤吓得"哇"的一声哭了出来,紧紧抱住田玉梅。孟诗凡和白长顺疾步走到窗前,只见外面电闪雷鸣,狂风呼号,豆大的雨点打在瓦上、地上、大树上、水田里,发出不同的声响。

白长顺想回生产队,打开房门,一股冷飕飕的山风裹胁豆大的雨点扑面而来,刮灭了桌上的煤油灯。白长顺本能地一缩脖子,顾不上擦去脸上的雨水,赶快掩上门。

三个姑娘手忙脚乱地点上灯,叽叽喳喳商量一番后,孟诗凡对白长顺说:"看样子你今天回不去了,就在这儿凑合一晚上吧。"

白长顺低下头,心里盘算,这打雷闪电,走是不可能了,也只能在这儿将就一晚上了。

白长顺到卧室一看，孟诗凡已经替他收拾好了，他睡最里面一张床，与外边两张床之间临时挂了张床单充当帘子隔开了。白长顺躺在床上偷偷观察，发现他睡的是孟诗凡的床位，因为靠床里侧的墙上钉了排简易书架，上面放的是孟诗凡的书。

白长顺躺在软绵绵的床上，感觉枕巾、床单是新换的，被子也是新洗不久的，一股淡淡的清香从枕巾、床单、被子中散发出来，有一种说不出的温馨味道。白长顺两眼盯着帐顶，目不斜视，耳朵却特别灵敏，除了屋外的风雨声，三个少女睡觉时的呼吸声他也听得明白。那短促的呼吸声伴有轻微的鼾声，准是胖墩墩的李小凤；那轻微的长长呼吸声肯定是瘦小的田玉梅；那均匀平稳，富有节奏的呼吸声就是孟诗凡了。

生平第一次与异性同睡一室，其中还有自己的心上人，这让白长顺怎么也睡不着，熬了大半宿，他才迷迷糊糊睡了会。

天蒙蒙亮的时候，白长顺醒来，见窗外雨已停了，赶紧爬起来，拿好昨夜选的书，蹑手蹑脚走到门口，再飞一样地跑出去，又跑出了小山庄。

雨后山岭显得生机勃勃。清晨的阳光是那么柔和，撒向山峰，峰峦更显墨绿；撒向田野，满山遍野的庄稼长势喜人；撒向小山村，山寨呈现一片寂静。山风迎面扑打在白长顺脸上，带来一丝凉意，让他更是精神抖擞。昨夜这场雨，把青石板小路清洗得干干净净，路边的草丛里、灌木林间滚动着无数晶莹的露珠。树林深处不时传来清脆悦耳的鸟叫声，陡坡上开着各种颜色的野花，远处隐约有着轰隆隆的声响。

越往山下走，轰隆隆的声响越大。白长顺心想，糟了，山里暴雨之后必会暴发山洪，要是小溪沟涨水淹没了小石桥就麻烦了。他顾不得细想，加快了下山的速度。到了溪边，白长顺傻了眼。昨天还清澈见底的小溪现在是浊浪翻滚，洪水漫过了小路，两岸的竹林也被浸泡在了洪水中，汹涌的洪水把好些竹子冲得东倒西歪；小石桥淹没在洪水中，无迹可寻，就是找着了，也没人敢过。白长顺在洪水边徘徊，寻思如何过溪。过了一会儿，他沿着溪岸向下游走去，来到一处地势稍微平坦的地方，这里水流也相对减缓。他四处观察，忽然发现对岸有一丛竹子被山洪冲翻了，其中一根竹子向河面倾斜，竹梢几乎快伸到了自己所在的这一侧。白长顺伸着手跳了两次，居然抓住了竹梢。他用力拉了拉竹梢，感觉还结实，不禁喜出望外。

白长顺果敢地跳进水里,冰凉的洪水凶狠地拍打着他的小腿,他打了个寒战,用力站稳了脚跟,朝翻滚的洪水看了一眼,然后右手紧紧攥住竹梢,左手托举着厚厚的书,一步步朝对岸走去。突然,白长顺一脚踩空,洪水瞬间淹没了他的头顶,巨大的冲力让他本能地用两只手合力死命抓住竹梢不放。

　　白长顺在汹涌的山洪间起伏,他使劲儿拽住竹子,竹子的拉力让他顺着浪头往对岸冲去,眨间就到了岸边。他借助着竹子踉踉跄跄上了岸。站在岸边,他两腿轻轻颤抖,心里洋溢着喜悦,哈哈,就这样神奇地过来了。

　　忽然,白长顺发现自己两手空空,书呢?他手足无措地朝溪沟张望,汹涌的洪水喧嚣而去,哪里还寻得到书的踪影。白长顺沿着溪流向下游走了一段路,希望能有奇迹出现,但除了洪水什么都没有。

　　"你这个冒失鬼。"刘四妹忍不住插话,"这多危险,你太莽撞了。

　　白长顺抬头,看着刘四妹笑了笑,"没你说的那么恼火,我是谁啊。"

　　白长顺嘴里硬着,其实他事后回想当时的情景,也是阵阵后怕。万一翠竹断了呢?万一撞上沟里乱石咋办?洪水无情啊。事隔这么多年,他是第一次跟人提起这件事。

　　"哎,你把书弄水里了,那个孟诗凡啷个说?"

　　白长顺低头沉思,没有回答。

　　几天后的一个赶场天,白长顺在小食店见到了孟诗凡,将丢书的事告诉了她。孟诗凡听完事情经过,叹了口气说:"人比书重要。"说罢,从书包里拿出一本书塞到白长顺手里。

　　刘四妹追问道:"这窗户纸是哪个捅破的?快点告诉我,快点嘛。"

　　刘四妹像一个忠实的听众正在聆听一出爱情情景剧,她急于想分享剧情的高潮。白长顺看着刘四妹略带夸张的表情却没有半点儿笑意,他还沉浸在遥远的岁月里。

　　那年的冬天来得特别早,似乎比现在还要寒冷。呼啸的北风顺着山梁长驱直入,枯草败叶漫天飞舞,寒潮向苍茫的山岭尽情肆虐。对知青来说,那一年是刻骨铭心的一年。

　　年初,县里开始大招工,接着又是特招。所谓特招就是本系统或本单位特定的招工名单,多针对干部子女。特招后不久,又兴起了更大规模的顶替浪潮,为了让乡下的儿女们早日回城,城里的父母们绞尽脑汁,想方设法提前退休,让儿女顶班。这是知青们回城的好机会。如此这般,广阔天地的知识青年少了一大半。

白长顺所在的生产队四个知青陆续走了三个,就留下孤零零的白长顺,他心里可着了慌。夜里,白长顺蜷缩在冰凉的床上,伴着煤油灯苦思冥想。这是怎么搞的?就算前面招工没份,这顶替总该是板凳钉钉子,抹不掉的事。前两月家里还来信说,大姐从学院分配到农场锻炼,家里已决定二姐顶替母亲,自己顶替父亲,为什么这么久没有消息呢?

过了两天,有个同学回城,白长顺前去送行,见到了同学的父亲。同学的父亲和白长顺父母是一个厂的,彼此很熟悉,他告诉白长顺,这次顶替本来有白长顺和他二姐的名字,但厂里有人揭发他父亲有历史问题,他的事被耽搁了,不过他二姐因为顶替的是母亲,并无大碍。同学的父亲最后让白长顺耐心等消息。

淡淡数言,犹如晴天霹雳。父亲家祖祖辈辈在土里刨食,世代贫农;父亲小时在乡里上了几年私塾,少年进厂拜师学艺,一直干到今天,何来历史问题?白长顺的心凉透了。他一连在家闷了几天,既不出工,也不看书,连饭也懒得做。

又是个赶场天,心灰意冷的白长顺决定到场上去看看还有哪些人和他一样。他来到小食店,见到了几个愁眉苦脸的知青,大家依旧拉着白长顺讲故事。白长顺提起精神,绘声绘色地讲了个罗杰斯枪打九龙杯。正讲着,白长顺忽然发现孟诗凡站在门外向他招手。他吃了一惊,前段时间不是盛传孟诗凡要特招吗?怎么还在这儿?

白长顺走到店外,仔细打量孟诗凡,感觉她神色憔悴,两个眼圈黑黑的,肯定哭泣过。白长顺正寻思如何开口,孟诗凡低声说道:"我要一斤干酒。"

白长顺看看孟诗凡的脸色,一肚子话说不出来,也不好多问,便答应了,转身去想办法买酒。那个年月,酒要凭票买,还不一定买得到。白长顺想了想,找到生产队的杀猪匠肖疤子。肖疤子认识的人多,门路也多,手头经常有些紧俏物资。果然,他不仅从肖疤子手上买到了酒,还顺带白得了两包卤食。

白长顺找到孟诗凡,将酒和两包卤食交给了她。孟诗凡惊讶不已,其实这是她郁闷之中无意说的气话,白长顺却信以为真,不仅费尽心思弄到了酒,还带来了下酒菜。

孟诗凡由衷地说:"哟,这可是稀罕物,怎么搞来的?"

"你不看看,我是谁呀。"白长顺头脑一热,又吹上了。

孟诗凡没好气地看了白长顺一眼,把东西装好,往场外走去。走了好几步,她回头一看,白长顺仍站在路边默默地看着她。孟诗凡朝他挥挥手,道:"你傻了啊。"白长顺如梦初醒,大步流星般赶上去。

来到孟诗凡家中,那两位同屋的知青几个月前已离去,房间里显得冷冷清清。

这会儿已是晚饭时分,两人去做饭。白长顺想上灶台干活,孟诗凡却只让他在灶前负责加柴火。待太阳偏西时,一桌饭菜做好了,有凉拌猪心舌、青椒皮蛋、炒黄豆、老南瓜、炒青菜、酸菜鸡蛋汤,很丰盛。

孟诗凡这几天忧心忡忡,很想找个人倾诉愁肠。她从上中学起就渐渐感受到世态炎凉,慢慢学会了沉默,小小年纪遭受了很多挫折和屈辱。找谁聊一聊呢?她第一个想到的就是白长顺。这位昔日同桌历来同情她的遭遇,并尽他所能帮助她,她是铭记在心的。她对他一直怀有好感,一直在寻找机会和他推心置腹谈一谈。人在痛苦与苦闷中,非常渴望能有个知己。

白长顺和孟诗凡吃着菜,喝着酒,东拉西扯地说着话。又喝了一口酒,白长顺忍不住提起那敏感的话题:"前段时间不是说特招吗?到底是怎么回事?"

孟诗凡苦笑一下,端起酒碗咕噜咕噜喝了小半碗,把白长顺吓出一身冷汗。

"特招呀,有这回事,可是又黄了。想知道为什么吗?"孟诗凡语气平缓,像是在讲别人的故事。

孟诗凡的父母都是教授,哥哥、姐姐也都在科研部门工作,她读小学时品学兼优,是少先队大队长。在市团委的安排下,孟诗凡还交了位苏联小朋友,年纪跟她一样大,是个金发碧眼的小姑娘,两人通过书信传递友谊,可惜后来因故失去了联系。再后来,形势变化,孟诗凡的父亲孟教授被打成"右"派,孟诗凡也被牵连,班干部被撤,大学不能考,成了下乡知青。这次的特招,也因为她的父亲,最后黄了。

不同的遭遇,相似的命运,两人越谈越倾心,仿佛一见投缘,不吐不快。

一顿饭吃完,已是夜色茫茫。孟诗凡点上煤油灯收拾桌子,白长顺不好意思闲着,也帮着添添柴火、扫扫地。收拾完毕,白长顺想告辞,孟诗凡故作姿态道:"我辛辛苦苦大半天,你酒足饭饱就想开溜,对得起我吗?再说,你看看天,走得了吗?"

白长顺往窗外一看,寒冬腊月,天黑得厉害,近处的房舍田地,远处的山林峰峦,统统藏在了深深的夜色中,外面漆黑一团,伸手不见五指。

"你不是挺能吹的吗?今晚让我见识见识你的能耐。"孟诗凡仗着酒劲儿,说话豪气十足。见白长顺面有难色,她又笑道,"不必焦虑,不出两个时辰,就会有一条阳关大道,送你似锦前程。"

白长顺说:"小孟,你饱读群书,见多识广,多才多艺,却深藏不露,岂不可惜。你一开金口,我洗耳恭听。"

白长顺改口称小孟,孟诗凡心里甜滋滋的,大眼一闪,先讲了个《木马计》。白长顺清清嗓子,也讲了个《一双绣花鞋》。孟诗凡兴起,又讲了个罗密欧与朱丽叶的故事。

两个少男少女似在讲故事,又似在促膝谈心,时间在不知不觉中流逝。当一缕月光透过窗户照在两人身上时,已是半夜时分。孟诗凡余兴未尽,拉着白长顺说:"走,赏月去。"

白长顺跟着来到楼上,和孟诗凡一起站在栏杆前,眼前顿时展开一幅寒月图,让人心旷神怡。无际的夜空,一轮明月居中,冷风嗖嗖,寒光如霜,千里旷野如同白昼,阡陌纵横尽收眼底。白长顺发现,他站的位置正对着他所在的生产队,而且正对着他的住房。他想起上次突然造访却受到隆重接待,顿时明白原来是孟诗凡这个瞭望哨在起作用。白长顺心里一热,转身一把拉住孟诗凡,轻声问:"小孟,你常在这儿观察我吗?"

寒风中,孟诗凡点了点头。白长顺一下紧紧抱住了孟诗凡,孟诗凡也回以热烈的拥抱,两颗孤独寂寞的心终于贴到一块儿。

白长顺独自抽烟,不再言语。刘四妹听得很投入,一会儿两眼饱噙同情的泪水,一会儿脸上绽放喜悦的微笑。她感动地说:"真是一对苦命人,可是,最后,怎么……"

白长顺正欲作答,忽见汪大师提着只公鸡兴冲冲走来,嘴里嚷着:"好消息,好消息。"

"今晚吃烧鸡公?"刘四妹打趣道。

汪大师坐下来,将公鸡扔到地上,朝白长顺示意。白长顺懂得他的意思,掏出香烟递过去。汪大师慢悠悠地点上烟,吐出一串烟圈,又四处看看,然后神秘地说:"绝对是好消息。刚才我在营业厅听见胡总与范老板说,市民政局计划还要建三五个陵园,其中就有龙门山。"

"这跟我们有关系吗?"刘四妹不解地问道。

白长顺腾地一下站起来,盼望已久的机会终于露头了,他不觉哈哈大笑道:"天助我也。"

刘四妹一下明白了二人的意图,觉得好笑:"我说二位,癫蛤蟆打哈欠,好大的口气。别的不说,有资金吗?动不动就是上百万呀。二位是不是喝麻了?"

白长顺诡谲地说:"大伙儿凑一凑不就行了,你不是有七八万吗?"

刘四妹心里一紧,冷笑道:"钱都在股市。股票这段时间疯涨,没法退出来,再说……"刘四妹的钱都是她做公墓营销辛辛苦苦挣来的,而且这段时间股市大牛,现在拿出来,她实在是舍不得。

看到刘四妹窘迫的样子,汪大师哈哈一笑,说道:"逗你玩呢。即使我们每人出五十万,也都远远不够的。"

白长顺让二人别开玩笑,郑重地说:"钱肯定要出,不然没有话语权。至于怎么出,出多少,还是后话。不过,既然这事提出来了,现在也可以议一下。"

刘四妹兴奋地举起手,大声说:"喂,这样,这样,买彩票,中个五百万,什么问题都解决了。"

汪大师讥讽道:"福彩中心是你家提款机?你想取多少就有多少?"

白长顺一本正经地说:"股票赚钱了,恭喜恭喜。不过,听我一句话,赶快把所有股票卖了。见好就收,才能立于不败之地。"

"搞错没有?都来帮助我。吃饭吃饭,老娘饿了。"刘四妹说完,自己也笑了起来。

三人在小饭馆吃饭时,又扯到了股票上。白长顺和汪大师都纳闷,大家成天在一起做业务,也没听说刘四妹在炒股,怎么一下子就赚了呢?可是不管两人怎么盘问,刘四妹就是不正面回答。

她对股市其实一窍不通,都是向东红怂恿她干的。向东红自下岗后就泡在股市,几经沧桑,自称半个"股仙"。两人再度相逢后,她极力游说刘四妹把钱交给她炒股,还说包赚不赔,亏了她负责。刘四妹半信半疑地给了她三万块钱,头两月果然赚了好几千。刘四妹头脑一发热,又拿出四万元。她每天晚上都与向东红通电话,向东红总是报喜不报忧。

经不住白长顺二人旁敲侧击，刘四妹终于说出实情。白长顺听后大吃一惊，这么大一笔钱由别人掌控，亏了怎么办，口头承诺一点儿都不管用。前几天，他偶然听朋友说，近期股市疯涨，连创历史新高，连股市门口卖茶叶蛋的老太婆都在炒股，非常不正常，有股票的应尽早离场。白长顺想了想，对刘四妹说："听我一句忠告，赶紧把所有的股票卖了，越快越好。"

这只是一个小插曲，他们讨论得最多的还是汪大师带来的好消息。两个雄心勃勃的男人很激动，机会来了，就要在第一时间抓住它。几经分析，两人又有些沮丧，那仅是个道听途说的传闻，没法证实，况且就算真有此事，一切都如愿，资金又从哪里来，三人筹集能筹多少？

天性乐呵呵的刘四妹见两人愁眉苦脸，就说："我有办法让二位眉开眼笑。"

刘四妹见白长顺和汪大师都看着她，一副等着解惑的样子，忙指着白长顺笑着说道："我们不是认识胖主任吗？上次，我们待他不薄，他对你印象挺好的，怎么不去找他？问问不就清楚了。"

白长顺一拍脑门，说："哎哟，我啷个就没想起这个人。"

"对头，还是我们四妹脑壳够用。"汪大师讨好地说。

刘四妹得意地晃着头，嘴里哼起了小曲。白长顺拿出手机，却不急于拨号，他要先考虑好如何开口才能既不掉价，又能把事情弄明白。汪大师举起酒杯与白长顺同饮，说道："不妨邀请他来叙谈，投石问路，看他有啥反应。"

白长顺伸出大拇指说："高，实在是高。"

"比高家庄还要高。"刘四妹起哄道。

白长顺拨通电话，电话里传来胖主住热情的声音："我早就料到老白你要来电话，不过我现在很忙，没法详谈。下午六时，大家在大十字路口聚齐，今晚我做东。"

白长顺三人很高兴，兴冲冲地埋头吃饭。

饭后，三人来到余老板指定的地段进行拉网式寻访。这个地段的房屋全都是 20 世纪五六十年代建造的，大多已破烂不堪，而且街道狭窄，小巷七拐八转，忽上忽下。白长顺三人到的时候，住户大多都关门闭户。

三人从巷口香烟摊老板娘口里得知，这里的老住户绝大多数早已搬迁，现居住者多为进城的打工者。再多的情况，她也不知道了。

听了白长顺他们的打探缘由后，老板娘指着一个过路的老大爷说："问他吧。他在这儿住了三十多年，是最老的住户。"

三人看去，一位老大爷挂着拐杖，拎着一袋蔬菜，正朝他们走过来。才刚入秋，老大爷就披上了棉大衣，步履蹒跚，行进迟缓。

"大爷，向你寻个人。"

"啥子？跳神？"老大爷抬眼打量三人，慢吞吞地说，"都新社会了，哪里还有跳神的。"

原来老大爷快九十岁了，耳朵聋了十来年，你说东，他扯西，完全没法交流。老板娘又叫了几个熟悉的路人过来，但他们均不认识叫贺英的姑娘，也没听说哪家抱养过小孩。

三人离开巷口小摊到各处打探，还是一无所获。再往前走就是新建的小区了，三人只好止步。汪大师自言自语道："余老板有可能把名字搞错了，也有可能贺家早已搬家了。"

三人见路边有一石凳，不约而同坐下休息。汪大师说："干脆把余老板叫来，他熟人熟路，肯定是坛子捉乌龟，一抓一个准。"

"你以为你是谁？一个电话就能把人家一个公司老总喊来？人家大生意不谈，陪你闲扯。"刘四妹说道。

每逢刘、汪两人抬杠，白长顺总在一边看热闹，凡斗气闹着玩的，他都不参言；凡牵涉是非曲直的，待二人争得面红耳赤不可开交时，他总能一锤定音。

这时，一个老太太走过来，关切地问："你们是来寻找送给人家的娃儿？那上边还有个姑娘，姓贺，叫贺纯芳，今年也是二十五岁。去看看吧，我给你们带路。"

"名字不对，再说那上面超出了余老板所指定的范围。"汪大师一口否定了老太太提供的线索，老太太没趣地走了。

白长顺朝老太太所指的方向看去，在很陡的坡上有几排灰砖房，看着是20世纪五六十年代的风格。

"上去吗？前几次都没有上去。"刘四妹问道。

白长顺满脑子都在想如何应对胖主任，胖主任热情相邀，承诺做东，出乎他的意料。听见刘四妹的提议，白长顺有些犹豫地朝灰砖楼房看了几眼。

汪大师大为不满，嚷道："名字都不对，还去干啥子？今晚的事很重要，要好生商量一下，对不对嘛。"

三人这一犹豫，却将方老板的托付推迟了几个月才完成。这是后话。

当晚，三人提前赶到大十字路口等候。三人一边四处张望，一边闲扯。

汪大师说："我总觉得这顿饭不好吃。"

"你就晓得吃。"刘四妹挖苦道。

白长顺点点头，示意汪大师说下去。他亦有同感，这大十字路口是城乡接合部，再往外走就出城了。

汪大师瞥了刘四妹一眼，说："我反复分析，总觉得胖主任有求于我们。理由有三。首先，一通电话，胖主任就非常热情，不仅主动约我们，还要要做东，可见他早有谋算，专等我们寻上门。其次，胖主任指明要我们三人同去，他知道我们是干啥的，他也知道我们三人的关系和能力，当然，他绝不会是为哪个逝者来买墓地的，那又为啥子？第三，看样子胖主任早已选好了吃饭的地方，还是一个安全可靠的场所。由此可见，今晚有笔大买卖，极有可能与我上午所说的好消息有关。"

"你就吹吧，以为自己真是大师呀。"刘四妹在一旁嘲讽道。

白长顺倒觉得汪大师分析得有道理，他向汪大师投去赞许的目光。他在心里揣摩，如果事情真像汪大师所言的话，下一个棘手的问题就是资金。那肯定不会是个小数目，单靠三个人筹集，恐怕凑齐十万元都非常困难。资金问题不解决，一切都是空的。

刘四妹啥也没想，她只觉得与白长顺和汪大师在一起很快乐，很惬意，既能轻松做业务，又扩展了生活圈子，增长了见识。她觉得出门在外，一切都是快乐的，什么烦恼和忧愁都抛到九霄云外去了，可一回到冷冰冰的家里，烦恼和忧愁又接踵而至，可家却是不能不归的窝。这几天，向东明的病情有所好转，向东红几次找她商量向东明出院的事，言辞中委婉地流露出想把向东明推到她家的意思。刘四妹既没同意也没反对。她的内心充满矛盾，对前夫她还有那么一点隐隐约约的情感，剪不断，理还乱。

刘四妹得知今晚胖主任做东，她的第一反应是今晚不用做饭了。于是她第一时间给向东红打了电话，说晚上有事不能去医院了。

已超过约定时间一会儿了，周围的商场酒楼都已亮起了霓虹灯，却仍不见胖主任踪影。三人正在马路边翘首张望，一辆丰田轿车停在了他们面前。车门打开，从车里走出满面春风的胖主任。一年多没见，胖主任除了显得更加风流倜傥、老练成熟之外，还多了几分江湖气。他热情地和白长顺三人打招呼，给每人发了一张名片。

刘四妹最先发出惊叫："啊，当副总经理啦。恭喜，恭喜。"

白长顺仔细看了看名片才搞清楚，胖主任，不，该叫老总了，大名唐万林。汪大师也双手抱拳，说了些恭维的套话。

不待白长顺开口，唐万林说道："不好意思，下午的会拖沓了些，路上又堵车，晚到了一步。各位，这里车不能久停，上车再说。"

轿车朝着郊外驶去，把繁华与喧嚣留在远处。白长顺和汪大师的目光交织在一起，彼此没有言语，只会心地一笑。刘四妹坐在副驾驶座位上，她摇下车窗让夜风吹拂面庞，侧头欣赏郊外的夜色，感觉田野和山林在夜幕下显得格外宁静。

轿车大约行驶了一个小时，在一个饭庄停下。在老板的引领下，一行人进入一间雅间，桌上已摆了几碟瓜果，另泡有四杯茶。老板亲自为四个茶杯续了水，悄然掩门退出。

唐万林做了个请喝茶的手势，随口说道："上次马家沟督办迁坟，得到诸位相助，一直没有机会答谢。今日有缘，再度相逢，借此向三位表示感谢。受人滴水之恩，应当涌泉相报。"

白长顺低头端起茶杯轻轻吮了一口，细细地品茶，半闭双目，静观唐万林言谈举动。

汪大师见白长顺稳坐品茗，一言不发，只好挺身而出："唐总案牍之余，请我们三人到如此幽雅之地吃饭品茶，不知有何吩咐，还望明示。"

唐万林笑着摇手道："没事，没事。叫总就不亲热了，你我都是兄弟，唧个叫，都可以。今天是周末，你们又刚好来电话，我就顺便约几位来此叙旧。各位若有啥困难，尽管说，我一定尽力而为，不枉朋友一场。"

唐万林升任副总经理已有一年多了。他在马家沟迁坟一事中脱颖而出，马家沟迁坟工作结束后，他终于如愿以偿得到了副总的位置。此次分管陵园开发项目，他既不在审批过程中收受贿赂，也不接受请吃拿用，而是依托所管辖的服务公司进行运作。唐万林需要一个既好掌控又有能力的合作者。在马家沟迁坟一事中，他就发现了白长顺非凡的组织能力以及出色的营销技能。

唐万林放下茶杯,友善地打量白长顺三人,只见三位正襟危坐,汪大师、刘四妹似乎有些拘谨,白长顺则半闭着眼,一声不吭地品茶。唐万林感慨地说:"在殡葬圈里,三位精诚合作的佳话流传甚广,令唐某十分感动。在今天行业竞争十分激烈的形势下,团结合作尤为重要。团结力量大嘛,现在提倡团队精神。"

唐万林貌似轻松随意地闲谈,实际是做了精心策划的。他虽有意找白长顺合作,却不想被白长顺拿住主动权,因此之前并没有主动联系白长顺,而是放出要增加陵园数量的风声,引着白长顺主动和他联系。同在一个行业圈,他相信白长顺一定会心动的。这不,白长顺三人果然找上门来了。

白长顺笑而不语,刘四妹有些坐不住了,她对喝茶不感兴趣,肚子也早就饿了。

刘四妹笑嘻嘻地冲着唐万林说道:"感谢唐总,不光惦记着我们小老百姓,还把我们夸奖一番。唐总,今天请我们来,是开表彰会吗?"

唐万林故作惊讶道:"不是老白打电话说有要事吗?"

白长顺无路可退,只好接过话来:"没错,是我打的电话,本来是想向你请教几个问题,没想到你荣升了,这就不好意思再麻烦你了。你就当我什么也没说。"

唐万林哈哈大笑,佯装有些生气,站起来瞪着眼说:"你们这是门缝缝看人,把人看扁了。我唐万林好歹也是性情中人,一个破副总,算个狗屁官。为朋友两肋插刀,该出手时就出手。"

大家都笑起来。汪大师正欲开口,唐万林却先发话:"汪大师,你道法无边,在马家沟把那些农民哄得团团转。"

"这算什么,"刘四妹得意扬扬地打断唐万林的话,绘声绘色地说,"广东来的高道长也没斗过汪大师,灰溜溜地逃回老家去了。你不信?去问问白大哥。"

唐万林故作惊讶道:"啊,是么?我信,我信。"他暗地里轻轻地哼了一声,雕虫小技,蒙骗谁呀。但他要的就是这种亲切和谐的轻松氛围。

刘四妹说:"唐总,请汪大师算一卦嘛。挺灵的哟。"

唐万林点点头,半眯着眼睛,心想这江湖骗子又要给我灌迷魂汤了。汪大师挺直身板,两眼微闭,微皱眉头,右手在桌下暗自掐算。白长顺依然低头品茶,全然不知眼前的事似的。

房间里一点声响也没有,只听见窗外山风乍起,屋顶上传来树枝摇曳的沙沙声。唐万林有点惶惑,不觉睁开眼来,见汪大师正低头喝闷茶。性急的刘四妹催促汪大师快说话，汪大师只好站起来，朝唐万林抱拳道："唐总的事，贫道不敢怠慢。既然是老朋友，我得择个好日子替你好好算算。不过，今天我得提醒你，人无远忧，必有近虑。你要谨防身边的小人，在今年年底你有个坎儿，得格外小心才是。"

饭庄老板推门进来，说："饭菜已在包间备好了。"

唐万林站起来，伸手示意大家去就餐，走了两步猛然觉得汪大师话里有话，想一问究竟，又无从启口。

唐万林站起来，端起酒杯说："各位，都是老朋友了，犯不着这样，不要叫老总。我提议，为今天的重逢干杯。"

唐万林几句话就掌控了场面，他接着说："时间也不早了，用不着绕圈子，我晓得你们是为陵园开发项目来的。需要我做什么？尽管开口。"

唐万林以退为进，逼白长顺亮牌。白长顺没想到唐万林会来这一手，他深吸一口气，稳住阵脚，不慌不忙地说："我们是听到些陵园开发的传言，想向你咨询一下。没想到你升为副总，不好打扰，以免坏了你的名声。唐总今天坦诚相待，我们万分感谢。"

白长顺虚晃一枪，又把皮球踢回唐万林脚下。唐万林见白长顺要滑头，便想出狠招来镇住三人，于是说道："三位想接陵园项目？要晓得，按政策规定，项目不能给个人。"

唐万林不露声色，冷眼观察三人反应，接着说："我晓得，你们会成立一个公司。你们要注意，注册资金不得少于一千万。另外，合同签署后，不得出让和转包，一年之后要有墓地出售。"

听了唐万林这些话，三人一时无语。

"喝酒，喝酒，祝大家周末愉快。"见冷场了，唐万林笑嘻嘻地举起杯来，与三人逐一碰杯。

"唐总，承蒙你看得起我们，我们备感荣幸。"汪大师环视一周，不卑不亢说道，"我们的具体情况，你也是了解的。你有什么要求和条件，尽管提，我们尽可能满足你。"

"误会，误会。"唐万林放下酒杯说道，"我只是想助几位一臂之力，别无他意。"他不动声色，平和地看着白长顺。

白长顺沉稳地点点头，端起酒杯说："唐总，我先干为敬。"

白长顺一饮而尽,亮着杯底说:"唐总,我们跟你干,不求发财,只要天天有小酒喝,就足够了。"

"不对,不对,是你们合作干,我在旁边看。"唐万林纠正道,"首先,你们要成立公司。白长顺稳重谨慎,眼观六路,耳听八方,有组织才干,可以任总经理;汪大师神通广大,能掐会算,可以负责陵园施工;刘四妹能说会道,树上的麻雀都哄得下来,是营销主管不可多得的人才。当然,以后还要招聘各方面的专业人员。"

三人很感慨,想不到唐万林如此仗义。汪大师几杯好酒下肚,脸上泛起了红光。他眯起小眼睛再看唐万林,觉得这人没半点老总架子,够哥们儿义气,只是一年多没见,变得油腔滑调了。刘四妹更是喜形于色,拍着圆桌叫道:"唐总,不好意思,刚才冒犯你了,我自罚三杯。"

刘四妹连饮三杯,唐万林伸出大拇指说:"果然是女中豪杰,唐某万分敬仰。"

白长顺感叹一声,心想自己一直怀疑唐万林别有用心,处处提防,看来是多余的,是自己心胸狭窄了。于是白长顺面带愧色对唐万林抱拳道:"唐总,你说的,其他的我们都能办到,就是资金是个棘手的问题。你说说,整个下来要多少钱?"

唐万林似笑非笑地说:"这个……今晚不谈具体问题。"

"没钱就搞不成。"刘四妹也调侃道,"唐总,赊账可不可以?加利息哟。"众人都笑起来。

白长顺正色道:"唐总,这事啊,资金无法解决,只能望洋兴叹了。"场面一下安静下来,三双眼睛不冷不热地看着唐万林。唐万林没料到会出现这样的场面,只好说:"可以去找有实力的公司合作。"

汪大师不阴不阳地说:"宁做鸡头,不做凤尾。"

唐万林摸清了三人的真实想法,举起酒杯,胸有成竹地说:"具体问题饭后再说,干一杯。"

四只酒杯高高举起,在月黑风高的夜晚,发出清脆的碰击声。

第 九 章

　　第二天上午，白长顺兴冲冲回到家里，却被老婆劈头盖脸骂了一顿。他也懒得解释，自个儿泡杯茶，坐在沙发上，心里盘算如何筹资的事。昨晚饭后与唐万林讨价还价，将两千万的标底分为两部分，前一千万，可按每月两百万分期付款，若不能按期支付，则视为违约概不退款；后一千万盈利后再按比例付款。白长顺爽快地全都答应了。

　　事后三人凑到一起，汪大师、刘四妹都抱怨条件太苛刻，白长顺耸耸肩笑道："谁叫我们口袋没钱啊，认了吧，除非不干。"

　　刘四妹抱怨不该答应，白长顺宽慰道："现在只是说说而已，到正式签约时，争取降下来。"

　　白长顺正想得出神，王小红走过来阴阳怪气地说："你脾气要长了，敢夜不归宿。说，跟哪个在一起风流？"

　　昨晚王小红下班回家，家里没人，她当时没在意，随便热了点儿剩菜剩饭将就吃了，转身去了麻将馆，玩到晚上十二点才回家。到家一看，黑灯瞎火，白长顺还没回来，王小红心里开始嘀咕。等她收拾完准备睡觉了，白长顺还是没回来，她便给他打电话，一拨号，竟然关机，搞得她气不打一处来。

白长顺见王小红的语气情绪不对，赶忙解释："昨晚在开会，我准备成立公司……"话还没说完，就被王小红厉声打断了："你还开得起公司。为啥子不接电话？为啥子要关机？"

　　白长顺恍然大悟，老婆昨夜胡思乱想，如今歇斯底里，全是因为昨晚他手机没电了，连忙笑着说："哎呀，老婆，实在对不起，真的是手机没电了。"

　　白长顺边说边掏出手机给王小红看，又趁势把她搂在怀里亲热一番。王小红躺在丈夫怀里，情绪好多了。她十分自信地指着白长顺的鼻子说："哼，借你十个胆子，谅你也不敢。"

　　"那是，那是。"

　　两人打闹一阵后，白长顺问："哎，你筹备宴请江老板的事，进展如何了？"

　　"你都不同意，还好意思问。"王小红苦着脸说。

　　"哪个说我不同意？"白长顺一本正经道，"老婆，我是说，不要上酒楼，花了钱，又吃不饱。再说，人家江老板，哪样酒席没见过？"

　　王小红似懂非懂地望着白长顺。白长顺继续说："老婆呀，我的意思是，就在家里办，什么姜爆鸭子、红烧鲤鱼，都是你的拿手菜。这样既办了事，又没花冤枉钱，嘣个要不得嘛。"

　　王小红心中暗自得意，嘴上却说："在家里做，你想累死我呀？"

　　白长顺宽慰道："到时候给你请个厨师，你指挥安排一下就行了。包你玉体安康。"

　　接下来，两人又在商量请客的时间、人数、菜式时吵了起来，白长顺不耐烦地说："好，好，买什么都成，你把单子开出来，我照单采购。"

　　白长顺想了想，又说："不要安排在周末，要避开两个小孩。这样刚好有一桌。"

　　王小红心里也很烦，又要请客，又不让两个小孩参加，不知道老公打的啥算盘，就问道："你请了哪些人？两个娃儿都不来，为啥子请客都说不清。"

　　"有妈和老汉、江老板两口子，还有公司董事会两个人。"白长顺解释道。

　　"你真是要办公司？"王小红眨巴着眼问道，随即哈哈大笑，像是在教训不听话的小学生，又像在嘲讽刚出道的小混混，指着白长顺说："你想空手套白狼？你以为江老板是傻瓜，这么容易上当。谨防肉包子打狗，花钱请客，空欢喜一场。"

"我不是向他借钱,而是邀请江老板投资,共同发财。"白长顺振振有词道,"如果他不愿投资,我还可以把基础工程交给他做,只是要先垫资才行。"

王小红听明白了,高兴地说:"这样好,他是老板,我们也是老板。哈哈,平起平坐啦。"

"要实现这个目标,你还得多多努力。这样才会有电梯房,才会有大浴缸,懂吗?"白长顺半开玩笑半认真地说。

王小红有些不解:"我怎么努力?"

"目前嘛,当务之急就是……"白长顺想了想说,"就是找你的三亲六戚、朋友借钱。不,是劝他们投资,一万元,不一千元一股,每年分红。"

王小红越听越不对劲儿,这么大个公司,不晓得要花多少钱,只靠几个亲戚朋友顶得起来吗?万一搞砸了,岂不坑了亲戚朋友。

王小红向来胆小怕事,她摇摇头对白长顺说:"我说不好,还是你说吧。"她又想到了白宏远,"万一同江老板搞反了,岂不影响宏远的婚姻大事?"

白长顺一听王小红又提起孩子,烦得不行,正要数落她,手机响了,一看是王承西打来的,他胡子眉毛都愁到一块儿去了。

王承西在电话里热情洋溢地说:"同学会的事基本落实了。孟诗凡从美国来电说,她一定回来,还特意问你去不去。老白呀,想不到你与孟诗凡有这么深的交情,你可要坦白交代。"

白长顺吞吞吐吐地说:"老同学,我最近不太方便,同学会可以推迟一段时间吗?"

王承西再三追问,白长顺才说了准备筹办一家公司的事。王承西一听,哈哈大笑,说自己就是搞策划的,愿为老同学出谋划策。白长顺推辞不过,和他约定下午在两江茶楼见面。挂了电话后,白长顺想了想,又约了汪大师和刘四妹。

下午,白长顺来到两江茶楼,汪大师和刘四妹已经到了,三人商谈起开办公司的资金问题。

汪大师说:"赶紧把方老板幺女找到,那几万元酬金可作为共同资金投入。"白长顺沉思半天,还是认为以个人名义投入最好,以后会减少许多麻烦。汪大师不以为然地说:"哪个都要得,捆起、绑起差不多。"刘四妹瞪他一眼说:"共同投入,最终还是要落实到各自名下。"

三人又商讨起寻人的事情。白长顺说:"你们去找周所长,请他帮忙查一查,全市究竟有多少个贺英符合条件。我们按门牌号码找人,肯定一抓一个准。"

刘四妹问:"我们去跑腿,你干啥子?"

"我在这里等个老同学,商量同学会的事。"白长顺见刘四妹阴沉着脸,解释道,"顺便谈谈筹备公司的问题。"

刘四妹嘲讽道:"哟,还没当上老板,就会指派人了。"

白长顺晓得她口无遮拦,笑着说:"岂敢,岂敢,回头就向二位汇报。我有个提议,今后凡是公司有重大决定,必须经我们三人一致同意,若有一票否决,则决定无效。"汪、刘二人也表示赞同。

三人又闲谈了几句,汪、刘二人正欲告辞时,王承西到了。

王教授身着浅色西装,脚上一双尖头皮鞋,头发梳得一丝不苟,配上一副金丝眼镜,确有几分斯文模样。白长顺给几人做了介绍。王承西客气地应酬,疑惑的目光透过厚厚的镜片,在汪大师和刘四妹身上来回审视。刘四妹认出他是上次在路边花园遇上的白长顺那位同学,想到白长顺说过的话,不由暗中打量了王承西几眼,觉得他酸溜溜的。她知道白长顺真有事,就拉着汪大师一块儿离去了。

寒暄几句后,白长顺就将办公司的来龙去脉和王承西细叙了一番,最后抱拳道:"老同学,你学识渊博,请多多指点。"

王承西放下茶杯,沉吟一会儿后缓缓说道:"还好,还好,所谓公司尚在纸上谈兵阶段。我个人认为,照这样干下去,肯定凶多吉少。这绝不是危言耸听。"

王承西见白长顺有些茫然,掏出香烟递给了他一支,侃侃而谈:"公司的经营方向是对的,从宏观上讲,有发展空间。你们熟悉这一领域,这是你唯一的优势。但是你犯了几个致命的错误。第一,资金筹备无着,就要启动程序。你要明白,公司没有资金流动,就像血管没有血液流动一样可怕。公司第一步就要买几千亩山林,需要投入多少资金,你预算过吗?有了项目,才可向银行贷款,而这个贷款,没有几个回合是拿不到钱的。陵园从动工到销售,周期一年以上,期间将产生行政办公费用、公关费用等,另外还会有一些隐性支出和无法预料的支出。即便是一个成熟运转的大公司,在对项目进行投资时,也会先对资金投入进行评估,望兄三思而行。第二,公司合伙人的意图不明。这位神秘的合伙人,他的作用的大小决定公司的成败。我推测,此人野心勃勃,有暗中操纵公司的企图,一不小心,你们就只能成为别人捞钱的工具。与这样的人合作,风险系数太大,就像在高空踩钢丝一样,稍有不慎,就会身败名裂。但在现阶段,要办事业,又不得不跟这些人打交道。总之,这是门艺术,要慎之又慎。"

白长顺规规矩矩地坐着,认真听教授说话,觉得有学问的人说话就是不一样,站得高,看得远。教授讲的两点,他完全赞同。

"至于第三点嘛,"王承西看了看白长顺毕恭毕敬的神态,放缓了节奏,"你的搭档或下属,要选拔优秀人才,这决定着公司的前途。恕我直言,你那两个搭档,我见了两面,应该就是进城的农民工、下岗女工吧。他们也许在推销墓地上有一套,但在公司经营管理上可能还不太行。你要办公司就一定要有高素质人才,未来的竞争是残酷无情的。"

白长顺本来非常赞同王承西的看法,哪知后面王承西那样说,心里有些生气,就不冷不热地说:"你真是个教授,看问题高瞻远瞩。前两个观点我非常赞成,最后一个观点,我持己见。你是不是在这方面受过刺激,怎么这么看不起农民工、下岗女工。"

王承西没想到白长顺会当面顶撞他,脸色一下变得十分难看,分辩道:"你误解了我的意思,我的观点是从整体上出发的。"

"可是,你谈论的恰恰是具体的人。"白长顺不客气地打断了王承西的话,认真地对昔日老同学说,"对具体的人或事,你没有进行调查研究,怎么能信口开河。"

这些理念,王承西在各种场合不知讲了多少遍,赢得过无数的赞誉和掌声,没想到却被不起眼的老同学反驳了,但他基本的涵养还是有的,也不再去驳白长顺的话,只是笑着说:"一家之见,一家之见。欢迎讨论,欢迎批评。"

白长顺沉默良久,然后抬起头缓慢而有力地说:"你说的都对,确实风险太大,但总还有一线希望。放弃的话,就一点希望也没有了。好不容易有一个机会,不试着去抓一抓,我会后悔的。"

白长顺换了个坐姿,用调侃的口吻说:"你说我的合伙人素质不高,我有心巴结你这个素质高的教授,你又高高在上,瞧不起我们这些农民工、下岗工。"

王承西也不气恼,乐呵呵地笑着说:"你可以这样,拿下项目后,再找有实力的公司合作经营。"

白长顺冷笑一声说:"那不是猫翻甑子——替狗干了。"

白长顺把烟头摁灭在烟灰缸里,抬眼看了看王承西,慢条斯理地说:"照你的说法，我也不配做这个老板，因为我不过是个下岗工人而已。"

王承西一时无语，他一从电话里得知白长顺要办公司，就认为这是个冒险行为，决心前来劝阻，没想到白长顺决心已定且谋划已久。他诚恳地说："我绝没有看不起农民工、下岗工人的意思，我想强调的是，公司层面上的人选要具备高素质，一是思想修养素质，二是文化专业素质……"

白长顺笑着打断他的话："你说的意思，我明白。不过，你是教授，更应该明白这个道理，没有天生的老板经理。在我接触的人中，有好多以前都是工人、农民。"

一时间，两人唇枪舌剑，你来我往好不热闹，王教授重理论，碍于同学情分说话多委婉，点到为止；白长顺针锋相对，多用自己身边的人和事为例说明举证。

在长谈中，王承西内心受到极大的震撼，他不由得重新审视起了这位昔日老同学。白长顺朴实的话语如千钧霹雳，震撼着王承西的内心和灵魂，甚至让他改变了初衷，决心帮老同学一把。

王承西尴尬地笑笑说："不，我是看好你的。我佩服你倔强的精神，它唤醒了我的斗志。我也豁出去了，就算前面是火坑，我也跟着你往下跳。"

王承西点上烟，继续说："本来，在家里我就想好了，要劝你放弃。但我现在改变了立场，我愿助你一臂之力。我出资十万，算投资入股也行，算借贷也行。"

白长顺见王承西终于理解和支持他了，抑制不住内心的喜悦，端起茶杯一饮而尽，连茶叶沾在嘴唇上都没在意，甚至顾不得抹去嘴边的茶叶，手舞足蹈起来。

"十万？不行，不行。"白长顺连连摇头，伸出三根指头说，"你是肥头，起码三十万。"

"绑票呀。"

"杀肥猪过年。"

两人哈哈大笑，站起来握手言好，以示成交。

在门外窥探的茶楼老板见此情景，亦感慨万千，开茶楼这么多年，不知道见过多少往来多年的亲朋好友，有着亲缘的三亲六戚，为了蝇头小利撒泼打斗的场面，如今天这般洽谈生意的还真是少见。

王承西喝了口新泡的碧螺春，含在嘴里细细品味。他又找回了在讲台上的感觉,忍不住说道:"老同学,我不得不提醒你,包装很重要。"

白长顺搞定了三十万元资金,正在兴头上,手一拍桌子,"你说,我洗耳恭听,随便说,随便说。"

"我是贵公司投资人,当然有说话的资格。"王承西摇头晃脑,浑身来劲儿,"所谓包装,就是装扮自己。我们走亲戚,要换身体面的衣裳,更别说热恋中的姑娘小伙子了。对一个公司而言,在对外宣传、接待客户诸方面,都要注重细节,细节决定成败。比如,接待重要的客户,就不能在这样的茶楼,喝太一般的茶水,至少……"

白长顺见他又要摆出教师爷的架子来了,赶紧接话:"那你再出三十万,下次我请你上希尔顿。"

王承西干笑两声,转过话头提起同学聚会来。他关切地说:"我给你三个月时间,你把公司打理好,等孟博士回来,你就也是个有身份的人了,哈哈。"

白长顺心里一激灵,啊,再过三个月,就要与阔别多年的恋人重逢了。是恋人吗?自己够格吗?白长顺有时非常渴望见到孟诗凡,想与她相拥而泣,畅叙衷肠;有时又非常害怕见她,害怕她无声的谴责,害怕她忧郁的眼神。

王承西见白长顺低头不语,一副心事重重的样子,问道:"怎么?时间不够吗?"

白长顺含糊地"嗯"了一声,王承西不明就里,只好低头喝闷茶。过了一会儿,白长顺猛拍脑门骂道:"蠢,愚蠢之至。"

王承西吃了一惊,抬头看向白长顺,然后从白长顺游移不定的眼神中感觉出白长顺和孟诗凡之间肯定有不便言论的故事。

王承西轻轻弹掉烟头的烟灰,平和地问:"假如孟诗凡在,她会支持你吗?"

白长顺敏感地抬起头,用疑惑的眼光看着王承西,沉默了一会儿,慢吞吞地说:"这不关她的事,她在美国怎么会晓得。"

"我说的是假如。"王承西扔掉烟头,挪动椅子,表现出极大的兴趣,他想借此探究二人的感情究竟有多深。

白长顺在包间里来回踱步,脑海里一下子全是假如。他想,假如孟诗凡在,她一定会全力支持他。白长顺走到王承西面前,双手按在他的肩上,几乎是颤抖地说:"好兄弟,千万,不要,告诉她。"

王承西严肃地点点头。

"说出来吧,把事情闷在心里有碍健康。再者,过去了的,就让它过去吧,不必过分自责。"王承西真诚地说。

白长顺点上一支烟,深深地吸了一口,缓缓地吐出一缕青烟,"老同学,你是个有学问的人,你看我那时多么糊涂。她就要回来了,我没有勇气面对她,对同学会一点兴趣也没有。我办公司不是为争口气,而是几个哥们儿的意思。"

"不必太忧虑。记得普希金的诗句吗?而那过去了的,将会变成亲切的回忆。"

王承西不再言语,静默地等待着。

那是个严寒的冬季,白长顺却处处体会到春天般的温暖。

那天,白长顺和孟诗凡酒后谈心,两人都有些醉了,最后稀里糊涂睡到了一张床上。第二天,两人醒来,没有惊惶失措,也没有尴尬后悔,似乎一切都是顺理成章,两人紧紧地拥抱在一起,好久,好久。

寒冬腊月生产队没啥农活,白长顺三天两头朝孟诗凡家跑,两人情投意合,如胶似漆,甚至决定不回家过年,而在深山老林过一个远离城市喧嚣的春节。

随着关系日渐亲密,白长顺重新认识了孟诗凡,发现她除了下地挣工分,就是看书学习,看中外名著,也看教科书,语文、英语、数理化,什么都看,甚至在她枕头下还有一本《核物理学》。白长顺有些疑惑,问道:"小凡,你还读这些书啊?"

"怎么啦? 很奇怪吗?"孟诗凡调皮地反问。

白长顺不以为然,耸耸肩,话到了嘴边又咽下去了。他怕话一出口,就会伤害小凡,因为他坠入了深深的爱河。

孟诗凡望着窗外,深沉地说:"一个人可以不学文化,但一个国家,一个民族,却不能说不要文化。你看人家现代化农业有多发达,摘西红柿都用机械,我们这里呢? 还是广种薄收,脸朝黄土背朝天。"

孟诗凡拍拍白长顺肩膀说:"我俩一起学吧。"

白长顺没吱声,顺从地坐下。孟诗凡也不言语,从抽屉里拿出好几封信,说:"都是哥哥、姐姐写给我的,你也看看吧。"

白长顺草草阅读一遍,知其大概,都是安慰或鼓励孟诗凡的,而且都谈到了学习的重要性。白长顺将信收好,对孟诗凡点点头,说:"你哥哥、姐姐对你太好了。"

孟诗凡深情地点点头,坚定地说:"可是,要想改变自己的命运,只有靠自己的努力。"

她突然从白长顺身后抱住他,动情地说:"我俩一起努力吧,同生死,共命运。"

一天下午,二人沿着石板小路来到沟底山溪边。冬日的阳光照在身上暖洋洋的,清澈见底的溪水静静地流淌,两岸葱绿的竹丛在微风中摇曳,发出沙沙的声响。

石板桥静悄悄地横在溪沟上,白长顺站在桥头说:"可惜季节不对,不然,我会送你一大束野花。"

孟诗凡依偎在他身边低声说:"你在我身边,比鲜花更重要。"她瞧着桥下的溪水又调侃道:"横渡过长江的英雄差点在这小山沟里翻船。"

白长顺不好意思地笑了。孟诗凡问:"当时水位有多高?你拉着翠竹过河的地方在哪儿?"

白长顺指了指岩壁上水流冲刷出的痕迹,又指了指对岸几丛茂盛的翠竹。孟诗凡惊讶地叫道:"天呀!简直不可思议。"

两人离开石板桥,去往下游,寻找当时的渡河点。到了地方,孟诗凡看看对岸的翠竹,再看看溪沟里横七竖八的嶙峋乱石,不由得倒吸一口冷气,说:"冒失鬼,万一竹子断了,万一撞上乱石……"

"哪来那么多万一?"

孟诗凡拉着白长顺又往下游走了几十米,发现溪流尽头竟是一处悬崖。崖下面是树林、坡地和房屋,小溪顺势而下,流入了大山脚下的小河。小河边上有一条公路,那是通往县城的唯一公路。山洪暴发时,从公路往上看,就是壮观的瀑布。这下轮到白长顺目瞪口呆了,他摸着后脑勺有些结巴地说:"当时,哪里想到这么多。确实有些后怕。"

孟诗凡遥望远处碧绿的小河和那宛如白带的公路,再仰望身后的危岩耸壁和蓝天,由衷地说:"在大自然面前,人是多么渺小啊!我们应敬畏自然,遵循自然之道。你若要盲目蛮干,就是向风车挑战的唐吉诃德。"

两人沿着小溪溯流而行,孟诗凡发现山坡野地和悬崖峭壁上布满了一蓬蓬红色的小果实,在冬日的旷野里格外醒目。孟诗凡叫道:"啊,好多红籽,我要吃。"

两人来到山坡上,摘了好些红籽,躲在背风的大石头后面尽情享用。孟诗凡嫌手中的红籽太小,指着峭壁上的一蓬红籽说:"你看那蓬红籽,好安逸。"白长顺明白她的意思,二话不说就向峭壁走去。

　　当白长顺拿着一大蓬红籽回到大石头前,孟诗凡发现白长顺手腕都擦破了皮,连声跟他说对不起。白长顺这才感到手腕有些火辣辣的,低头一看,有血丝渗出。孟诗凡掏出手绢要为他包扎,白长顺不肯。孟诗凡在他腮边亲吻一下,白长顺乖乖地伸出手,心里甜甜的。

　　孟诗凡吃得高兴,情不自禁唱起小曲:

> 阿哥阿妹打秋千,
>
> 秋千荡到晴空里,
>
> 好像那,燕子云里穿。

　　清脆的歌声在山野里飘荡,穿过树林,越过山冈。

　　白长顺怕社员们被歌声吸引过来,有些紧张。

　　"这样会把树林里砍柴的,山坡上放牛的、割草的都吸引到这里来,你别唱了。"白长顺极力想镇定一些,却笑得很不自然,"主要是……怕影响不好。"

　　孟诗凡正在兴头上,听了白长顺的话,有些不高兴。白长顺指指快要落山的太阳说:"我再去摘些红籽。"

　　"不吃了。"孟诗凡生硬地说,拍拍裤子上的尘土,头也不回地朝山下走去。白长顺赶紧跟上去,想要说什么,孟诗凡两手捂住耳朵,"不听,不听,猴儿念经。"

　　又有一天下午,两人共同读完《悲惨世界》,一块儿讨论书中的人物。白长顺问道:"小凡,你的命运这样悲惨,你恨你父母吗?特别是这次特招,你爸那样做值吗?"

　　孟诗凡沉思许久,轻声说:"没有父母就没有我,他们的结合,是必然中的偶然;我们的出生,也是必然中的偶然。我应当感谢父母把我带到人世间,怎么会恨他们呢?"

　　孟诗凡坐在窗前,冬天的阳光照在她清秀的脸庞上,让她显得平静而坦诚。

　　"我爸爸拒绝写假材料,我认为做得对。父母经常教育我,要做诚实的人,父母就是我的榜样。至于特招成为泡影,也不值得大惊小怪,这就是命。还好,上天派你来到我身边。你愿意陪伴我,走过这一难关吗?"

白长顺热情地答应,表示愿意终身相伴。两人幸福地对视,孟诗凡活泼可爱地跳起来扑到白长顺怀里。热吻之后,白长顺提出了新问题:"就你爸个人的力量,不足以打倒某个人,也不足以保护某个人,何不随大流人云亦云。如果这样的话,特招早就成为现实了。"

　　孟诗凡先是一愣,然后猛地将白长顺一把推开。白长顺猝不及防,一下摔到了床上。孟诗凡十分气恼,指着白长顺说:"你怎么是这种人?只考虑个人得失,而忘掉了做人的原则。你不是焦虑你父亲的历史问题吗?如果那些写证明材料的人也是你这种想法,患得患失,岂不坑了你父亲。"

　　白长顺无地自容,涨红了脸,抓起一本书,躲到一边去了。

　　白长顺与孟诗凡之间还有个秘密,两人约定如果孟诗凡的阁楼上挂起一件红色上衣,那就是孟诗凡在召唤白长顺。

　　临近年关的一天,中午刚过,白长顺就看到了红衣裳,他犹豫着,想收工后再去。在家磨磨蹭蹭好半天,白长顺才将前几天买的一小块肉用报纸包好放进挎包里,匆匆向山沟边走去。直到暮色笼罩了整个小山村,白长顺才悄悄推开了孟诗凡家虚掩着的房门。

　　孟诗凡正半躺在床头看书,见他进来,有些不高兴地问:"怎么这么晚才到?"

　　白长顺随口答道:"生产队盘存储备粮,一时半会儿走不开。"其实生产队那几千斤粮食上午就搞定了。白长顺见还是冷锅冷灶,估计孟诗凡还没吃晚饭,就自告奋勇去做晚饭。孟诗凡狡黠地说:"今晚不吃饭,谁叫你没有准时到达。"

　　不吃晚饭?白长顺走了十几里山路,肚子早就饿得咕咕叫了。他对孟诗凡说:"小凡,真不开饭?冬天夜里时间长哟。"

　　孟诗凡咯咯地笑起来,下床披上大衣:"不吃饭,当神仙。你愿意吗?"

　　白长顺一下子明白过来,孟诗凡在故意逗他,又转念一想,家里不像是要做饭的样子,那就是晚上有人请客吃饭,正当年关,应当是哪家老乡请吃杀猪饭。白长顺暗暗皱了皱眉,请吃杀猪饭,肯定会碰到很多人,可他不想把他和孟诗凡的恋情公之于众,于是说:"我中午在我们村朱会计家已经吃了一餐杀猪饭,胀惨了,现在只想吃点红苕稀饭。我这就去做。"

　　孟诗凡看透了白长顺的心思,故意说水缸没水了,要他去挑水。孟诗凡住村西头,水井在村东头,若去挑水,就得穿过整个村子。白长顺无奈,揭开水缸盖,嘿,水缸有满满一缸水,他如释重负。孟诗凡不依,非要他去挑水,说两个水桶也要盛满,明天她要洗床单被套,弄得白长顺哭笑不得。

这时,一个小媳妇在门口叫道:"小孟,小孟,吃饭啦。"

小媳妇说着跨进门来,见白长顺也在,欢喜地说:"哟,有客人呢,一块儿去,一块儿去。"

孟诗凡叫小媳妇先回去,然后站到白长顺面前,不卑不亢地说:"怎么?后悔了?"

白长顺使劲儿摇头,"没有,没有。"

"那怎么怕见人呢?难道这是肮脏,可耻的事吗?"孟诗凡愤懑地说。

白长顺见孟诗凡生气了,忙解释说:"小凡,我的意思是我们要注意影响,免得……"

"这影响很重要吗?"孟诗凡稍稍平静,仍大声说,"农民巴不得知青全走光,免得分他们的口粮。只有傻瓜,才有你这种想法。"

白长顺从没见孟诗凡这般泼辣,一时手脚无措,不知说什么才好。孟诗凡冷冷地说道:"你心里若是还有我,就跟我一起去吃饭,不然,立马给我滚回去。"

这无疑是最后通牒,白长顺不假思索连声应答:"去,去,一定要去,就是死在酒桌上也要去。"

孟诗凡"噗嗤"一声,一个粉拳打在白长顺胸前。白长顺趁势一把抱住她,紧紧搂在怀里,舍不得松手。

他深深地眷恋着孟诗凡,视她为心目中的女神,从怜悯同情,到敬佩相爱,他全是跟着感觉走出来的。在与孟诗凡的接触中,特别是两人挑明关系后,他的心理得到极大的安抚,精神也得到慰藉,身体变好了,言谈举止又有了往日的风趣。他甚至有离不开她的感觉,有时红衣裳并没有挂出来,他也会爬山跨沟跑去找孟诗凡,孟诗凡笑话他,他就推诿眼睛看花了。

可是,孟诗凡的家庭出身一直是白长顺心里的阴影,在他的潜意识里,他和孟诗凡的恋情,是他犯的错误,而且不可饶恕。因此,他不敢让这段恋情曝光,甚至想草草结束,可他又抛不下对孟诗凡的爱恋。他热烈地爱恋着孟诗凡,孟诗凡甚至已经成了他生活中的一部分。

就这样,白长顺时而幸福、时而烦恼地恋爱着,一直到第二年的初夏,苞谷挂穗的季节。

这一天,白长顺收到了招工通知书。招工通知书意味着能够回到阔别已久的城市了,也意味着父亲的问题澄清了。白长顺欣喜若狂,但因为暗地里的心思作祟,他并没有把要回城的消息告诉孟诗凡,而是悄无声息地偷偷办好了一切手续。

启程离开村子的时候,他朝对面山腰上的小村庄张望了很久,村东头小楼房栏杆上挂着的一件红衣裳正随着微风摆动,在盛夏的墨绿中十分显眼。白长顺凝视许久,眼泪不知不觉地流了出来。最终他抹去脸上的泪痕,背起行李,踏上了回城的路。

白长顺这一走,行之越远,心灵上的包袱就越重。随着时间的流逝,这个包袱非但没有减轻,反倒越来越让他自责。他没有勇气给孟诗凡写信,却通过各种渠道打探她的消息。他迟迟不肯结婚,直到全国恢复高考,直到孟诗凡如愿以偿走进了高校的殿堂后,他才草草恋爱结婚。

"都是我的错,都是我的错……"白长顺喃喃自语,当他抬起沉重的头时,才发觉汪大师和刘四妹也坐在旁边。

大家都沉默着,为这样的结尾万分感慨。最后,王承西沙哑的声音打破了沉闷:"这件事也不全是你的错。已经过去这么多年了,不必太自责了。从某个角度看,孟诗凡是最惨的受害者,但她没有垮掉。她凭借自身的顽强拼搏,最终到了大洋彼岸。"

王承西走后,汪大师和刘四妹见白长顺情绪低落,也不好再说其他的事情,于是三人约好第二天上午再议成立公司的事情,下午继续找人。

刘四妹目送疲惫的白长顺挤上公交车,心里一阵酸楚。她完全理解白长顺此时的心情,很想单独陪陪他,但汪大师不离左右,又不好打发他离去,只好各自回家。

第二天下午,三人又踏上寻人之旅。

三人有些兴奋,因为据周所长提供的信息,符合父姓贺、母姓赵、女儿姓贺名英、年龄二十三四岁这个条件的,全市总共就三人。他们决定逐一走访。可一连走了两家,人家都说是亲生的,根本不认识什么段刚,并怀疑三人的身份和动机,甚至还威胁说再胡搅蛮缠就报警,三人只好灰溜溜地离开。

只剩最后一家了,白长顺抓过写着信息的纸条一看,脸色大变:"这个也是凶多吉少……"

原来这家人住在西山街,而西山街是旧城改造片区,早已进入拆迁阶段。这意味着这户人家要么已搬迁,要么就是钉子户。

汪大师提出:"先前两户人家,不能听他们一面之词,我们还要调查取证。"

"先跑了这家再说。"刘四妹一句话就把汪大师顶了回去。

"万一这户也一口咬定是亲生的,咋办?"汪大师心有余悸地对白长顺说,他不愿同刘四妹探讨,因为与她搭话,十次有九次都是猫洗脸。

白长顺递给他一支烟,算是安慰他,说:"那还不好办吗?叫方老板来一趟,挨个儿辨认不就完了。"

三人怀着复杂的心情走进西山街拆迁办公室。办公室里只有一个人伏在桌上,鼾声如雷。刘四妹礼貌性地敲了敲办公室的门,那人抬起头,刘四妹走上前说:"不好意思,打扰你了。"

那人看上去约有五十来岁,站起来说:"我是主任。你们是来办手续的吧?"

主任以为他们是来办拆迁手续的,热情地请坐,上茶,"请问,你们家门牌号数是多少?"

"我们找西山街一百八十二号副三号,贺胜利。"汪大师大声武气地说。

主任也没听明白,拿过册子就查阅,找到一百八十二号副三号,仔细一看,册子上注明已拆迁,异地分房两室一厅。主任揉了揉眼睛,再仔细打量这三位不速之客,越看越像刁钻圆滑之徒,心里犯嘀咕:"已经拆迁了,又来找麻烦。"

主任走到三人面前,厉声说:"拆迁手续已经办理了,是具有法律效力的。"

"啥子?拆迁了。"汪大师一听,惊叫起来。

主任后退两步,稳住阵脚,一拍桌子,"你们想干啥子?白纸黑字,签字盖章了的,还想不认?"

刘四妹一听,晓得主任搞错了,站起来想解释清楚,可一见主任恼羞成怒的模样,实在忍不住,一下笑出声来。

主任退到窗前,朝外张望,想寻找救兵,可惜窗外一个人也没有。他转身指着刘四妹说:"你,你不要乱来啊,法治社会,啥事要讲政策,不能乱来哟。"

白长顺站起来,友好地对主任说:"你误会了,我们不是来要房子的。"

"不要房子?"主任疑惑地反问,"难道还想要票子?签字画押了的,不能反悔的。"

三人都笑起来,异口同声道:"我们不是拆迁户,是来找人的。"

白长顺上前,客气地敬烟、点火,简要说清来由。主任这才放下心来,嘴里嘀咕:"找人?找贺胜利?贺胜利不是已经办完手续,走了吗?"

主任心里忽然警惕起来,再次观察三人的言谈举动,越看心中疑惑越多。最近,拆迁区域内连续发生聚众滋事事件,多是拆迁户领了拆迁款后,遭债主围堵,或是被人引诱赌博,还有兄弟姐妹为争夺父母的房产打得头破血流一类的事情。主任打定主意,严肃地说:"对不起,各位,我这里不能向你们提供拆迁户的任何信息,保护拆迁户的隐私,是拆迁办的义务。"

汪大师解释道:"只要个贺胜利的电话。"

"半个也不行。"主任来了精神,刨根问底,"你们同他什么关系?亲戚?朋友?"

"没有关系。"

"没有关系?"主任嘿嘿地笑着,笑声中透出得意的神情,摇头晃脑地说,"没关系,找他干啥子?当我是三岁小孩呀。"

三人软磨硬泡,主任就是四季豆不进油盐。白长顺三人无奈,只好先离开。

他们来到一百八十二号,果然是人去楼空,门窗已被拆除,显得荒芜凄楚。三人四处张望,附近的住户已搬走大半,剩下的也是铁将军把门,只有一楼有一家门开着,一对老夫妇在门前忙碌。

刘四妹上前打个招呼,坐下帮老太太择菜,几句话就打消了老夫妇的顾虑。老大爷满头银发,精神矍铄,就是耳朵不太好使,他替白长顺他们端来茶水后,就坐在藤椅上微笑地看着大家。老太太手脚硬朗,动作利索,遇事好刨根问底。

"你们是新来的吧?"老太太把他们当成拆迁办的人了。

"老人家,我们不是拆迁办的,是来找人的。"刘四妹指了指楼上,"找贺胜利、贺英。"

"哎哟,搬走好几天啦。"老太太停下手中的活儿,盯着刘四妹问,"怎么没打电话通知你们?你们从很远地方来?"

刘四妹亲切地拉着老太太的手问:"老太太,他们搬到哪里去了?

老太太摇头,说不晓得;问手机号码,也说不晓得。

"人家留了地址、电话的。"老大爷冷不防插上一句,弄得老太太很尴尬。

"死老头子，这句话你倒听到了。"老太太骂道，随即拍着自己的后脑勺连声说，"老啰，没记性。哈哈。"

老太太认真问道："你们找贺家，有啥事？"

"老贺他老婆姓赵吧？"汪大师小心问道，其用意是想表明他们对贺家还是很了解的，却不想打开了老太太的话匣子。

"对头，对头，姓赵，在娘家排行老四，我们都叫她赵四小姐，哈哈。"老太太好久没这样高兴了。偌大一条街，住户越来越少，来门前摆老龙门阵的街坊几乎没有了。

刘四妹说："老人家，我想问你，你跟贺家，哪个先搬来？"

老太太皱着眉头想了会儿，回头大声询问老头子。老大爷肯定地说，贺家比他们后搬来五年多。

"对头，对头，我家先搬来五年多。"老太太顿时眉飞色舞，拉着刘四妹说，"贺家搬来时，我的大孙子都会走了，我还牵着他去帮忙搬过小件东西。"

刘四妹又问："贺家搬来时，贺英多大了？"

"贺英来的时候蹦蹦跳跳的，还欺负过我的大孙子，有三四岁，四五岁的样子了。你们是干啥子的？怎么问起这些陈芝麻烂谷子的事情来了。"老太太说。

刘四妹将事情的原委一五一十全讲了出来。老太太一听，顿时来了精神，"啊，贺英不是亲生的？你们是来找二十多年前抱出去的姑娘的？"

老太太呵呵笑起来，满脸得意，颤巍巍地转身，对老大爷嚷道："老头子，听见没有？当年我说过的，怎么样。"

老太太告诉刘四妹，二十多年前，关于贺英的身世，是她首先发现了端倪。说到往事，老太太春风满面，得意扬扬。

那些年，老太太闲来无事，喜欢走三家、拜四户。她常到贺家与赵四小姐扯些闲话，抱一抱小贺英。时间一长，她逐渐发觉小贺英虽然长得很乖巧，但既不像老贺，也不像赵四小姐。小贺英骨节粗大，长大以后个头儿肯定不小，而老贺与赵四小姐个头儿都偏小；小贺英肤色如脂，而老贺与赵四小姐都偏黑。

这事后来在街坊邻居中流传开来，好事者四处求证，无奈贺家夫妇守口如瓶。有一天下午，老太太无事又去抱小贺英。她仔细端详小孩的鼻子、眼睛、嘴，再瞅瞅旁边的赵四小姐，怎么也找不到半点相似处。老太太忍不住问道："小赵啊，你最近听到啥议论没有？"

赵四小姐先是一愣，随即正色道："这帮人吃饱了没事干，爱啷个说，是她的事，我管不了。乱嚼舌根，就不怕遭报应！"

明着是骂别人，实际是骂老太太，弄得老太太灰头土脸。她叹了口气，讨好地说："小赵，你有啥难言之隐，尽管对我说，我去对付这帮闲人。"

赵四小姐冷笑一声："给你说？我十月怀胎一朝分娩，就这么简单。"说罢，一把夺过小孩，转身就走。

众人听得入神，越发认定就是这家了。汪大师情不自禁抬头望望楼上黑洞洞的门窗，感叹不已，要是早来几天就好了。

老太太笑呵呵地对刘四妹说："你是贺英的亲妈？啷个不早来几天。"

刘四妹摆摆手，正欲解释，忽然听见老大爷猛地干咳几声，又看见老太太也大惊失色地退到了一边。白长顺回头一看，七八个壮汉已将他们团团围住。

白长顺很快反应过来，肯定是拆迁办主任以为他们是来找麻烦的，派了这些人来赶他们走。白长顺赶快和颜悦色地对来者说："各位，别误会，我们只是路过，顺便打听个朋友。"白长顺一边说着，一边就想往外走。

"想走，没这么容易。"

"这里又不是军事重地，"刘四妹气愤地上前争辩，"你们凭什么不许我们进出。"

那群人中为首者是个大胖子，说话瓮声瓮气："你们究竟是什么人？竟敢冒犯我们张主任。"

白长顺这才知道，那儿的主任姓张，赶紧上前赔不是，挨个儿敬烟。这伙儿人个个紧绷着脸，对递到眼前的香烟视而不见。白长顺心想，事情闹大了，要趁早脱身才是，就对为首的胖子说："我们真是找人的。二十多年不见，好不容易找到了，没想到又搬家了。你说气人不气人？"

胖子皮笑肉不笑："编，继续编，洋花椒麻外国人。老实交待，你们究竟是干什么的？"

汪大师脱口而出："我们是公安局的。"

白长顺一看玩笑开大了，赶快接了句："派来的，派来的。"

那伙人一听，炸了锅，齐声喝道："好啊，冒充公安局。"一拥而上，要扭送三人去派出所。

白长顺奋力挣脱，怒吼道："去哪里都可以，让我给所长通个电话。"那伙儿人一下愣住了，白长顺趁机走到刘四妹身边低声说："快给周所长打电话。"刘四妹连连点头，开始拨电话。

一行人吵吵嚷嚷来到派出所，那伙儿人恶人先告状，一时说白长顺几人冒充公安局的，一时又说白长顺他们是人贩子，还有说他们是在拆迁区域乱窜、企图搞破坏的。派出所办公室里充斥着那伙人乱叫乱嚷的喧闹声，门外还聚集了一大堆看热闹的群众。

接待这群人的是位老民警，他一看阵势，就觉得有蹊跷。以往这类事情弄到派出所来，双方是你吼我叫互不相让，甚至有的还摩拳擦掌想大干一场，但白长顺三人却是稳重站立，任你污水乱泼，只是不理不睬。他直觉这三人不会是所谓的坏人，且还有点来头。

老民警沉稳地坐下，翻开询问笔录本，说道："不许吵，一个一个地说。哪个先来？"

话音刚落，老民警的手机响了。他挥挥手，让大家稍等一下，自己退到里间接电话去了。一会儿老民警出来，面无表情地看了白长顺三人一眼，严肃地说："把身份证拿出来登记。"

白长顺三人乖乖地交出身份证。老民警看了看他们的身份证，重新坐下登记，抬头对那伙人儿说："哪个先来？"

那伙儿人你看我，我看你，最后胖子站上前，指着汪大师说："他，就是他，冒充公安局的，在一百八十二号门前招摇撞骗。"

老民警问汪大师："说你冒充公安，有这回事？"

"没有，没有。"汪大师严正回答。

那伙人又起哄，七嘴八舌咬定汪大师就是冒充了公安的。老民警用记录本敲敲桌子，那伙儿人才安静下来。汪大师对老民警说："是这样的，当时我想说，是公安局派来的，他们拿起前半句就跑……"

办公室里又是一阵哄笑。老民警似笑非笑，"就依你说，那你是公安局派来的吗？"汪大师说："我们几个受朋友所托，替人寻找二十多年前抱出去的女儿。这事是在南门派出所立了案的。我们还在报上登了寻人启事。根据我们收集的线索，周所长在网上进行了排查，给出了一份名单。照理说，这事应由派出所派人查实，但派出所人手不够，我们又着急，周所长就让我们自己核实。这不相当于是派来的吗？"

汪大师说罢,将寻人启事及名单递给了老民警。老民警一看名单,就明白这类排查的确只有公安系统才能完成。他不由得抬头又看了三人一眼,然后问那伙儿人:"你们还有啥问题?"

　　那伙儿人依旧乱嚷,什么人贩子、煽动群众、破坏拆迁工作,吵成一锅粥。老民警知道他们都是拆迁办招聘的,就指着叫得最凶的两个人说:"把你说的写成书面材料,具体详细些。你们对所写的东西是要负法律责任的。"

　　那两人一听要负法律责任,马上表示不写了。老民警冷笑一声,对胖子说:"你告了对方三条,第一条已不成立,第二条、第三条,又提不出证据,你看怎么办?"

　　"证据?啥子证据?"胖子蛮横地说,"我们亲眼看到他们三个在那里吹东说西。不信,可以问他们。"

　　"那好啊,你把听到的写出来就行了。"老民警说。

　　胖子回头叫那两人写材料。两人嘀咕一阵,说没听清楚,把一屋人都逗笑了。

　　胖子冲着老民警干笑两下,回头看他那一伙儿人,一个个灰溜溜的,就想走人。白长顺一把拦住他,说:"胖老弟,这就想走啊?给我们扣的帽子还没戴稳,你怕还是要拿出证据哟。"

　　胖子早没了之前的威风,哭丧着脸说:"对不起,大哥,误会,一场误会。"

　　"说得轻巧,吃根灯草……"白长顺正想教训教训胖子,汪大师忽然激动地指着胖子说:"民警,他打人。看,这是他踢我的证据。"说完指了指自己裤脚上的泥痕。

　　"对头,对头。"刘四妹也大声配合,"对我们又推又打,到了派出所还在推。"

　　双方又吵了起来。门外看热闹的人越聚越多,有说拆迁办乱抓人的,有冲击派出所大门的,还有爬上窗台大声呼叫的。

　　白长顺提出,首先要赔礼道歉,其次打人者要负责医药费、误工费。胖子支支吾吾,说他做不了主。双方僵持不下。

　　老民警见外面人越来越多,再僵持下去也解决不了问题,便劝白长顺把姿态放高些。白长顺觉得事情闹到最后也赔不了几个钱,汪大师也没受什么实际伤害,便顺势做出愤愤不平的样子,高声说:"赔偿是必须的,不过看在民警同志的分上,我们也不做过多追究了。但三五百块钱,总是要出的。"

老民警又做胖子的工作,这时胖子的手机响了。胖子接完电话后,啥话也没说,掏出五百元往桌上一扔,转身就想走。汪大师拦住他,非要他赔礼道歉。胖子仗着人多,推开汪大师走出了大门。大门外聚集了好几十人,见到胖子出来,一片嘘声。

白长顺三人见事情了结也准备离去,却被老民警叫住,领着他们来到一间办公室,那里坐着一位老妇人。老民警说:"我这人帮忙帮到底。先介绍一下,这位姓丁,是所里的炊事员,碰巧是你们要找的贺家的亲戚。你们可以向她了解情况。"

白长顺三人大喜过望,围住老妇人问长问短。原来老妇人本来正在厨房择菜,听见外面闹哄哄的,就出来看热闹,正好汪大师在述说寻贺英之事。她越听越觉得不对头,就去找所长汇报了。老妇人很爽快,"你们搞错了,贺英不是抱养的,是赵四小姐亲生的。我是贺胜利的舅娘,还不晓得吗?当年穷,没钱进医院,是我给赵四小姐接的生。我记得清清楚楚,那天下着瓢泼大雨,从下午一直下到晚上。我三点多钟到她家,天黑的时候才生出来。还好,是顺产,有六斤多。要是有啥意外,我就是泡萝卜的坛子——抓不到姜(缰)啰。"

白长顺三人大失所望,本想今日能有个了断,接下来好集中精力筹备公司,没成想事与愿违。

刘四妹问老妇人:"既然是亲生的,哪个不像爹也不像妈?"

老妇人脸色凝重,骂道:"肯定又是那个老巫婆在装怪。贺胜利刚搬来不久,她就在左邻右舍中造谣,被我狠狠地教训过一顿。"

"那到底象不象嘛?"刘四妹紧追不舍。

老妇人面带难堪,结结巴巴地说:"这个,这个……反正你要相信我,娃娃绝对是亲生的。"说完,她停了停,又指着老民警意味深长地说:"用他们的话来说,你提的问题,与本案无关。"一屋人都哈哈大笑起来。

老民警接过白长顺手中的名单,认真看了看,又询问了他们走访的情况,然后说:"这个名字准确吗?英字加个'王'旁就是瑛,也许还是樱花的樱呢。系统是不会出错的,但只要输错一个字,就不会有正确答案。"

老民警看看垂头丧气的白长顺,又说:"还是重新落实了再排查一次吧。"

正说着,老民警的手机响了。老民警说了几句后,把手机递给白长顺。白长顺接过来一听,竟然是周所长。

三人千恩万谢,老民警淡淡一笑说:"我和老周是老朋友,用不着客气。"随即又严肃地说,"今天,你们若有违法违规行为,我同样会依法办案的。你们要吸取今天的教训,出门在外,说话要谨慎。"

　　老民警送他们到大门外。走出派出所不远,白长顺拨通了余老板的电话,将情况给他说了。

　　余老板正在上海办事,接到电话,一个劲儿地道歉,说他刚刚搞清楚,当初他取的名字,贺家报户口时没用。余老板还说,去宏达公司就可以找到赵大姐,宏达公司老总是他过去的朋友,让白长顺不要着急,过几天他就回来了。

第 十 章

在等余老板回来期间，白长顺集中精力筹建公司。他在银行开户后，王教授率先将三十万元打入了账上。唐万林听说后很是高兴，叮嘱白长顺三人要多方筹资。白长顺想找江老板来投资，于是邀请江老板夫妇到家里吃晚饭，江老板爽快地答应了。

到了和江老板约定的这天，白长顺三人在陵园吃过午饭后匆匆赶下山，一边走一边商议成立公司的事情。三人最后议定，公司成立后，白长顺任董事长兼总经理，负责全面工作；汪大师任业务经理，负责陵园施工；刘四妹任业务经理，负责财务和销售；三人暂时每人出资五万元，以后再把收入的百分之五十拿出来进行追加投资；成立董事会，三人以大股东的身份任董事会成员；董事会由十一个人组成，三人之外，投入资金最多的八人为成员。

白长顺说："公司一挂牌，人手就不够，招聘也麻烦，我看这样，我们三人每人推荐一个人，条件嘛，必须入资五万元以上。另外，公司未获利阶段，员工一律没有工资。"

汪大师和刘四妹都表示同意。白长顺决定让白二姐入股，她有会计证，可以做财务工作。刘四妹首先想到了向东红，她炒股，肯定有钱，劝她多投入，还可以进入董事会。汪大师左思右想，连抽了三四支香烟，才决定让老二媳妇永珍来。

刘四妹笑着说："山猪儿，你当得了家吗？"

见刘四妹口无遮拦，白长顺严肃地告诫他们，以后大家就是经理了，在员工、客户面前不要乱开玩笑，要注意形象。

汪大师、刘四妹连连点头，汪大师还得意地瞟了刘四妹一眼。刘四妹见状笑得合不拢嘴："鸡脚神戴眼镜——假装正神。"

三人看见路边有一家文印店，汪大师提议每人做一盒名片，方便今后开展工作。白长顺本想过几天再考虑这个事，但又想到晚上和江老板吃饭名片就要派上用场，也就同意了。可公司叫什么名字他们还从来没有考虑过，于是三人站在马路边探讨起这一重要的问题。

白长顺一时也没啥好主意，便笑呵呵地望着汪大师和刘四妹。

刘四妹慌了，连忙说："莫指望我，我没文化。"

汪大师打趣了刘四妹一番之后，清清嗓子说："我想了几个名字，供白总参考。"

刘四妹嘴一翘说："还几个名字，供白总参考。猪鼻子插大葱——装象。"

白长顺瞪了刘四妹一眼，示意汪大师说下去。汪大师道："长青，宏顺，五洲或者四海，你看如何？"

"不行，不行。"刘四妹嚷道，"才小学一年级水平，真的不行。"

白长顺用手示意刘四妹安静，自己仔细琢磨这几个名字。五洲、四海，用得太滥，有些俗气；长青也不妥，做陵园名还将就；宏顺嘛，有点意思。白长顺一时拿不定主意，口中反复念，宏顺，宏顺，宏顺……

"顺达。"刘四妹脱口而出。

白长顺拍掌叫好，兴奋地说："顺达，顺达，顺利到达。这个名字吉利，就叫顺达股份有限公司！"

三人跨进文印店。文印店老板是个精明的中年汉子，看见有顾客来，脸上堆满了笑容，热情招呼："各位有什么需求？小店热诚为你服务，没有最好，只有更好。这里价廉物美，质量一流。"

白长顺把填写好的名片样式递给老板。老板一看，职位全是经理、总经理、董事、董事长这些，他疑惑地看了看其貌不扬的三人，嘴上却说："恭喜恭喜，各位老板发财。请问,这名片各印多少盒?印得越多,价格越优惠。另外,按啥子规格制作?"

老板见白长顺三人茫然无措,便热诚介绍:"选材方面,可以用纸质,也可用塑料材质。纸质的又可用烫金型、各种花香型……"

老板口齿伶俐,声音顿挫有韵,听得三人都笑了。白长顺说:"老板,来个最便宜的,一人一盒,马上要。老板,不好意思,公司刚起步。"

"看得出来。"老板依旧微笑着说,但在价格上一分钱也不少,一定要十元一盒。

汪大师气愤不已,掏出身上带的名片在老板眼前晃悠,说:"我们又不是没印过名片,都是五元一盒。你也太坑人了。"

老板并不去看汪大师手中的名片,只说印得太少,没法减价。

"老板,看来你是不想做下一笔生意了。"白长顺掏出香烟,扔给老板一支,自己点上火,慢悠悠地说,"我们公司才成立,什么招牌、标语,还有各办公室、会议室、营业大厅要用的铭牌,所需的东西太多了。"

精明的老板马上改口说:"八元一盒,怎么样? 发发发,你发我发大家发。

"不行,六元一盒。六六大顺。不干拉倒。"刘四妹斩钉截铁地说。

老板做出痛苦状,咬咬牙说:"好,我亏本交朋友。各位发了,要拉兄弟一把哟。"

白长顺拍拍老板肩膀,道:"一回生,二回熟嘛。生意虽小仁义在,以后照顾你的机会有得是。"

在文印店坐着等名片的时候,白长顺拨通了王小红的电话,询问晚饭准备得怎样了,江老板夫妇什么时候到。放下电话,白长顺想了想,又拨通了江老板的电话。白长顺诚恳地说:"江老板,你能早点儿来吗? 我们先喝喝茶,叙谈叙谈。有些事情我要向你请教。真的,真的。"

白长顺带着汪大师和刘四妹回到家时,他母亲和两个姐姐都已到了,正在厨房忙碌,见有客人来,便出来打了个招呼。

白长顺指着汪大师说:"这是大师,卦算得准得很。上次广东来的高道士都没斗过他。"

白大妈忙请汪大师坐,并说待会儿请大师算一卦。汪大师连声说:"羞煞我也,羞煞我也。"

王小红站在一边冷眼打量刘四妹：个头儿比我矮，岁数比我大，皮肤没我白净，嘴巴还有点大；瞧这身板，力气肯定也比不过我。刘四妹瞥见王小红眼神不太自然，凭着女性的直觉，她揣透了对方心理，便主动迎上去，亲切地叫了声："嫂子，辛苦你了。"

　　"啥子辛苦哟，女人家就是这个命。"王小红盯着刘四妹说道，"哪个像你哟，成天在外，吃香的喝辣的。"

　　刘四妹嫣然一笑道："嫂子，你冤枉我了，你只看到我潇洒风光的一面，没见我在屋里焦头烂额、以泪洗面之时。哎……"

　　王小红有些诧异，一脸关切地拉着刘四妹的手，欲刨根问底的样子。

　　"真的，我那男人肝癌晚期，现在就躺在医院里，一天要花好几百。我不挣钱，咹个办？"

　　"你娃儿工作了吗？"

　　"我娃儿十岁就走了。淹死的。"刘四妹哽咽着说。

　　人们都习惯同情弱者，凭借寥寥几句话，加上拙劣的表演，刘四妹就将潜在的危机化为乌有。

　　王晓红和刘四妹拉着手说话，像是多年的老朋友，两人都是轻言细语，都在微笑，可心境却千差万别。

　　不一会儿，江老板夫妇到了。江老板今天西装革履，进屋后他放下礼品盒，抱拳道："接到老白指示，不敢怠慢，立马赶过来，还是晚了一步。恕罪，恕罪。"

　　其实，江老板接到电话后，夫妇二人还进行了一番探讨，猜测白家打电话催促是什么意思。江夫人认为和儿女婚事相关，江老板却断定不是。不过，江老板虽断定不是谈儿女之事，但究竟是什么事，他也没有头绪，只隐隐约约感觉应该是个敏感问题。

　　白长顺热情地招呼江老板夫妇到客厅坐下。白家的女人们打过打呼后又回到厨房继续准备晚餐。刘四妹见状也准备去厨房帮忙，但被白长顺拦住。

　　江老板大口喝茶，茶叶吸进嘴里，他悄悄吐进烟灰缸。江老板不习惯喝茶，他都是在饭桌上和人谈事。他有些纳闷，这个老白，只叫喝茶，身边两人也不介绍一下，真不知葫芦里卖的啥药。

　　白长顺客套一阵后，见江老板稳坐不动，只好直奔主题："江老板，请你早点儿来喝茶，是有事想向你请教。常言道，英雄不问出处，江老板商场征战二十多年,白手起家,建功立业,硕果累累,令人钦佩。"

江老板有些飘飘然:"想当年,我也是提灰桶出身,最初站在三十层高的楼上砌砖,脚都在打抖抖。"

"最近,我和他们一起成立了家公司,想请江老板多指导。"白长顺诚恳地说,并将汪大师和刘四妹向江老板做了介绍。

江老板拿着三张名片,心里好笑,如今的人胆子大,动不动就给自己弄个董事长、经理当当,嘴上却说:"恭喜,恭喜。今天肯定要多喝两杯。"

白长顺把成立公司的来龙去脉,以及当前最大的困难全部向江老板倾诉出来。

江老板一边听着,一边心中暗自盘算:果然不出所料,白长顺是来借钱的,我正好刚交付了两栋大楼,赚了个百八十万,也不知他从哪里得到的消息,这么快就找上门来;白长顺,你我萍水相逢,你就敢开口借钱,虽说儿女之间相处甚好,但毕竟八字还没一撇;哎,这事嘛,我自有方法应对。

"江老板,我不是找你借钱的。"白长顺正襟危坐,目光炯炯说道,"我是劝你投资入股的。这可以说是一本万利、千载难逢的好机会。"

"是吗?"江老板随口应道,心里却在盘算,投资比借钱更麻烦,借出去的钱还有个还的时候,而所谓投资,万一亏了连个水泡声都听不到。

白长顺和颜悦色,耐心地讲述投资项目的可行性,并说如果可行,还可以请江老板的公司参与公司的基础设施建设。

对江老板来说,这个条件很诱人。他刚交付了两个工程,人员和机械都闲着,正在四处找活儿干。但白长顺这边要接工程就得先投资,这让他又有些犹豫。他抬头看了江夫人一眼,见她正与刘四妹并坐一排,谈得十分投机。

江夫人虽在与刘四妹闲聊,却是眼观六路、耳听八方,她从白长顺的言语中悟出了此次宴请的真实动机,自然明白白长顺当下最缺乏的是什么。她秀眉一动,明眸一闪,心里窃喜:这不正是靠近白家的好机会吗?为女儿的未来铺路搭桥,哪怕是砸锅卖铁也得干。

江夫人发觉江老板在看她,便说道:"老江啊,白总也不是外人,他的公司刚成立,我们应该推他一把,多少投入一点,免得以后儿女们笑话我们鼠目寸光。白总,这样行不行,找个时间,我们一同到现场看看再做定夺。白总,你说行吗?"

白长顺三人点头称是,夸江夫人爽快。

江老板的公司，凡是重大决策，都是江夫人一锤定音。她的这番话可谓一石三鸟。其一，不给女儿留话柄，女儿是她最大的希望，又十分喜欢白宏远，只要女儿高兴，白砸钱她也要干。其二，拉白家一把，有助于儿女婚事，两家捆绑在一起，可谓生死与共。其三，这也是替自己家揽业务。

当家人发了话，江老板也就轻松了许多，觉得夫人就是高明，今天说的都可以不作数，一切要等实地考察了再定。江老板心不在焉地问道："购买山林要花多少钱？"

"两千万。"

"你手头有多少？"

"刚好凑足一百二十万。"白长顺实话实说。

江老板倒吸一口冷气，他就是把全部身家都套进去也不够啊。他想了想，小心翼翼地问："白总，你打算筹多少资？"

"五千万。"

江老板正低头喝茶，猛地听到五千万，犹如被炸雷惊了，差点被茶水呛到。他自觉有点失态，便故作轻松地说："不知白总有何门道？"

"找朋友凑呗。"白长顺淡淡地一笑。

江老板觉得白长顺城府很深，话总是说一半留一半，便主动找汪大师搭讪："这位汪经理，以前在何处发财？"

汪大师一拱手，说："以前嘛，跟你一样，纯粹的农民二哥。"

汪大师的话，话中有话，软中带硬，弄得江老板无言以对。江夫人见状，站起来说："白总果然大手笔，令人佩服。这才是起点高，步子大。哪像老江，搞了这么多年，还是一个包工头。"江老板嘿嘿地笑，露出满口的苞谷牙。

几人正说着，白大爷回来了，晚餐也准备得差不多了，于是大家入席就座。席间宾主互相往来，大家频频举杯。白家人依次向江老板夫妇敬酒，感谢他们对白长顺公司的大力支持，弄得江老板夫妇很不自在，应了这个话吧，怕是铁板钉钉要投资；推拒吧，又怕得罪白家人，儿女婚事彻底告吹。两人互相看了一眼，江夫人站起来举杯对白长顺道："白总，我祝贺你，马到成功，旗开得胜。从今天起，我们两家公司的命运就连在一起了。"

大家鼓掌以示谢意。王小红热情地夹了块糖醋排骨，非要江夫人尝尝，说这是她的拿手好菜。江夫人盛情难却，只好拿碗接着，咬了一小口，夸奖王小红厨艺不错。

刘四妹特意坐在王小红身边,两人轻声交谈。刘四妹劝王小红停薪留职,也到公司来干。王小红嘴一咧,嘴朝白家二姐一呶,一脸的不高兴。

席间,白大妈请汪大师算个卦,汪大师笑道:"老人家,不用算,看你的面相就晓得,容光焕发,精神抖擞,腿脚利索,吃啥子都香,你就等着享清福吧。"

听了汪大师的这番话,一桌人都笑了。江夫人对汪大师说:"汪大师,这么厉害,给我算一卦。"

汪大师放下筷子正色道:"江夫人吩咐的事,一定得办,但今天不行了,我喝了这么多酒,万一说漏了嘴,泄漏天机,观音菩萨要打屁股的。江老板、江夫人,我敬二位,改天一定效劳。"

过了两天,白长顺三人到工商局办理了注册登记手续,公司就算成立了。注册的当天,白长顺连夜准备好了标书复印件、公司简介、公司投资方式等资料。第二天,三人到龙门山实地考察了一番,并决定借公司成立之机,举办一个项目投资招标会,到时广邀宾朋前来实地考察,现场投资。三人商量好了当天的分工:白长顺负责接待客人,刘四妹负责介绍周边环境及远景规划,汪大师负责介绍陵园建造风格及布局特点。

定好开会的日子后,白长顺便以顺达公司的名义,邀请江老板夫妇、马老板、王承西以及他的两位朋友到时齐聚龙门山。

当天中午时分,白长顺叫了辆面包车,拉着几套折叠桌和塑料凳子到了约定地点。他还带上了白二姐、向东红、汪家老二媳妇,这三人也有明确分工:汪家老二媳妇分发饮料,收拾桌椅;向东红分发公司资料及标书;白二姐负责记录。

客人中最先到达的是马老板一行,他依旧带着秘书、保镖。此前白长顺给马老板打过电话,将开发陵园的事告诉了他,并邀请他前来考察。马老板又惊又喜,当时就表态说要鼎力相助。

马老板一下车就朗声说道:"好久不见,三位果然发达了。可喜,可贺。"

白长顺三人迎上去,汪大师笑道:"刚起步,刚起步,还望马老板多多关照。"

马老板一愣,欲说还休,众人都笑了起来。汪大师忙说:"不是那个意思,不是那个意思。"

刘四妹见桌椅已摆好,便请马老板过去休息。马老板闲话几句后,问白长顺帮方老板找女儿的事如何了。白长顺说，快了，并将事情的经过告诉了马老板。马老板感慨道："真是好事多磨呀。老白，不对不对，该叫白总啦，三位费心了。"

马老板看到桌上的《公司投资条例》，对白长顺说："可以请方老板投资。"白长顺道："这还得请你马老板出面才行。"

马老板拍拍胸脯说："只要把她的千金找到，投资没问题。她是个富婆，男人'气管炎'，她里外都当家。"

白长顺将《公司投资条例》递了一份给马老板的秘书和保镖，两人有些意外，忙扭头看向马老板。马老板佯装没看见，低头看资料。

刘四妹对女秘书和保镖说："都是老朋友了，欢迎两位加盟本公司，你们将会得到丰厚的回报。"

女秘书望着眼前侃侃而谈的刘四妹，很感慨，几个月前她还只是个不受尊重的公墓营销员，如今却已经是董事、经理，而自己辛辛苦苦干了十多年，还是个秘书。她忽然萌发一种想法，何不投点儿资金，先弄个股东再说，于是坐下来认真阅读资料。

刘四妹问保镖："兄弟，你是司机加保卫，工资肯定可观，来投资入股吧，可以坐地分红哟，股份还可买卖、转让。"

刘四妹的话具有极大的诱惑力，保镖为马老板鞍前马后效力十多年，确实有点儿积蓄。保镖想了想说："马老板投，我就投。不过，我只有一点儿小钱。"

保镖走过去与秘书并排坐着一起看资料，两人低头细语，挤眉弄眼。马老板看在眼里，长叹一声道："真是人为财死，鸟为食亡。"

马老板与白长顺面对龙门山而坐。山上百草繁茂，绿树葱茏，马老板道："好一个风水宝地，可惜偏远了些，。"

"马老板，你只说对了一半。"刘四妹在旁边插话。她从桌上拿起一张手绘地图，打开说，"现在看，这里是偏远些，但三五年后，陵园建成之时，这里就不再偏远了。"

刘四妹指着地图说："根据市政规划，龙门山前面将建环城高速，后面还有环域高速，简称二环；在龙门山东西各二三十里处，将建两座卫星城镇，规划人口各有二十万左右。另外，在龙门山南面，还将建一处森林公园，并配建别墅出售。而随着人们生活水平的提高，私家车将会成为家庭必备。有了自己的车，距离就不再是问题。到那时,山光水色,花香鸟语,敬候马老板品茶欣赏。"

马老板哈哈大笑道:"好个刘四妹,果然是个人才。"

马老板转身问白长顺:"白总,打算筹多少资?"

白长顺将筹资计划以及目前状况低声告诉了马老板。马老板静静听着,长久没有言语。他对陵园开发行业了解不多,不愿贸然投资,但要是一点儿不投,朋友面子又过不去。马老板有些举棋不定,他想给高道士打个电话,又觉得此时此地不太妥当。

这时,王承西和他两个朋友到了。宾主寒暄之后,王承西介绍,着西装者是园林系冯教授,戴鸭舌帽的是政教系李教授。王承西说:"这二位不仅有学识,也有投资的能力和意愿。"

李教授说:"惭愧得很,三个教授买不起一辆车,只好坐出租车,哪像你们这些经理、老板来去有车。你们是先富起来的那部分人。"

冯教授用他那犀利的专业目光审视四周的山光水色。过了一会儿,他兴奋地站起来,摇晃着脑袋说:"真是一块风水宝地,关键在如何打造。我个人认为,要打造成高品位、多层次的花园式陵园,既要为高端人士服务,也要满足广大普通百姓的需求。总之,要建造得有特色,才能吸引客户。"

冯教授滔滔不绝,俨然是陵园设计师。汪大师凑过去,向他介绍陵园规划,并说计划在陵园入口处建造一座牌坊。

"很好,有民族特色。"冯教授点头赞许。

在谈到如何处理从公路边到桃花山之间那片洼地时,两人发生了严重分歧。汪大师郑重其事地说:"我计划在这里修一个水塘,以提升风水宝地的分量。至于水塘修多大,要等山上的弃土处理完了才能决定。这样做,既能节约资金,又能因地制宜,提升陵园品位。"

冯教授连连摇头,说:"这样的话就是陵园完工了,水塘才动工。这种模式会影响营销业绩。因为,大型陵园都是分期建造、分期销售的,水塘搁置在这儿,客户一来首先看到的就是一片乱糟糟的洼地,对陵园的观感会直接打折扣。"

"那我就先修水塘,给客户一个好印象。"汪大师坚持己见。

冯教授生气了,大声说:"你懂不懂,这种地质结构根本蓄不了水。如果硬要用现代技术处理,会无水可装。你看这山势走向,不会有太多的山水流到这里来。"

"这里一定要有水池子。龙脉所在,无水不成。"汪大师仗着自己是经理,又负责陵园施工,态度蛮横起来。

冯教授笑道:"这个不难,在那上面修个水池,还可以配上音乐喷泉。另外,还要修花园、停车场。"

"你要把它填平?哪来这么多弃土。"汪大师无法理解冯教授的意思,只是一味地反对。

冯教授耸耸肩,耐着性子说:"我建议开挖三米或四米深,地下修建一个可安置十万人以上骨灰盒的地宫,地面建成花园和停车场。地面要修得宏伟壮观,地下要装修得富丽堂皇。"

汪大师沉下脸,不客气地说:"教授,这得花多少钱啊!公司处于初创阶段,应一切从简。"

冯教授气得直哆嗦,转身嚷叫:"老王,你找的啥子公司,简直不可理喻。你走不走?我要走了。"

王承西笑道:"走?怎么走?半山腰上,你打滚下去?"他拉冯教授坐下,劝说道,"既来之,则安之。锣不敲不响,理不辩不明。你的建议有价值,公司肯定会考虑。"

白长顺也赶快站起来,急步走向冯教授,大声说:"冯教授留步,我代表公司、代表董事会郑重宣布,接受冯教授建议,立即着手修改方案。同时宣布,聘请三位教授为公司顾问,即日颁发聘书。"

马老板带头鼓掌,气氛缓和了下来。李教授摘下鸭舌帽,一边玩抚帽子一边说:"我也提一个建议,为了尽快见到效果,公司大楼、地宫工程、标志性牌坊及陵园一期工程可以同时开工。"

李教授的话犹如一石激起千层浪,大伙儿七嘴八舌纷纷发表意见,会场气氛达到高潮。

正热闹间,江老板夫妇到了,白长顺赶紧给大家引荐,又招呼他们坐下。听了一会儿大家的意见,江老板忍不住说:"我晚到一步,恕罪,恕罪。我和白总是老朋友了,他的公司一成立就有大买卖,我公司肯定会……"

"老江,看你满头大汗的。"江夫人突然打断江老板的话,轻言细语地说,"喝水,喝点水吧。"一边说着一边递上一瓶饮料。

江老板笑着接过饮料,低头慢慢喝起来,再没言语。江夫人总能在关键时刻提醒他,让他避免了许多冲动,躲过了许多暗算。所以,出席重要的活动,江老板总带着夫人。

人都到齐了,白长顺宣布:"公司投资招标会现在开始。首先,由刘经理介绍龙门山及周边的状况。"

刘四妹站起来给大家鞠了一躬,她心里激动又紧张,这是她生平第一次以经理的身份出现在公众场所,是她人生的一次飞跃。她从来没在台上讲过话,一时不知从哪里讲起,慌乱中她看到白长顺在向她微笑并投来鼓励的目光,瞬间镇定下来,清了清嗓子,大声讲了起来。

刘四妹的讲话着重突出了龙门山及其周边今后的发展和规划情况。在最后,她用极富诱惑力的语调说:"到那时,本公司将参与对面森林公园的建设,投资旅游业和房地产。"

她的讲话博得一片掌声。白长顺很惊讶,因为此前三人并没探讨过这个事情。打造森林公园对他来说,太遥远了。他的当务之急就是争取新股东,积极筹资。当然,刘四妹的设想很理想化,又很浪漫,非常迎合投资者心理。

接着是汪大师发言。他一改之前对冯教授的蛮横态度,发言显得格外谦恭,大意是公司的基建方案很不成熟,一定要听取专家的意见,争取做到几个项目同时开工。汪大师最后说道:"公司在招标、采购等业务中一律优先考虑本公司股东。"

最后,白长顺着重介绍了分期付款与分期筹资的关系和作用,极大地打消了几位投资者的顾虑。

听了白长顺三人的发言,江老板有些按捺不住了,他频频偷看江夫人的脸色。江夫人早就发现了江老板的小动作,但却像没看见一样,只顾专心听发言,同时仔细观察每位与会者的表情。直到搞清楚会场上所有人的身份后,她才朝江老板点了点头。江老板得到夫人旨意,反倒不慌了,这些人里只有他是搞建筑的,他觉得稳一稳,可以要个好价钱,于是干脆打开了一瓶水,慢悠悠地喝了起来,一边喝还一边扭头欣赏四周景色。江夫人拿眼瞪他,他也全然不理。

这时冯教授说:"感谢公司对我的信任,我决定投资十五万元。另外,我有亲戚是搞建筑的,可以引荐到公司来。"

江老板一听着了急,在夫人严厉的目光下,他急忙站起来,有些结巴地说:"白总,你是晓得的,我们公司很需要业务。我们,是老朋友了,要相互支持,对吧。我投资六十万元。"

"不，一百万。"江夫人斩钉截铁地说。

全场一片哗然。

马老板不太明白江老板与白长顺的关系，但江老板夫妇的眉来眼去他看得是一清二楚。江老板夫妇表态后，白长顺的目光落在了他的身上，他只得站起来，按早就打好的主意，拱手说道："惭愧，惭愧。不敢与大公司攀比，但朋友的场面，兄弟还是要出份力的。我投三十万元，希望贵公司购置办公用品时，照顾我们的生意。"

秘书和保镖一跺脚，各投了五万元。最后，李教授投了十万元。现场投资招标会圆满结束后，白长顺在山下酒店安排了晚餐。

用完餐后，刘四妹与向东红一起走出酒店，夜风轻拂，清爽中带着一丝凉意，让人感到秋天已至。刘四妹摸摸胸口，感觉浑身热烘烘的，席桌上个个向她敬酒，夸她口齿伶俐。

刘四妹对向东红说："东红，今天我高兴，你说实话，我今天在台上的发言，讲得怎么样？"

其实每个人都有潜在的天赋或能力，只要遇上合适的舞台，就会像火山一样爆发出来。刘四妹总算找到了适合她的位置。

"大嫂，我从来没见过你这么神气。"向东红由衷地说。前几天，刘四妹动员她入股，向东红碍着大哥的情分勉强投了五万元。今天，刘四妹的精彩发言深深打动了她，她甚至想再投入五万元，巩固自己在公司的位置。

刘四妹冷笑一声，"那是哟，自从跨进你家门，你妈那张脸就没见笑过，特别是小兵没了后……"

向东红一听刘四妹又要翻老账，赶紧劝说："大嫂，今天高兴，别提那些旧事。现在是揭开了历史新篇章，哈哈。"

刘四妹正色道："以后在公司，别大嫂大嫂地叫。"

"是，刘经理。"向东红夸张地应道。

两人一路说笑，不觉走进了医院病房。见向东明还没睡觉，正玩着手机，刘四妹说道："都什么时候了，还没休息。"

向东明半躺在病床上朝刘四妹笑笑说："睡不着，我知道你今天会来的。"

向东明按了下手机,病房里顿时响起了刘四妹激昂的声音:"诸位,顺达公司开发龙门山陵园,给大家带来了商机,是难得的投资机遇,因为公司有丰厚的回报……"

刘四妹一愣,望着向东红笑了。原来在刘四妹讲话时,向东红情不自禁拨通了哥哥的手机,她想让哥哥也分享这份喜悦,没想到向东明还录了音。刘四妹说:"让你见笑了。没法子,这是大肚皮过独木桥——铤而走险了。"

向东明高兴地说:"讲得不错,是个名副其实的刘经理。"

向东红端来热水准备为哥哥擦身子,向东明示意别忙,他还要与刘四妹聊聊。他又问了些公司的情况,刘四妹都如实回答。

向东明从床头柜里拿出一个皮包,从皮包中取出一张银行卡放到床头柜上,说:"公司刚成立,肯定缺钱。这卡上有三十万,送给你你肯定不收,当我投资总是可以的。你是我的全权代理人,东红是证人。"

"你现在生病,正需要用钱。"刘四妹拒绝了他的好意,"你把病治好了再说。"

向东明苦笑道:"我的病,我知道。过几天我想转到中医院去,改吃中药。这化疗太难受了。"

刘四妹仍不肯收下卡,向东明摇了摇头,也不说话,靠在床头闭目养神。过了一会儿,他又用力坐起来,对刘四妹说:"好多年前,我在邻县干得最红火的时候,我便想着我们会破镜重圆。我当时就为你开了个银行账户,每月都往卡上存钱,密码就是你的生日。本来是想最后再交给你,现在看你公司正急需用钱,就想助你一臂之力。"

刘四妹听后,内心跌宕起伏,千般滋味无从叙说,万种情结难以言表,却道:"你以为这钱对我很重要吗?你为何不及时回头?"

向东明满脸羞愧,无言以对,半天才缓缓说道:"这,这就是命吧。"

"那这卡归我,也是命中注定。"刘四妹说着,毫不客气地把卡拿到手上放进了包里。

向东明见她收下了银行卡,像小孩似的笑了。

刘四妹回到家里,洗完澡后躺在床上,人清醒了许多,反倒睡不着了。她越想越烦,越想越不是滋味。凭什么向东明一张卡就缚住了我,我活该鞍前马后像个佣人照顾他吗?那年我生病住院,没有一个人照顾,全靠自己撑。

过了会儿，刘四妹忽然坐起来，用手拍打自己的脸，骂道："你才傻，人家一分钱不拿，你接到电话就出发，送汤喂药，洗衣擦身。现在，向东明给了笔钱，你心里反而不平衡了。"

刘四妹跳下床，从包里翻出那张银行卡握在手心里，觉得沉甸甸的。三十万啊，她自言自语："傻瓜，不要白不要。"

刘四妹重新躺回床上，这张床还是她当年和向东明结婚时定做的新床，跟随她有些年头了。今晚，她找回了一些往日的记忆，又被这笔意外之财扰乱了思绪，她翻来覆去、左思右想，拿不定主意。

最后，她决定就当没有这张银行卡，该干啥干啥去，万一向东明盐干米尽或是公司遇上燃眉之急，再拿出这张卡，说不定意义更重大。想到这里，刘四妹脸上露出了笑容，打个呵欠，不一会儿就有了轻轻的鼾声。

这边，汪大师也不好受。

他一跨进家门，就看见二儿子汪兵还在喝酒。他还没说话，汪兵先开了口："还是办公司好，没挣到一分钱，却整得个醉醺醺的回来了，安逸，就是安逸。吃投资人的钱，不吃白不吃。"

汪大师不想理他，坐下叫老婆倒水来。成香端来凉开水，打趣道："哟，当了经理，回家就使唤人了。"

老婆的嘲讽，他听着，心里舒坦；老二在一旁啰唆，叫人心烦。他站起来，准备到外面走走——这是他的习惯，家里屋子太狭窄，走动不开。

汪兵叫住他，指着自己老婆永珍说："汪经理，我投了五万块钱，为啥安排她搬桌子、板凳？"

永珍瞪了老公一眼，说："总共才三个经理，三个员工，我不搬桌椅板凳，叫经理去搬呀？"

汪大师心中暗自庆幸没有听老婆的话让汪兵去公司，要是真让他去了，还不知这浑小子要惹多少麻烦。其实，最初汪大师问过汪兵去不去公司，汪兵一听是在陵园卖公墓，认为成天与骨灰盒打交道晦气，自己不愿去，让永珍去了。

永珍从小在家务农，进城后也只在菜市场卖菜，到了公司，自然觉得新鲜，今天一回家就跟家人神聊，说公司请的不是大老板就是专家教授，晚上到酒楼吃的是海鲜，这可是她生平第一次上酒楼，第一次吃海鲜。她还得意地告诉汪兵，公司马上要建办公大楼，同时动工的还有休闲广场。另外，地下面要建地宫，陵园一期工程也要开工。

说者无意,听者有心。汪兵当初嫌晦气,没想到还有这么多基建工程,谁不知有工程就有油水。当他听说公司主管工程的就是自己老汉——汪经理,心思就活动开了。

永珍话音刚落,汪兵嘿嘿地笑起来,露出难看的黄牙。他倒了两杯酒,递了一杯给汪大师,说:"恭喜,恭喜,老汉,哦,该称汪经理了,来,干一杯。"

汪兵端起酒杯,见汪大师没动,也不在意,自己喝了,自嘲说:"当了经理,哪里还喝这老白干。"

一家人围着桌子又扯了些别的事。过了一会儿,汪兵忍不住说:"老汉,给我在公司找个差事吧。"

成香一听,有些不高兴,问:"那超市哪个办?"

汪兵若无其事地说:"盘给别人算了。"

成香跳了起来:"那不是要亏一两万。"

几个月前,汪兵成天缠着父母要开小超市,还拍着胸脯说肯定能赚钱。当妈的向着小儿子,成香找汪大师软磨硬泡,要了三万元启动资金。哪知汪兵好高骛远,嘴勤手脚懒,小超市月月亏损。

提起小超市,汪大师心里就来气:"要到公司去,先把超市搞清楚了再说。"

汪兵仍是嬉皮笑脸:"就当交学费嘛。"

汪大师也不含糊,用手敲着桌子说:"第一,学费得由你自己交,我这里有借条,你赖不掉。第二,你交了学费,学到了什么,讲出来听听。"

这下汪兵真是哑巴见了妈——没得话说,只有埋头喝酒的份。成香看看汪兵,又看看汪大师,试探着说:"我看这样吧,让永珍去超市,老二去公司,他们两个交换一下。"

汪大师气得口无遮拦,冲口而出:"你当是踢足球还是打篮球,还交换一下。"

永珍踏实肯干,不偷懒取巧,管理超市他是放心的,但汪兵不能去公司,真要去了不出三天他就要现原形。到时候就算白长顺不说,刘四妹也会说。加上公司还有董事会,一切都有制度管着,汪兵根本待不下去。

汪大师本不想搭理汪兵,可成香正盯着他,便问汪兵:"你到公司能干啥子?你又不愿搬桌椅板凳。"

汪兵以为汪大师改了主意,大起胆子笑嘻嘻地说:"我去搞基建。"

"好啊,去做砖工,还是石工?等开工了,我给包工头说一声,这点面子我还是有的。"

"我去搞管理。"汪兵喃喃说道。

汪大师听了,冷笑道:"搞管理?哪所大学毕业的?有文凭吗?你还是先学着把小超市管好,争取扭亏为盈,让你妈睡几天安稳觉吧。"

龙门山聚会之后,顺达公司筹到了二百多万资金,算是有了初期的启动金,于是白长顺到幸福集团草签了购地协议。协议的条件十分苛刻,要求总金额两千万元,顺达公司需要先支付二百万元定金,之后四个月,每个月交付二百万元,剩下的一千万元则在陵园开始经营以后限期结清,估算下来大概占陵园首期营业额的百分之七十。

白长顺拿到协议,立即催促江老板开工,又同江老板夫妇进行了激烈的讨价还价。最终,双方达成一致,江老板垫资一百万元工程款。直到江老板的推土机、挖掘机开进施工现场,白长顺才松了口气。

接下来就是筹款。交了定金后,顺达公司账上所剩无几,而每天都有杂七杂八的开支,接下去四个月每个月还得付出去二百万元,资金压力非常大。白长顺一边托人跑银行、求贷款,一边寻找大的投资人入股,而这些都要靠江老板、马老板和王承西他们引荐。

白长顺思前想后,觉得不应该仅靠江老板他们引荐,万一他们的引荐不成,就麻烦了。白长顺找汪大师和刘四妹商量了半天,最后决定组织一次现场认股大会,把他们之前结识的那一批公墓营销员、殡葬服务司机及经营丧事服务一条龙业务的老板邀请来,游说他们投资。这些人从事的工作都和陵园业务息息相关,更容易被说动。

现场认股大会召开那天,一共来了六十多人,基本上都曾和白长顺三人合作过业务。

"大家都认识我,就不用介绍了。"白长顺刚开口,就有人打断了他的话。

李二哥兴奋地说:"还是要介绍的,弄了个啥子官当,要记得拉兄弟一把哟。大家说对不对?"大家都跟着起哄。

白长顺朝众人摆摆手说:"好,我就介绍一下。我们成立的公司叫顺达股份有限公司，第一个项目就是建龙门山陵园。我是董事长兼总经理，这二位是经理兼董事。各位兄弟，我们都是干这一行的，可以说是同一条战壕的战友。大家心里明白，推销一个墓，哪个得了大头？"

大家齐嚷："老板，是老板。"

"今天，请大家来，就是请大家来当老板的。"白长顺坦诚地说。

下面的人全愣住了。他们知道白长顺三人办了公司，准备经营公墓，还以为今天专车接他们上山，是请他们做营销员，没想到是叫他们做老板。这下一个个都兴奋、好奇起来。

白长顺接着说："股份公司嘛，就是要出售部分股份。只要持有本公司股份，哪怕是只持有一股的，都是老板，公司每半年分一次红。你完全可以躺在逍遥椅上，等公司给你送红包来。"

白长顺的即席讲话，点燃了很多人心里的老板梦。白长顺说完，刘四妹接着登场，讲公司的规划与前景，介绍董事会章程，然后又由汪大师着重介绍了龙门山陵园的组成部分及特点。白长顺最后又讲了申购股份的规则与程序。

三人的讲话结束后，会场嗡嗡声一片。白长顺拍拍手，让大家安静下来，指着不远处的工地，自信地说："这挖基脚的地方是公司大楼和陵园销售部，以后公司发展起来了，会迁到市区。那打桩的区域，上面会建一个休闲广场和停车场，地底下还将建造地宫。地宫预计设置五万个灵位，价位在八千到一万二一个。这几个工地同时动工，争取一年完成陵园工程和地宫的一期工程。"

"大家都是干这行的，其中的玄机，大家心里有数。我要大家都来当老板，共同发财。当然，这个老板不会白给，而是必须持有顺达公司股份，股份越多，分红越多。俗话说，胆大骑龙骑虎，胆小只骑抱鸡母，能不能发达，就看你有没有胆量。这第一次股份认购会，我首先就想到了诸位兄弟。"

下面在座的几十人都是从事殡葬业多年的老手，自然明白其中的利润空间有多大。好些人都坐不住了，纷纷交头接耳、跃跃欲试。白长顺再添一把火："各位朋友，如果你认为赚不到钱，或者我不能兑现承诺，也完全可以不入股。兄弟归兄弟，生意归生意，今天，我一样请你吃饭、喝酒。"

李二哥站起来问："白老板，公司什么时候招人？"

"随时都可进人。"白长顺说，"但是有条件，必须持有本公司股份五股以上。公司现有的六人都是这样的。"

李二哥当场表示认购五股,让女儿进公司。刘四妹见有人开头了,不觉喜笑颜开,大声招呼李二哥去办理认购手续。在李二哥的带动下,又有四五个人表示要进公司,其余的人也都或多或少认购了股份,只有少数几个人没有入股。一时间,在白二姐和向东红处办理股份认购手续的人排起了长龙。

这天,碰巧江老板夫妇也在山上。平时,江老板巡查工地,江夫人一般都不会跟去。龙门山聚会后,江夫人对投资一百万有些后悔,觉得多少有些感情用事了,一旦顺达公司运转不灵,就亏了。这天她跟着上山来,是想再探探白长顺的虚实的,没想到正好碰上这动人的一幕。

江老板拉着白长顺低声说:"老兄,你真是个演说家,把这些人弄得溜溜转。"

白长顺正色道:"我是用真情打动朋友。这些都是我难兄难弟。"

江夫人的顾虑早已烟消云散,她觉得白长顺有着惊人的人格魅力,足以带领他的公司走向辉煌。

她看了看四周,说道:"白总,在露天坝开会,成何体统?有损公司形象。再说已立秋了,山上风也大。我来给你搭几间板房,只收成本价。"

江夫人一个眼色,江老板马上给工程部打电话,下达指示。他捂住手机问白长顺:"要几间?"白长顺想了想,伸出五个手指头。

汪大师向众人介绍江老板夫妇,说他们是公司最大的投资人,认购了一百股,垫资一百万。人群中一阵唏嘘,那几个不打算入股的人也挤进认购长龙中去了。

这天,李二哥这帮人认购了八十多股,大家都很兴奋。白长顺当场叫李二哥等六位投资人第二天就领娃儿来上班。众人一片欢呼,兴高采烈地乘车离去。

后来几天,白长顺又安排刘四妹、汪大师、白二姐、向东红、王小红等人分别组织了几场认购会,但效果一般,远没有第一次红火。筹资问题依然像巨石一样压在顺达公司头顶上。于是,白长顺把员工集中起来进行培训,又制定了奖励制度,员工每筹资一万元奖一百元,上不封顶,充分调动起了员工的积极性,他们纷纷邀请亲朋好友上山考察、投资。

五间板房建成后,汪大师弄来块木板,王承西书写了"顺达股份有限公司"几个大字,公司的招牌就出炉了,大家把它高高地挂在了板房墙上。

这天,白长顺站在新搭建好的板房前,望着前面的工地发愣。汪大师走过来打趣说:"住这板房,像是讨饭的。"

"有得住就不错了,"白长顺不以为然,"过渡一下嘛。"

"我是怕江老板算高价。"汪大师小心地说,"你看,这些材料都是旧的。"

白长顺看了汪大师一眼,又看了看五间板房,不管其他人怎么想,他是很满意的。五间房,一间作为经理办公室,他和汪、刘二人共用;一间作为财务室,由白二姐和向东红使用;一间作为会议室,里面放上了冯教授制作的沙盘;剩下的两间,东头的是永珍负责的后勤部和食堂,西头的建成了卫生间。麻雀虽小,五脏俱全。

永珍心细,饭菜做得实惠,工地的民工都抢着来吃,甚至还有人提前预约。她还弄了些香烟、饮料、小食品之类的杂货向民工兜售,所得利润都上交给了公司。白长顺知道后给她单独立了账。

白长顺很欣赏永珍,觉得她忠厚诚恳、办事灵活,后勤这一块交给她,绝不会有后顾之忧。

汪大师到工地转了转,回来见白长顺还在板房前站着,就说:"老白,你看看工地上有什么变化没有?"

白长顺仔细一看,工地上果然有变,大型机械少了好几台,工人也明显少了许多,且有不少人是刚顶替上山的,工程进度明显减缓。白长顺嘴里骂着,拨通了江老板的电话。

江老板在电话那头赔小心:"白总,你放心,我这边应付两天就把主力拉回山上。"

原来,江老板最近签了个大单,今天举行开工典礼,把几台机械和主力工人都调去壮声势了。

吃过午饭,白长顺无事,去工地转悠。民工们还没上班,三五成群或坐或站凑在一块儿摆龙门阵。他无意中看到一个大约由十几人围成的圈子,闹哄哄的。他知道那些人肯定是在赌博,这在民工中是常有的事。他本想绕过去,可没走几步,那群人忽地像炸了窝似的,顷刻之间,赌场成了战场。一堆人围住两个汉子,双方拳来脚往,甚至还有人拿着木棒、钢钎在挥舞。

白长顺疾步上前,大吼一声:"住手!"

民工大都认识白长顺,知道他是顺达公司老板,都停了手。被群殴者中那年轻人不服气地嚷道:"他们出老千。"这时,被群殴者中年长的汉子抬起了头。

白长顺一看,两眼一热,大声喊道:"杜老幺!"

白长顺大步上前,紧紧抱住了杜老幺。那年长汉子先是一愣,然后睁大眼睛,叫了声:"顺子哥!"也紧紧抱住了白长顺。全场的人都震惊了,静静地看着。那惊魂未定的年轻人见状,长长地吐了一口粗气,心神稍稍镇定。

白长顺用力拍拍杜老幺肩膀,走上几步,对围过来的民工说:"各位,今天的事,我本不想管,因为你们不是我公司的员工。但你们几位伤害了我的兄弟,穿开裆裤的兄弟。"说完,白长顺当众拨通了江老板的手机。

白长顺将工地上赌博的事说了一遍,最后说:"江老板,不是我管闲事,而是我的铁哥们儿被人暗算,被骗了七八千。好,好,听我处置?你的人,我怎么处置。好,我知道该怎么办。"

汪大师正趴在办公桌上打盹,见白长顺领着两个怒气冲冲的陌生人进来,一下子清醒了,问:"啥子事?啥子事?"

白长顺说:"没事,遇到了几十年不见的老朋友。"

白长顺把杜老幺二人向汪大师做了介绍,又到门口大声喊永珍。永珍慌里慌张地跑过来。白长顺吩咐:"有客人来了,去弄点下酒菜来。"

这可难为永珍了,她这个食堂,都是当天采购当天卖完,今天没有接待任务,备的东西少,供给民工都不够,早就没有饭菜了。永珍只好找出来两瓶白酒,又凑了七八包小食品,给白长顺送去了。

白长顺端起酒碗激动地说:"来,兄弟,为今天的重逢,干一杯。"

杜老幺有些局促,站起来指着那年轻人说:"这是我兄弟,孙小小。"

白长顺笑道:"那也是我兄弟。来,干一杯。"

杜老幺咕嘟咕嘟喝下一碗酒,擦擦嘴巴才说:"谢谢,顺子哥。"

这幼年时的称呼,白长顺听了心里热乎乎的。他这才仔细端详突然出现的杜老幺,只见当年幼小瘦弱的身板,如今已成了五大三粗的汉子,黝黑的脸庞和深邃忧郁的目光暗示着他的沧桑经历。

"老婆、孩子呢?"

杜老幺苦笑一声,摇了摇头。白长顺心里一酸,杜老幺只比他小几岁,自己儿子都快考大学了,他还是个单身汉。白长顺说:"好,包在哥身上,一年之内给你安个家。"

坐在一旁的孙小小似乎想说什么,嘴巴动了动,看了看杜老幺的脸色,没开口，低头喝闷酒去了。

杜老幺忙说："多谢顺子哥好意。我一个人懒散惯了，无牵无挂，来去自由，你就莫管我这破事了。来，喝酒，喝酒。"

杜老幺反客为主，站起来给每人斟了一大碗酒。汪大师看了白长顺一眼，给他使了个眼色，说："你这兄弟，酒量过人。"

几杯冷酒下肚，杜老幺的话渐渐多了起来，断断续续地述说，大致勾画出了他风风雨雨几十年的经历。

当年，那辆军用吉普车载着杜老幺全家奔向远方，也彻底改变了杜老幺的命运。随着军车行驶，他惶恐地望着窗外，眼前全是陌生的世界，又怕又累，竟迷迷糊糊地睡着了。当他醒来时，军车拉着他们一家人已经到了一个陌生的地方，他的祖籍——杜家场。杜家场是个很大的集镇，也是川东的富庶之地。杜家在当地是个大姓，镇上的人家大半都姓杜，连书记、镇长都姓杜。杜家有很多人在区、县、乡工作，甚至还有人在省城工作。

杜老幺去了杜家场小学念书。他毕竟是城里的孩子，朗读课文能用普通话，还经常被数学老师叫到黑板前给同学们讲解应用题。这让他遭到了有些同学的嫉妒，常有同学找他的麻烦。

小学还没毕业，他中断了学业，回到家里参加生产队劳动挣工分去了。杜老幺家是遣返家庭，徒有四壁，青黄不接，日子很难熬，幸亏有爷爷家暗中接济。

一个漆黑的夜晚，父子俩痛哭一场后，杜父对杜老幺说："老幺，父母对不起你，你逃生去吧。记住，你有个哥，还有个姐，但不到万不得已不要去找他们。走吧，你自己去找条活路。"

从此，杜老幺过上了流浪生活。他先是在县城晃荡，结识了几个难兄难弟，后来大家一起扒火车到了省城。有天晚上，他在火车站溜达，遇上一群扒火车北上的人，他稀里糊涂也跟着上了车，辗转到了新疆。在新疆他放过羊，种过菜，摘过棉花，也在工地干过小工、砖工。

十年过去了，杜老幺长得高大魁梧，他干活儿肯出力，有活儿的时候包工头都喜欢叫上他，但他几乎没存下什么钱，因为他染上了赌博和嗜酒的恶习。有一年春天，杜老幺梦见父亲红光满面，朝他微笑。他醒来好生奇怪，自己来新疆这么多年，还从没梦见过父母。有位年长的工友对他说："小伙子，你赶快回家一趟。"

杜老幺从新疆辗转回到家里,父亲已重病在床,而爷爷、奶奶已去世好几年了。

见杜老幺回来了,那些沾亲带故的人家都来道喜。杜老幺在家里摆了几桌酒席,招待亲朋好友。在席桌上,杜老幺大显身手,把人一个个灌得酩酊大醉。大家围着他听他讲闯荡新疆的故事,一个个听得瞠目结舌。

有个亲戚问:"新疆好挣钱吗?"

杜老幺什么也不说,从几个口袋里掏出大把大把的钞票,让乡下人大开眼界。其实,这些都是他回家临走那天晚上赌博赢的。

杜老幺成了杜家场的名人,好几个媒婆缠着他要给他介绍对象,他却不理不睬。杜老幺也成了镇上几个酒馆的常客。喝酒之前,杜老幺总要玩几把扑克或是打几圈麻将,他很快又成了杜家场有名的赌神,媒婆见了他都绕道走。

杜老幺在老家待了两年多,给双亲先后送了终,才到南方去闯荡。

在深圳街头,杜老幺遇上了孙小小。孙小小当时只有十一二岁,衣衫褴褛,蓬头垢面。杜老幺遇上他时,他正被一群小乞丐追着打。杜老幺见状,想起自己当年流落街头的惨景,忍不住出拳相助,打跑了那几个小混混。从此孙小小就跟着杜老幺走南闯北,两人成了生死与共的铁哥们儿。

一次偶然的机会,杜老幺结识了麦小秀。麦小秀那时三十出头,丈夫因车祸去世,有一个五岁的小男孩。两人一见倾心,很快就住到一起了。杜老幺规矩了一段时间,渐渐又露出了狐狸尾巴,下班后经常去喝酒、打牌,有时还彻夜不归。麦小秀是过来人,开始总是忍着,好言相劝,然而杜老幺是四季豆不进油盐,两人大吵一场后分手了。分手没多久,两人又住到一起了。两人就这么分分合合过了几年。

这一次,杜老幺三天没回家,气得麦小秀换了锁,还把他的东西扔出来挂在了窗外。杜老幺觉得在朋友和邻居面前丢了面子,一怒之下带着孙小小回到故里,在江老板工地上找了份工作。

白长顺正想向孙小小询问麦小秀的事儿,包工头带着那几个和杜老幺干仗的人进来了。包工头朝白长顺施礼,说:"对不起,白总,手下人不懂规矩,冒犯了您的朋友,前来谢罪,听候发落。"

白长顺问:"是江老板叫你来的吧?"

包工头点点头,应声答应。白长顺叫永珍拿酒来,给每人倒了一碗。白长顺说："各位兄弟，先喝了这碗酒再说。"

那几个人各自怀着复杂的心情喝了酒。白长顺严肃地说："玩牌出老千，是说不过去的。你们说，怎么办吧。"

"我们愿赔。"其中的老大低声说。

汪大师冷笑道："赔？你赔得起吗？照规矩，人家开口是多少，你们就得赔多少。"

包括包工头在内，一群人个个头上虚汗直冒。白长顺哈哈大笑，"看在江老板面子上，今天的事，到此为止。桌上的钱，有多少算多少。杜老幺也不要追究了。各位，请回吧。"

包工头带人离开后，白长顺、杜老幺、孙小小继续喝酒畅谈。下班时，白长顺邀杜老幺和孙小小到家里去。孙小小很知趣，推说晚上有事，改天再登门。白长顺也不勉强，带上杜老幺乘车而去。

到了白家，稍事休息后，白长顺带杜老幺去了父母家。二位老人见到杜老幺很惊讶，拉着手问长问短。白大妈又忙着去做饭，白长顺让她不用忙，到外边去吃火锅。

吃了火锅回来，白长顺与杜老幺在客厅喝茶，王小红又去打麻将了。白长顺察觉杜老幺有些异样，老是东张西望，就说："兄弟，让你见笑了，都是些老家具，这房子也有几十年了。厂子卖了，我也下岗十多年了。"

"你不是公司老总吗？"杜老幺有些不解。

白长顺就把成立公司的原因及公司的实际状况都告诉了杜老幺。

"顺子哥，你真有气魄。"杜老幺由衷地说。

"没办法呀，我这是硬赶鸭子上架。"白长顺有些无奈，叹口气说道，"资金问题，搞得我焦头烂额。"

杜老幺嘿嘿一笑，凑近白长顺，神秘地说："顺子哥，你还记得咱们分别的那天早晨，我们家送了只花瓶给你，我爸还叫你好好保存，还记得吗？"

"记得，记得，有这么回事。"白长顺爽快地说。

杜老幺站起来，环顾四周，说："怎么没见摆出来？"

"你看我这破屋，是摆花瓶的屋吗？"白长顺叹了口气，"再说，你嫂子是个火暴脾气，一发火就扔东西。要真摆出来，早让她砸烂几回了。"

杜老幺松了口气，说了声："谢天谢地。"

白长顺一愣，反问道："怎么？这花瓶很值钱？"

杜老幺说："我爸临终时特意对我说，那只花瓶是明朝的物件，是杜家的祖传，不得已送了人，让我一定要找到。"

白长顺又惊又喜，没想到那不起眼的小花瓶竟是值钱的宝贝。

白长顺记不清把花瓶放哪里了，于是和杜老幺两人在屋里折腾起来。可他们里里外外翻了个遍，都没见花瓶的踪影。

这时，王小红打牌回来了。白长顺把事情的来龙去脉给她讲了一遍，王小红便也加入了翻箱倒柜的队伍。功夫不负有心人，花瓶终于在白宏远屋里的衣柜顶上找到了。

白长顺小心翼翼地捧着破旧的皮鞋盒子，顾不上擦去上面的灰尘，轻手轻脚走到客厅，把纸盒放到了茶几上。在众人焦急和好奇的目光下，纸盒被打开，拂去发霉的纸屑，花瓶显露出来。白长顺捧出花瓶，示意王小红拿开纸盒，然后将花瓶放在了茶几上。花瓶完好无损，只是浑身污秽。

杜老幺拽了张餐巾纸轻轻擦去表面的灰尘，再将花瓶倒过来，抖去里面的尘土。瓶口太小，手伸不进去，杜老幺把几张餐巾纸放进去，再用筷子搅动擦拭，里面就基本干净了。最后，杜老幺小心地擦去花瓶表面的污垢，一个精巧玲珑的花瓶呈现在三人面前。

王小红看着花瓶心情很复杂，家里放着宝贝自己都不知道，不然早就住上电梯房了，粉红色的浴缸也有了。她看了看沉浸在喜悦与兴奋中的杜老幺，转念一想，这么贵重的东西在我家放了这么多年，就白放了吗？对，当初不是送给白长顺了吗？王小红心里燃起了贪婪的欲望。

杜老幺扔掉餐巾纸，搓着双手，仔细端详这貌不惊人的花瓶。其实，杜老幺当初也没见过花瓶，他父亲藏得严实。当年把花瓶送给白长顺，只是杜父的权宜之计，他以为几个月，最多两三年，他们家就可以回来。当时杜老幺并不知道盒子里有什么，但他认得这个皮鞋盒子，也信得过白长顺。如何清洗花瓶，是他父亲临终时教他的。杜老幺心潮澎湃，这么多年了，他时刻记着父亲的临终嘱托，无奈天各一方，无能为力，没想到这次一回家乡就遇到了故人。杜老幺感激地望着白长顺，不知说什么好。

白长顺也激动地说："我是完璧归赵了。你爸也真是，当初为啥不说明白？要是被我当废物扔掉了，岂不可惜。"

218

"说清楚了,你敢收吗?"王小红道。

三人相视一眼,哈哈大笑。

杜老幺说:"顺子哥,你误会了。父亲要我找到花瓶,只是想知道花瓶的去向。父亲并没有说一定要收回来。"

王小红一听,脸上绽出笑容。白长顺连声说要不得。杜老幺动容地说:"我在此地举目无亲,大哥你就是我最亲的人。花瓶现在只能放在这里。我相信大哥。"

"对头,对头。"王小红连连说道。

杜老幺坐下,重新拿起花瓶翻来复去细看一阵,笑着说:"其实我也是擀面杖做吹火筒——一窍不通。这玩意儿到底值不值钱,我也不晓得。我看还是找专家鉴定一下。"

白长顺道:"管它值钱不值钱,既然是老祖宗留下来的,你还是好好保存。"

王小红瞪了老公一眼说:"还是鉴定一下好。"

"我也是这样想的。"杜老幺停了一下说,"如果值几个钱,就把它卖了。公司不正缺钱吗?"

白长顺坚决不同意,两人争执了很久。王小红说:"我看这样,怎样处置花瓶先放一放,鉴定了再说。"

杜老幺表示赞成,白长顺也只好同意了。他想了想,拨通了王承西的电话。睡意蒙眬的王承西听白长顺说完事情始末,很兴奋,和白长顺约定第二天在公司见面,他带古董鉴定专家过去。

第 十 一 章

第二天早晨,白长顺和杜老幺正准备出发,余老板来电话说,他昨天已回家,今天上午大家见个面,商量商量找孩子的事,这个事情已经很长时间了,今天一定要有个结果。

这让白长顺很为难:叫杜老幺单独去见专家,他死活不肯,宁愿等几天也要白长顺和他一道去;余老板这边,自己一个人去不好,公司今天有认购股份活动,也不能三个人都去。最后,在征求汪大师意见后,白长顺决定留汪大师在公司主持活动,自己和刘四妹去见余老板,杜老幺则先回工地,王承西这边请他和专家另约时间。

上午十点多钟,余老板处理完厂里事务才驱车赶来见白长顺和刘四妹。一见他俩,余老板开口就问:"汪大师怎么没来?"

白长顺将最近办公司的事告诉了余老板。余老板为之振奋:"士别三日,刮目相看。三位果然不是等闲之辈。今天好好喝几杯,只是少了汪大师。"

白长顺看着春风得意的余老板,顺势邀请他到公司指导工作,余老板一口答应下来。

外出这半个月,余老板随着区政府组织的私人企业法人学习参观团去了沿海考察学习,说起这个事,余老板感慨地说:"真是大开眼界。"

刘四妹说:"余老板,你提高了,正好帮助我们,让我们也脱贫致富。"

余老板狡黠一笑道:"怕是肥上加膘哟。"

刘四妹催着谈找人的事,余老板成竹在胸,轻快地说:"不急,不急,心急吃不得热豆花。今天我亲自出马,不找到贺英,绝不收兵。好歹我也是她干爹。"

原来,余老板打听到段刚生前所在的公司老总是他过去关系很近的朋友,所以才有此一说。

白长顺和刘四妹听了非常欢喜。余老板接着介绍贺家近况。贺家老两口都是下岗工人,提前退了休,靠微薄的退休金培养出了一个研究生。余老板的话语中饱含着对老贺夫妇的敬仰之情。

三人在附近馆子匆匆吃了午饭,便向段刚生前所在公司奔去。途中,余老板接到公司电话,说税务局来查账。余老板只好给白长顺和刘四妹交代了一番,把他俩扔到半路,自己往公司赶去。

好在段刚生前所在的公司离下车的地方不太远,白长顺和刘四妹步行十多分钟就到了。站在那公司大门前,白长顺和刘四妹愣住了,这不正是上次同方老板一起转悠的地方吗?看来方老板没记错,可建设旅社到哪儿去了?带着疑惑,两人进了公司。

接待他们的正是前些日子把白长顺他们拒之门外的那个老总,也就是余老板的那个朋友。他闭口不提上次的事情,似乎根本没有发生过一样,白长顺也没有心思计较前嫌。

老总五十岁左右,是个秃顶。他大手一挥,派头十足道:"不用说了,余老板都告诉我了。不就找个人吗,待会儿我叫人送二位去他家。"

白长顺说了些感谢的话,刘四妹却问道:"怎么找不到建设旅社?"

老总告诉他俩,建设旅社在建公司大楼时拆了。两人听后,感叹不已,这么一拆,不晓得给他们找人添加了多少难度。老总笑着说:"我也是才搞清楚,老贺的女儿是段刚抱给他的。"

老总说完就出去找人了,白长顺和刘四妹在办公室等他。不一会儿,有人推门,探头望了望。随后,两名妇人佯装找老总,进门来与刘四妹搭讪,紧接着又有四五个男女鱼贯而入,团团围住他俩。

"你们是来找娃儿的?"

"你是娃儿的妈？"

刘四妹点点头，又摇摇头，面对这群好事的男女，她一时不知该如何回答。白长顺站起来，客气地给男士递烟。

"你们也是，把小孩送人，往有钱人家去嘛，娃儿也少遭些罪。你们想要回去？"

"这么漂亮的姑娘，聪明又懂事，做父母的怎么舍得哟。"

白长顺哭笑不得。他懒得理这帮闲人，但从这些人的只言片语中，他隐隐约约了解到一些贺家状况，看来不尽人意。

这时，老总领了个人进来，见一屋的人，他的脸一下拉了下来。这帮人知趣地退到门外，但仍不肯散去，聚在门外叽叽喳喳议论不休。

老总对领进来的人吩咐了几句，就叫白长顺两人随他去。

三人走出公司，沿着公司背后的石梯上坡。那人走在前边，很不自在，走到半路，坚决不走了。白长顺拿出手机说要向老总报告，那人急了，指着半山腰一排平房说："东头第二家就是。"

"你怎么不愿上去？"刘四妹问道。

那人苦着脸道："你们把人领走了，要是贺家不高兴，我就成了替罪羊。再说，他舅子也在我们公司上班，今后怎么和他相处？"

白长顺抬头看看那排平房，想到沈老太当初也是诚惶诚恐，觉得带路人不会骗他，就给了带路人一包烟，让他走了。

白长顺和刘四妹顺着石梯坎继续上行，走过一段斜坡，来到了一个狭长的平坝上，平坝中间栽了些花草，旁边有石板凳。刘四妹走到石板凳前四处打量，觉得似曾相识，不由高声道："上次我们到过这里，还在石板凳上歇了好一会儿呢。"

白长顺也不觉笑出了声："真是人算不如天算。"

白长顺和刘四妹来到平房前，只见周边绿树环绕，各家门前都栽有花草，环境卫生也不错，只是房舍太陈旧，都是几十年前的老房子，门前建了厨房，屋后修了卫生间。两人在第二个门前站住了。门虚掩着，白长顺轻声问道："有人吗？"

一个男子推开门。此人看去五十多岁，头发乱蓬蓬的，粗糙的脸上胡子拉碴，衣裤也是皱巴巴的，给人一种窝囊的感觉。男子极力掩饰住内心的不安，问道："你们是？找哪个？"

"你姓贺吧，就找你。"白长顺伸出手来，主动握住男子的手，使劲儿摇了摇，"老贺呀，公司老总给你打电话了吧？余老板你认识的，就是段刚的老公呀。"

白长顺把底牌全亮出来，意在让贺家没有回旋余地，逼贺家亮底牌。老贺只是微笑、点头，却不说话。他老婆赵大姐端来茶水，白长顺一喝就知道是极普通的沱茶。白长顺请老贺抽烟，他摆摆手，说："谢谢，我戒了十多年了。"

客厅里的家具大都过时了，沙发是竹凉板结构，打开可以当床；顶上是大吊扇，电视是一个黑白电视机。屋里收拾得干干净净，物品摆放得井然有序，显示出主人节俭治家之风。如此清贫的家庭竟然出了个研究生，让人好不羡慕。

白长顺拿出身份证请老贺看。老贺说："用不着。从我抱养孩子的那天起，我就知道孩子的亲生父母总有一天会找上门来，没想到会是今天。孩子可以带回去，我们不反对。因为孩子是你们亲生的。只是，同孩子之间的感情弥合，得慢慢来。"

老贺说完看了老婆赵大姐一眼，长长地舒了一口气，像是完成了一项历史使命。赵大姐很瘦弱，正与刘四妹坐在一起，对老公笑了笑，什么也没说。

"老贺，你误会了，我们不是来要回孩子的。"没想到贺家如此大度，白长顺瞬间激动万分。他解释完，拿出寻人启事递给老贺，说，"我们的意思都在上面，你看看吧。"

老贺接过报纸放到茶几上，说："早看过了。"

白长顺与刘四妹大吃一惊，异口同声问："嗰个不打电话联系？"

"我打过几次电话，第一次是个女人接的，我没有勇气面对现实，对着话筒一直没吭声，直到对方挂了手机。"老贺缓缓说道，语气中有几分歉意。

白长顺与刘四妹对视一眼，那不说话的蹊跷电话终于水落石出了。

老贺说："前段时间，你们四处打听建设旅社，打听段刚，我就知道娃儿父母找上门来了。"

老贺接着笑着说："这一带人口流动大，稍有本事的人都买新房搬走了。建设旅社拆了近二十年了，一般的人都不知道，更别说段刚了。旅社还没拆，段刚就病故了，后来她家又搬走了。你们之前若遇上我，我肯定会告诉你们。"

刘四妹说："老贺呀，你越说越复杂。我们找得好辛苦啊。"

赵大姐忍不住插话道："你才辛苦了几天？我们从小带到大，经受了好多磨难，现在娃娃长大成人，你们就来了。"

说到伤心处,赵大姐眼泪直往下掉,老贺的眼眶也湿润了。

白长顺完全理解老贺夫妇的情感,便说:"老贺,你有什么要求?只管提。"

老贺坦然一笑说:"我们没啥要求。"

说话间,老贺的女儿贺纯芳回来了。刘四妹看着贺纯芳,觉得很眼熟,像是在哪里见过。想了想,刘四妹拿出手机,找到之前方老板大女儿的照片一看,和贺纯芳就像是一个模子倒出来的。刘四妹想,这下好了,连鉴定都省了。

贺纯芳看了看白长顺和刘四妹,对老贺说:"爸,你打电话让我赶紧回家,就是见他们吗?"然后又对着刘四妹说:"你们从哪里来,就回哪里去,别一厢情愿了。"说完,扭头进了里屋。

贺纯芳从小就知道自己不是老贺家的亲生孩子。上高中以后,她对亲生父母的渴望渐渐淡去,甚至慢慢变成一种怨恨,怨父母抛弃了她。前不久,老贺跟她说,可能她的亲生父母来找她了。她不以为然,对老贺:"我不要他们,你们就是我的亲生父母。"

过了一会儿,贺纯芳换了身朴素的旧衣裳出来了,她看也不看,抄起扫坝子的大扫帚在屋里扫起来,动作夸张,沙沙直响,扬起半屋子灰尘。这分明是下逐客令。老贺大声呵斥,贺纯芳不情愿地扔下大扫帚,靠着赵大姐坐下。赵大姐用双手搂住她,生怕女儿被人抢走似的。

贺纯芳对刘四妹说:"喂,我要是个男孩,你会送人吗?"

屋里的气氛一下子紧张起来,刘四妹有点不自在地干笑两声说:"小妹儿,你误会了。"

"我有名字,我叫贺、纯、芳。"贺纯芳一字一句说道。

"小贺,你过来,看看这张照片。"刘四妹举起手机。

贺纯芳稳坐没动,头都不抬。刘四妹见贺纯芳不理她,有些生气,正要发作,白长顺给了她一个眼色。刘四妹深吸了口气,压下脾气,起身走到贺纯芳身边,把手机拿到她眼前,让她看方老板大女儿的照片。

贺纯芳正要扭头避开,眼光扫到了照片,不由得惊叫了一声:"怎么这么像我?"刘四妹冲她笑了笑,说:"这是你大姐,大你两岁,现在在上海一家银行上班。"

老贺、赵大姐也都围拢过来看照片,都说两姐妹长得真像。到底是血脉相通,贺纯芳的脸色缓和下来。屋里的气氛渐趋平静。

老贺看看大家,对贺纯芳说:"纯芳,亲生父母还是要认的,过来,给父母敬茶。"

白长顺和刘四妹一听,才反应过来贺家误会了,忙说:"搞错了,我们不是她的亲生父母。"

贺家三人一愣,齐声问:"这是怎么回事?你们是干什么的?"

白长顺赶紧将事情原原本本细说了一遍。老贺夫妇听得唏嘘不已,贺纯芳也被亲生父母的遭遇所感动,放下了心中的怨恨。

刘四妹对贺纯芳说:"第二年,你亲妈又生了个女娃。你亲妈姓方,我们都叫她方老板。她每次来这里,都要寻找你一番。无奈旅社拆了,段刚也搬家了,一点线索也没有。你亲妈还到派出所报过案,可她是外地人,时间又隔太久,线索也不明确,没有立案。"

"哦,看我扯到哪儿去了。"刘四妹朝大家笑笑,喝了一大口水,继续说,"你三妹在前年遇突发山洪,被冲走了。"

"啊。"贺纯芳惊叫,抱住了刘四妹。

"三妹走后,你亲妈更加思念你,觉得对不起你,发誓一定要找到你。我们是通过马老板认识她的,她委托我们找你。我们也找了大半年。"

赵大姐抱着贺纯芳,替她擦眼泪。白长顺提醒刘四妹:"快给方老板打电话,人家是望眼欲穿。"

刘四妹手忙脚乱拨通方老板电话。贺纯芳说:"按免提吧。"

"方姐,告诉你一个好消息,你女儿找到了,我们现在就在你女儿家里。"

"二娃子……"

贺纯芳扑上去,抓住手机就喊:"妈妈……"

手机里传来方老板的号啕大哭声:"二娃子,妈对不起你,你过得还好吗?"

"好,好。"贺纯芳不假思索地答道,浑身颤抖,哭得泪人似的。

方老板决定马上动身来见女儿。白长顺考虑再三,决定第二天上午十点大家在马老板公司见面。

第二天,马老板公司的会客厅张灯结彩,布置得喜气洋洋。方老板在昨天半夜就赶到了马老板公司附近的一家酒店,一大早就来了,白长顺三人和老贺一家三口也早早到了马老板公司。

贺纯芳对生母的感情一夜之间发生了逆转。贺纯芳在很小的时候就知道了自己的身世,当时她不明白父母为什么不要她了,上中学以后,渐渐明白是身为女孩子的缘故。她曾经很期望找到亲生父母,但明白是因为性别的关系被抛弃以后,她开始怨恨父母,对父母的渴望也逐渐淡去。老贺夫妇没有亲生儿女,对她很好,家里条件不好,他们宁愿自己节衣缩食,也不让贺纯芳受一点委屈。因此贺纯芳和养父母的感情深厚。

前不久,一家人饭后闲聊,老贺突然问道:"纯芳,我昨晚梦见你生母来找你了,你回不回去?"

贺纯芳把脸一沉,说:"我只有你们二位亲人,这里才是我的家。"

过了一会儿,贺纯芳轻声问:"爸,你那梦还没说完呢……"

赵大姐骂道:"鬼丫头,白眼狼。"

贺纯芳撒娇,拉着赵大姐亲昵地说:"妈,你才是我亲妈。"说完在赵大姐脸上深深一吻。赵大姐心里暖洋洋的。

昨天,白长顺和刘四妹走后,贺家一家三口商量了认亲的事。老贺夫妇很开通,一切由女儿自己决定。其实,老贺夫妇几个月前就达成了共识,骨肉至亲合家团聚,是高兴的事,不能让女儿有缺憾。

认亲会由马老板主持,既隆重又轻快。方老板当众给了贺纯芳十万元现金作见面礼,并承诺按寻人启事所说,只认亲,不带女儿走,女儿是两家共同的女儿。

在热烈的掌声中,方老板与老贺握手,与赵大姐热情拥抱。方老板噙着眼泪说:"感谢你们,把我女儿抚养成人。可惜段刚走了,我还应该谢谢她。"

认亲会结束后,方老板专程去了老贺家,看了看贺纯芳的生活环境,再次对老贺夫妇表示感谢。中午,马老板在酒店摆了两桌席面祝贺方老板找到了亲生女儿。除了白长顺、刘四妹、汪大师、余老板以及他的儿子和孙子,还有杜老幺和孙小小也都来了,大家济济一堂,很是热闹。

酒席间,方老板端着酒杯走到白长顺面前,激动地说:"感谢三位,在百忙之中费尽周折为我寻找女儿。"说完,她从随身的挎包里拿出一个硕大的牛皮信封。白长顺没等方老板把信封往前递就按住她的手说:"方老板,不必客气,当初我就表明,是为朋友办事。真要这样,你就是没把我白某人当朋友。"

马老板一直关注着方老板的举动,看见她和白长顺有些僵住了,赶紧打圆场:"都是朋友,不必太客气。你想感谢他们,就给他们公司投点儿资。"

白长顺向方老板双手递上名片。方老板翻来覆去看了好几遍,连连赞叹。

马老板先向方老板介绍了顺达公司的情况,最后对她说:"顺达公司正在出售股份,我认购了一些,并且是董事会成员。非常欢迎你加盟。"

方老板意味深长地说:"你马老板都敢出手,我还怕什么?只要有收益,我还可以介绍我的朋友也来入股。"

方老板是他们当地商会副会长,说话很有分量。马老板连连点头,称赞方老板是知恩图报的女中豪杰。

方老板待白长顺到另一桌去应酬了,又拿出牛皮信封,请马老板代为转交。马老板不收,说:"方姐,还是为他们公司投点资更实在。"

方老板说:"情分归情分,生意归生意。投资的事,待我考察了再说。"

马老板只好收下了牛皮信封。

第三天上午,白长顺邀请了方老板、余老板到龙门山考察,同行的还有马老板和老贺一家三口。正好刘四妹也组织了二三十名认购股份者上山参观学习,一时之间,龙门山工地现场显得十分热闹。

到了山上,马老板见五间板房已投入使用,办公室、会议室、展览室、食堂等一应俱全,非常满意,随行的女秘书和保镖也赞不绝口。尤其是女秘书和保镖,越发觉得投资顺达公司是一个正确的决定。

马老板、方老板和贺家三口来到展览室,通过观看模型,对陵园规模、休闲广场设施、地宫构造都有了清晰深刻的印象,大家议论纷纷。马老板摆出主人家的架势说:"方姐,你准备投资多少?想当董事会董事吗?那可得进入投资额前八名哟。"

马老板仔细解释了董事会和董事之间的关系。贺纯芳说:"这个董事会霸王条款太多,凭什么有三个铁帽子董事。还有,董事长与总经理通常不会由同一人担任。"

"啥子铁帽子董事?"白长顺走过来问道。他陪着余老板刚进展览室,就听到贺纯芳的话。

马老板说:"铁帽子,好像是指清朝贵族的世袭爵位。"

白长顺一听就晓得是在嘲讽他和汪大师、刘四妹三人,便对贺纯芳说:"小贺,你是研究生,又是学啥子关系学的,给我把把关,有啥子意见和好的建议,统统说出来。"

"那我就不客气了。"贺纯芳笑道。

她不顾母亲制止的目光，走到白长顺面前说："白总，你这公司，目前来看，不够规范。其一，董事会要尽快成立，并发挥作用。其二，现在的筹资方式欠妥。总之，顺达公司和现代化企业相差甚远。"

"白总，不好意思。娃儿家不懂事，冲撞了你。你大人大量，不跟小孩一般见识。"方老板怕白长顺难堪，赶紧道歉。

白长顺环视众人，郑重地说："说得好，真是一针见血。我宣布，正式邀请贺纯芳女士担任本公司顾问。当然，还要董事会通过这个事情才生效。"

大家一起鼓掌。

马老板说："应该是贺纯芳小姐。"

白长顺哈哈一笑道："贺纯芳，你喜欢哪个称呼，就用哪个。"

方老板说："白总，我以女儿的名义投资十万元。"

老贺夫妇商量了一下，也说："我们也投资十万元，记在女儿名下。"这十万元就是方老板给贺纯芳的见面礼，贺纯芳给了赵大姐。

贺纯芳一下拥有了二十万元的投资股份，她非常激动，同时也为生母和养父母对她的爱护所感动。她紧紧地抱住了两位母亲。

方老板和老贺家都投了资，大伙儿的目光集中到了余老板身上。余老板一向比较重视在正式场合的形象，他今天穿着笔挺的西装，头发打理得一丝不苟，脚上的名牌皮鞋也擦得锃亮。今天来龙门山考察，白长顺一直陪着他。通过考察，他觉得顺达公司还是可以投资的，只是他的厂里这段时间资金紧张，拿不出富余的钱来。可是当大家的目光都集中到他身上，他又怕大家觉得他小气，头脑一热，拍着胸脯说："我是个小厂，不敢与方老板、马老板相比。这样，我投十……十五万吧！"

大家一听，都鼓起掌来。余老板一边和大家应酬微笑，心里一边开始犯难，一言既出，覆水难收，可要上哪里找这十五万块钱呢？到时候拿不出钱来，丢面子事小，坏名誉事大，以后还怎么在商圈混。余老板不由得急出一身汗。啊，有了，实在不行，再去求求夫人，她会有办法的，上次的债务风波，不就是夫人解决的吗？想到这里，余老板踏实了下来。

这时，刘四妹领着她组织的那批认购者也涌进了展览室。他们见有老板在投资，开口就是十万起，大开眼界，情绪顿时高涨，也纷纷认购，唯恐落后。这让这批认购者的认购率比平时高出许多。

饭后,方老板特地把白长顺三人叫到一边,再次表示感谢。她对汪大师说:"你算得准极了。每当没有进展苦闷之极时,我就用你说的话鼓励自己,安慰自己。哈哈,果然苦尽甜来。"

这时,贺纯芳叫道:"妈,大姐已到了机场。"

自从那天见到大姐照片,与妈妈通话后,贺纯芳就与大姐联系上了,两人每天夜里都要通几个小时的电话。未曾谋面的姐妹,时而聊得嘻嘻哈哈,时而又掩面长泣。

方老板和老贺一家人在众人的祝福声中愉快地离去。方老板的传奇故事迅速在认购者中间发酵,并越传越神奇。

白长顺刚一忙完方老板的认亲会,王承西就风风火火地带着专家来到顺达公司,催促杜老幺把花瓶拿来鉴定。

王承西请的专家其实是一个文物收藏家,瘦瘦的,戴一副金边眼镜。只见他把花瓶捧起来,先看了看底部有无标记或年号,再用放大镜仔细察看瓶体有无残缺或瑕疵,最后用手反复抚摸花瓶寻找手感。查验完毕后,专家坐下来喝了口茶,扶了下金边眼镜,又不动声色地打量了一番杜老幺,然后问杜老幺:"你这花瓶是从哪里弄来的?"

"家中祖传。"杜老幺说。

"祖传?"专家又扶了扶金边眼镜,同时看向王承西。王承西点点头,将花瓶的来历告诉了专家。

专家听后,仍不动声色:"你把花瓶送给白总了?"

杜老幺坦然地点点头。

"不后悔?"专家问。

"你啥子意思?"杜老幺有些不爽,"大丈夫一言九鼎。我知道这花瓶值钱,但哪怕它价值连城,说出的话我也不会收回。啥书上说,钱财如粪土,朋友值千金。"

专家微微点头,也不言语,从包里取出随身携带的文物鉴定资料和花瓶反复对比。最后,专家说:"这个花瓶初步判定是明朝物件。但最好找权威部门再做个正式鉴定。我建议去做个光谱测定。"

白长顺很高兴,对王承西说:"你去办理吧。我实在走不开,麻烦你了。"

待王承西走后，杜老幺说："这么贵重的东西，我们不去一个人？"

"王教授是我的老同学。你不相信他？"白长顺问。

杜老幺说："害人之心不可有，防人之心不可无，还是小心为好。不怕一万，只怕万一。"

白长顺笑道："哦，我忘记了，你是花瓶的主人，你是应该去的。一切由你决定。"

权威部门的鉴定结果出来后，关于花瓶的归属，白长顺和杜老幺都要让给对方，让大家很感动。最后王承西说："两位高风亮节，值得大家学习。我看，不如花瓶由你们二人共同所有。"王承西的提议得到了所有人的赞同。

在如何处置花瓶上，大家有了一些分歧。白长顺觉得，花瓶是杜老幺家祖传下来的，很珍贵，同时也是他和杜老幺友情的见证，应该作为公司的信物好好保存，以激励员工保持精诚团结的精神。杜老幺认为，花瓶终究只是个身外之物，目前公司正是需要大量资金的关键时刻，应该将其变卖了以解公司燃眉之急。在场的大部分人都同意杜老幺的观点，白长顺最后也同意了。

花瓶是古董，不能随意买卖，去哪里变卖花瓶的问题把大家难住了。

刘四妹说："不知道能不能用花瓶去银行做抵押贷款？"

汪大师说："这个办法好，既不用卖了它，又能搞到资金，一举两得，划算划算。"

白长顺看着大家，沉默了一会儿，说："这样吧，刘四妹和财务处先去银行咨询清楚，看看这个花瓶能不能做抵押贷款。如果可以做，王教授，你负责和银行谈判。"停顿了一下，他又接着说，"杜老幺，你负责保管花瓶。"

大家议得差不多正准备离去时，江老板夫妇兴冲冲地闯了进来。还没站定，江老板就冲着白长顺说："白总，恭喜，恭喜。听说工地上挖出了宝物，快让我们开开眼。"

白长顺一愣，笑道："哪有什么宝物，一个破花瓶而已。"

江老板故作生气道："你这人不耿直，整个工地都传遍了，你还藏着捏着。杜老幺，你是我的人，有了好东西，不拿给我看看，该当何罪？"

一屋人哄堂大笑，七嘴八舌嘲讽江老板。

"你以为是在工地上挖出来的？"

"这是人家祖上传下来的，在白总家放了二三十年了。"

刘四妹走过来坐在江夫人身边,将白家与杜家的渊源及花瓶的传奇经历,细细讲给江老板夫妇听,最后她说:"白总和杜老幺真是有情有义,不为钱财动心。"

江老板夫妇听完刘四妹的叙述,脸上红一阵白一阵。过了一会儿,江夫人朝白长顺一笑,说:"白总,今天我们上山是为催促工程进度,为白总你提前开业创造条件。到了工地,听说你喜得宝物,特地赶过来,没有别的意思,只是想一饱眼福。"

江老板立即附和:"对头,对头。"

白长顺心里明白,江老板是公司第一大股东,又垫资承建公司三个项目,不能伤了和气,于是对杜老幺点了点头。杜老幺看了白长顺一眼,慢吞吞地取出花瓶,小心地放到桌上。

江老板围着花瓶左看右看,也没看出来哪里值钱。他抬头疑惑地看了白长顺一眼。白长顺朝王承西点点头。

王承西从皮包里取出权威部门出具的鉴定书,递到江老板夫妇手上。江老板看见"花瓶鉴定价值为六百万元左右"时,一下跳了起来:"这破玩意儿值这么多钱?"

白长顺说:"嗯,这是经过权威部门认定了的。老江,你也晓得,我们公司现在缺钱。我想把这个花瓶出手换成现钱。你人缘广,朋友多,替我打听打听,联系几个买家。怎么样?"

江老板想了想,说:"找买家嘛,好说。我们照规矩办?"

江夫人一听,气得面色发白,这个老江,轻重不分,太小家子气,让人看轻。她瞪了江老板一眼,客气地对白长顺说:"白大哥,让你见笑了,别听老江的。打听个买家,这个好办,只是需要时间。"

花瓶值多少钱,江夫人并不关心,她想的是,因为这个不起眼的花瓶,他们江家在众人面前闹了笑话,要怎么样才能挽回声誉。她盯着花瓶看了一会儿,喝了口茶,微笑着对大家说:"白大哥,公司的情况,我们也很清楚。如果急于出手,花瓶怕是要不到好价格。若实在找不到合适的买家,我来替你保管几天,以后顺达公司实力雄厚了,你再赎回去。怎么样?"

"这个主意好。"王承西说,"搞个借款抵押合同。这样,双方利益既能受到法律保护,又不违反金融政策。这事办成了,江夫人你功德无量。我们先跟银行接触接触,银行的报价可以作为花瓶抵押的参考价。"

过了半个月,顺达公司的办公楼完工了。办公楼有三层,内部进行简单装修后,白长顺他们便搬了进去。公司的办公用品全部由马老板赞助,白长顺充分发挥了节俭朴素的作风,除了会议室用了中档设备外,其余的地方用的都是普通办公用品。至此,顺达公司终于有了一个像样的办公场地。

新办公楼正式投入使用后,王承西带着刘四妹和杜老幺跑了好几家银行咨询花瓶抵押贷款的事情,结果都不理想,一是银行的规定太多,手续非常烦琐,还要求把花瓶送到北京重新鉴定;二是能争取到的贷款额度太低,银行表示,如果花瓶经北京鉴定价值六百万元,抵押后只能批三百万元的贷款。王承西和白长顺商量来商量去,最终还是和江老板夫妇达成了以花瓶抵押借款二百八十万元的协议。让所有人都没想到的是,江夫人把花瓶保存在了顺达公司。

王承西百思不得其解,问白长顺:"江夫人为什么要这么做?"

白长顺长吁了一口气说:"江夫人看中了我儿子白宏远。宏远和她女儿江玉兰是同学,经常给她女儿补课。她想招宏远做女婿。为了这事,江老板两口子还曾经到我家拜访过。但我儿子还是个高中生,还不到谈这些事情的时候。"

王承西哈哈大笑道:"江夫人真是用心良苦。不过老白,对这事儿,你是个啥态度?"

"我吗?顺其自然。"白长顺说,"儿子愿意,我不反对。儿子拒绝,我也不反对。总之,自己的事自己做主。"

从江老板那儿抵押借来的二百八十万元,白长顺占一百四十万,杜老幺占一百四十万。白长顺从他的那一百四十万里拿出四十万,给汪大师和刘四妹各借了二十万,剩下的一百万折成股份进了顺达公司账上,白长顺因此成了顺达公司第一大股东。汪大师和刘四妹凭着白长顺借给他们的钱也增持了不少股份。杜老幺的一百四十万,他自己留了五十万,余下的九十万准备和孙小小平分。孙小小不肯接受,两人推来让去,最后孙小小要了十万元。

杜老幺的生活稳定下来以后,白长顺让他去深圳把麦小秀和她儿子都接过来。杜老幺和麦小秀一起生活了好几年,心里也很记挂她,于是便同意了。但他怕接不来,特意找到王小红代表白家跑了一趟,和他一起把麦小秀以及麦小秀已经八岁的儿子从深圳接了回来。

他们回来的那天，白长顺在酒店摆了四桌席面给他们接风洗尘，白家大姐、二姐两家人，白大爷和白大妈，还有汪大师、刘四妹、王承西、马老板、江老板夫妇、余老板等都来了。

席间，杜老幺带着麦小秀和孩子给白大妈和白大爷敬酒。白大妈仔细打量麦小秀，见她三十多岁，中等个子，皮肤黑黝黝的，一看就是南方人，像个过日子的样子，很为杜老幺高兴。

酒过三巡，白长顺道："杜老幺，你一家人暂时住到我家安顿下来，再去买套房子。公司马上就要召开股东大会，选举董事会成员。你手里也有股份，是个机会。"

杜老幺有些激动地说："谢谢各位，谢谢大哥，感谢你们对我和我家人的关心。我一定为公司尽心尽力。我是个粗人，没读啥书，就不当啥子董事了。谢谢大哥看得起我。"说完，他一口干了杯里的酒。

麦小秀有些迷糊，听了大家的议论，她这才知道花瓶的故事。她以前是听杜老幺唠叨过，老家有只值钱的花瓶，当时她权当是杜老幺酒后瞎说，没有当回事。不过，这不当董事这么大的事，也该事先和她通个气呀，她心里隐隐约约有些不舒服，抬起头看了杜老幺一眼。

江老板以前没把杜老幺放在眼里，后来一连串的事情让他明白了白杜两家的渊源，杜老幺的义举更是让他折服。趁着酒兴，他由衷地说："兄弟，凭实力说话，该当为啥不当。另外，我有几处房子，随便你选，一律九折优惠，不，一律八折。谁叫我们有缘呢。"

江老板哪来那么多房子？原来，他是替开发商建房子的，每次结账，开发商总要留些余款不付清，甚至一拖好几年。江夫人想了一招，概不拖欠，无钱楼房抵。所以江老板有十几套新房。

白大妈拉着杜老幺说："老幺，要得，先买房，后扯证，再生一个老幺儿。"麦小秀听了笑了笑，没有说话。

过一会儿，马老板把白长顺拉到一边，说："白总，你看我那个秘书怎么样，要不要请她来公司当个办公室主任。"白长顺一愣，公司的确需要一个办公室主任，可这女秘书是马老板的人，马老板怎么把她往外推，于是问道："她不是你的干将吗？你舍得让给我？"

马老板苦笑一下说："人往高处走，水往低处流。说来话长啊。"

原来，女秘书最近结识了一位男士，是大名鼎鼎的徐氏集团董事长助理，也就是徐氏集团董事长的公子。徐公子对女秘书很满意，可忌讳她现在的工作，让她尽快换了。

白长顺听了也很同情，说："人倒是可以来，但这段时间没有工资。是不是等陵园开业了，她再来？"

马老板说："那不行，等陵园开业，起码还有半年，婚事怕早就黄了。"

白长顺说："看你这副上心的样子，你们两个是不是还有别的关系呀？"

马老板避而不答，只是说："这样吧，人在你公司任职，陵园开业前，工资由我垫付。这总可以吧 。"

白长顺把王承西叫了过来，说："教授，你看这事，怎么处理？"

王承西听了前因后果，想了想，对马老板说："感谢马老板对公司的支持。公司有你这样的热心人，肯定会蒸蒸日上的。这样吧，女秘书办完工作移交手续就过来，工资就照你说的办。"

马老板这才松了一口气。

今天，王小红也非常高兴。一是因为她陪杜老幺去深圳接回了麦小秀母子，不仅到沿海城市开了回眼界，还背着白长顺收了杜老幺给的两万块感谢金；二是她看见白长顺在酒席上谈吐自如，很得那些教授、老板们礼遇，终于对"老总夫人"这个身份有了真实感，而且特别好。她在席间异常活跃，和白大姐、白二姐说话的时候，还忍不住流露出了几分得意之色。

忽然，王小红想起刚才江老板跟杜老幺说他手里有待售的现房。她在心里盘算了一下，然后走到江夫人身边，亲热地招呼："江夫人，你好。"

江夫人拉住王小红的手，和颜悦色地说："快别这么叫，我们两家啥关系？不要这么见外。"

王小红看江夫人不像是嘴上说客气话的样子，于是也直截了当地说："我的住房条件，你最清楚。我想在你这儿买套房子，改善一下居住条件。"

江夫人更加和气，她拉王小红坐下，问道：："你想要什么样的房？我手里有清水房，也有装修好的房子，还有当街门面。"

"我想要小区房，电梯房，最好能离我们厂近一点。"

"有，包你满意。明天就带你和杜老幺一起去看房。"江夫人亲热地拍着王小红的手背说。

见江夫人这么爽快，王小红高兴地说："我先去看好房子，你给我留着，待我筹齐了钱……"

"看你说的。"江夫人打断了王小红的话，"我们两……两姐妹，还说这些。只要你选中了，我替你装修。"

江夫人差一点说成两亲家，虽然不落痕迹地改了口，但这意思王小红还是听出来了，她一阵窃喜，看来江夫人也有意结亲。王小红和江夫人贴得更近了，她拉着江夫人的手说："你真是我的好姐姐。"她心中对江夫人的嫉恨和怨气，在这一瞬间全都烟消云散了。王小红和江夫人两人低眉促膝倾心畅谈，宛若一对亲姐妹。

所有人中，唯独白长顺高兴不起来，他仍在为资金的事犯愁。抵押花瓶所得虽是解了燃眉之急，但接下来还有五百万元左右的资金缺口。唐万林一再和他强调一切按合同来办，这让他心里有些不安。为什么当初唐万林要找毫无实力的他合作，而不去找那些资金雄厚的大公司？难道是个陷阱？

王承西端着酒杯过来，默默地找白长顺碰了一杯。他非常理解白长顺的心情，也知道公司潜在的危机。作为老同学，他会尽全力帮助白长顺。汪大师和刘四妹也端着酒杯走了过来，几人简单地交谈了几句，一起默默地站着，直到宾客散尽。

冬日的阳光让人感觉很温暖。白宏远打了饭，在食堂外的石栏上坐着，一边吃饭，一边晒太阳，还可以观赏下面操场上同学们的体育活动。这是白宏远的习惯。江玉兰总是跟着白宏远也出现在这里，坐在白宏远旁边，把自己的菜分一大半给他，两人边吃边聊，一起欣赏校园的景色。而在别人眼里，他俩也是一道靓丽的风景。

白宏远和江玉兰这样的行为，曾经让老师和同学们议论纷纷，校团委、学生会和班主任还找白宏远谈过话。

白宏远是个懂事好学的好学生，平时和老师们相处得也很好，他非常清楚老师们找他谈话的用意，可事情并不是老师和同学们议论的那样。他调皮地说："老师，你真是哲学系的高才生。"

老师有些莫名其妙。

"要透过现象看本质。"白宏远振振有词，"虽然因 A 一定会有 B，但有 B 不一定会有 A。老师，你说对吗？"

哲学系毕业的团委书记一时无语。

白宏远做出十分委屈的模样，对团委书记诉苦："当初，是你安排我去帮助江玉兰的，还说是政治任务。因为这样我才经常和江玉兰在一起，可却又被大家误解了。"

团委书记问道："小白，你俩到底是不是在耍朋友？"

白宏远哭笑不得，摸摸后脑勺说："老师，你是相信校内流言，三人成虎，还是相信自己的眼睛？你是用世俗的眼光来看待这件事情，还是用现代文明的思维方式来审视这一现象？"团委书记听了，也哭笑不得。

事后，白宏远和江玉兰依然经常一起坐在食堂外的石栏上吃饭，时间一长，大家也就见怪不怪了，他俩在一起的场景甚至渐渐成了大家眼中的一道风景。

这天，全市高考模拟考试结束后，白宏远和江玉兰来到了食堂外的石栏旁。江玉兰格外舒心，她熟练地跨过石栏坐下，晃动着双腿，愉快地说："哎，终于可以睡两天懒觉了。"

白宏远瞧她那高兴的劲头儿就知道她考得不错，心里也很高兴，江玉兰的进步也是他辛勤付出的结果。

"宏远，过年的时候，我们一起到乡下去过年吧，去给外公外婆拜年。"江玉兰烂漫无邪地说。

白宏远摇摇头说："等高考完了，我再陪你去看望两位老人家，好吗？"

江玉兰扮个鬼脸，算是不情愿地接受了。白宏远的话在她心里是有分量的，因为是他给了她学习的自信心，是他引导她在学习上天天向上。

看见有同学在下面操场上打篮球，白宏远也准备过去。江玉兰叫住他，歪着头对他说："今天你去洗碗，洗完了，我告诉你一个惊天好消息，和你家有关。快去吧。"

江玉兰有些撒娇的样子，透亮的双眸看着宏远。白宏远迟疑了一下，看看江玉兰，没说话，拿着两人吃完饭的碗走向了洗碗槽。

白宏远洗完了碗回来，江玉兰说："你先猜猜是什么事。"

其实江玉兰之前说的时候，白宏远就想到是什么事了，但他不愿说出来，觉得有损自尊，便摇了摇头，表示猜不到。江玉兰只好说："告诉你，告诉你。真是一点情调都没有。"

原来,两天前江夫人带着杜老幺和王小红去看了她家的几套房子,王小红看中了其中一处江景房,江夫人不仅低价卖给了王小红,还答应替王小红垫资装修。

"你妈真是用心良苦,明修栈道,暗度陈仓。"白宏远意味深长地对江玉兰说。

江玉兰明白白宏远话中的意思。她喜欢白宏远,但也很清楚白宏远不会按两位母亲所打算的那样去做。江玉兰努力使自己平静,说道:"每个人都有自己的生活轨迹,他们喜欢怎样过日子,那是他们自己的事,无需我们去评论。"

白宏远赞许地点点头。

"就我而言,不上大学,也可衣食无忧。我家是土老财,还有个破公司。老爸的意思,是指望我将来去掌管这家公司。可他那公司,完全是家族式作坊,没有规章制度,也没有长远规划,打一枪换一个地方,拉业务全凭关系。"

白宏远拍掌道:"妙哉,真是一针见血,看来江家后继有人了。破公司摇身一变,就是现代化企业,比我老爸办的股份制公司还要好。"

江玉兰问:"你家也办公司了?"

白宏远说:"你家还是公司最大的股东。"

江玉兰一听,心里全明白了,叹了口气说:"我为什么要补习功课,就是想今后能自己掌握自己的命运。"

白宏远有些不自在地笑了笑说:"不错,不错,有思想,有见地。"

"少给我戴高帽子。"江玉兰笑道,"今天是周末,又考得不错,放学后去看场电影?"

"啥电影?"

"管它啥电影,我好久没进电影院了。"

于是,两人说好,放学后老地方见。

第 十 二 章

　　这是一个难得的好天气,夕阳西斜,暖暖的阳光照着缓缓流淌的嘉陵江水,江风轻拂,江面泛起层层微波细浪,在阳光中像鱼鳞般闪闪发亮。有三两只白鹤在江面上飞舞,时而停落在江畔草丛中,时而又飞翔在空中。

　　麦小秀站在阳台边,任由江风吹拂在身上,夕阳照在她兴奋的脸上,她是平生第一次看到如此美妙的嘉陵夕照。麦小秀的心情就像滔滔江水般波澜起伏,归港轮船的汽笛声让她对这陌生的城市和依山傍水的新家有了一种归属感。

　　她和杜老幺从江老板手上购买了一套两居室,这是江家自己曾经住过的二手房,里面的旧家具,江夫人一高兴,统统送给他们了。这省了他们不少事。重新粉刷一番,再添置一些电器、家具,一家三口就高高兴兴地搬进了新家。她定神凝视两岸江景,又回头注视家里的一切,一桌一椅,锅碗瓢勺都备觉亲切。她所在的阳台很大,连着儿子平平的房间。透过玻璃窗看去,平平正歪着头全神贯注地写作业,样子很可爱。

　　平平上学的事,是白长顺托周所长办的。为了少交择校费,麦小秀和杜老幺去扯了结婚证,给孩子上了正式户口。

　　为了迁户口,杜老幺回了一趟杜家镇。期间杜老幺得到个惊人的消息,自己幺叔没死,几年前幺叔曾回老家探访。

杜老幺听说幺叔回乡的事后忍不住叹息:"幺叔啊,你要是能早几年回来,爷爷、老汉该多欢喜。"

麦小秀正想着这些事,杜老幺走到她身旁,轻轻搂住她:"老婆,这里的景色好看吗?"

麦小秀心里觉得很好看,嘴上却说:"哪有我老家的东阳河美丽,那里两岸都是连绵不断的灌木林。"

杜老幺也不跟她争辩,说:"听说嘉陵江两岸还要修滨江公路,到那时,这套房子还要增值。"

麦小秀点点头,依偎在杜老幺怀里。她不愿再失去杜老幺,失去刚刚建好的家。好久好久她才动情地说:"阿彬,在白大哥公司里要好好干,要对得起白家,对得起你家老祖宗留下来的花瓶。"

麦小秀似乎还想说些什么,话到嘴边又咽下去了。这短短的两个多月里,她觉得杜老幺懂事多了,对自己温柔多了,但他忽略了一个细节,有什么事情总是他一个人说了算。女人对细节有天生的敏锐性,往往会凭此判定男人是否还眷恋自己。麦小秀倒不至于那么小肚鸡肠,花瓶是杜家的祖传之物,杜老幺分了一半给白长顺,她虽然心里有些不舒服,也没有太在意。可买房子和置办家具时,杜老幺也没和她商量,房子付了定金她才知道,家具送到了家她才看见样子,这让她觉得杜老幺并不是很在意她。想到这里,麦小秀的情绪有些低落。

杜老幺全然没有注意到麦小秀情绪的细微变化,但麦小秀的话勾起了他一连串的回忆。

杜老幺父亲在被遣送回老家之前,最头疼的事就是如何安置花瓶。当年事发突然,没有半点儿前兆,当他想到把花瓶转移到前妻所出的两个子女处时,他的一举一动已受到严密监控。他绞尽脑汁,发现根本没有机会把花瓶转移出去,最后才想出了将花瓶藏在皮鞋盒里,再让杜老幺当众送给白长顺这个瞒天过海之计。可人算不如天算,这一送出去他就再也没有见过花瓶。

杜父临终前曾叮嘱杜老幺一定要找到花瓶。其实杜老幺还各有一个同父异母的哥哥和姐姐在城里工作,杜父怕连累他们,只让杜老幺万不得已时才能去找他们。

杜老幺在城里流浪时,有一次身无分文,饿了三四顿,挨不住了,只好去找二姐。二姐当时刚结婚，在筒子楼里只有一个单间，还是男方单位分配的。二姐见到衣衫褴褛的杜老幺，很惊讶，慌里慌张地问了下父亲的情况，流着泪给了杜老幺十多块钱，便叫他去找大哥。

在一个下着小雨的夜晚，杜老幺找到了大哥。其实杜老幺白天就找到了大哥的单位，但他不敢进去，在外面一直等到下班时才看到大哥出来了。大哥与好多人有说有笑地走在一起，杜老幺跟在人群后面，几次想叫住他又不敢，就一直尾随着他们。到了大哥单位宿舍楼前，杜老幺又眼睁睁地看着大哥和其他人一起进了宿舍楼。杜老幺在宿舍楼外找个角落蹲下，耐心地等候着。夜色降临，又下起了小雨，杜老幺在屋檐下蜷缩着瘦小的身子，睁大眼睛，不知道过了多久，终于看见了大哥的身影。

大哥见到他时，有一种莫名的气恼，他把杜老幺拉到没有灯光的墙角处，问明了来由，就叫他去找二姐。杜老幺说去过了，大哥把十块钱塞到他手里，慌里慌张地说："好兄弟，我是有单位的人，千万莫来找我。我能到今天，不容易啊。"杜老幺很失望地流着泪走了。

想到这里，杜老幺对麦小秀说："城里我还有一个哥哥和一个姐姐，等星期天，我们去他们家走一走吧。"

"还有哥哥、姐姐，怎么从没听你提起？"麦小秀抱怨道。

"几乎没有来往，他们比我大十几岁。"杜老幺解释说，"是同父异母的兄姐，父亲临终时也没见上一面。"

麦小秀通情达理地说："那该去拜访一下，一家人，打断骨头连着筋。"

星期天一大早，杜老幺带上麦小秀和平平，提着早已买好的礼物出了门。麦小秀和平平都换上了新衣，只有杜老幺还是一身上班的衣服。杜老幺决定先去看二姐，但却不知道她家的地址，只记得她工作单位的名字。

麦小秀一听说这个情况，有些恼火，正欲抱怨杜老幺，忽然看见了出租车。她兴奋地说："出租车司机肯定找得到二姐的单位。"

杜老幺的二姐在设计院工作，上了出租车，麦小秀问出租车司机："找得到设计院吗？"司机一听她是外地口音，眼光闪了闪，一边应答一边驾车，绕了个大圈子才把杜老幺他们送到目的地。

到了设计院传达室，杜老幺向值班的老师傅打听杜二姐家的住址，老师傅看着他们，迟疑着半天没开口。杜老幺便把情况详细地向老师傅作了说明，老师傅这才将杜二姐家的住址告诉了他。

到了二姐家一敲门，开门的正是二姐。多年未见，二姐如今烫着短发，体态已有了发福的迹象，一副养尊处优的样子。她望着三人迟疑了一下，很快认出了杜老幺，忙满脸堆笑说："稀客，稀客，快请进。"

二姐叫来丈夫，相互做了介绍。二姐夫手里拿着本书，寒暄几句就回到了自己屋里。二姐家是四居室，宽大的客厅布置得很有情调。杜老幺有些感慨，坐在皮沙发上低头喝茶。

二姐面对突然出现的杜老幺一家三口有些疑虑，心想，难道杜老幺生活不好过，上门打秋风来了？她试探地问道："老幺，什么时候回的城？现在在哪里上班？"

杜老幺将现状告诉了二姐。二姐很惊讶地"哦"了一声，悬着的心终于放稳了。她拨通了茶几上的电话。

"大哥呀，老幺来了。哪个老幺？就是你常挂念的杜老幺。在我家里，刚到的。啊，你要过来？好，好。"

杜老幺听说大哥要过来，很高兴，问道："大哥现在过得怎么样？"

"还不错，他现在是司法局的处长。"二姐笑着说。

一家人正闲扯着，大哥、大嫂到了。杜大哥瘦高个儿，提着个黑色旅行包，进门后把包放到门边，急步走过来热情地握着杜老幺的手说："老幺，进城了也不来大哥处坐坐。"

麦小秀乖巧地站起来说："大哥，不好意思，不知道你会来，也没给你带礼物。"

大哥爽朗一笑，"一家人，莫这么客气。"

二姐夫慢慢腾腾地从书房出来，手里依然拿着一本书，大哥、大嫂见了，忙不迭地问候他。麦小秀心里想，这家伙厉害呢，能镇住两家人。

大哥朝麦小秀和蔼地点点头，然后抚摸着平平的头问道："小侄儿，读几年级了？"

平平怯生生地回答了，大哥笑呵呵地从皮包里摸出一个红包，对平平说："叫大伯。"

平平脆生生地叫了声："大伯。"接过红包，转身递给妈妈。麦小秀用手一捏，感觉出是钱，赶紧放进包里。二姐没有准备红包，直接从皮夹里拿出几张百元钞票来。麦小秀忙在平平背后推了一把,说:"快叫二姑。"

杜老幺在一旁,看在眼里,暖在心间,多少年没有享受到家庭的温暖。他忍不住问道:"大哥,二姐,你们的小孩呢?"

大哥告诉杜老幺,他儿子在国外留学,二姐的大儿子在上海读研,也准备出国深造;二女儿在北京上大学,是今年刚考上的。杜老幺听得浑身带劲儿,他双手合掌,大声说:"老爸呀,大哥、二姐给你争了气,儿女都是大学生,还要出国留学。你老人家,要多多保佑他们啊。"

大伙都笑了。

大哥说话挺风趣,他瞧着杜老幺说:"老幺啊,这一晃,二十来年过去了,你讲讲你的经历吧。"

于是,杜老幺讲了当年只身闯新疆,做小工、摘棉花,学会了喝酒,染上了赌博的事;又讲了回乡伺候父母,为父母送终的事;还讲了南下谋生,结识孙小小,巧遇麦小秀的事。最后,他讲了回乡后,在危难关头碰见白长顺以及现在在顺达公司工作的事。

二姐听着听着,泪水簌簌往下落,大嫂忙递去湿纸巾宽慰道:"老幺不是挺好的吗,别难过了。"

二姐问:"白长顺是谁?"

杜老幺叹口气道:"就是我家坎上老白家,顺子哥有两个姐姐……"

大哥、二姐都点头说想起来了。大姐夫打趣道:"时代不同了,老总、经理满街蹿。"

大哥笑着说:"老幺,你能遇见弟妹,是你的福气,要珍惜啊。"说完转身又对麦小秀说:"这是头犟牛,你可要管住呀。"

麦小秀拖着广东腔说:"我可管不了他,又打牌,又好酒。这下找到大哥、二姐了,有事我找大哥、二姐教训他。"

一家人都笑了。

快中午的时候,二姐夫说:"老幺来得突然,家里没啥准备,就到外边吃吧?"

杜老幺摸摸后脑壳说:"不急吃饭,有一件事关我杜家的大事,我忘了和哥姐说。"

所有人都静了下来,大哥似乎特别敏感,两眼直勾勾地盯着杜老幺。

杜老幺说:"爸爸有个最小的兄弟还活着,在台湾。"

大哥、二姐同时"啊"了一声,两人的表情极为复杂,先是惊愕,然后是喜悦、悔恨、懊恼,最后是惋惜、感叹。他俩小时候见过幺叔,幺叔从省城往返老家,都要在大哥家住一夜,同两个小侄子玩耍一番。后来他们听说幺叔参加了志愿军,在朝鲜战场上牺牲了,两人常在作文中缅怀幺叔,以他为骄傲。再后来又有人说他在台湾,杜家人因此吃尽了苦头。

杜老幺将最近回乡得来的消息说了一遍,众人感叹不已。二姐问:"有幺叔的地址吗?"杜老幺摇摇头。

大哥恨恨地说道:"这个杜家镇,搞什么名堂,找不到杜老幺还情有可原,连我也找不到吗?"那神情,比电影明星还牛。

大家又聊了会儿,大哥忽然问杜老幺:"搞清楚幺叔是干什么的吗?"

"听人说,幺叔是大老板。"杜老幺想了想说,"有人说,他开了家公司,产品在东南亚有很大的市场。"

大哥顿时来了劲头儿,提议马上去杜家镇。二姐夫干笑两声,表示不赞成,说:"今天时间来不及了,之前也没有准备,慌里慌张容易出错。再说,明天还要上班,还是另外找时间吧。"大哥叹口气,只好作罢。

二姐催促着大家下楼去吃饭。来到楼前的坝子,大哥打开车门,请杜老幺一家上车。二姐夫叫了辆出租车,跟在大哥的车后面。

杜老幺说:"大哥,你都买车了。"

"我哪里买得起车哟。"大哥握着方向盘,得意地说,"这是朋友的,借来玩玩。"

轿车在一家酒楼门前停下,门童飞快地跑过来迎接。二姐夫下车后,看了眼酒楼硕大的招牌,皱了皱眉头,二姐在后面嘀咕了几句,推了二姐夫一把。

大哥走在前面,领着大家上了二楼一间包间。大家刚刚坐下,酒楼经理就赶到了,热情招呼:"杜处,你来了,哪个不先打个招呼?我也好事先准备一下。"

大哥欠了欠身子,笑着说:"临时决定的。一家人吃饭,不要搞得太复杂。"

见经理的目光停滞在杜老幺夫妇身上,大哥有些不快,说:"这是我幺兄弟,刚从广东回来,在顺达公司任副经理。"

经理满脸堆笑着说道:"怪不得有些眼生。杜经理,一回生,二回熟,以后请多多关照小店。"

服务员很快就上了几道凉菜,端来一瓶洋酒。杜老幺说:"喝不惯洋酒,换瓶其他酒吧。"大哥笑道:"这是城里,都是经理级人物了,要学会应酬。"

二姐也说:"现在上档次的场面都喝洋酒。大哥,再来瓶红酒。"

最后,大哥又要了瓶红酒,另给杜老幺点了瓶白酒,还给每人要了瓶饮料。

大哥同二姐夫喝洋酒,二姐要麦小秀喝红酒。小秀推辞不过,只好倒了杯红酒,试着喝了一小口,觉得挺好喝,就大口大口地猛喝起来。二姐一看,弟媳妇是个土包子,忙低声对她说:"红酒要一小口一小口地呡,才有女性的风度。"

麦小秀霎时羞红了脸。她向大嫂敬酒,大嫂却举起饮料瓶:"我不能喝酒,饭后得开车。"

麦小秀听出大嫂的话里多少有些怨气,正想刨根问底,二姐把酒杯递到了她面前,说:"来,我们三个干一杯。"

麦小秀干杯后坐下,看着一盘蒜泥白肉发愣,心想,这么肥,这么大块,怎么吃?二姐看出了她的疑惑,抬起手文雅地指了指调味盒,道:"蒜泥白肉,要蘸着吃,才有味道。"

麦小秀好生奇怪,重庆人的规矩真多,这道菜还要站着吃。她想起杜老幺说过要她随乡入俗,于是就站起来,夹了块肥肉吃了两口,觉得肥腻没味道,又不方便吐,只好使劲儿咽下了肚。大嫂、二姐笑得前仰后合。二姐端起调味盒说:"是蘸作料吃,不是站起来吃。"

麦小秀的脸顿时一片绯红。

杜老幺频频与大哥、二姐夫举杯,几杯热酒下肚,心里感慨万千,往日埋藏在心底的积怨随着清脆的碰杯声渐渐散去,随之而来的则是剪不断理还乱的亲情。

杜老幺说:"大哥,别再点菜了,这些都吃不完。"

大哥与杜老幺碰了下杯,仰头喝完杯中酒,说:"你别管,只要你一家人吃得舒服,喝得痛快,我这当大哥的,就高兴了。"

大哥放下酒杯,沉默了一会儿,动情地说:"老幺,那年寒冬腊月,你来找我和二姐,我们对不住你,请你千万莫放在心上。"

"大哥,你莫说了,"杜老幺两眼噙着热泪,拉着大哥的手说,"你永远都是我的大哥。老汉说过,不到万不得已,不要找你们,你们也不容易。"

大哥动情地拍拍杜老幺的肩膀,忍不住掉下两行热泪:"老幺啊,你我都是老杜家后人,以后有难同当,有福同享。"

麦小秀早就吃好了,坐在旁边听杜老幺和兄姐们说话。她注意到大哥几次提到"我们都是杜家的后人"时,原本还想再说些什么,可不知为什么,又咽了回去。凭着女人的直觉,她觉得大哥可能有事没有说透,并且这个事情还和杜老幺有关。她想,可千万别是让兄弟不和、起纠纷的事。

这顿饭吃了两个多小时,服务员送上账单,大哥付了账,然后指着二姐夫说:"你请客,我买单,够意思吧,哈哈。"准备走的时候,麦小秀站起了身,可眼睛还盯着桌上。大嫂看出她的心思,叫来服务员打包让麦小秀带回去。麦小秀假意谦让一番后,笑眯眯地提着几个大包,跟着大嫂下了楼。

大哥喝得歪歪倒倒,执意要送杜老幺回家,说要去认认门。二姐扶着醉醺醺的二姐夫脱不开身,只好和他们约定下周星期天到杜老幺家聚会,然后带着二姐夫打车先走了。大嫂让杜老幺把大哥塞到后排,驾车到了杜老幺家小区门口。杜老幺本想请大哥、大嫂上楼坐坐,可大哥蜷缩在后排已经酣然入梦,只好作罢。

杜老幺提着旅行包,麦小秀拎着四五个香味四溢的塑料袋,平平手里捧着没有喝完的饮料,一家三口回到家里,兴奋了好半天。

杜老幺斜躺在沙发上,让麦小秀打开客厅的滑动门。清冷的江风吹进客厅,让他滚烫的脸舒服了不少。

麦小秀端来一杯水递给他,说:"到床上去躺会儿吧,这江风吹久了,容易感冒。"

杜老幺接过水杯喝了口水,说:"大哥、二姐夫酒量不行。哈哈,好久没这么痛快了。"

麦小秀在杜老幺身边坐下,说:"没想到你大哥、二姐混得还不错,孩子也争气。"

"我们平平将来也要上大学。"杜老幺自信地说,"也要出国留学,也要当科学家。"

杜老幺说完,拍拍麦小秀的肚子,笑嘻嘻地说:"等老二出生长大了,也要让他上大学。"

麦小秀瞥了杜老幺一眼,沉默一阵,才若有所思地说:"我看你大哥像是有什么心事,几次想开口跟你说什么,话到嘴边又缩回去了。"

"我怎么没看出来?"杜老幺搔着头皮想了又想,也没理出个头绪。

麦小秀笑道:"你就顾着喝酒和激动去了,哪里注意到你大哥的神色变化。"

夫妻二人说了一会儿话,又商量起了下周星期天和大哥、二姐家聚会的事情。说了半天,两人最后决定就在家里吃饭,到时候由麦小秀做几道广东菜,再配上些凉菜,既不显得寒碜,又可以增进和兄姐间的感情。杜老幺想了想,又说:"我回来以后,白大哥和顺达公司的人都请了我好几回了,不如我们借着这次搬新家的机会,也请他们一次。"麦小秀一听,直说是个好主意,事情就这么定下了。

星期天上午十点刚过,大哥、大嫂和二姐、二姐夫就到了杜老幺家。麦小秀在厨房忙碌,杜老幺陪着四人在阳台观望

二姐夫说:"老幺,有眼光,滨江路一通,这地段的房子肯定要增值。"

二姐问:"老幺,你这是新房,怎么还有些旧家具?"

杜老幺如实相告,房子是二手房,旧家具是原房主送的。大嫂笑弯了腰,"你叫他搬出去,他还得花搬运费。你还以为捡了个大便宜,哈哈。"

二姐、二姐夫和大嫂忙着评价杜老幺家的房子,大哥却对这些不感兴趣,而是一个劲儿在各个房间里转来转去,连厨房和卫生间都没有放过,似乎是在找什么东西。

转了两圈,什么也没发现,大哥有些失望。上个周末听杜老幺说了幺叔的事情,他就一直惦记着要回一趟杜家镇问问清楚。前两天没什么事,他叫上二姐,兄妹俩专程去了一趟杜家镇,找了几个本家亲戚打听,很快就把幺叔的事情弄清楚了,还听他们说了不少杜老幺的事情。正当他们准备回城的时候,本家两个姑姑却拉着他们不让走,还向他们讨要杜家祖传的花瓶,说是老祖宗的财产,本家人都有份。祖传花瓶其实也是大哥的心病,奈何几十年都没打听到半点线索。花瓶现在在哪里,他们和本家亲戚们也说不清楚,最后大家不欢而散。在回城的路上,大哥和二姐讨论了半天,最后一致认为,这个事情只有杜老幺才有可能搞明白。

大哥摁灭了香烟,叫杜老幺过来。杜老幺听见大哥叫他,赶紧跑到了大哥身旁。

"老幺,你算是衣锦还乡了,有什么好事,可不能忘了你大哥和二姐。俗话说,一笔难写两个杜字。"大哥阴沉着脸说。

"哪里会呀。"杜老幺嘴里应着,猛然想起前几天老婆说的话,反应过来大哥是意有所指,但却想不出大哥所说为何。

杜老幺一头雾水,一边给大哥递烟点火一边说:"大哥,兄弟愚笨,你有什么话,就点拨点拨兄弟吧。"

大哥直起身来,轻轻弹掉烟灰,慢条斯理地说:"你屋里还缺少一个摆件,就是我杜家祖传的花瓶。若能将它摆出来,不仅光宗耀祖,还能提高你在朋友中的地位。"

大哥是杜家长子,从小就知道家里有个祖传的花瓶,但杜父收得严实,他也没见过几次。当年杜父被遣送回原籍时,他为了自保,不敢和父亲有半点牵连,也就没想起花瓶的事情。现在事过境迁,他和二姐说起父亲的时候,总是想起这个花瓶,每次都唉声叹气、追悔莫及。前两天他和二姐回杜家镇,听本家亲戚说杜老幺在老家时酗酒好赌,不务正业,他想到和杜老幺相见的情况,当时还很疑惑,老幺看起来不像是潦倒的样子啊?今天来杜老幺家做客,他见房子还不错,但里里外外也没找见那个花瓶,心里不由得嘀咕,难道是老幺把花瓶卖了?上次见到杜老幺,大哥其实就想打听花瓶的事情,可他话里话外试探了好几次,杜老幺也没接话,对花瓶避而不谈。那天他心里就有些恼火了,今天一见杜老幺还是一副装聋作哑的样子,便开门见山,几近咆哮地说道:"花瓶呢?我杜家祖传的花瓶呢?去哪儿了?"

杜老幺被大哥的样子吓了一跳,一听是花瓶的事情,猛地反应过来,扑通一声跪到地上,哭着说:"我,我送人了。"

大哥和杜老幺这边的动静,把二姐、二姐夫、大嫂、麦小秀都惊动了,大家围拢了过来。

杜老幺将当年父亲如何授意他把花瓶送人,他最近又如何找到花瓶,最后又如何抵押给江老板的所有事情,叙说了一番。

杜老幺讲完,心里舒坦了许多,他看看兄姐们,说:"当时我才八九岁,父亲叫我当着众人的面把盒子送给白长顺,我并不知道里面有什么。父亲临死时,才告诉我真相。"

"真是老爷子叫送人的吗？"大哥跳起来,一把揪住杜老幺,唾沫四溅地嚷道。

杜老幺惶恐地点头。大哥愤懑地说:"我不相信,老爷子没这么糊涂。"

大家都默默无语。大哥来回走了几步,停下来狠狠拍着茶几说:"真是愚蠢,到手的花瓶,又拱手相送。"

"现在花瓶究竟在哪里?"大嫂发出疑问。她听了半天,仍是一头雾水。

"存放在公司,二十四小时有专人监管。"杜老幺小心翼翼地说。

一向不大爱开口的二姐夫说:"怎么越扯越复杂,与公司有何相关?"

杜老幺只得又解释一番。大哥问道:"公司老总白长顺,就是白家的老三?"

二姐说:"我见过白家的老三。有一次,星期六放学回家,我经过一个池塘,见杜老幺跟白家老三在池塘边玩泥巴,两个人都糊得泥人似的。老幺,你这个买卖划得来,送一半,留一半。我和大哥光眼看。"

大哥站起来说:"我要到你公司去看一看花瓶。"

杜老幺料到大哥会要求去看花瓶,但没想到他会如此迫切,便委婉地说:"大哥,今天是星期天,陈列室不开放,真要去,还得向白总汇报。要看花瓶没问题,吃了饭再去吧。"

"不,就要现在去。"大哥越发固执。

杜老幺心里有些慌了,他怕大哥把玩花瓶时看出破绽,因为展出的花瓶是赝品。

当初决定把花瓶留在公司时,为确保花瓶万无一失,王承西、白长顺和杜老幺三人商量了很久,最后决定以仿品代替真品展示。王承西花了几千块钱,在文物商店挑选了一件足能以假乱真的赝品摆在了陈列室。这件事除了他们三人,谁也不知道,连负责看守花瓶的孙小小也一无所知。真正的花瓶就在杜老幺家中。王承西一再告诫杜老幺,这件事不能告诉任何人,知道的人越少,花瓶越安全。

望着一脸怒气的大哥,杜老幺有些犹豫,要把真相告诉大哥、二姐吗?毕竟他们也是杜家子孙,还是同一个父亲的亲兄姐。但另一个声音也在他脑海里回荡:花瓶已不属于你个人,它关系到公司的兴衰存亡,要遵守诺言,永保秘密。

"大哥、二姐,你们真要去看看……"杜老幺有些吞吞吐吐地说,他的心理防线就要崩溃了,"不过,今天……其实花瓶……"

"杜老幺,还站着干什么?大哥有车,快去快回。"麦小秀突然出声打断了杜老幺没说清楚的话。

杜老幺一下回过神来,腿不颤抖了,说话也不结巴了,乐呵呵地带着大哥一行人走出了家门。

麦小秀追到门口热情招呼:"大哥大嫂,二姐二姐夫,回来吃饭啊,尝尝我的手艺。"

关了门,麦小秀立刻变了腔调:"不吃,拉倒。"

近来王小红很活跃,除了和一帮好姐妹打得火热外,还和江夫人频繁往来。好姐妹们整天拉着王小红一起打麻将、上舞厅,恭维话一套接一套,老总夫人叫个不停,还闹腾着要她请客。王小红原本就虚荣心极强,好姐妹们一起哄,更是让她飘飘然起来,摆了好几桌高档大席面,把给白宏远准备的学费都挪用了。江夫人则又是请王小红洗桑拿,又是带她到处看房子,让她开了不少眼界。

杜老幺买了房子以后,王小红像个热锅上的蚂蚁,急得团团转。她缠着江夫人一连跑了好几天,几乎把江老板手上的房子看了个遍,终于看中了其中的一套跃层新房。这套房子因为面积大,总价款下来是一大笔钱,王小红不敢擅自做主,于是回家去磨白长顺。

"老公,怎么这么早就睡了?"

睡得迷迷糊糊的白长顺被吵醒,一看时间,都快十二点了,哼了一声,没理睬她,翻身又睡了。王小红也不生气,挤进被窝里说:"老公,还没挣到大钱,就不理老婆了,想做陈世美呀。"

白长顺嗅到一股浓浓的香水味,骂道:"香水不要钱吗?睡觉还擦香水。"

王小红嬉笑着说:"这是江夫人送的法国香水,我舍不得洗掉它。土包子,懂吗?"

白长顺摇了摇头,不想再管她,蒙头准备接着睡觉。王小红推了推白长顺说:"老公,我今天和江夫人跑了一天,看中了一套房子。"换新房子是王小红心里记挂了多年的大事,这次江夫人抛出了橄榄枝,她想也不想地就接下了。

"你有钱,就买吧。"白长顺含糊地说。

"可以先不付房款,我们只要凑个装修费。"

白长顺一听,顿时睡意全无,一个翻身坐了起来。他暗自佩服江夫人的心计,也很恼火王小红眼皮子太浅。

"你还以为占了便宜,你也不为宏远想想。宏远还只是个高中生,他的人生以后会怎么样,现在谁也说不好。你为了一套房子就把儿子未来的人生大事替他决定了,这不是坑他吗?这套房子不能要,再等等,等宏远大学毕业了再说吧。"白长顺正色对王小红说。

"我是他亲妈,还会害他吗?还不都是为他打算。"王小红辩解道。

"别为自己涂脂抹粉了,你口口声声说是为了宏远,其实内心深处,事事都是为自己打算。别人不了解,我还不清楚你。不说了,不说了,睡觉。"白长顺说完,转身蒙头睡去。可哪里睡得着,直到天快亮了,他才迷迷糊糊睡了一会儿。

顺达公司刚成立不久,很多事情都在筹备中,也就没有按正常周末来排休,大家差不多天天都去公司。因此,第二天虽然是星期天,一大早,没有休息好的白长顺就揉着额头出了门。到了办公室,他先转了两圈,缓了缓神,然后打开了窗户。山里清晨的空气清清冷冷迎面扑来,让白长顺清醒了许多。

白长顺想到了唐万林。

白长顺越想越心烦意乱,便想到工地上去转一转,舒缓一下心情,哪知刚走到办公室门口,迎面撞上了笑盈盈的邱秘书。

"白总,我来报到了。"

"欢迎,欢迎。"白长顺请邱秘书进了办公室。

邱秘书要来顺达公司工作的事情,白长顺还没有和汪大师与刘四妹说,虽然对她的职位安排他已经有了打算,但还是需要和汪、刘二人通气后才能正式任命。于是白长顺一边让孙小小先带邱秘书去各处转转,熟悉一下情况,一边让人叫汪大师和刘四妹来他办公室开会。

三人碰头后,白长顺简单地把邱秘书的情况说了说。汪大师和刘四妹虽然有些意外,但也知道顺达公司目前正缺这方面的人才,所以当白长顺提出让邱秘书担任公司办公室主任,同时兼任董事会秘书职务时,二人都没有异议。

不一会儿,邱秘书回来了,白长顺便代表顺达公司当场宣布了对她的职务任命。邱秘书有些激动,对着白长顺三人连鞠了几躬。

邱秘书老大不小了,一直单身,她以前也谈过几次恋爱,但都没成。她的眼光高,找对象时很挑剔,看不上太普通的人,可她看得上的人,别人又挑剔她,加上她那个"老板私人秘书"的头衔很容易让人想入非非,一来二去,她的婚姻问题就给耽搁了。她目前正在交往的男朋友,条件好,实力强,有潜力,是她理想中的对象。男朋友对邱秘书也很满意,除了她的"老板私人秘书"身份。因此,邱秘书要想把这段恋情修成正果,就必须换一份工作。于是她求到了马老板面前,马老板又找到了白长顺。白长顺不仅答应了让邱秘书来顺达公司，还给了她一个听起来特别有面子的职位，邱秘书成了邱主任，她是真心特别感激白长顺。

邱主任又说了些感慨的话，几人哈哈大笑。刘四妹说："邱主任，不必客气。公司才成立，还没见到一分钱，只怕委屈了你。"

汪大师看着邱主任毕恭毕敬的模样，心里直发笑。他想起在青松陵园第一次见到邱主任时，她跟在马老板身后耀武扬威的，看白长顺等人的目光充满了冷淡与不屑，像是高高在上的女王，没想到三十年河东，三十年河西，现在她反倒成了他们的下属。

白长顺觉得办公室主任对公司非常重要，这个职务需要一个有行政工作能力和经验的人来担任，而邱秘书正好是合适的人选。

几人寒暄完毕进入工作状态，白长顺给邱主任交待了近期要做的几件重要工作后说："邱主任，从今天起，你就是公司的大管家，我们把公司交给你了。希望你不会让我们失望，也希望我们能够长期合作，相信你的加盟，公司一定会成为一流的公司。"

白长顺的话像一把火温暖了邱主任的心，她激动地说："我一定为三位经理服好务，报答你们的知遇之恩。"

这时桌上的外线电话响了，白长顺拿起电话没说几句就皱起了眉头。放下电话，他对大家说："杜老幺的大哥、二姐来了，要看花瓶。"

几人听后，纷纷猜测杜老幺的大哥、二姐来看花瓶的动机。邱主任说："几位经理，你们不必出场，我以办公室主任的身份接待他们，先探探他们的虚实，你们再相机而动。"

汪大师和刘四妹觉得邱主任的主意不错，白长顺却摇摇头道："你俩可以不出场，我却是躲不开的。我们两家是多年的邻居，何况还有杜老幺这层关系。"

白长顺心里盘算，杜老幺带大哥、二姐往山上跑，说明他没有吐露秘密，这样自己就知道该怎样唱这出戏了。

杜家的车到顺达公司时，白长顺带着邱主任和孙小小已经在大门口恭候多时了。杜大哥一下车就握住白长顺的手感叹道："白总经理，当年我上中学时，你和老幺还是个啥都不知晓的小屁孩。真是长江后浪推前浪，现在个个都是董事、经理了。"

邱主任听见杜大哥这么说，心里特别扭，哪有刚见面就这样摆谱的，她知道此人来者不善。白长顺没事似的一笑道："不知大哥、二姐前来，有失远迎。正好是中午用餐时间，公司备了工作餐，各位先去用餐，然后再四处看看，多多给小弟提些意见。"

"白总经理，你应该知道我们的来意吧。"杜大哥直言不讳，有些咄咄逼人。

"我当然知道大哥、二姐风风火火赶来，为的是啥子。"白长顺诚恳地说，"但现在正是吃饭时间，还是先用餐吧。用完餐有的是时间，各位，怎么样？"

"不行，不行，我要先看花瓶。"杜大哥毫不松口。

邱主任上前一步，不冷不热地说："我是公司办公室主任，你是杜家大哥吧，不知道该怎样称呼你？现在参观不了花瓶，因为工作人员都在用餐。你还是客随主便，相互理解一下吧。"

杜大哥碰了个软钉子，正欲发火，在他身后的二姐夫拍了拍他的肩膀，说："老杜，吃了饭再说吧。"

二姐夫说完，不待杜大哥应答，就径直朝着白长顺所指的方向走去了。二姐夫本来就不想上山，只是见众人都走了，才勉强跟来。折腾了一上午，他早就饥肠辘辘了，再则，他身为院长，怎能在公众场所闹闹嚷嚷。杜二姐见丈夫走了，看了一眼大哥和杜老幺，便追赶丈夫去了。杜老幺为难地对大哥、大嫂说："大哥、大嫂，我们还是先吃饭吧。"

虽说是工作餐，实际是一桌还不错的待客宴，但这顿饭却吃得索然无味。白长顺几次想挑起话头，杜大哥都不理睬，二姐夫也不说话，只有杜二姐不痛不痒地应了几句。

用完餐，杜家一行人在白长顺和邱主任的陪同下来到陈列室。陈列室里除了陈列了陵园的模型沙盘外，还有杜家的祖传花瓶。花瓶被一个特制的玻璃罩盖着，放在一张铺了桌布的桌子上。桌子旁边的墙上贴着一张海报，海报的内容主要讲述了这个花瓶的来历，重点渲染了白长顺和杜老幺之间的兄弟情义。

杜大哥看见花瓶，几步抢上前去，内心像打翻了五味瓶。这是杜家的传家宝啊，他一个杜家长子，现在却连摸都摸不到，当初父亲出事的时候，就应该早早回家一趟，把花瓶拿走。唉，真是悔不当初，这个杜老幺，真是个败家子。杜二姐的心情也不比大哥好多少。她默默地盯着花瓶，心里也是唏嘘不已，她知道大哥的心思，其实她也一样。杜大嫂一言不发，密切地关注着杜家兄妹脸上的神情变化，她相信自己的丈夫，一定能成功地把花瓶拿回他们家。二姐夫呢，像个局外人，背着手，先是饶有兴趣地看海报对花瓶的介绍，然后又转到沙盘前仔细观察陵园的布局，甚至被其中宏大的休闲广场、新颖的地宫设计以及颇具民族特色的牌坊吸引住了。

白长顺和邱主任默默观察着杜家兄妹的神态。上任第一天就遇上突发事情，邱主任既兴奋又激动，真是天赐良机，正好一展身手，为新东家排忧解难，证明自己绝非只会收收发发的小秘书。她未来公司时就对杜老幺及花瓶的故事比较了解，虽然现在又冒出个大哥、二姐来，但大致的情形她从这两人的做派上猜都能猜得到。

白长顺坦然地站着，心里已经做出了决定，让他感到棘手的是花瓶已抵押，恐怕一时半会儿还给不了杜家。

杜大哥突然提出要求："可以拿出来看看吗？"

"不可以。"孙小小毫不犹豫地拒绝了，"原本按规定，参观者只能在白线外参观，你们已经是例外了。"

杜家人低头一看，地上果然有条宽宽的白线，他们不仅越过了白线，而且都快贴到桌边了。杜大哥有些恼羞成怒，说："欺人太甚！"邱主任赶紧说："请各位来宾到休息室用茶。"

杜大哥瞪了邱主任一眼，正欲发作，杜二姐一把拦住他，低声说："大哥，注意你的身份。"

白长顺坦诚地说："杜大哥，你想怎么看，就怎么看。小小，把罩子拿开吧。"

孙小小迟疑了一下，小心翼翼地取下了罩子。

罩子一拿开，杜家人四双眼睛就死死盯住了小小的花瓶。杜大哥抢步上前，双手抱起花瓶紧紧贴在了胸口。时隔三十多年再次亲手抚摸到祖传花瓶，他激动得浑身颤抖。从前他只知道家里祖传的花瓶值钱，今天才知道竟然价值六百万元，这个认知又让他忍不住热泪纵横。杜二姐也激动得眼圈有些发红，她站在大哥边上跟着一起看花瓶。

杜老幺见大哥将花瓶翻来覆去地仔细察看，生怕大哥看出假花瓶的破绽，紧张得头皮直发麻。把花瓶送给白长顺一半，又拿出来给公司做抵押换资金，他原本没有多想什么，只是凭着本能做决定，现在看见大哥和二姐的样子，他心里隐隐产生了一些负罪感，觉得是自己私自处理了家里祖传的东西，对不住大哥和二姐。担心假花瓶露馅儿，又愧对兄姐，一时间杜老幺越发局促和窘迫。

几乎所有的人都看出了杜老幺的窘态，但每个人透过表象得出的结论却相差甚远。白长顺心里也有些着急，但他不是怕杜老幺扛不住吐露实情，而是怕杜老幺把所有的过失都揽到他自己一个人身上。白长顺觉得不能让杜老幺为了他和公司被他的兄姐为难，于是给邱主任使了个眼色。邱主任会意，再次提议大家到休息室坐坐。

　　休息室也是会议室，里面放有一张会议长桌，几把折叠椅。待大家入座，白长顺坦然地说："各位，情况就是这样，大家有什么看法，都拿到桌面上来。"

　　杜二姐心里不服气，怎么杜家的花瓶就成了白家公司的展品，可她一时又说不出充分的理由，只好朝大哥使眼色。杜大哥从跨出杜老幺家门起，就在盘算着如何把花瓶弄回来。他预测了各种可能，其中最坏的一种可能是白长顺躲着不露面，手机也联系不上，他们根本看不到宝贝花瓶。他没想到白长顺如此耿直大方，不仅设宴招待他们一大家人，还让他们看了花瓶，并且随便把玩，现在大家坐下来商谈此事，白长顺也是态度随和、言辞恳切。

　　看来收回花瓶还是有可能的，杜大哥一边想着一边站起来，放软了语气："感谢贵公司，尤其是感谢白老弟及你全家人，多年来将我家祖传花瓶保护得很好。我知道，花瓶要真正回归杜家，还有许多麻烦问题有待解决。"

　　杜大哥说到这里，停了停，微笑着环视全场，然后将目光落在白长顺身上，继续说道："今天，我只有一个小小的请求，我想把花瓶带回家，好好把玩几天，可以吗？"

　　"非常遗憾，我公司无法满足你的请求。"邱主任委婉拒绝，解释说，"因为现阶段花瓶的归属权不在杜老幺手里，也不在白总手里，更不在公司手里。我们只是替人保管，无权处置。"

　　杜大哥一听，暴跳起来，一把扯开衬衣的领口，大吼道："你们给我说清楚！到底怎么回事！"

　　邱主任不急不躁地说："花瓶以杜老幺和白总的名义，以二百八十万元的价格抵押给了江老板。"说完，她拿出早就准备好的抵押合同给杜家兄妹看。

　　杜大哥蛮横地说："不管怎么说，这是我杜家祖传的花瓶，今天就得归还给杜家！"

　　邱主任针锋相对回道："从法律角度上讲，这花瓶已经不属于杜家了。当年，杜老幺当着几十上百人的面，把装在鞋盒里的花瓶赠送给了白总，还清清楚楚说了,'这是我送你的礼物'。"

杜大哥正想驳斥,邱主任挥了下手,继续说:"我知道你要说什么。是,杜老幺当年只有八九岁大,说的话没有法律效力,可是,他是按照杜老爷子的吩咐办的。而且,杜老爷子当时也在场,也亲口说过,要白总好好保护它。虽然不清楚杜老爷子当时这么做的动机,却也无法改变赠送的事实。"

就这样,杜大哥和邱主任你一句我一句,杜二姐和杜大嫂也时不时地插上几句,争执越演越烈。

最后,杜老幺站起来,大声说:"大家都不要吵了!邱主任说的都是事实。大哥,二姐,我不要花瓶。以后花瓶赎回来了,你们就拿走平分吧。但是现在,实在是对不住,公司资金短缺,没有办法,把花瓶拿去做了抵押。也请你们看在我这个弟弟的份上,不要这样逼着我们不放。求你了!"

所有人都不说话了,休息室里难得的安静了下来。白长顺这时也看明白杜家大哥的用心了,他很无奈,也想早点儿结束争执,便开口说道:"实在对不起,花瓶已经抵押出去了。不过,我们公司预计半年之后就会赢利,到时候我会第一时间把花瓶赎回来,奉还给杜家。但在此之前,你们的分配方案必须让我知道,我不能让杜老幺吃亏。"

杜大嫂说:"你说得轻松,到时候要是公司没赚钱,怎么办?"

杜大哥哈哈大笑了两声,说:"白总啊白总,你真是打得一手好算盘!你这个缓兵之计,瞒得了我吗!实话告诉你,花瓶你今天给也得给,不给也得给!"

白长顺也沉下了脸,今天绝不能让杜家兄妹把花瓶拿走,要不然一旦假花瓶的事被拆穿,杜老幺和他们的情分就彻底撕破了。他说:"大哥,你误会了,我说的句句是实话。"

杜大哥一屁股坐下,跷起二郎腿,看都不看白长顺,转头对杜老幺说:"老幺,你要还是杜家人,就把花瓶给我拿过来!"

杜老幺的脾气也有些压不住了,他说:"大哥,你不能这样,就不能给我们些时间吗?就一定要这样咄咄逼人?"

这时,邱主任冷笑了一声,说:"你家老父亲和亲弟弟担惊受怕的时候,你们在哪里?还有脸说自己是杜家的人。哼!你们不就是想要花瓶吗?小孙!把花瓶拿过来!"

孙小小应声答应,把花瓶抱过来小心翼翼地放到会议桌上。大嫂伸手欲拿,邱主任喝道:"慢!"

"这不是菜市场卖的白菜萝卜,这是价值几百万的古董花瓶,要移交,就得有一定的手续。"邱主任搓了搓手,环视一周,语调缓慢而有力地说,"诸位,你们能确认这就是杜家祖传花瓶吗?"

"能,一定能。"杜家大哥、二姐异口同声。

"看清楚了,这只花瓶是你杜家的吗?"邱主任重复一遍。

"是的,肯定是我家的。"杜大哥急切地回答。

邱主任笑道:"那好,这花瓶值六百万元,你俩各拿一百万给杜老幺,花瓶就归二位了。"

"这是杜家的事,用不着你操心。"杜大嫂挤过来嚷道。

杜大哥冷笑一声说:"这点小伎俩,骗得了别人,瞒不了我。你们这是倒卖文物,属于违法行为。"

此言一出,室内一片寂静。杜大嫂与二姐相视一笑,两双手握在了一起。杜老幺和孙小小神色慌张,不约而同地朝白长顺望去。白长顺镇定自若地站在那里静观事态,他相信杜大哥是虚张声势。他坚定的目光稳住了杜老幺和孙小小,坐在圈外的二姐夫却皱起眉头,心里骂道:"如此下策,玉石俱焚。"

邱主任纹丝不动立在中央,这种场面她见得太多,无论怎么吵、怎样闹,最终都得坐下来协商。她微笑着对杜大哥说:"走上法庭,你就会如愿以偿吗?"

邱主任已从白长顺的举动中反应过来,陈列的这个并不是真花瓶,不然的话,依白长顺的性格,早让杜家把花瓶拿走了。邱主任理理鬓发,继续平淡地说:"就算这事摆平了,你今天也拿不走。"

"凭什么拿不走?"杜大哥说。

"你还得立个字据在这儿。"邱主任说,"要不然明天你又说,花瓶是假的,那怎么办?"

"不会的,不会的。"杜大哥有些迫不及待。

"先说断,后不乱。"邱主任原地踱步,她已有克敌制胜的锦囊妙计,煞有介事地说,"这六百万是我公司估的价,你可以不相信。想拿走的话,你必须找人当着我们的面鉴定,然后才能进入下一个分配程序。有可能它价值连城,也有可能它分文不值。"

杜大哥越听越糊涂,忍不住又抱起花瓶仔细琢磨,可看了半天,也没看出个名堂。他盯着二姐,二姐更是一筹莫展。杜大哥有点骑虎难下,他不甘心地放下花瓶,近乎歇斯底里地叫道:"拿纸来!"

这时,一直没说话的二姐夫突然开口说道:"老杜,天色不早了,该走了,小秀的晚餐早备好了。"说完,也不待杜大哥回答,自个儿走到白长顺面前和他握手告辞,并问了些公司经营方面的事。白长顺一一如实作答。

杜大哥在二姐夫面前向来都是言听计从,可今天实在是心有不甘,便站着没动,杜二姐在背后推了他一把,他才缓缓抬腿移步。愣在一边的杜老幺见二姐夫拂袖而去,又见大哥也悻悻离开,顿时长长地出了口粗气,也才感觉到后背都被汗水浸透了。

回去的车上只有四人,白长顺借口工地有事,留下了杜老幺。轿车在乡间公路上飞驰,像脱缰的烈马横冲直撞,扬起漫天尘土,惹得路边行人一边躲闪,一边破口大骂。

大哥一边开车,一边抱怨二姐夫不但不出手相助,还打退堂鼓。坐在副驾驶座的二姐夫哈哈大笑:"为何不走?再不走,你就掉进陷阱了。"

"我啷个就掉进陷阱了?"大哥不服气。

二姐夫嗤之以鼻,慢条斯理地说:"你认准了那就是杜家的祖传花瓶?"

大哥手把着方向盘,点点头。

"就这么稀里糊涂签字画押,不明不白抱回家?"二姐夫问。

二姐、大嫂都要他别卖关子,二姐夫才缓缓说道:"那个花瓶是假的。"

二姐夫此言一出,其余三人大吃一惊。大哥勃然大怒,就要调转车头去找白长顺讨个说法。二姐夫按住方向盘说:"万万不可。"

二姐夫接着说:"你想想,你要是有这么贵重的宝贝,会放在荒郊野外吗?还有,那江老板花大价钱收了花瓶,却不拿回家把玩,那脑壳肯定被门夹了。最明显的是,邱主任对你说,今天给你,明天你又说是假的,咋办?你好好想想。"

大哥如梦方醒,脸色一下变得黑沉黑沉,骂道:"杜老幺,你这个吃里扒外的东西,我饶不了你!"

二姐叹口气说:"老幺在社会上混了二十多年,一身的江湖习气,真是不可救药。"

"这个是假的,真的又在哪里?"二姐提出疑问。

二姐夫沉默了一会儿说:"据我推测,杜家的花瓶应该在江老板手中。理由,刚才已说了,他花了二百八十万,会不拿回家吗?"

大哥沮丧地说:"别卖关子了,该怎样做?下一步?"他讨厌二姐夫这只老狐狸,但每到关键时刻,又不得不向他讨教。

二姐夫坐正身子,平视着前方,缓缓说道:"刚才你们吵架的时候,我仔细观察了工地的情况,两台挖掘机忙个不停,深坑下面的两排水泥柱已经完工,工人正在拆除脚手架;远处,陵园牌坊立起了一半,山坡上有工人正在修建墓基。看样子,他们这个工程是实打实的。我觉得白总这人很坦诚,说话中肯可信。老幺遇上他,是人生之大幸。要有耐心,等个一年半载吧。我是看好这家公司的。"

第 十 三 章

贺纯芳与方老板在机场送别了大姐，方老板又驱车将她送到嘉陵江桥头。母女俩下车拥抱惜别，初冬的阳光照耀着她们，给人祥和安康的幸福感。方老板千叮咛万嘱咐，仿佛又是场生离死别。贺纯芳看着母亲眼角的皱纹，内心升起从未有过的对亲生母亲的怜惜之情，她抹去母亲脸上的泪水说："妈，我陪你回去吧，也见见我老爸。"

方老板一愣，瞧着懂事乖巧的女儿，摇摇头道："我一来，就把你带走了，你养父母会怎么想。"当初接到电话时，她是想过把女儿带走的，后来冷静下来，觉得还是应该遵守承诺，再说，老贺夫妇是真心疼爱女儿的。

方老板拍拍女儿肩头，替她理了理秀发，强忍着内心的不舍说："过年再说吧。春节回来，一定要带上你养父母。记好了，二娃子。"

贺纯芳感受到母亲内心情感的起伏变化，怕母亲太难受，便换了个轻松的话题："妈，真看不出来，你能从农村妇女蜕变为女强人。你肯定吃了不少苦吧？"

方老板苦笑道："我和你爸爸吃的苦，比黄连还苦。当初，我们到广东家具厂打工，他干木匠活儿，我当油漆工。那油漆味熏得我眼都睁不开，整天流眼泪，过了一个多月才好点儿。那时候我又怀着你，生怕对你有个什么不好，整天提心吊胆的。"

"后来你们又是怎样当上老板的？"

方老板看了女儿一眼，有几分得意："回老家后，我们在镇上开了间木工作坊，啥子都做，农具、寿木、新式家具，人家要啥子，我们就生产啥子。因为我的油漆工艺好，作坊很快在镇上和县城出了名。我们就招了几个工匠和油漆工，又添置了一些设备，扩建了厂房，换了厂名，注册了商标，正正经经办起了企业。后来我们又做起了木材生意。"

"妈，单就后面这一项业务，一年的利润就超过一百万吧？"

方老板眼珠一转，佯装生气道："二娃子，你拐弯抹角套我的资产底细，啥意思？"

贺纯芳歪着头咯咯地笑。方老板自以为看透了女儿的心思，便抓住女儿的手说："你在这里好好发展，有啥困难，找我。"

方老板说完，又拉着女儿关切地问："二娃子，给妈说实话，找婆家没有？"

贺纯芳拉下脸来："唉呀，这话听起来怎么这么别扭呢。妈，这是大都市，还方大老板呢。"

两人都哈哈大笑起来。贺纯芳逗方老板说："你也想给我找个小木匠？"

方老板眼一瞪，有点儿生气了："小木匠丢人吗？"

娘俩嬉笑一番后，贺纯芳说："妈，你不应该盲目投资。"

方老板端详着女儿清秀的面容，想起那天在龙门山的情形，觉得女儿的性格和自己很像，不觉笑出了声。她动情地说："你长大了，有知识，有自己的看法，不错，真的不错。"

不待贺纯芳开口，方老板继续说道："我在商场二十多年，不是当妈的夸口，在重大决策上，还没有过啥闪失。家里厂里都是我说了算，你老汉呀，不敢说半个不字。你以为我是感情投资，其实并不完全是这样。在商言商，这是经商人的本性。二娃子，顺达不是封了你个顾问吗，有机会你真要好好帮他们一把。白总，汪经理、刘经理他们都是好人。你多接触几次就知道了。妈的眼睛不会看错人的。"

"妈，人情归人情，"贺纯芳认真地说，"这家公司有很多漏洞，很不规范，盲目投资有很大风险。"

方老板有些不悦："所以才叫你帮一把嘛，千万不能过河拆桥。"

贺纯芳低头没有言语。她知道白总很仗义，历尽万难找到她，却不肯收取报酬，母亲心存感恩，也在情理之中，但这跟投资是两码事，马虎不得。她琢磨怎样才能说服好强的母亲，情急之中却找不到适当的言语。

方老板见女儿不吭声，越发生气，厉声道："你是我女儿，就要听我的话，不然……"

贺纯芳见母亲动怒，忙抚着她的肩头，亲昵地说："妈，你误会了。"

方老板见女儿服了软，心中窃笑，板起脸继续教训道："你读书，学到的是知识，当妈的在商场拼搏，得到的是经验和教训，是课堂上学不到的财富。"

贺纯芳不愿与方老板再争执下去，就顺从地点头应允了。待方老板心平气和，她又打趣道："妈，汪经理真给你算过命？"

方老板顿时眉飞色舞，兴奋地说道："不是给我算命，是给你算命。汪经理人称汪大师，他算得真准，说肯定找得到我女儿，果然把你从偌大个城市中找出来了。"

这时，司机摁了两声喇叭，示意方老板该出发了，毕竟还有几百千米的山路要走。

贺纯芳笑着将方老板扶进轿车。方老板打开提包，将剩下的现钞都塞到了女儿包里。轿车驶出很远，贺纯芳还见方老板在挥手。

贺纯芳走在回家的路上，阳光照得她浑身暖洋洋的，老贺夫妇虽然视她如亲生，但她因为从小知道自己是抱养的，心里总有些缺憾，不得圆满。现在和亲生母亲及姐姐得以相见，对她来说，是人生的意外之喜，她心底的那份缺憾一下消失得无影无踪。这几天和母亲、姐姐相处，相互之间没有半点儿生疏。尤其是她和姐姐个头儿一般高，长相几乎一模一样，连披肩长发上的配饰都是一个颜色，两人简直是一见如故。姐妹俩还手牵着手站在方老板面前说："妈，你真了不起，我俩是双胞胎吧？"把方老板惹得又哭又笑。晚上在宾馆，母女三人住一间房，她和姐姐一起洗澡，一起睡觉，第二天，姐姐还专程到贺家一起住了一晚。贺纯芳想着亲人团聚的幸福，眼角眉梢都在笑。

短暂的团聚自然会是永远的怀念，而对生母、亲姐的挂念，才刚刚开始。

贺纯芳刚走到半坡上，远远地就看见老贺夫妇站在屋前的坝上往下张望。贺纯芳心头一热，兴奋地挥手喊道："我回来了。"

老贺和赵大姐见女儿回家了，悬着的心总算放稳当了。赵大姐招呼女儿洗手,准备吃饭。贺纯芳一看墙上的钟,都快下午三点了,她心头一酸,什么都明白了。本来她和方老板在机场已经吃过午饭了,但为了不让爸妈扫兴,她做出饥不择食的模样,用手去抓鸡翅膀。赵大姐用筷子敲了一下贺纯芳的手,说道:"像个馋猫,将来到了婆家,让人笑掉大牙。"

"我不嫁。"贺纯芳歪着头,调皮地说,"我给二老找个上门女婿,好不好?"逗得老贺夫妇笑逐颜开。贺纯芳低头小口喝汤,心里却在想:老妈做得对,我要真和她一起回老家了,爸妈会多么难受啊。

贺纯芳放下碗说:"我老妈说了,春节我们一块儿回老家,老爸、老妈还要正式感谢二老呢。"

老贺说:"要得嘛,好多年没去农村了。"

"是你妈亲口说的?"赵大姐问贺纯芳,脸上露出了幸福的微笑。

"嗯,我妈亲口说的。"贺纯芳笑着说,"对了,爸、妈,有件事和你们商量一下,我准备春节过了就装修房子,你们觉得怎样?"

"你有男朋友了?"赵大姐问道。

贺纯芳爽朗地笑了,拉着赵大姐的手亲热地说:"爸、妈,我是替你们打算,早点住进新房子,早点享受新生活。"

这新房是方老板从江夫人手里买的,在一处高档小区里。方老板看过老贺家后觉得太简陋,起了为女儿家买套房子的念头,江夫人见缝插针,三下五除二,很快搞定。

听贺纯芳这么一说,老贺夫妇有些意外,不是说好毕业后再装修吗,怎么变了。贺纯芳也不多解释,打个呵欠说累了,就回到了自己屋里。

贺纯芳躺在床上,努力使自己平静下来。这几天一连串的事接踵而至,她的精神一直处于亢奋状态,现在送走了姐姐、母亲,躺在舒适的床上,立刻有了几分倦意。

正迷迷糊糊时,她感觉有人站在床前,睁开蒙眬睡眼,发现是妈妈正俯身为她盖被子。贺纯芳欲起身,赵大姐按住她,轻声说:"睡,睡吧。"

赵大姐替她盖好被子,蹑手蹑脚地走出房间。贺纯芳望着妈妈的背影,第一感觉妈妈老了,不由鼻子一酸,两行热泪夺眶而出。

小时候,因为长得完全不像老贺和赵大姐,街坊邻居间一直有传言说贺纯芳是抱养的。贺纯芳懂事以后,自己也多次问过老贺夫妇这个问题,但老贺夫妇一直没有承认。贺纯芳十岁那年,老贺夫妇把实情告诉了她,可惜那时候段刚病故,余老板带着孩子搬走失去了音信,关于亲生父母的线索,就这样断了。后来,随着年龄的增长,加上老贺夫妇多年来对她视如己出,贺纯芳逐渐不再想着亲生父母了。

20 世纪 90 年代流行电子游戏机,贺纯芳的小伙伴们几乎人手有一台,于是贺纯芳回家哭闹着也要买游戏机。她哪里知道,父母都是下岗工人,家里供她上学都成问题,哪里拿得出钱来给她买游戏机。又加上前不久,音乐老师说贺纯芳有音乐天赋,动员她买一台电子琴参加音乐队,老贺二话不说带上贺纯芳到商店抱回了一台雅马哈电子琴。雅马哈可是当时的名牌,价钱可不便宜,老贺几乎花掉了家里两个月的生活费。

那天,贺纯芳哭闹累了,倒在沙发上睡着了。瞧着贺纯芳脸蛋上的泪痕,老贺夫妇心如刀绞,愁得一夜没睡安稳。第二天下午放学回家,闷闷不乐的贺纯芳见桌上有一台崭新的游戏机,高兴得跳了起来。脸色惨白的老贺默默坐在桌边,看着玩得津津有味的女儿,心里总算有了几分慰藉。赵大姐看着女儿天真的笑脸,再瞧瞧老贺那惨白的脸,一阵心酸。

过了些年,游戏机早就不流行了。有一天,已上大三的贺纯芳清理自己的房间时,嫌过时的游戏机碍事,要卖给收破烂的,正好被老贺撞上。老贺一把夺过游戏机,连声说不能卖,像抱宝贝似的抱着游戏机回到了自己屋里。

贺纯芳觉得好笑,晚饭时说给赵大姐听。赵大姐放下筷子,正色道:"你知道当年给你买这台游戏机,是哪里来的钱吗?"

贺纯芳茫然地摇头。

"是你爸用卖血的钱,买的游戏机。"赵大姐哽咽着说。

贺纯芳一听,大惊失色,泪流满面地跪了下去,"当年是我不懂事。"

大学毕业那年,贺纯芳联系了几家用人单位,有国企,也有民营企业,同时还报考了公务员。其实,继续读研是贺纯芳最大的愿望,可她清楚家里的情况,不想再拖累父母,打算尽早工作,让父母能松口气。系主任找她谈话,希望她考研,继续深造。贺纯芳犹豫了几天,将自己的身世和家庭情况告诉了系主任,婉拒了系主任的好意。

贺纯芳走后,系主任考虑再三,拨通了贺纯芳父母的电话。

老贺听明白系主任的意思后,激动地说:"老师,谢谢你。我家确实有困难,但决不会影响女儿读研，就是砸锅卖铁，我们也要供女儿上学。这是贺家的大好事。"

赵大姐问老贺："这读研，要读几年？"

"起码三年。"见老伴愁眉苦脸，老贺说，"哎，不要头发长见识短。这是好事，天大的好事。你看这一坡三道拐，上千户人家，出了几个大学生？更莫说研究生了，是不是？"

赵大姐叹口气，点点头。老贺又说："万一哪天她亲妈找上门来，我也说得起硬话，没有亏待娃娃。"说完，老贺忍不住红了眼眶。

"你莫乱讲，我才是她妈。"赵大姐有些激动，语气坚决地说，"没有真凭实据，我是不会交人的。你以为娃娃是喝西北风长大的。再说，芳芳跟不跟她走，我看呀，还不一定呢。芳芳是个重情的人。"

这天，贺纯芳回家时，见满桌佳肴，有墨鱼炖鸡、麻辣鱼片，还有两盘卤菜，都是她爱吃的，桌上还放了一瓶酒。

"妈，今天有客人？"贺纯芳问道，四下张望。

"有，还是贵客。"老贺坐在沙发上，乐呵呵地说，"快过来坐好，把酒斟上。"

贺纯芳一愣，客人还没到，怎么就斟上酒了？赵大姐拿着碗筷过来嗔怪道："鬼丫头，回来也不上厨房搭把手，将来到婆家去，脸色够你看的。"

贺纯芳大大咧咧一笑，不以为然。她见只有三副碗筷，撒娇道："哟，老爸，拿我开心啊。是想把我嫁出去？"

老贺端起酒杯说："你今天就是贵人，为贺家增添荣耀了，来，干一杯。"

贺纯芳一愣，很快便明白父母今天这样是因为什么事。老贺说："芳芳，我贺家几代都没出过大学生，一直到你这里，你不仅是大学生，还马上就是研究生了。你是贺家的大功臣，爸妈高兴呀，哈哈！你安心上你的学，别的事不用考虑，有我和你妈呢。来！好女儿，喝一杯！"

贺纯芳看着父母的笑脸和他们充满期待的眼神，拒绝的话怎么也说不出口。就这样，贺纯芳又回到了校园。

贺纯芳躺在床上回忆着辛酸而幸福的往事，热泪无声地布满面庞。赵大姐轻手轻脚走进屋，看见泪流满面的贺纯芳，就说："你妈才走半天，就哭得像个泪人。你妈若是看见，还以为贺家虐待了你。"

"妈，看你说些啥子嘛，"贺纯芳坐起来，搂住赵大姐动情地说，"妈，我是想起小时候不懂事,哭闹着要买游戏机,老爸疼我,去卖血的事了。"

母女俩紧紧拥抱在一起,能感觉到彼此的心跳。贺纯芳在赵大姐耳边调皮地说:"妈,我不会是白眼狼的。"

"就你这张嘴甜。"赵大姐在床沿坐下,告诉贺纯芳,刚才老贺和她商量,过完春节就装修新房,把这老屋卖了做装修费。

贺纯芳一听,说:"春节一结束,我就要准备毕业论文了,哪有时间去装修。刚才是逗你们玩的。"

贺纯芳实在不愿父母受累,更不愿他们卖掉老房子,随口编了谎言,哄得父母放心。

一家人正闲扯着,贺纯芳手机响了,是白长顺打来的,想请她到公司指导工作,为员工讲讲现代企业的管理和经营。贺纯芳本想推辞,忽然想起老妈的叮嘱,又想到这是公司第一次邀请她,自己这个顾问要是拒绝就太不合适了,便愉快地答应了。

老贺在一旁赞许地说:"白总是个好人,你要好好讲。可不能收人家的钱啊。"

贺纯芳头一歪,笑道:"该收就得收。"

这天,顺达公司用面包车将贺纯芳接到了龙门山。一进会议室,贺纯芳就被满会议室的人吓了一跳。白长顺那天在电话里请她来公司讲课,她以为只需要给三位经理讲讲如何防范风险的常识问题就行了,谁知白长顺把全公司的员工都召集起来听课了,就连最忙的永珍也站在门口旁听。

贺纯芳讲了一上午的课,快吃午饭时,公司新进员工小莉带着几名股份认购者来了,于是贺纯芳又加讲了一堂关于股份制的小课。几名认购者听得频频点头,神色也更加轻松,刘四妹赶紧让小莉把要点记下来,这样以后公司员工就可以自己来讲了。

中午一起吃饭的时候,贺纯芳向白长顺建议公司应买几台电脑,这样才有现代公司的气派。白长顺点头应允。邱主住在一旁心有怨气,说道:"白总,外来的和尚会念经。买电脑的事我说了好多遍,你就是不同意,贺老师一说,你就答应照办。"

白长顺笑一笑,埋头吃饭不理她,心里说:贺纯芳的建议,她说我听而已,应了你,我就要掏腰包,公司现在哪有资金添加办公设备。

没想到邱主任的话惹恼了贺纯芳,她盯着邱主任说:"谁是外来的和尚?我可是公司正儿八经的股东,白总任命的顾问。"又扭头问白长顺,"白总,什么时候给我发聘书?"

刘四妹一看话不投机,忙说:"主要是我们几个年纪偏大,不会用电脑⋯⋯"她明白白长顺的意思,公司还没盈利,不敢乱花钱。

"好学易懂,我负责教会你们三个。"贺纯芳爽快地说。

汪大师半开玩笑地说:"只怕我这个榆木疙瘩,搞不懂高科技,倒浪费了贺纯芳的宝贵时间。"

大家都笑了起来。

饭后,刘四妹陪着贺纯芳到地宫工地、陵园工地转悠,有段路泥泞不堪,刘四妹就挽扶着贺纯芳。贺纯芳过意不去,一走神,脚底一滑,差点摔了,幸亏刘四妹牢牢抱住了她,她才没出洋相。

这一幕正好被站在三楼办公室窗前的邱主任看见了。邱主任其实很清楚贺纯芳和刘四妹的关系,可她向来多疑,看见贺纯芳和刘四妹似乎很亲密的样子,心里就盘算开了:万一刘四妹劝说贺纯芳正式加入顺达公司怎么办?贺纯芳学历高,能力强,人又年轻漂亮,背后还有方老板,在顺达公司又有二十万元的股份,无论从哪个方面都比自己强。

邱主任越想越气恼,顺达公司这个职位对她来说十分重要,她的婚姻要靠它来达成,绝不能被个黄毛丫头破坏了。

邱主任的男朋友徐一明和她是大学校友,早邱主任两届,人长得胖乎乎的,在一家民营公司任总经理助理,而这家公司的总经理是他父亲。大学的时候徐一明就认识了邱主任,可惜的是当时还没来得及展开追求,他就毕业了。前一段时间,徐一明和邱主任在大学同学聚会中遇上了,他得知邱主任仍然单身,立刻展开了追求。邱主任对徐一明也很满意,两人很快便走到了一起。但邱主任当时还是马老板的私人秘书,徐一明对这个身份很介意。徐一明的父亲是当地有名的民营企业家,拥有七八家公司,徐一明委婉地向邱主任表示,请她尽快换一份工作,要不他父亲不会同意这门婚事。也正是因为这个,邱主任找了马老板帮忙,来了顺达公司担任办公室主任。办公室的工作,邱主任可谓是驾轻就熟、信手拈来,加上她到任的第一天就帮白长顺妥善地处理好了杜家花瓶事件,因此很得白长顺以及汪、刘二人的看重。

徐一明并不图邱主任能挣多少钱,他要的是一个身份,一份面子。邱主任到顺达公司任办公室主任以后,徐一明很是高兴,也因此对邱主任更满意了,两人的感情迅速升温,现在都快谈婚论嫁了。贺纯芳的出现让邱主任有了危机感,她得想个办法解除危机。

中午吃饭时贺纯芳的一番话给邱主任提了个醒,要巩固现在的位置,增持股份是最佳选择。目前她手上只有五万元的股份,她也拿不出更多的钱来了,怎么办?她眉头一皱,想到了徐一明,于是拨通了徐一明的电话,约他晚上八点半老地方见,有重大事情和他商量。邱主任和徐一明正在情浓之时,对于说服徐一明,她信心十足。

贺纯芳在龙门山逗留了大半天,临走时特意到白长顺办公室辞行。白长顺正与杜老幺商议事情,见贺纯芳进来,两人都起立相迎。寒暄之后,贺纯芳说:"白总,我今天对顺达公司以及公司领导和员工有了更新、更深的认识,上次和妈妈一道上山,仅凭走马观花的印象就胡说一通,还望白总海涵。我打算下学期来咱们公司实习,以公司为素材完成毕业论文,不知道方便不方便?"

白长顺还没来得及说话,就听见刚进门的邱主任说:"欢迎,欢迎!"

邱主任走上前去拉住贺纯芳的手,热情地问:"你论文的题目是什么?这选题很重要。"

贺纯芳诚恳地说:"邱主任,您是前辈,到时候还请多多赐教。论文题目是"论民营企业的生存空间"。"

邱主任听后不动声色,心里却不以为然,黄毛丫头不知天高地厚,竟敢啃这块硬骨头。

她喝了一口茶,慢悠悠地说:"这个选题不错,格局宏大开阔,老话说,初生牛犊不怕虎,真是没讲错。不过,这个选题涉及的问题政策性很强,很难把握,你最好不要在一棵树上吊死。除了顺达,你还可以调研你母亲的公司,我也可以给你介绍马老板和江老板的公司……"

白长顺和杜老幺对视了一眼,他们都察觉出情形不太对了,可又不知道说什么好,只好不说话。

贺纯芳安静而认真地听着邱主任的话,脸上看不出一丝的异色,她知道邱主任有学历、有经验、有能力,说的话虽然听起来有些刺耳,却一针见血地指出了最核心的问题。她像学生对老师一样恭敬地说:"谢谢邱主任的宝贵意见。"

邱主任一拳打在了棉花上,很不得劲儿,只好讪讪地笑了笑。

贺纯芳与众人告辞后,刚走出公司大门,就听见后面有人叫道:"贺老师,贺老师!"她停下脚步,回头一看,原来是杜老幺追出来了。

杜老幺说:"你先别忙走,白总安排了车送你下山。还有,我有个问题想请教。"说完,他欲言又止。

听说过花瓶的事情后,贺纯芳心里很佩服杜老幺的侠肝义胆,见他好像真有事情想问,便热情地说:"请教不敢当,你有啥事情想问我,尽管说,只要是我知道的,一定告诉你。"

杜老幺将杜家兄弟姐妹间的恩恩怨怨竹筒倒豆子似的一口气全讲了出来,最后说:"白总说,贺老师懂心理学,我实在弄不明白大哥、二姐到底怎么了,想请你给我点拨点拨。我心里真是憋得慌。"

贺纯芳被杜老幺憨厚的神情打动,认真地对他说:"你大哥、二姐是怎么想的,怎么做的,那是他们的事,与你没有丝毫关系。你自己问心无愧就行了。你父亲并没有立遗嘱说花瓶如何分割,而是亲口叫你送了人。因此,从法律上讲,你是花瓶的实际持有者,在没有找到你大哥、二姐他们之前,你有处置花瓶的权利。"

杜老幺听贺纯芳这么一说,神态一下放松下来,脸上露出了久违的笑容:"那就好,那就好。"

贺纯芳接着说:"你和白总的高风亮节、大仁大义让我很钦佩。白总是一个值得信赖的人,你遇事可以多与他商量。"

"对,对。"杜老幺一边听一边不停地点头。

这时,邱主任拎着包也出了公司大门,她看见贺纯芳还没走,就说:"还在呀?一会儿我男朋友来接我,你和我一起走吧!"

贺纯芳一直以为邱主任的孩子都应该上学了,猛地听见她提到男朋友,吃了一惊。邱主任一见贺纯芳的神色,就知道她在想什么,于是凑近她说:"坚守信念,宁缺毋滥。找对象,除了要看是不是有房有车,还要搞清楚一个最关键的问题。很多女孩子都没弄明白这个最关键的问题,所以结婚以后过得越来越不好。"贺纯芳听得一愣一愣的,邱主任越发得意,接着说,"大姐告诉你个秘诀,包你终身幸福。这找对象呀,千万不要找你爱的,一定要找爱你的。你看我,打个电话,他二话不说就来了。"贺纯芳越发一头雾水。

邱主任正吹得天花乱坠,徐一明到了,他挺着啤酒肚下车来,笑容可掬地请邱主任和贺纯芳上车。邱主任临时改变主意,不急着走了,开口邀请徐一明参观顺达公司。徐一明一愣,看了看贺纯芳,见她毫无反应,便满脸堆笑地对邱主任说:"改天吧,亲爱的,朋友们在山下等着。"

被婉拒的邱主任觉得在贺纯芳面前丢了面子,又无从发泄,窝着气上了车。

随后,白长顺、汪大师、刘四妹挤在一辆面包车上也下了山。车还没进市区,白长顺就接到王承西的电话,说有同学会的紧要事找他商量,于是白长顺和他约好两江茶楼见。

白长顺到达两江茶楼时,王承西还未到,他就在大堂找个位置坐下,叫了份盖饭边吃边等。茶楼老板看见了白长顺,赶紧过来打招呼。最近,顺达公司有几次股份认购会都是在两江茶楼举行的,茶楼老板见了白长顺自然很高兴。

老板问道:"白总,就你一人?"

"等个人,谈点儿事。"白长顺说完低头吃饭。

"今天不用包间?"老板热情地说。

白长顺抬起头说:"就两人,犯不着。"

茶楼老板在白长顺旁边坐下来,讨好地说:"白总,你生意越做越大,场面还是要讲究的呀。"见白长顺只笑不搭话,老板又说,"今天这包间,给你免费用,如何?"

白长顺仍是笑,不置可否,老板再接再厉:"白总,以后有啥好处,可不要忘了我。"

"好啊。"白长顺笑道,"我让你二十万股份。"

茶楼老板一听,心里骂了一句,嘴上却说:"感谢白总抬举我,可我哪有闲钱。不怕你笑话,我开这茶楼,起早贪黑一月下来,除去房租、水电费、税收、人工费,最后剩下的就够吃稀饭了。"

"那你以后莫后悔。"茶楼老板的心思,白长顺一清二楚,"也莫说我不够朋友。"

茶楼老板意味深长地笑着说:"多谢,多谢。"

这时,王承西也到了,他见白长顺在吃饭,便嚷道:"好哇,你一个人吃独食。"

白长顺呵呵笑道:"一天没吃饭,实在是饿了。"

茶楼老板机灵,见状赶紧说:"二位,要些啥子菜?啥子酒?我这里饭后有好茶伺候,包间还免费。怎么样?"

白长顺和王承西相互看了一眼,跟着老板进了一间包间。

白长顺问王承西:"啥子事?叫得这么急。"

王承西笑道:"不急,不急,酒来了再说。"

白长顺道:"那我先说件事?"

王承西点点头,白长顺说:"你大,还是我大?"

王承西疑惑不解地看着白长顺,白长顺笑道:"想给你介绍个内当家,不晓得该叫兄弟媳妇,还是叫嫂子。"

"那我肯定比你大。"王承西高兴地说,"要介绍个什么样的人给我?快说来听听。"

白长顺心想,你要卖关子,我也会,就说:"你想找个什么样的女人?"

王承西摸摸有些散乱的头发,苦笑一声道:"都这把岁数了,能凑合着过日子的就行。"

"那你是没啥条件啰?堂堂教授,不至于吧。"白长顺说。

王承西摆摆手,示意白长顺说下去,大有虎落平阳无可奈何之势。自从前妻带着儿子离去,他已经独居十个年头了,其间也接触了三四个女人,总是高不成,低不就。

"我那个搭档,怎样?"

"刘四妹?"王承西瞪大了眼睛,连忙摆手。

白长顺直视着他,目光咄咄逼人,王承西避开白长顺的目光,故作轻松地说:"刘经理这个人嘛,耿直、泼辣,以前没啥接触,自创办公司以来,我觉得她的工作能力提升很快……"

"你是在审查干部吗?"

王承西只好和盘托出自己的真实想法:"老同学,我是找老婆过日子,不是……"

白长顺看透了老同学的心思,还是看不起下岗女工,于是把手一挥,"好,当我没说。"

端起茶杯,白长顺忍不住又说:"你还是再考虑考虑吧,过了这个村,就没这个店了。"

王承西还是摆摆手。

过了一会儿,酒菜上来了,两人便边吃边聊。

王承西说:"最近,我们又联系上了两位同学,准备正式组织一次同学会。"

白长顺脸上挂着笑,抽着香烟"嗯"了一声。

"老白呀,我这两天跟孟诗凡聊天,她听说你办公司,当老总,很高兴。"

白长顺忍不住问:"什么,她回来了?"

王承西摇头说:"不是。我们是在互联网上聊。"

白长顺想起中午贺纯芳才建议购置几台电脑,心想看来电脑这东西作用真大,再不学会用,会落伍的,搞不好公司都要被拖累。而且会电脑了,就能同孟诗凡聊天了。想到这里,白长顺对王承西说:"上次跟你打了招呼,叫你不要把我的事告诉孟诗凡,你当耳边风。"

"我觉得告诉了她有好处。"王承西解释道。

"老白,就目前发展的态势,我有几个设想。"王承西没有去管白长顺的反应,摘下眼镜,一边慢慢擦拭一边继续说,"就目前状况来看,每月筹资二百五十万到三百万是没啥问题的。这富余的钱,我们不能捅在手里,而要投放出去,让它产生利润。我建议在市区买栋楼,除了公司使用的部分外,其余部分租出去或者开展其他业务,比如旅馆、娱乐项目等。"

白长顺笑了,用嘲讽的口吻说:"说得不错,设想很到位。可是,问题的关键是我手头没有余钱。这事就拜托你了,没事多在市区转转,有合适的大楼先盯住,等公司有钱了,买十栋都可以。"

王承西不气不恼:"未雨绸缪,一个现代化企业要有前瞻性,才会立于不败之地。"

两人一时没了话说,就这么对坐着抽烟、喝酒。

过了一会儿,王承西又说:"我们可以从国外拉些投资,这样公司就成了中外合资企业,可以享受更多的优惠政策。"

白长顺觉得新奇,反问道:"你认识外国人?日本人,还是美国人?"

"你莫管他是哪国人,只要有美元就行。"王承西笑嘻嘻地说。

白长顺一下明白了王承西的打算,他不由得瞪了王承西一眼,怎么老想着把她牵扯进来。她入了美国籍?和她合作吗?公司还未进入成熟期,潜在的风险太大,怎么好意思拖累人家,旧债未了,岂能又添新账。白长顺摇摇头又摆摆手说:"万万不可这样做,这不是给人家下套吗?"

王承西收起了笑,说:"过去了的,就让它过去吧,别老搁在心里,跟自己过不去。"他倒了两杯酒,递给白长顺一杯,两人默默地碰了个杯。又沉默了一会儿,王承西斟词酌句地说:"老白呀,你是要做大事的人,可不能认死理呀。寒暑易节,时过境迁,讲的就是变化。有些观念在人们的头脑里根深蒂固,它直接或间接地影响到我们的生活。我们要善于总结历史经验,汲取历史教训。这不是说你,大家共勉……"

"少给我讲大道理!"白长顺怒气冲冲地站起来,推开门准备离去。茶楼老板及时赶到,他拦住白长顺,连声说:"息怒,息怒,冲动是魔鬼。都是老朋友了,生意不成仁义在呀……"

茶楼老板已在门外徘徊许久,想探听两人谈话中的秘密——他经常听客人们的墙角,这是他的一个小爱好。他一听到吵闹声就冲了过来,假意相劝,其实巴不得他们打个人仰马翻。

"再添个菜,算我的。"茶楼老板反客为主坐下来,"来,我陪你们两个喝几杯。"茶楼老板说着就动手斟酒。白长顺说:"你慢慢喝。"说完头也不回地走出了包间。

王承西愣在那里,走也不是,不走也不是,心里很委屈。自己大老远跑来,好心好意给白长顺出谋划策,他倒好,一个不顺心,来个横挑鼻子竖挑眼,还甩手走了。

白长顺走出茶楼,凉飕飕的夜风一吹,渐渐冷静下来。怎么这么沉不住气,多年的老同学了,不管他的出发点如何,都是在为公司打算,唉,真不应该就这样走了。白长顺放慢了脚步,想回茶楼去,走了几步又觉得这样太没面子,于是就在路边来回踱步。冷风直往他脖子里钻,好一会儿也没见王承西出来,他一咬牙,快步离开了茶楼。

第二天,白长顺将事情告诉了汪大师和刘四妹,二人听后哈哈大笑。汪大师说:"这事好办,今晚上摆一桌,明天见面啥事也没有了。"

三人正议论着,邱主任低着头走过来,刘四妹发觉她气色不好,两个眼圈黑黑的,便关切地问:"怎么回事?昨晚没休息好?要注意身体呀。"

邱主任点点头,飞快地进了办公室。她坐在办公桌前感觉浑身无力,于是站起来泡了杯速溶咖啡。喝下一口热气腾腾的咖啡,她感觉好受多了,便一边喝着咖啡一边回想昨天晚上发生的事情。

昨天,在下山的路上,徐一明一边驾车一边不断地向贺纯芳献殷勤,一会儿问她冷不冷,要不要开空调,一会儿又问她喜欢听什么音乐。坐在副驾座的邱主任气得不行。她按动车载音乐播放键,胡乱点了首歌曲,并把音量调到最大。她心中得意,却问贺纯芳:"这首歌,好听么?"

贺纯芳觉得太刺耳,但想着是搭人家的便车,不好多说,就随意说道:"行,放啥都行。"

车到了市区,徐一明又热情地邀请贺纯芳一块儿吃晚饭,一起去舞厅玩。邱主任说:"贺纯芳的情况很特殊,回去晚了,父母会担心的。"

贺纯芳早就觉得很尴尬,见此赶紧趁机告辞了。

贺纯芳下车离去后,邱主任和徐一明都沉默不语。徐一明一边埋头开车,一边用余光观察邱主任的动静。

邱主任看起来很冷静,内心却窝着火。平时徐一明若是敢当着她的面给年轻妹子献小殷勤,她会掉头就走,不惯着徐一明的臭毛病。但是今天不行,今天她有重要的事情和徐一明说。她有些后悔,不该邀贺纯芳搭顺风车的。

到了酒店,徐一明急忙跳下车,又是替邱主任开车门,又是扶她下车。到了酒店雅间一看,徐一明的酒肉朋友一个也没到。邱主任冷笑道:"你那帮难兄难弟呢?不是说早到了吗?"

"他们马上就到,马上就到。有啥事吃了饭再说。"徐一明委婉地说,想为自己弥补感情创造机会。

邱主任不吃他那套,咄咄逼人地问:"我好心请你参观顺达公司,你为啥不去?"

徐一明一听她问这事,心里瞬间轻松了许多。他长长地舒了一口气,随口胡诌:"我接到电话就赶上山,心里想的是早一点儿接到你,早一点儿带你离开天寒地冻的龙门山,哪里还有心思去参观顺达公司。"

邱主任的脸色略微缓了缓,心里却不以为然。她正欲开口说今天的正事,徐一明的那帮狐朋狗友嘻嘻哈哈地推开了雅间的门。

饭后,大家去了舞厅跳舞。邱主任陪徐一明跳了两曲后,叫徐一明坐下休息一会儿,说说正事。徐一明一愣:"不是已经谈过了吗,还有啥事?"

邱主任道:"是另外的事情。亲爱的,坐下来,也许只需要几分钟,我就能说完。"

邱主任喝了口饮料,继续说道:"一明,顺达公司不仅仅是我的工作单位,还是我投资的公司。虽然我不是大股东,但也投入了十多年的积蓄。我要说的事情和顺达公司有关。"

徐一明知道邱主任在顺达公司工作,正因为这个,他俩才有机会谈婚论嫁,但却不知道她还是顺达公司的股东。听了邱主任的开场白,他心里隐约预感到邱主任要和他说的是什么事情。他握住邱主任的手说:"你说吧,只要我能做到,我会全力支持你。"

于是,邱主任便把顺达公司如何成立,目前的资金情况以及未来的发展前景详细说了一遍。最后,她对徐一明说:"一明,无论是为我还是为你家考虑,现在都是介入顺达公司的好机会。机不可失,时不再来啊!"

其实徐一明早就明白了邱主任的企图。目前,商企界对新成立的顺达公司是褒贬参半。徐一明是个精明的生意人,心里早已有了主意,却仍摆出一副认真聆听的姿态,等邱主任说完话眼巴巴地瞅着他时,他才摆出一副诚恳的样子说:"亲爱的,照你的想法,我应该认购多少股份?"

"五十万吧。"邱主任咬了咬唇,想了想后说道。

"五十万,"徐一明笑笑,"都不用惊动父亲,我自己就能搞定。"

邱主任一阵窃喜,正欲夸徐一明几句,不料徐一明话锋一转:"若我这五十万投进去,顺达能转危为安的话,倒也罢了,可顺达的资金缺口在一千五百万左右,区区五十万,根本只是杯水车薪。我个人能力有限,恐怕帮不到你。"

邱主任乱了方寸,不知如何是好,喃喃说道:"你刚才说的那些漂亮话,难道只是哄我的?"

徐一明也不气恼,反而郑重地说:"朋友归朋友,生意归生意。若是你个人要用钱,再多我也不会皱眉头。可这投资就是做生意,我不得不把各方面都考虑周全,而首先考虑的就是资金安全问题,盈利都是次要的。做生意千万不能有赌博意识,更不能感情用事。"

邱主任天真地说:"那你就多投一点儿吧。"

"完全可以。"徐一明站起来,自信地踱了两步,看着邱主任说,"我可以说服父亲,以我家公司的名义投资四百万,让顺达公司脱离苦海。可这四百万投进去,我就成了顺达公司第一大股东,你说这总经理该谁当?"

邱主任一听这话,心里更加乱了,和徐一明分开回家后,躺在床上翻来覆去睡不着,差不多折腾了一夜。

一杯咖啡喝完,邱主任也没理出头绪,她揉了揉额头,叹了口气。这时,白长顺三人也进了办公室,邱主任想了想,对白长顺说:"白总,我想和你说一件事情。"

邱主任大致讲了讲昨天晚上和徐一明交谈的经过,说完后她停顿了一下,看着白长顺铁青的脸色说:"徐一明说了,他可以投资四百万。只是,只是……"

"只是啥子?"刘四妹性急,追问道。

"徐一明想要的,是总经理这个位置。"邱主任毫无表情地说完,理亏似的垂下了头。

刘四妹愤愤不平地吼道:"他完全是趁火打劫!"

白长顺咬着嘴唇,眼里冒着怒火,两手握拳重重地砸在桌面上,从牙缝里蹦出两个字:"休想。"

汪大师连声说:"老白,冷静,冷静。有事好商量,好商量。"他眯起小眼睛,疑惑地看着缓步退出办公室的邱主任,眉头一皱,这个不请自来的主任,在没有通知公司的情况下,私自接触其他公司,莫不是哪个财团的卧底?他赶紧将自己的想法告诉了白长顺和刘四妹。

刘四妹一听,顿时紧张起来,扭头看着白长顺。

白长顺本想嘲讽汪大师几句,又觉得不妥,就说:"你不了解情况,小徐是邱主任的男朋友,她主动为公司筹款,是好事。至于小徐口出狂言,那是他的事,和邱主任无关。"

二人松了口气,白长顺又说,"你俩知道小徐是谁吗?"

二人摇头。刘四妹说:"管他是哪个舅子。"

"他是本城首富徐大老板的三公子。"白长顺淡淡说道。

这徐大老板是本市无人不知无人不晓的土豪,汪大师和刘四妹脸色都变了。

三人商议完后,汪大师就到工地去了,刘四妹也急匆匆地赶往认股小组,办公室里只剩下白长顺一人。坐着有些发冷,他干脆站起来,在办公室里来回走动,脑海里将这些天所有的事情都回放了一遍。

白长顺想到了杜老幺。他觉得非常对不起他,也对不起他的兄姐,更对不起杜父,真不该把花瓶抵押出去,更不该答应杜老幺平分花瓶,花瓶就该还给杜家。

白长顺走到窗前,透过玻璃窗正好能看见杜老幺在陵园工地上指挥工人干活。白长顺推开窗户,冰凉的山风拂过他滚烫的脸庞,他的眼眶湿润了。

好久,白长顺才关上窗户。他暗暗下定决心,再难也要咬牙熬过这段时间,千方百计让公司生存下去,发展起来,早日把花瓶赎回来归还给杜家。他不能让好兄弟失去亲情。

白长顺走到会议室,叫孙小小去找杜老幺。孙小小应声出门,往外刚走了几步又被叫住。白长顺瞬间改变了主意,他对茫然的孙小小说:"不找他了。你除了做好自己的事情,也要多到工地上去,留心学学调配管理。"

孙小小感激地连连点头。

第 十 四 章

年关将至,龙门山上寒风呼啸,山风穿过山林,掠过村舍,漫过广袤的山野。灰蒙蒙的天空中,冰凉的雨水夹着点点雪花飘洒下来,挂在树梢,泻在房顶,落在肩上,飘到水面,掉到地上,空气又湿又冷。从村落里不时传来爆竹声,预示着新春即将到来。

顺达公司死气沉沉,整座小楼一点儿生气也没有,完全被雨雾笼罩着。为了节省电费,白长顺下令无事不开灯,烤火炉等取暖设备一律停用。

白长顺坐在冰冷的总经理办公室里。他没有开灯,轻轻地跺着脚,搓着手,却丝毫没有暖意。他烦躁地站起来,走到窗前,透过玻璃窗望去,休闲广场已经停工,工人都回家过年去了;陵园门口巨大的牌坊也只立起了几根石柱;陵园内只有汪大师、杜老幺、孙小小领着几名工人在施工。江老板给他的工人都放假了,这几名工人是汪大师回老家招募来的,讲好了春节不回家、不停工。

窗外阴雨蒙蒙,白长顺的心情比天气好不了多少,而顺达公司的处境比天气还要糟糕。白长顺在窗前站了半天,想到公司的各种事情,愁眉不展,心里沉重万分。

杜家兄妹到顺达公司大闹过后,众人都以为他们不会善罢甘休,肯定会卷土重来。白长顺也一直提防着这个事情，没想到他们一点儿动静都没有。

这天是个星期天，白长顺正在公司忙碌，王小红忽然来了一个电话，说杜家人找到他们家去了，还提出要见白大爷。白长顺心里一惊，这个时候找上门，怕是凶多吉少，莫非他们知道假花瓶的事了？他往外一看，杜老幺正在工地上忙，看样子不知道这个事情，便赶紧把手头的工作交给了邱主任，自己急匆匆地乘面包车下山去了。

白长顺紧赶慢赶地到了家，进门一看，王小红正坐在沙发上悠然自得地嗑瓜子、看电视，风平浪静，完全不像有人来闹事的样子。白长顺一下恼了火，公司尽是事情，老婆还在这里装神弄鬼地添乱，于是他没好气地说："你不是说杜家的人来家里了吗，他们人呢？"

王小红朝楼上指了指，说："你妈陪他们上后山给他们亲妈上坟去了。喏，他们还带了礼来，你爸你妈他们一份，我们家一份。"

听王小红这么一说，白长顺久悬的心才算放了下来，不由得想起杜老幺家原来的一些事情。杜家大哥和二姐的母亲是杜父的第一任妻子，她生病去世后，杜父和杜老幺的母亲结了婚。白长顺小的时候，曾经看到过杜父背着杜老幺的母亲偷偷上后山给前妻上坟，回来后被杜老幺的母亲追着又打又闹的事情。那个时候，杜老幺才三四岁，白长顺也不过六七岁，还什么都不懂，后来大了听别人说才知道，杜老幺的母亲很精明，她和杜父闹腾，其实是警告杜父不要亏待杜老幺。她自然是想自己儿子好的，可是这么多打闹几次，让杜家大哥和二姐越来越不愿意回家了，因此他们和杜老幺的感情也不算深。

白长顺在家休息了一会儿，看看时间不早了，王小红还在看电视，一点没有打算做饭的样子，就对她说："你还不赶快去备菜做饭，一会儿人就回来了，看你怎么办。"王小红嗑着瓜子漫不经心地说："还做什么饭，杜家人说了，等你白大经理回来了，大家一起去酒店吃饭。他们请客。"

白长顺有些犯傻，上次杜大哥歇斯底里的样子还历历在目，今天怎么突然就和风细雨了？杜家兄妹究竟唱的是哪一出？这么多年了，也没见这兄妹俩来给自己母亲上过坟，闹了一场后反而来了，他们想干什么？他想起从公司出来时杜老幺一点儿也不知道他大哥和二姐的动静，自言自语道："恐怕是醉翁之意不在酒。"

为了防患于未然，白长顺给邱主任打了个电话，把杜家大哥和二姐的情况告诉了她,又让她转告汪大师和刘四妹,让大家多加警惕,看好花瓶。正说着,白大爷、白大妈以及杜家大哥、二姐两家人上完坟回来了。

人都聚齐了,大家分乘两辆车出发去酒店吃饭。白长顺想弄清楚杜家人在打什么主意,就没和他们客气,由着他们做东请客。可没想到,一顿饭吃下来,花瓶的事情杜家人半个字都没提,大家只是叙旧问候,气氛温馨友爱,好得就像是一家人,杜大哥甚至还提议两家人春节来个大聚会,过个团圆年。白长顺虽然一头雾水,心里还是实实在在松了一口气。

白长顺哪里知道,杜家这戏剧性的转变是二姐夫极力促成的。二姐夫再三告诫杜家兄妹俩,强抢花瓶是行不通的,只会自毁前程,只有与白家搞好关系,才有可能争取到最大的利益。另外,他很看好顺达公司,也相信白长顺是个守诚信的人。

吃饭的时候,二姐夫有意挨着白长顺坐,席间二人谈话十分投机。

杜二姐也拉着白长顺说:"感谢老邻居对我兄弟的关照。你看紧他,督促他改掉酗酒和好赌的毛病。"最后,杜二姐还意味深长地说,"给他加点儿担子,让他有责任感。"

白长顺笑着说:"二姐放心,老幺也是我兄弟。"

临走时,杜大哥把白长顺拉到一边,神秘地说:"你晓得,我有个幺叔在台湾。因为这个事,那些年我们杜家真是惨了。我现在和他联系上了,他已经是个大老板了,手里有几千万资产。前几天他来信,咨询国内的投资情况,我着重介绍了你的公司和你公司经营的行业,幺叔很感兴趣。"

白长顺眼光一闪,他抬头看了看笑容可掬的杜大哥,与上次在龙门山撒野相比,宛如两人。他多了个心眼,也亲切地对杜大哥说:"想合作,要尽快。最近来公司谈合作的企业,有意投资的有好几家。不过我们肯定要照顾老朋友。"

下午回到公司,白长顺和大家说了杜家奇怪的表现,大家也都想不通是为什么,最后一致认为其中必有诈。

公司事多,这事说过也就撂一边去了。

又一天上午,快吃午饭时,江老板带了一伙人上山,说是来考察洽谈投资合作的。白长顺兴奋之余也有些抱怨江老板,没有提前打招呼就突然带人来,让他有些措手不及。

江老板带来的人中,为首的是一个五十岁出头,穿着时髦的皮大衣,脖子上挂着一条金灿灿的项链的胖子，人称"孔胖子"，是当地商界有名的企业家。

在跟着白长顺看了一圈陵园开发的情况后，孔胖子直言不讳地说："白总，贵公司的情况，我做过了解，你们目前的资金状况，不容乐观啊。我很佩服白总你的勇气和智慧。"江老板见孔胖子第一句话就说得这么直白，心里一惊，手一抖，正端着的茶都差点儿洒了。江老板从一开始就不太看好白长顺，只是江夫人执意要投资，他也没有办法。顺达公司的境况越来越不好，江老板心里也越来越着急，生怕投进去的钱打水漂，于是暗中鼓捣孔胖子收购顺达公司，自己好把资金解套出来。这次他带孔胖子上山考察，表面上是来谈投资，实际上是为收购而来。这些事情他并没有和江夫人商量，白长顺就更加不清楚了，现在孔胖子开口就是收购的架势，让他暗暗恼火孔胖子太莽撞，到时候收购不成，他不仅要被江夫人数落，还要被白长顺质问。

听了孔胖子的话，白长顺低头看了看手里的名片，名片是烫金的，"总经理孔启川"几个字金光闪闪，他心想，看样子今天恐怕是来者不善啊，于是说道："过奖过奖。不知孔总今天来，是有什么打算。你直说无妨。"

孔胖子客套几句后，向白长顺问道："贵公司正在大量吸收资金，请问，如果我也投资贵公司，有什么好处？"

白长顺不卑不亢地答道："欢迎贵公司前来投资。若你的投资达到了江老板的份额，两百万，你可进入公司董事会。"

孔胖子一听，立马警觉起来，江老板一再劝他收购顺达公司，却并没有说自己在顺达公司有投资，这是为什么？难道是想让我来填坑？孔胖子想到这里，心中怨气骤起，不由得瞪眼朝江老板望去。江老板赶紧低下头，避开孔胖子的目光，他自知理亏，有些不自在。

孔胖子混迹商界多年，并不是江老板几句话就能鼓动得起来的，但知道江老板有事故意隐瞒，他还是很不高兴。

孔胖子今天上山，实际自有他的盘算。龙门山陵园的项目，孔胖子也早就有意，他得到的消息要比白长顺他们早得多。年初之时，他就开始接触唐万林了，但唐万林一直咬死了一次性付清三千万元的承包条件，他觉得条件太苛刻，就没有一口答应，而是打算再周旋周旋，用些手段把价格压下来了再说。哪知没过多久，忽然传出顺达公司签下了龙门山陵园项目的消息。

差不多已经握在手掌心的项目忽然间飞了，孔胖子大为光火，也非常奇怪。

龙门山陵园项目连他都要仔细盘算才能接得下来,一个从来没听说过的什么顺达公司居然一口吞下了,这顺达公司是个啥来路?于是他派了人四处打听顺达公司的消息。没过几天,消息报了上来,说这顺达公司是家新成立的公司,注册资金只有两百万,老总姓白,是个下岗工人,此前是个墓地推销员。孔胖子一口闷气哽在心里,难受得不行。再一打听,顺达公司签下龙门山陵园项目的价格只有两千万元,还是分期付款,这下他心里不止难受,还气得不行,心想,不知道这姓白的和唐万林什么关系,捡了这么大个便宜。

前几天,孔胖子参加一个酒会遇到了江老板,江老板跟他说和白长顺很熟,还告诉他顺达公司正在分股认筹。孔胖子一听来了兴趣,便让江老板替他引荐,说他想去龙门山考察投资,其实他是想借机看看白长顺究竟是哪路神仙。江老板本来就打着小算盘,于是和孔胖子一拍即合,两人一起来了龙门山。

孔胖子看白长顺浓眉大眼、相貌堂堂,像个老总,不觉失口道:"你跟唐总是啥关系?"

白长顺正欲作答,冷不防汪大师朗声念道:

没关系,有关系。

没有关系,找关系。

有了关系,没关系。

众人都笑了,孔胖子也随大家干笑了几声,其实话一出口他就意识到这个问题实在欠妥。

场面一时冷清了许多。为了缓和气氛,邱主任借着给大家添茶水的机会走到孔胖子跟前,对他说:"孔总经理,今天专程来龙门山考察,看也看了,喝也喝了,感觉如何?接下来有啥打算?"邱主任还是马老板秘书的时候,和孔胖子打过交道,两人还算是熟人,所以说话也比较随意。

邱主任这话说得很有水平,看似锋芒毕露,其实是给孔胖子搭了个梯子。孔胖子原本就是个精明人,话是一听就明白,他马上笑吟吟地说:"虽说刚才只是走马观花看了个大概,却也领略到了贵公司的风采。贵公司确实与众不同,别具一格。我觉得,我们两家完全可以合作。贵公司对合作有什么想法,有什么条件,尽管提,我们可以优势互补、强强联合!"

"孔老板,你打算投多少资?"心直口快的刘四妹问道。

孔胖子慢条斯理地喝了口茶,从容地说:"这个嘛,我个人说了不算,要董事会来定。"

白长顺听了，越发地肯定孔胖子不是来投资的，而是另有所图。他坦然地说："能和孔总交朋友，我十分荣幸，也非常欢迎贵公司前来考察和投资。"

大家你一言我一语的，场面又逐渐热闹起来。孔胖子一边和白长顺、江老板说话，心里一边嘀咕：也不知道这几个人用了啥法子搞定了唐万林，手里没什么钱还敢铺开这么大的工地；江老板也不晓得是个啥子情况，不仅投了一大笔钱进来，还垫资帮顺达搞开发，他就不怕钱打了水漂？

中午，白长顺做东请孔胖子、江老板一行在公司食堂用餐。推杯换盏间，孔胖子对白长顺说："白总，你找的何种路子，不仅只花两千万就拿下了这个项目，还搞了个分期付款。你要知道，我三千万都没搞定。"

白长顺心里一惊，难道外面传的三千万的事情是真的？他停顿了一下，说："那都是谣传，千万信不得。"

孔胖子冷笑一声，看着白长顺说："这样吧，我出三千万现款，你们把这个项目转给我，怎么样？"

白长顺恍然大悟，孔胖子今天来山上的目的原来在此。他看了一眼汪大师和刘四妹，发现他俩正一脸惊愕的表情，心里不由得咯噔了一下。缓了缓情绪，白长顺不冷不热地对孔胖子说："对不起，孔总经理，合同有规定，这个项目我们不得转包，也不能转让。"

孔胖子说："这个你放心，我肯定给你处理好，不会让你有后顾之忧。我做事什么风格，江老板清楚，不信，你可以问他。"说罢他转身找江老板，却找不到他的人，原来江老板不想让白长顺知道是他鼓动孔胖子来的，早就躲去工地了。

白长顺坚定地摇摇头说："我们只接受投资，不能违反合同规定。"

直到孔胖子告辞离开，江老板也没再露过面，不知道他是躲在工地，还是早就偷偷溜下山去了。

孔胖子离开以后，白长顺三人在办公室说起他想三千万转包的事情，刘四妹把孔胖子骂了个狗血淋头，汪大师却是沉默无语。白长顺看了看他，问道："这个事情你哪个看？"汪大师斟酌着说："转让是条出路，可以考虑。"

白长顺有些嘲讽地说："大师，你这么没信心？"

汪大师没了底气，他是不愿也不敢一个人撤股的，便嘟囔道："我只是说万不得已……"

刘四妹见白长顺嘲讽汪大师，也不说话。其实，她是赞成汪大师的主张的，这一路走到今天，大家所有的积蓄几乎都填进去了，就差砸锅卖铁了，现在不仅有机会抽身出来，还能挣上一笔，为什么要拒绝？但她晓得，白长顺是矮子过河——淹（安）了心的，她也就抱着舍命陪君子的态度，听天由命了。

尽管三人想法不一，但对外界盛传的顺达公司低价拿下龙门山的说法，三人都认为不是什么好事。

这一点很快应验了。不知从什么时候开始，关于顺达公司资金周转失控、即将倒闭的谣言开始在众多小股东中蔓延。小股东一般都是掏空家里的积蓄或者用东挪西借来的钱认购个一两股，打算挣点儿红利的，现在听说公司要倒闭，投资要血本无归，一下子就急红了眼。他们开始三五成群地跑到顺达公司来，气势汹汹地要求退股。

这个情况给顺达公司带来了恶劣的影响，导致认购宣传工作几近瘫痪。白长顺召集汪大师、刘四妹及邱主任紧急商量对策。邱主任到底在马老板手下干了十多年，经历过的事情多，她提出了几点建议：一是在市区租套写字间，供认购宣传部门使用，所有认购程序都在市内完成，需要上山参观时须先联系，平安无事方可上山；二是对要求退股者，不理睬不是办法，要成立专门小组进行应对，先摸清情况，对于确实该退的，还是要退；三是筹集一笔紧急应对资金，以防突发状况。

对于前两点，大家都很认可，但筹集紧急应对资金让所有人都犯了难。邱主任说："我到公司来，是因为看好公司的前景。我再拿出十万元，作为紧急应对资金，这是我最后的积蓄了。"

刘四妹说："我再出三十万。"

大家很惊讶，白长顺问："你哪来这么多钱？"

刘四妹脸一沉，"别问这么多。"

四人正在开会，孙小小慌里慌张跑进来报告："外面来了十几辆面包车，有一百多号人正在大楼后的广场集合，都是来退股的。"

白长顺走到窗前，推开玻璃窗往外一看，下面泥泞的广场上聚集着百十号人，三五成群地站着，相互间交头接耳。见窗户打开，这些人纷纷涌到窗下，有人带头呼喊口号，有几十个声音应和："认股自由！退股自由！"

白长顺有些吃惊，谁调动了这么多台面包车，集合了这么多散户一起来退股？这人想干什么？白长顺在纷乱的人群中看到了躲躲闪闪的李二哥,猛然想起来他女儿这几天请病假没来上班,难道李二哥知道些什么？

白长顺当机立断,一边让汪大师和邱主任到下面去安抚股东,一边叫刘四妹去把李二哥请上来。

不一会儿,李二哥慢吞吞地跨进办公室。白长顺请他坐下,问他:"为啥要退股?"李二哥低着头沉默了一会儿,说:"外面谣言很多,说公司马上就要垮了,白总你们几个要被公安局抓了。"

"我们小股东凑几个钱不容易啊。"李二哥一脸的无奈,"白总,你说,听到这些传言,我们能不着急吗？"

白长顺拍拍李二哥肩膀,表示理解,然后问道,"这么多人是怎么凑到一块儿的？"

"有几个人专门组织的,谣言是他们传出来的,面包车也是他们调来的。"李二哥走到窗前,指着下面小声说道,"就是戴皮帽子的那一人,他旁边那两个也是。"

"你认识他们吗？"

李二哥摇摇头。

"他们是公司股东吗？"

李二哥仍是摇头。

白长顺盯住那三人观察了一会儿,只见他们挤在人群中,不时与人交头接耳,三人时而分散,时而聚集,行为可疑。白长顺确定那三人不是股东后,便让李二哥在办公室休息,自己带上杜老幺和孙小小下去了。

大楼后的广场上,汪大师、刘四妹和邱主任正在与股东们沟通,股东们愤怒的声浪完全压住了几人嘶哑的声音。白长顺到了广场后,也不与股东们打招呼,直接朝戴皮帽子那人走了过去。戴皮帽子那个人和他身边的两人见白长顺直直地朝他们走了过来,顿时慌张起来,转身就向人群外挤去。杜老幺和孙小小见他们想跑,拨开人群就追了过去。那三人见状,不管三七二十一,使劲儿推开面前的人,仓皇地向停在广场边的一辆面包车跑过去。那三人在前面跑,杜老幺和孙小小有后面追,加上不断有人被大力推开,围着汪大师、刘四妹和邱主任吵的那些股东们的注意力都被吸引了过来,大家面面相觑,一时间都忘了说话,广场上一下子安静了不少。

白长顺乘机找了个高处站上去,指着那三人大声说:"各位股东,你们认识他们吗?不认识吧?我也不认识,他们根本就不是公司的股东!和公司没有一点关系的人,不仅鼓动你们来退股,还给你们叫好了车,你们想想,是为什么?他们是想搞乱公司、搞垮公司,让你们血本无归!我知道大家都听说了一些谣言。是,公司现在是遇到了一些困难,但并不是谣言说的那样。困难我们正在想办法解决,也一定能解决!大家要对公司有信心,我们不会让大家赔本的。当然,如果哪位股东真的遇到了难事,不得已要退股,也是可以退的。"

广场上的小股东们听到白长顺的话,情绪平静了不少,大家又三五成群地说了起来。过了一会儿,有股东说:"白总,你说的话,我就再信一回,我先不退股了,看看情况再说。不过白总,我还是希望公司能尽快让我们心里踏实下来,有什么消息,还请及时让我们也了解了解。"

白长顺说:"请大家放心!这里有很多人都认识我,我白长顺最重承诺,答应大家的事情,一定会做到!这样,既然大家来了,就跟着公司员工去工地转转,看看工程情况,心里也能踏实些。"

股东们陆陆续续跟着公司的人去工地参观了,广场上逐渐安静了下来,白长顺终于松了一口气。他正要回办公室,向东红跑过来说:"白总,那十几辆面包车的司机都去了财务部,闹着要结账。"

白长顺到财务部一看,大半司机都认识,就说:"冤有头,债有主,谁叫车,谁付款。"

司机们自知理亏,被白长顺这么一说,也不闹了,想一走了事。白长顺说:"那不能走,人是你们拉来的,还得给我拉回去。"

司机们见有活儿干,又想讨价还价,白长顺大手一挥,"陵园老价钱,一车一百,这里到市区路远了些,我再加二十。"说完他又吩咐向东红,上车时要验明股东身份,坐满一车付钱发车。

安排好后白长顺回到办公室,和李二哥聊起来:"你有这么重要的信息也不告诉我,是你忘记了我这个老朋友。"

"你不是做老总了吗,瞧你这办公室,多气派。"李二哥半开玩笑地说,"我是三尺长的梯子——搭不上檐(言)。"

"看你说些啥,我们都是多年的墓地营销员,打断骨头连着筋。"白长顺说。

两人又聊了许多当年做营销员的往事,最后,白长顺请李二哥帮忙多做做股东的工作,有异常情况及时告诉他。李二哥痛快地答应了。

中午时分,向东红告诉白长顺,上午来的那些人里,发现有近二十个人不是公司股东,有些人见势头不对自己走了,还剩下十多个人想坐公司的车下山。白长顺想了想,去广场找到这些人,挨个儿问他们:"你上山是干什么来了?看热闹?他们都跑了,你怎么不跑呢?"

白长顺没有架子,拉家常似的谈话让这些人没有了防备心,一个个竹筒倒豆子似的告诉白长顺:"有人跟我说龙门山有免费一日游的活动,我就跟着来了。"白长顺笑着说:"看来你们平时挺闲的,既然这样,还不如帮我们公司做宣传。要是你们推荐的人成了我们公司的股东,公司就给你们提成。你们看行不行。"

大家一听,这是能赚钱的好事呀,纷纷去做了登记,领了宣传资料,高高兴兴地离去了。

小股东们散去后,白长顺把大家叫在一起分析是谁在背后搞小动作。

邱主任说:"我想问一下,假如我们公司垮了,哪个最高兴?或者说,哪个会获得最大的利益?"

邱主任的话犹如一石激起千层浪,白长顺、汪大师、刘四妹相互看了看,异口同声地说:"肯定是甲方唐万林!"邱主任一愣,赶紧取来合同仔细一看,一拍桌子叫道:"糟了,我们上当了。"三人一惊,汪大师背心发凉,刘四妹两腿发软,白长顺一头冷汗。

邱主任拿着合同念道:"乙方若不能按时支付,合同自动失效,所有费用概不退还。"

"这是霸王条款,是陷阱!"邱主任愤怒地说,"他为什么不去找大公司,偏偏找你们几个个体户,就是想利用你们急于发财的心理,吃你们的定金。没想到白总你广结善缘,搞出这么大的动静,支撑了三个多月,他急了,便在背后下黑手,想断掉公司的资金链,达到他白吃掉你们的投资的目的。"

白长顺猛然想起,怪不得唐万林前几天来顺达公司时始终阴沉着脸,不到一小时就离开了。

几人匆匆吃完中午饭,又继续在白长顺办公室讨论怎么办。白长顺还给王承西打了个电话,叫他马上来公司。

宽大的办公室冷飕飕的,白长顺一边搓着手来回走动,一边说:"开弓没有回头箭,既然上了贼船,就只能拼命划向对岸。"

"对,白总说得对。"邱主任说道,"我们要看到光明。三个月来,我们支付了六百万合同款,加上工程款一百三十万和各项必需的开支三十七万,我们实际已经筹了七百六十七万元。最后两个月凑足五百万,我们就胜利了。"

汪大师默默吸烟,没有说话,他的内心十分痛苦,心里想着都是鬼迷心窍、发财心切惹的祸。刘四妹看见大家难受的样子,忍不住说:"如今这状况,怪谁也没用,想法子筹款吧。"

这时,王承西推门进来接过刘四妹的话说:"对头,筹款是公司头等大事,关系着公司的生死存亡。"

王承西的话让大家又打起了精神,纷纷出主意如何揭穿唐万林的阴谋。王承西说:"合同在此,木已成舟,揭穿阴谋没有多少实际意义。但对他的那些阴招,倒是要多留神。"

白长顺想了想,让汪大师给唐万林打个电话,跟他说发现有不明身份的人想破坏认购工作,公司已做好防范,一旦发现就立即报警,把人扭送派出所。

邱主任伸出大拇指,连声说:"高,这一招,高。"

大家一直讨论到天黑。

小股东闹退股的事情过去之后,顺达公司内部开始有些人心浮动。向东红起初干劲儿很足,现在看见公司困难重重,心里打起了退堂鼓,后悔听了刘四妹的话,不仅投了钱,人也搭进去了,天天上班,也没有工资。于是,她就开始请假,今天病假,明天事假。

孙小小也感觉公司没前途,看到许多股东闹退股,他也想把他那二十万元退出来。但他不敢提,害怕被杜老幺臭骂一顿。他知道杜老幺肯定不会离开公司的。

汪老二没事也到山上来胡扯,要永珍回去照看小超市。永珍不肯,觉得在公司上班挺开心,汪老二就和永珍吵了起来。杜老幺从工地回来,刚好看到,说:"是哪个在胡闹,再闹就报警了!"

汪老二不认识杜老幺,以为他是临时工,就走到杜老幺面前蛮横地说:"我汪老二,不是吓大的。"

杜老幺冷冷地看着汪老二,脸上露出轻蔑的冷笑。汪老二恼羞成怒,正欲挥拳,后肩被人轻轻一点,顿时觉得两肩酥软、四肢无力,他赶紧用双手护住头。

"莫打莫打，他是我老公。"永珍从厨房里冲出来，早就忘了刚才汪老二和自己吵架的事。

站在汪老二身后的孙小小笑道："知道是你老公，不然的话，早让他趴在地上了。"

白长顺听见外边闹嚷嚷的，以为又是退股的来了，出来一看，是汪老二在撒野，就叫他过去。汪老二见是白长顺叫他，不敢造次，乖乖地进了总经理办公室。

白长顺请他抽烟喝茶，对他说："汪老二，听说你脑瓜儿灵活，歪点子多，怎么成了这样，还要上山来混饭吃。"

汪老二一怔，说："我是来领我老婆的工资的，快过年了，得办年货呀。托你白总的福，过个胖子年。"

汪老二的为人，白长顺从汪大师口里知道不少。进城几年来，他好的没学会，吃喝嫖赌全染上了。见汪老二还在油腔滑调地为自己辩解，白长顺不觉生了气。

"只怕是前脚领了钱，后脚就进了麻将馆。"白长顺冷冷说道。

汪老二嬉皮笑脸地小声说："不许拖欠农民工工资。"

白长顺也来了气，他站起来指着对面的陵园说："公墓没建好，我拿啥子发工资？"

"打折促销呀。"

白长顺丈二和尚摸不着头："什么打折？"

汪老二走近白长顺，故作神秘地说："公司不是在推销股份吗？快过年了，打个折，八千作一万，肯定能吸引很多人来投资。"

白长顺眼前一亮，一把抓住他道："汪老二，你的鬼点子就是多呀。"

白长顺叫来孙小小，让他去食堂按贵宾标准给汪老二准备午饭，又让杜老幺陪着汪老二四处转一转。

把汪老二安排好后，白长顺立马找来邱主任和刘四妹，商量如何把汪老二提到的打折推销股份的方法落到实处。三人商量了半天，最后终于拿出了一套可操作的办法。这套办法推出后的确吸引进来了一批资金，但都是小额的，完全解决不了顺达公司的根本问题。

大股东这边也不容乐观。有着帮忙找到失散多年的女儿的情分，方老板还好，不仅自己没有慌乱，还介绍了两个朋友各认购了十万元的股份。江老板的反应却非常大,他先是打着工人要回家过年的借口让工地停了工,接着又因为王承西委婉地说了几句停工的事情而破口大骂。其他的大股东多数也在犹豫、观望,想让他们再追加投资,几乎不可能。

情况越来越糟糕。陵园工地附近的村民不知道听说了什么,找来顺达公司要求赔偿,说施工破坏了他们的生活环境,造成了空气污染、噪音污染。白长顺他们当然不会认,村民们就冲进了工地,见啥拿啥,白长顺急得叫邱主任赶紧报警。警察来了,也拿这种事情没有办法,最后只能不了了之。幸好顺达公司没有受到太大的损失。

这些事情弄得白长顺焦头烂额。这天,白长顺正在办公室里苦思冥想解决办法,邱主任过来找他。

"白总,刚才江老板来电话,询问花瓶的安保情况。他还说春节期间想把花瓶拿回去观赏几天。"邱主任见白长顺脸色不好,小心谨慎地说道。

白长顺靠在沙发椅上,许久才低沉地说:"随他的便,什么时候都行。"

"白总,还有一件事。余老板的夫人来退股,刘四……"邱主任迟疑了一下,改口道,"刘经理正在楼下劝说她。"

白长顺长叹一声,心里说,真是墙倒众人推。他看着邱主任,示意她坐下,说:"你这么聪明能干,为什么要到我这里来?"

"我看好这家公司。公司有前途,我就有前途。"邱主任笑着站起来,"不过,白总,眼下形势很严峻,不仅工程停工,公司内部也是人心浮动,离交款期限只有三天了,公司账上还不足五十万元。如果甲方是友好关系,还可以找他们协商延期付款。如果真像预料的那样,是人家挖好了坑等着我们往里跳,那就凶多吉少了。"

白长顺铁青着脸,一言不发。他心里异常痛苦。他知道徐一明、孔胖子这些人成天窥探顺达公司,张着血盆大口随时准备吞噬掉顺达公司。如今公司已露败相,已没有多少希望拉来投资,转让出去也要付出沉重代价。哪一条路都走不通,一切期望眼看就要付之东流,白长顺实在是心有不甘。

邱主任接着说道:"白总,我有一个想法,我们不如正面去接触唐万林。只要他肯谈,就有挽救的方法。"

白长顺眉头一皱,怎么个直接接触法?

邱主任说:"打电话,请他吃饭。这叫投石问路。他能来,就有戏。不来,我们也好早作打算。"

邱主任拨通了唐万林的电话,以顺达公司办公室主任的身份邀请他晚上聚一聚,向他汇报工作,唐万林推说工作忙,不能来。邱主任又委婉地说,公司资金周转有点儿问题,请求缓几天交款,唐万林一派公事公办的腔调,要严格执行合同。

白长顺就在旁边听着,唐万林的算计已暴露无遗,的确和邱主任分析的一样,他就是利用白长顺三人急于发达的心理,给他们挖了一个坑,自己在后面坐等收钱。白长顺眼前发黑,腿一软,抱头坐在了椅子上。

邱主任捋了捋头发,努力使自己平静下来,他们已没有退路,只能背水一战。她对瘫倒在椅子上的白长顺说:"白总,做最后殊死一搏,尚有一线生机。"

白长顺两眼茫然,没有说话。

邱主任首先给王承西去了个电话,把最新情况和他说了说,并要求他今天下午筹借到十万元钱,又约他晚上八时在市内办事处召开紧急股东会议。然后,她叫人把杜老幺找来,给他面授机宜,让他去找杜家二姐和大哥,就说公司要垮了,收回花瓶没指望了。邱主任对杜老幺耳语一番,杜老幺半信半疑地去了。接着,邱主任又写了个通知,准备午饭后召开员工会议,要求每个员工再筹五万元资金。最后她去了刘四妹处,希望她三天内能再筹三十万元。

布置了一圈,邱主任回到总经理办公室,见白长顺仍是愁眉苦脸,就请他紧急约见贺纯芳。白长顺拨通电话后递给了邱主任。邱主任接过电话,将实际状况告诉了贺纯芳,并请她找一个精通合同法的专家来公司。贺纯芳爽快地答应了。

邱主任心里明白,仅靠刚才的布置不会有什么实际效果,只是聊胜于无的自我安慰罢了。

这几天,她一直同徐一明保持着密切的联系,希望能说服他出手,给顺达公司找一条活路。徐一明不明白邱主任为什么对一个行将破产的公司如此死心塌地,但他从这件事上看出了她的性格——坚韧、忠诚。他很欣赏,对邱主任说:"我所做的一切,都是为了你。不过,这事还得与我父亲商议才行。"

想到这里,邱主任又看了一眼一蹶不振的白长顺,然后轻轻走出办公室,在走廊上拨通了徐一明的电话。手机里传来徐一明冰冷的声音:"不好意思,我父亲不同意投资,只能是收购。"

邱主任两眼一黑，差点儿摔倒，她靠着冰凉的墙壁，好一会儿才缓缓地睁开双眼愣在那儿，不知道自己该做什么了。

邱主任回到办公室，看着白长顺难受的样子，不忍离开，便默默地陪着他。

楼外山风呼啸，雨点扑打在玻璃窗上，发出低沉的声音。屋里安静得可怕。

突然，屋外传来咚咚的脚步声，门猛地一下被推开，发出很大的响声。白二姐跑进来，喘着粗气大声地说："小顺子，小顺子，有钱了，公司有钱了！"白二姐太兴奋了，竟忘了白大妈的嘱咐，把白长顺的小名都叫了出来。

邱主任一下跳起来，拉住白二姐，急切地问："白姐，到底怎么回事？"

白二姐气喘吁吁，端起桌上的杯子喝了几大口水，抹抹嘴角才说："刚才，小莉来电话说，她到银行取钱，发现公司账上多了四百多万，一查，是进了笔外汇，五十二万美元。"

邱主任反复追问了几遍，仍不放心，又拨通了银行的电话。那边一听是顺达公司，立刻热情高涨，主动介绍起外汇服务项目。邱主任果断地说："那就存入三十万美元，其余兑换成人民币。我马上派人来办理。"

邱主任扔下电话，紧紧抱住白二姐，喜极而泣，这段时间一直紧绷的神经瞬间松弛下来，她感到浑身上下无比轻松。

白长顺听到五十二万美元的一瞬间，心里骤然一紧，是她，肯定是她！自己愧对她都二十多年了，她却还惦记着自己，在这生死攸关的时刻伸出了援手。那遥远的小山村又浮现在白长顺眼前，桩桩往事，点点滴滴，涌上他的心头。白长顺倏地坐起身，厌烦地挥挥手，示意邱主任和白二姐退出他的办公室。

办公室安静了下来，白长顺靠在椅背上，两眼望着屋顶，新刷的屋顶雪白无瑕。这无私的援助，蕴涵着多少情感：诗凡啊，我对不起你，你却以德报怨，我受之有愧啊。此刻，白长顺思绪万端，泪流满面，情不自禁。

出了总经理办公室后，邱主任才想起追问资金来源，白二姐茫然地摇了摇头。邱主任好生奇怪，这么大笔资金流动，事前没有半点儿征兆，从白总异样的表情和举动判断，事前他应该也不知道，但从他激动的神情中又可以看出，他知道这神秘的汇款人是何方人士。

刘四妹也得知了此事，兴冲冲地来找白长顺，见邱主任、白二姐二人站在白长顺办公室门口，便问道："白总不在？"

"白总不让进。"

"他知道吗？账上进了四百多万！"刘四妹掩饰不住心中的喜悦。

邱主任点点头，反问道："你知道资金来源吗？"

刘四妹一怔，她还没来得及想这个问题。是啊，想睡觉，就有人送枕头，还是美元。这不仅仅是钞票，还意味着咸鱼翻身，意味着扬眉吐气。她脑海里闪出一个念头，会是她吗？在门外站了一会儿，刘四妹还是没忍住，推门走了进去。

一进办公室，刘四妹就看见白长顺靠在椅子上，双目微闭，满脸泪痕。她更加相信自己的判断，不觉长叹口气，在白长顺身边坐下，情不自禁地掏出湿巾纸，轻轻擦拭白长顺脸上的泪痕。

白长顺沉浸在遥远的记忆中，欢乐与痛苦并存，内疚与喜悦交织。迷糊中他感到有只温暖的手在抚摸自己的脸庞，就像在抚慰他受伤的心灵。诗凡来了，她没有变化，还是从前的模样：齐耳的秀发，水灵灵的眼睛。他猛然一把抱住刘四妹，紧紧地吻住了她。刘四妹一惊之后迅速镇定下来，乖顺地任由白长顺亲吻。这个历经了爱情苦难历程的女人，太理解眼前这个倔强的男人了，何况她也深深爱恋着这个男人。

白长顺从遐想中回到现实，猛然推开刘四妹，说："怎么是你？不好意思，我，我，不是，故意的……"

白长顺极为尴尬，说话也语无伦次。刘四妹坦然地侧身，理理短发，抖抖衣衫说："赶快收拾好，你是老总，还有好多事情要处理。"

白长顺感激地朝刘四妹一笑，用手搓搓脸，点上一支烟，努力使自己恢复平静。他重新回到座位上，冷静地说："叫邱主任进来。"

刘四妹走出办公室，对邱主任耳语："是白总的初恋情人从海外汇来的。"然后大声说："快进去吧，白总找你有事呢。"

说完，刘四妹亲昵地拉着白二姐走了。

邱主任心情愉悦地跨进办公室。自她进公司以来，烦心事一桩接一桩，核心问题都是一个钱字。这下好了，所有问题都迎刃而解。

白长顺平静地说："你提的紧急方案很好，立即执行吧。"

邱主任一愣，说："白总，现在没必要这么干吧？"

"另外，我要尽快见到徐一明，同时也找孔胖子谈一下。他俩都有意收购顺达。"说完，白长顺站起来走到窗前，推开一扇窗户，寒风吹拂，他的头脑愈加清醒。他再一次权衡了一下自己刚做的决定，似乎无可挑剔。

邱主任站在冷风中,气得不行。她狠狠瞪了白长顺一眼,满腹委屈地走出了办公室。

中午,大家在食堂午餐,汪大师被人簇拥着,神采飞扬地说:"这叫作,吉人自有天相……"

孙小小插嘴:"你怎么不早说,免得人心惶惶。"

汪大师得意地摇摇头,煞有介事地说:"小小,这叫天机不可泄露。"

大伙儿正热闹着,王承西风风火火地闯进食堂,大声嚷道:"还有饭没有?"

他刚落座,永珍就给他端来了热气腾腾的饭菜。王承西顾不上吃饭,对大伙儿说:"好消息,大家都知道了吧?"

王承西还没来得及接着往下讲,白长顺快步走过来说:"教授,快吃饭,我在办公室等你。"说罢,他给邱主任使了个眼色,走出了食堂。

在办公室,白长顺平静地对王承西说:"老同学,我再三考虑,决定不接受这笔赞助款。原因很简单……"

王承西听白长顺这样说,有些着急,正想插话,白长顺用手势制止了他,继续说:"我觉得受之有愧。她越是这样,我越难受。"

王承西哈哈大笑,也不与他争执,而是从公文包里取出一封信交给了白长顺。白长顺打开一看,熟悉的娟秀字迹让他激动不已,真可谓见字如面。

亲爱的顺,你好!

我还能这样称呼你吗?我回到故里已经好多天了,除了拜访几家至亲外,都待在宾馆里,满脑子尽是你我昔日之往事。我考虑再三,只能做出这痛苦的决定——为了你和你的家庭,我们还是不见面为好。

你的情况,王承西都告诉我了。听说你这二十多年来内心都很痛苦,有一种负罪感,直到我上了大学,你才结婚。这让我很感动。其实,造成如此局面,我也有很大责任。你走的那天,我其实是知道的,我要是主动来送送你,结果可能会不一样吧?你进厂后,我要是能主动来看望你,哪怕是写一封热情洋溢的信,结局也可能会有变化吧?亲爱的顺,我说得对吗?都怪我们那时太年轻、太任性了。

顺,你不必太自责,过去了的,就让它过去吧,而那过去了的都会变成亲切的怀念。我是这样,你呢?

说老实话，当你不辞而别、负心离去时，我是非常憎恨你的。那段时间是我人生最痛苦的日子，夜夜噩梦缠身，天天以泪洗面，朝朝暮暮无不在留恋与悔恨中度过，真可谓度日如年。后来随着时光流逝，内心渐渐恢复理性，我重新认识和评价了你。

你是一个好人。从初中开始，你就默默地同情我、关照我，在班上替我鸣不平。虽然无济于事，却温暖了我的心。那次同学奚落我，你却当着他们的面借连环画给我。其实那本连环画我家也有，我早看过多遍了。但我还是高兴地接过了书，我暗暗发誓，将来一定要好好报答你。在乡下，你给了我刻骨铭心的爱，使我成为真正的女人。我们在一起，虽然只有短短的八个月零九天，却是我至今为止的全部感情生活。父亲知道了此事的前前后后，告诉我，要理解别人的难处，学会包容，要知恩图报。真的，我要感谢你，在我失意落魄的时候，你给了我阳光和欢乐。既然已经联系上了，我们就做一辈子的好朋友吧。

听说你下岗十余载，历经磨难，近期创办了公司，可喜可贺。我十分敬佩你的智慧与胆识，衷心希望贵公司，就像你所起的名字那样，一帆风顺，如日中天，胜利到达你追求的理想的彼岸。

听说贵公司目前资金周转欠佳，且在大力吸纳游资。我这里正好有点闲钱，你尽管使用，我是一人吃饱，全家不饿。我深知你的秉性，手握此信时，必有诸多揣测，我没有别的意思，只希望你尽快走出困境。若你还认我这个朋友，就请收下这份情谊吧。

凡

即日

白长顺匆匆看完信，问王承西："她人呢？"

"回美国去了。"王承西解释道，"她回去后才汇的款。没想到有这么多，真是雪中送炭。"

"这钱我不能收。"白长顺抑制住内心的激动，淡淡地说。

王承西想到过白长顺会拒绝，但没想到他如此倔强。王承西把手里的公文包往桌上一扔，赌气似的重新坐下。

"邱主任制定的紧急方案，我已同意了。她通知你了？晚上的会你唱主角。"

白长顺转移了话题。

王承西叹了口气说:"紧急方案我看到了,是不错,但在这两三天时间里能凑足一百六七十万元吗?"

"那就转让给孔胖子。"白长顺平静地说道。

王承西站起来,什么话也没说,只用两眼盯着白长顺,炙热的眼神充满理解和期待。白长顺低下头,喃喃自语:"风险太大,我不忍心连累她。"

王承西说:"可是有了这四百万,形势就会发生翻天覆地的变化。第一,会极大地提升员工、股东的士气;第二,唐万林的阴谋破产了;第三,那些动摇不定的投资者会坚定下来,进而影响一大批人,股权认购工作会进入新的高潮;第四……"

白长顺默默地吸烟,一言不发,两眼看着窗外,风雨不知什么时候停了,远处的山峦清晰可辨。他耳边响起了恋人的声音:"若你还认我这个朋友,就请收下这份情谊吧。"

王承西注意到白长顺的表情发生了微妙变化,知道有戏了,便说道:"商场就是战场,容不得半点儿女情长。怎么处置这笔外汇?白总,得下决心了。"

白长顺扔下烟头,踱了几步。这小小的几步,他走得异常的艰难,一边是远隔重洋的初恋情人,这商场太残酷,他实在不想拖累她;一边是亲朋好友、公司员工、大小股东,他要对他们的前程与命运负责。白长顺长吁一口气后说:"这样吧,我先借着,有效益再转为股份。不过,要保密。"

王承西爽朗地笑起来,说:"怎么都成。"

汪大师哼着小调一步三摇地来到工地。工地上,杜老幺、孙小小领着工人正在干活儿。这几个石匠和十多个杂工都是汪大师回老家招募来的。

石匠老罗见他来了,学着他算卦时的腔调说:"汪经理,看你印堂发亮,必有喜事撞门。"

汪大师哼了一声,有几分得意地说:"叫你进城吃肉,你偏要抱着酸稀饭不丢手。现在怎么样?哈哈。"

好几个老乡围住汪大师询问认购股份的事。汪大师乐呵呵一笑,说:"怎么?磨盘上睡觉——想转了。当初拉都拉不来。"

大伙儿笑着说:"你老二媳妇敢买,我们就敢买。"

汪大师见这几人是认真的，喜出望外，拍着胸脯说："跟着我干，绝不会错。"

汪大师巡视一番后，就被杜老幺和孙小小二人拉到背风处抽烟去了。

"小兄弟呀，这下放心了吧？"汪大师冲着孙小小笑道。前段时间，孙小小瞻前顾后、心猿意马的心态，汪大师早就看在眼里，记在心里。

孙小小不好意思地笑了笑，扔掉烟头干活去了。汪大师望着远去的孙小小，嘿嘿地笑了："莫说你这个小毛孩，我自己也差点儿没稳住。"

汪大师想着这些日子以来发生的各种事情，心情也像坐过山车一样大起大落。总算是雨过天晴了，他看了看热闹的工地，忍不住笑了起来。

开心的笑声在空寂的山林回响，汪大师好久没有这么开怀大笑了。

第 十 五 章

　　顺达公司收到五十多万美元汇款，是白总的初恋情人从美国寄来的。这消息像快过年时熏烤香肠和腊肉的香味，随风飘荡，在员工和大小股东中迅速传播。

　　这天晚上，顺达公司在两江茶楼举办每周例行的股东茶会。这个例行茶会是王承西的创举，目的是增强公司与股东的关系，促进股东之间的交流。例行茶会允许股东邀请自己的亲朋好友参加，这样可以更好地宣传公司，带来更多投资。

　　江老板夫妇今天姗姗来迟。江老板原本不打算参加这次的例行茶会，但邱主任在电话里一再和他强调这次的会很重要，关系到顺达公司的生死存亡，还说到时候有惊喜，他这才不情愿地来了。江夫人再三催促，他才慢慢吞吞地出了门，他们到达两江茶楼时，人已经快来齐了。

　　江老板夫妇刚找了个角落坐下，邱主任就带着一位显得有些富态的男子走了过来。邱主任先向那男子介绍了江老板夫妇，然后对江老板夫妇说："这位是丰收实业公司总经理助理，也是我的男朋友，徐一明。"

　　徐一明双手送上名片，道："我姓徐，徐一明。初次见面，请多关照。"

邱主任在江夫人身边耳语:"总经理就是他老汉。"

江夫人轻轻地"哦"了一声,不由得多看了徐一明两眼。

徐一明和江老板聊了起来,不一会儿,两人就说到了顺达公司收到五十多万美元的事情。邱主任听见了,凑过来低声说了一番话。江老板瞪大了眼睛说:"还有这样的好事情。"江夫人听后也惊讶不已。

江老板很清楚,有了这五十多万美元,顺达公司就稳住了,也意味着白长顺翻身了。初恋情人?他觉得有些玄乎,不太相信是真的,想找个人问问情况,于是起身在会场转了一圈,却发现今天到会的人比往常要多,其中不少还是生面孔,大家正聊得火热。他看见了王承西,赶紧朝他招了招手。

王承西走过来,江老板将心中顾虑和盘托出,王承西笑道:"你尽管放心,这事是我经手办理的。我和白总,还有那位,是同班同学。你要还不相信,明天跟我到银行查账去。"

"相信,相信,你王教授说的,我们哪能不信呢。"江夫人在一旁打圆场。

江老板赔着笑脸,心里总算踏实了,自家投入几百万,提心吊胆好几个月,这下可以睡个安稳觉啰。

王承西看透了他的心思,板着脸说:"这事你知道就行了,别往外传。这可关系到白总的形象。"

快到茶会开始的时间了,白长顺还没到,邱主任有些着急。她找到汪大师和刘四妹,问他们知道不知道白长顺怎么还没来,可他俩也不知情。这时,王承西过来说:"不等他了,我们按计划开会吧。"

邱主任走到会场中央,清了清嗓子说:"各位股东,请就座,今天的茶会马上开始。下面,请王教授讲话!"

王承西先向大家介绍了顺达公司近期的股份认购情况,然后提高声音说:"各位,告诉大家一个好消息,公司的第一笔海外汇款已经到账,总共五十二万美元,折合人民币四百多万。什么?都晓得了?"

王承西哈哈大笑道:"那我就讲讲你们不晓得的一些情况。公司正在筹划组建中外合资公司。这样,我们可以得到更多的政策优惠。目前,公司资金充足,准备将多余的资金投向其他领域,其中第一件要做的事,就是将公司本部迁往市内。具体落在什么地方,请大家来商议。"

王承西这番话像是投下了一颗重磅炸弹,在各位股东心里掀起了轩然大波,大家议论纷纷。王承西待大家稍稍平静,接着说:"这表明,公司已熬过最初的难关,进入了发展阶段。现在正是各位股东坚定信心,加大投入的最佳时机。"

这时,徐一明起身缓步走向主席台,站在了王承西身旁。王承西向大家介绍了徐一明的身份——丰收实业公司总经理的三公子兼助理,大家对徐一明刮目相看。

徐一明站在台前朗声说:"最近,我考察了顺达公司,觉得该公司很有发展空间,决定以我个人的名义向顺达公司投资五十万元。如果一切顺利的话,我打算再说服家父,以丰收实业的名义再投入部分资金。"

在热烈的掌声和赞许声中,徐一明缓步回到座位,同桌的人向他点头示意,投来赞许的目光。徐一明谦和地一一还礼,内心却是千般滋味,欲说还休。父子俩雄心勃勃地做好了接盘龙门山的各项准备工作,哪晓得风云突变,白长顺死里逃生。徐一明的父亲徐老板沉吟半天才缓缓地说:"看来,顺达命不该绝,我们只能顺其自然。按之前的承诺,投五十万元吧。"

徐老板这样安排,是因为他看中了邱主任。他初次见到这个未来的三儿媳妇,就发现她有商业才干,不像老大和老二媳妇,只会享受,不会挣钱。为了徐家的长远发展,他必须笼络住邱主任。

在徐一明之后,马老板也表态要追加二十万元投资,又带来了满场欢呼和掌声。邱主任和王承西目光对视,两人绽露出会心的微笑。

江老板坐不住了,不停地左顾右盼,最终看向了江夫人。江夫人冷笑道:"不要锦上添花。"随后对江老板耳语了几句。

江老板心领神会,连声说:"妙,妙!"他喝了一口茶水,清了清嗓子,踱步来到台前站定,大声说:"王教授发布的消息,真是鼓舞人心。白总哪里去了?出来讲讲他的初恋情人啥模样……"

台下哄堂大笑,而王承西要的就是这种效果。

江夫人见江老板又开始不着调,气得直拿眼瞪他。

江老板见江夫人生气了,忙向众人摆摆手,说:"光晓得高兴,忘了说正事。我宣布,龙门山陵园工程正月初十就开工,争取尽快完工,让白总能早日创收。他有了,我们才有。"

接二连三又有好些人走到台前表态,或是追加投资,或是引荐新朋友认购股份,把茶会不断推向高潮。茶楼老板最喜欢看热闹,他听明白了,心里感慨:

老话说得好，海水不可斗量，凡人不可貌相，这下墓地营销员咸鱼翻身，成了大老板了。他问邱主任："老板，我可以买点儿股份吗？"

邱主任不认识他，反问道："谁带你来的？"

茶楼老板说："我是这所茶楼的老板，白总、汪大师、刘四妹是我的常客。我和他们认识好多年了，前几天白总还劝我入股呢。"

邱主任一听，叫来汪大师，让他和茶楼老板慢慢聊，她自己挤进热气腾腾的圈子里去了。

刘四妹悄悄地退出会场，门外许多前来打探消息的小股东看见了她，围住她纷纷问长问短。刘四妹见人太多，干脆请他们进茶会现场亲身感受。望着热气腾腾的会场，刘四妹不由得想，这么激动人心的场面少了白长顺，总觉得少了些什么。

刘四妹来到楼梯口，被冷风一吹，越发觉得脸庞发烫。这一天就像坐过山车一样，早晨是苦恼与沮丧，中午是惊喜与刺激，晚上是兴奋与感慨。当时她并不理解白长顺为啥要拒绝这笔救命款，后来细细一想，她终于明白了这个男人的情怀，那就是宁愿自己公司破产，也不愿心爱的女人受到伤害。想到这些，刘四妹心里有种莫名的失落感。

第二天早晨，白长顺走进办公室刚坐下，邱主任就笑盈盈地来向他汇报昨晚茶会的战果。她还保持着昨晚的兴奋与激情："白总，两百二十万啦……"

白长顺感慨地说："谢谢你和王教授的策划。真是没想到，没想到啊！"

昨晚，白长顺正欲出门时，杜老幺跑来，说他大哥、二姐要来登门拜访，而且马上就到。白长顺有些纳闷，中午杜老幺去找他们借钱，两手空空而归，怎么晚上他们又主动上门了？转念一想，他问道："美元的事，你告诉他们了？"

"下午四点钟，王教授叫我打的电话。"杜老幺如实回答。

正说着，杜家大哥、二姐两家人已到了。这回打头的是二姐夫，他振振有词地说："吃晚饭时我才知道老幺来借钱的事，我马上就把老大找来商量了。我们都认为白总与我们唇齿相依，皮之不存，毛将焉附？这不，东拼西凑，送来十万元，以解白总燃眉之急。"

二姐夫话音刚落，二姐就从包里拿出一沓人民币放到了桌上。

接下来，杜家人既没提花瓶的事，也没谈美元的事，只是和白长顺客气交谈，直到那边茶会结束时才告辞。他们拿来的十万元，也按他们的意思，记在了杜老幺名下。

邱主任听说杜家也入股十万元，觉得不可思议。白长顺笑道："醉翁之意不在酒。"两人相视一笑。

这时，桌上的电话响了，白长顺一看来电显示，是唐万林的电话。白长顺指指电话，邱主任会意，拿起电话说道："这里是顺达公司……哎呀，是唐总啊，失敬，失敬。你有什么指示？哦，找白总，"

邱主任见白长顺摆了摆手，就说："哎呀，白总还没到，可能在市区办事处。好的，好的，他到了我就通知你。一定，一定。"

放下电话，邱主任说："这个唐胖子，真是可恶。我看先晾一晾他，过两天再说。"

白长顺说："那哪行啊，多年的朋友呢。下午跟他通个话，摸摸他的底再说。"

这时门外传来敲门声，刘四妹风风火火地进来，嚷道："好消息，好消息。"原来是市区办事处来电话说，今天来认购股份的人爆满，请示是不是取消优惠政策，刘四妹不敢做主，跑来请示白长顺。邱主任乐得合不拢嘴，感叹道："真是一顺百顺啊，白总，你的名字取得好，公司的名字也取得好。顺，多吉祥啊。"

白长顺哈哈一笑，点上一支烟，抽了几口才说道："企业经营，贵在诚信，不要让蝇头小利蒙住了我们的眼睛。邱主任，你发个通知，春节前继续执行优惠政策，另外，通知汪经理来这儿开会。

白长顺飞来财喜的事没几天就传到了白大妈耳朵里。她先是半信半疑，后来知道是真事后又悲又喜。她对白二姐说："当年顺娃子刚进厂时，好多漂亮的姑娘主动追求他，他一个都不理，心里不晓得有多苦。那时候他们两个都不吭声，要不然现在哪会天各一方。唉……"

"妈，你别东想西想的。"白二姐劝道，"当初那个姑娘真做了白家媳妇，哪会有今天的好事。"

白大妈想了想，叹了口气说："命，这就是命。顺娃子，就是命大福大造化大。"

白大妈自己高兴了一会儿，忽然想起了什么，抓住白二姐的手说："这事，小红知道吗？"

白二姐摇头。

"千万不能让她晓得。"

世上哪有不透风的墙,王小红还是知晓了白长顺初恋情人赠美元的事。她又气又恼,打电话问白二姐,白二姐装聋作哑;去问白大妈,白大妈冷嘲热讽,避而不答;逮住白长顺,白长顺含糊其辞,叫人不得要领。

王小红茫然又苦闷。外面的人传得沸沸扬扬,有鼻子有眼,白家的人个个装聋作哑、闪烁其词,这让她心里越发不安,甚至产生了一种恐惧感,那远隔万里之遥的神秘而富贵的女人成了她的心腹大患。王小红很想找个人倾诉心头苦闷,一连打了十多个电话,也没找到能听她说话的人。忽然,烦躁焦虑的王小红想起一个人来。

江夫人接到电话有些诧异,王小红约她喝茶,是从未有过的事。

江夫人驾车去接王小红,见王小红萎靡不振,脸有泪痕,心里明白了八九分,王小红是找她诉苦来了。

江夫人带着王小红来了江家。趁江夫人沏茶之机,王小红仔细打量客厅摆设,有些失望,江家与普通家庭没啥两样,也没啥别致的摆设,地面还是早已过时的塑胶地板,哪里像百万富翁家的客厅呀。

江夫人看出她的心思,坐下打趣道:"你是在笑我抠门吧?"

不待王小江答话,江夫人就坦率地说:"你也晓得,我和老江是从农村出来的,三亲六戚都是黄泥巴脚杆,房子装修得再漂亮,他们进来,几下就能给你搞得乱七八糟。再说,房子装修得好,规矩就多,容易让别人觉得不好接近,这对我们经营公司不太好。"

王小红笑道:"江夫人,你真是深谋远虑。"

江夫人责怪道:"哎哟,就我们两人,喊什么夫人,笑死个人。我比你小几个月,你就叫我大妹吧,乡下都是这么喊的。"

王小红心情好多了,觉得有些饿了,才想起自己一天没吃东西了。她见茶几上有水果糕点,也不和江夫人客气,自个儿拿起来吃了。

江夫人抿嘴笑道:"你看你,赌气饿自己,伤神伤身体。白总的好日子刚开头,你就忙着腾地方?"

王小红拍掉手上的面包渣,说:"夫人,哎,大妹,我是咽不下这口气。"

"哪来的气?人家拿几百万拯救你老公的公司,你不乐意?"江夫人板着面孔数落,"非要公司倒闭,债台高筑,你们两口子整天东躲西藏,你才高兴呀。"

王小红想辩解,江夫人却塞个苹果堵住了她的话,继续说道:"夫妻之间,彼此要留点空间。比如这件事,白总愿讲,你听听就是了,千万别往心里去;他若不愿讲,你也不要去追根究底。"

"啥子初恋情人,过了二十多年,隔了十万八千里,还这么死心塌地,怕是别有用心……"王小红仍旧心事重重。

"这就是女人的执着。"江夫人打断王小红的话,缓缓说道,"男人考虑问题用头脑,女人判断事情凭感觉,往往有些偏激。"

王小红揣测江夫人的心思,讨好地说:"你们都是老白的贵人。"

江夫人掩口一笑,"贵人?你怕是受汪大师的影响多了。人生中的贵人只有你自己。在商场,自己不拼死博弈,哪个看得起你;做父母的不把儿女培养成才,又哪来的好儿媳、好女婿。"

江夫人一番话,说得王小红频频点头。两人越聊越贴心,后来更是无话不说。看看天色已晚,王小红说:"走,外面吃饭去,我做东。"

江夫人道:"去什么外面,老江不回来吃饭,我俩正好随意。"

两人在厨房边做饭边聊天,不大一会儿,三菜一汤就端上了桌。饭后王小红告辞时,江夫人说:"我看你也别去上班了,办个停薪留职,到顺达公司去,随便干个什么都比在工厂强。"

王小红一怔,这个事情她从没想过。江夫人见她一头雾水,便点拨道:"这样做,你就能了解公司状况,在白总需要帮助时助他一臂之力。"

王小红说:"我可比不了你,把老公哄得团团转。"

"慢慢学嘛,你这么聪明能干。更重要的是,你可以随时掌握老公的一举一动。"江夫人说道。

王小红说:"我实在想不出自己能干啥。"

江夫人不动声色地说:"公司有钱了,你可以向白总建议把办公室迁到市里来。在山上不但像个山大王,而且在陵园边也不吉利。"

见王小红似懂非懂,江夫人笑道:"你只要一说,白总肯定会夸你有大局观。"

烦恼全无的王小江哼着小调走在回家的路上,全然不知白长顺此时又陷入了一轮风波中。

快要下班的时候，唐万林突然造访顺达公司，白长顺收到邱主任报告时，他已经站在总经理办公室门口了。白长顺忙走到门口，满面笑容地说："失敬，失敬，唐总你咋不先打个电话，我好到公路边迎接你啊。"

唐万林显得有些疲惫，眼神中少了几分往日的灵气，他不阴不阳地说："我哪敢呀，你小子今非昔比，市长那里都挂上号了，前程不可限量啊。"

白长顺笑笑，"哪里，哪里，都是托唐总你的福呀！"

唐万林看看白长顺，心里五味杂陈。

第二天上午，贺纯芳带了位律师来到顺达公司。律师姓邓，毕业于名牌大学，已有十多年的律师执业经验，在当地法律界小有名气。邓律师听完邱主任的情况介绍，接过合同书认真看了好几遍，然后严肃地对白长顺等人说："这是个无效合同，对于一个刚刚起步的民营企业来说，风险非常大。"

汪大师和刘四妹都变了脸色，两人不约而同地看向白长顺。白长顺面带微笑，向律师做了个手势，请他继续说下去。

律师摸了摸领结，清了清喉咙说："这些条款不仅是霸王条款，而且还是一个陷阱，一旦公司的资金链出现问题，不能按时交款，就会被视为违约，合同自动终止，已经交付的资金，也不会退回。"

邱主任站起来说："邓律师，资金已不是问题。公司目前资金充足。"她的话语中透出兴奋与喜悦。

贺纯芳惊喜得蹦了起来，兴奋地说："前几天跟老妈通电话，她还为公司的前途捏了把汗。这下好了，我给老妈报信去。"说罢就要出去打电话。白长顺连忙告诉她，方老板已经晓得了。

大家都笑了，邓律师却丈二和尚——摸不着头脑。贺纯芳向他解释："我两个妈妈在顺达公司为我投资了二十万元，我也是公司股东。"

这下邓律师也笑了，说："原来如此，难怪贺纯芳你催着我来顺达公司。原来你也是间接关系人，哈哈。"

屋里的气氛活跃起来。邓律师接着说："只要资金到了位，其他问题就都好办了。"

邱主任看了看白长顺，对邓律师道："公司准备近期挂牌成立顺达（中外合资）股份有限公司。"

邓律师吃了一惊，"你们还吸引了外资？"

邱主任点点头,对邓律师继续说道:"合资公司成立后,我们还要开展三项重要工作,第一,加快陵园建设,使其尽快投入市场;第二,将多余的资金投入其他领域;第三,公开向社会招聘下岗职工。"

"好,很好。"邓律师放下茶杯,说道,"一要做大,二要做好,这样才有立身的资本。"

白长顺听了邓律师一番话,心里有了底气,浑身是劲儿,他站起来握住邓律师的手说:"欢迎你常来指导,有什么要求尽管说。"

邓律师一愣,笑道:"今天是受学生之托,纯粹是无偿咨询,今后我也愿为公司效力。贵公司今天给我留下了深刻印象,公司前景光明啊。"

贺纯芳在旁边戏言:"老师既然看好公司,就投资买点儿股份吧,机不可失啊。"

大家都笑了起来。

刚送走贺纯芳和邓律师,江老板夫妇又来到了龙门山。在总经理办公室,宾主寒暄之后,江老板直奔主题:"前几天听了王教授的宏伟布局,我们夫妻格外激动,回去商量了一晚上,决定向贵公司提供一栋二十层的大楼。"

白长顺颇感意外,冷眼打量这对夫妻搭档,江夫人跷着二郎腿坐在一旁,看似在漫不经心地品茗,实际一直在观察大家的反应;江老板则一边说话,一边看江夫人的脸色。

白长顺觉得事情重大,便叫邱主任去请汪大师和刘四妹。这二人一到场,办公室里就热闹了。

汪大师指责江老板擅自停工,影响工程进度;刘四妹抱怨大楼太高,公司用不了那么多地方,江老板左右招架,渐渐抵挡不住了。他掏出烟来,讨好地说:"各位,今天就说大楼的事,行不行?"

"不行。"汪大师接过递到面前的烟,斩钉截铁地说:"你延误工期,我们拿啥子去盈利。这栋楼,赊账吗?"

"对头,先谈复工的事,大楼的事,过了春节再议。"刘四妹在一旁敲边鼓。

白长顺见江夫人不说话,也耐着性子坐着,并不接话。江夫人见白长顺不接话,心里不由得有些烦躁。江老板所说的二十层的大楼,是开发商没钱结账抵给他们的一栋烂尾楼,位于市郊,无法变现不说,每月还得往里填上万元的费用支出,实在是个烫手的山芋,眼下顺达正好缺办公楼,是个脱手的好机会。

江夫人沉吟了一会儿,说:"我们也是顺达公司的股东,肯定是希望公司发展得越来越好的。公司现在有了足够的资金,是时候把办公室迁去市里了,这样更方便开展业务。大家放心,龙门山工地三天之内复工,并加快建设进度,争取一期工程在明年三月份完工。白总你们先去看看大楼,合适的话再说,怎么样?"

白长顺觉得江夫人说得在理,问道:"房子在哪个位置?具体情况怎样?"

江夫人只好道出实情,汪、刘二人一听,立刻炸了锅:"哎哟,烂尾楼呀,还在市郊。"

白长顺不动声色,心里盘算,公司迁到市区的确要好一些,但这栋楼太大了,公司用不了那么多地方。另外江老板夫妇八成是想找机会套现,也不知道还有没有别的心思。

"哎呀,不卖了,不卖了。我是好心没有好报,好泥巴糊不好灶。"江老板站起来,拉着江夫人就要走。

白长顺也笑着站起来说:"买卖不成仁义在,慌啥子,心急吃不得热豆花,我们先去看了再说。晚上我做东。"

江夫人一看有戏,忙说:"我请客,我请客。"

白长顺将陵园工地和公司事务做了安排,然后坐着公司租用的面包车跟着江老板的车下山了。在车上,白长顺又与王承西通了电话,将江老板转卖大楼一事告诉了他,并请他马上也来大楼处。他忽然想起前几天王小红缠着他谈公司迁到市区的好处的事,当时他还觉得奇怪,一向不关心丈夫事业的老婆,怎么突然变得懂事了,原来如此。白长顺明白了其中的关窍,嘴角露出微笑,他打定主意,先把大楼的事稳住,再逼江老板提前复工。

这座从外表看已经竣工的大楼坐落在城乡接合部,楼外马路上车水马龙,尘土飞扬,附近有几个建筑工地竖立着高高的塔吊,更远处是大片大片绿色的菜地,附近还有几处城中村,随时等待拆迁,自然形成的菜市场里吆喝声此起彼伏,热闹异常。大楼四周砌了院墙,墙脚堆着乱七八糟的建筑废料,地上长着一丛丛杂草,正在寒风中战栗摇摆。看到这样的情形,汪大师和刘四妹不停地冷嘲热讽,话里夹棒带刺,气得江老板直跳脚,几次欲拂袖而去。江夫人也有些心灰意冷,她走到白长顺跟前,绷着脸冷冷地说:"白总,你说一句话。"

白长顺指着正在打电话的邱主任,笑着说:"别急,别急,王教授马上就到。"

江老板一听，不耐烦了，"白总，你的公司哪个让别人当家。"

江夫人听罢更是着急，王教授何等精明，看来这事要黄了，自己还是操之过急。

过了一个多钟头，王承西才匆匆赶到。他从邱主任手中接过厚厚的资料证书，饶有兴趣地看了看，又到底楼四周转悠了一圈，还不时向江老板夫妇提些问题。最后，王承西对江老板夫妇说："老江不是外人，你们是公司最大的股东，对公司有很大的帮助。你们有难处，公司也应该拉一把。我个人意见，买下再说。"

白长顺几人有些意外，江老板夫妇的脸笑得像花一样灿烂。

王承西走到白长顺跟前和他耳语："这笔买卖可以做。"然后他转向江老板说："这栋楼顺达公司要了，你报个价吧"。

江老板没想到如此顺利，爽快地说："我也算是顺达公司的人，一口价，一千二百万，如何？"这个数字是他和江夫人商定好的，他们的目标成交价是一千万元，因为他的垫资是八百万元。

"痛快，我不还你一分钱的价。成交。"王承西从容不迫地答道，"但是，有个条件，必须是赊账。"

江老板看看夫人，脸上一副无可奈何的模样，其实一切都在他们的预料之中，他后悔的是刚才怎么不报一千五百万。

江夫人矜持地说："白总，我理解公司的难处，只是，这装修的工程……"

"没得问题，装修这块交给你。"白长顺一口答应。

"我看这样，装修分成几期来做。"王承西胸有成竹地说，"第一期先安装三部电梯；第二期整理好地下停车场；第三期在负一楼安装两部扶梯；第四期装好所有的窗户，最后一期完成二楼、三楼到九楼的室内装修。前四期必须三个月内完工。"

双方议定第二天到江老板公司签正式协议后，江老板夫妇驱车先走了，白长顺一行人来到两江茶楼继续商议。

汪大师和刘四妹觉得一下子接手一栋大楼，压力太大，邱主任提出要有个大楼综合利用规划，白长顺认为需要招聘一批新员工。王承西戏谑地说："形势发展超出我们预料，我们的思想要跟上形势。"

"哈哈，政委做思想动员了。"刘四妹在一旁起哄。

待大家平静下来，王承西讲了为啥不讲价就收购大楼以及大楼装修程序为啥这样安排的奥秘。

原来，王承西接到电话后并没有立即动身来大楼处，而是先去了相关部门进行咨询。通过咨询，他得知大楼所处地段已规划为商业居住区，预计房价在两年内能涨不少。而装修从下到上，装修一层投入运营一层，可以在最短的时间内实现收益。最先投入使用的是车库；其次是负一层，公司自己拿来开超市；一楼开饭店，谁承包谁装修；从二楼起，装一层出租一层。这么做的主要原因是资金短缺，所以来个因地制宜。

大家听罢，都乐了。白长顺说："不愧为老狐狸。"

刘四妹问："新大楼叫啥子名字？"

邱主任把手一拍："就叫顺达大厦。"

两天后的下午，顺达（中外合资）股份有限公司在龙门山正式挂牌。挂牌仪式上，王承西请来了主管经济工作的副区长以及区工商、税务、民政等部门的主要负责人和省市各大媒体。邱主任把主席台布置得简朴庄重，会场四周插了许多彩旗，衬托出勃勃生机。山里冬日的阳光此刻也露出了难得的笑脸，主席台下，给贵宾和大股东安排了座位，散户则是站着的。

仪式并不长，流程简洁大方，其间锣鼓声、掌声配合得也十分到位。主持人每介绍一位嘉宾，邱主任都要把话筒递到他嘴边，众目睽睽之下，大家只好就范，讲几句应景的祝贺词，整个场面热闹非凡。坐在台下头排的江老板嘀咕道："多大点儿事，搞得鸡飞狗跳。"坐在他旁边的江夫人气得用指头戳他后脑壳，小声骂道："你懂什么，这叫炒作。"

仪式结束，嘉宾撤离后，汪大师走上主席台说要宣布重要事情。有人把话筒递给他，他从来没用过这玩意儿，凑近话筒大声地吼道："股东们……"声音震得山响，把自己吓了一跳，引起台下一片窃笑。孙小小在台边提醒他把话筒拿远点儿，讲话声小点儿。于是汪大师将胳膊伸得笔直，声音低得像自言自语，话筒里传出一阵嗡嗡的声音，台下的股东们笑得前仰后合。

汪大师干脆扔掉话筒，扯着嗓子喊："公司已正式购买一栋二十层的大楼，命名为顺达大厦！"

台下响起一片欢呼声。汪大师挥挥手，会场安静下来，他接着大声说："公司要招一批保安、收银员、保洁员，股东和股东家属优先。有想来的，明天去市

308

区办事处报名。"在一片沸腾声中,汪大师兴奋地宣布:"散会!"语气中是掩饰不住的喜悦。

在兴高采烈的人群中刘四妹找到李二哥,把他叫到一边说:"老白委托我跟你商量个事情,他想请你来龙门山陵园担任销售部经理。你有啥想法?"

李二哥颇感意外,一点儿思想准备也没有,张了张嘴却又不知该说什么。刘四妹说:"老白相信你,你做了这么多年的营销员,也知道该怎么做。可以的话,你先来熟悉熟悉情况,春节过了就正式上任,怎么样。"

李二哥一个劲儿地点头,嘴里不停地说:"感谢,感谢。"

临近春节的时候,刘四妹的前夫去世了。白长顺得到消息时,已是第二天上午,他叫上汪大师,两人赶往灵堂吊唁。灵堂设在向东红家门口,李二哥帮忙叫的一家丧事一条龙服务店在张罗各项事宜。白长顺和汪大师到的时候,灵堂看起来有一些冷清,除了几个亲戚,几乎没啥朋友来。

汪大师问刘四妹要不要联系安乐堂,把丧事张罗得像样些。刘四妹不以为然,说她只是以前妻的身份来坐一会儿,管不了太多。白长顺站在一边什么也没说,他明白刘四妹与死者的微妙关系,若她真坐坐就走了,也就算了,可她却从昨晚一直忙碌到现在,两眼红红的。

向东红见公司老总来了,很感动,拿烟倒茶忙个不停,向家众亲戚也都上前说些感激话。白长顺考虑再三,以个人名义通知了王承西、马老板、江老板、杜老幺、贺纯芳等人。李二哥见状,亦通知了一批与他关系很好的营销员。

傍晚时分,接到通知的人都到了,没通知的邱主任、老贺夫妇、孙小小也都来了。

刘四妹忙出来迎接,冷不防撞上王承西,刘四妹有些难为情,喃喃地说:"不好意思,给你添麻烦了。"王承西握着她冰凉的手说:"节哀顺变。"刘四妹心里顿时暖暖的。

白长顺把王承西拉到一边,将刘四妹的情况告诉了他。王承西听后很感动,觉得刘四妹真是侠肝义胆,重感情,也对她的不幸遭遇感到震惊。他对白长顺小声说:"对她,我比较了解了。给我点儿时间,让我再考虑一下。"

半年后,顺达大厦正式投入使用。

白长顺端正坐在十二层宽敞的总经理办公室里,用主人翁式的充满自豪感的目光环视室内的布置。正面墙上悬挂一幅字画，只书一个"搏"字，这是王承西求他们学院一位书法家所写；字画下面是一张真皮长沙发，豪华大气；东面是宽大的玻璃窗，两幅洁白的窗帘各自拉开大半，窗前高脚花架上有一盆茂盛的兰草；还有面前宽大的办公桌和正坐着的真皮旋转椅。这真皮的旋转椅，白长顺还真有点儿不习惯。当初配置办公用品时，马老板推荐了一批高档办公用品，白长顺嫌档次太高，想换成普通型的，王承西劝了他半天，他才勉强放弃了这个念头。邱主任为他订购了一套名牌西装，他穿着觉得不自在，只在会见客户或接待领导视察时才穿，成了名副其实的工作服。平时这套西装就挂在后面休息室的衣橱里，他从不穿回家。

目前一切都开始走上正轨。陵园工程推进顺利，地宫内部已开始装修，已完工的地面休闲广场很有现代感，是陵园的一大亮点，周边的村民也以它为荣。顺达大厦的经营初见成效，地下车库吸引了周边不少车主；负一层的超市运营良好，已着手考虑开连锁店；一层饭店招商顺利，早已开张营业，承包商把二层也承租下来装修成了包间；三至五层作为休闲娱乐区正在招商；六至九层是公司自营的顺达旅社，生意还不错；十一、十二层为公司日常办公所用，装修是由杜老幺组建的装修队完成的；十三至二十层全部作为写字楼出租，已有四五家公司入驻，还有几家公司待装修完毕就入驻。

现在最繁忙的人要数邱主任了。她五一节完婚，没休息几天就来上班了。徐一明父子想让她辞去工作，在家休养一段时间再到徐氏公司任职，并且职务由她选，被她婉拒了。除了主管大厦，邱主任还兼任顺达公司董事会秘书，事情太多，有些忙不过来，最近公司招聘了两个大学生分担她的工作。邱主任将顺达大厦的工作划分成几大块，车库、超市、旅馆、租赁、装修和维修、保安和保洁，安排得井井有条。

这天，邱主任向白长顺汇报完工作正要走，白长顺叫住她，问道："哎，那几台电脑是怎么分配的？"

邱主任一听就明白了白长顺的心思，她歪着头故意说："一共五台，陵园一台，超市一台，大厦一台，公司办公室一台，秘书处一台，完了。"

白长顺摇头，邱主任只好又说："这次没给三位经理配置，我已经安排办公室小李、小赵负责教你使用，等你们会使用后就给你们配上。"

"才上任几天，就摆起架子来了，说要教我电脑，这又推给秘书了。"白长顺打着哈哈说。

邱主任道："这两个新来的大学生，电脑水平比我高，她俩来教更合适。"

邱主任走后，白长顺在宽敞的办公室里来回踱步，事业做大了，原来天天见面的铁三角反倒不能天天见面了，还真有些不习惯。公司入住顺达大厦后，他在这里接待了区、市领导的工作检查，领导们对顺达公司的发展很满意，特别是对他们专门招聘下岗工人的做法十分赞赏。

更有意思的是，白长顺还在这里接待了杜家兄妹。

杜家大哥和二姐见到白长顺就说："路过，顺便来看看。"

白长顺知道这二位心里惦记着什么，也不点破，寒暄之后，把他俩带进了陈列室。分管陈列室的是新来的大学生小赵，一个文文静静的女孩。如今的陈列室宽敞明亮，除了花瓶、陵园沙盘外，还增添了几十幅彩色照片，记录了公司的成长过程。小赵正欲用普通话讲解，白长顺用手势制止了她，让杜家大哥和二姐随便看。

两人装模作样看了会儿，夸公司企业文化搞得好，然后就围着花瓶不挪窝了。杜大哥扭头看看白长顺，白长顺会意，叫小赵打开罩子。罩子打开后，杜家兄妹拿起花瓶轮番把玩，杜二姐看出破绽，问："这不是上次那个？"

白长顺点头。

"这个是真的？"大哥急切发问。

白长顺摇头。

兄妹俩异口同声问道："那真的呢？"

其实，真的花瓶就在白长顺办公室的抽屉里，是公司搬进大厦时，杜老幺悄悄给白长顺送来的。

杜大哥想起上次大闹龙门山的情形，不觉哑然失笑，"白老弟，你真做得出来。"

白长顺抱拳道："上次实在是迫不得已，望二位海涵。我说过的话，句句兑现，请放心。"

"白老弟，我们今天不是为这事来的。"杜二姐说。当他俩走进这栋大厦，踩着大理石地面，望着时尚的装修，心里不由生出一种踏实宽心的感觉。杜大哥掏出一封信在白长顺眼前一晃："我们今天是为幺叔投资一事来的。"

信中其实只是咨询一些事情，白长顺心里明白，这封信只是个借口，来探花瓶的虚实才是这对兄妹的目的。白长顺也不戳破,热情地说:"欢迎幺叔回家乡考察。"

杜家兄妹又待了会才走,白长顺送到电梯口,握着杜大哥的手说:"你尽管放心,公司会尽快赎回花瓶。"

"不急,不急,我们相信你。"杜大哥一脸诚恳的笑,杜二姐在一旁也是笑容可掬。

白长顺正在沉思,王承西进来了,打趣道:"白总,坐旋转椅的感觉如何?"说着,他从公文包里拿出一份传真放到白长顺面前。

白长顺拿起来一看,是孟诗凡的一封信。

顺,你好!

承西已将公司近况告诉了我,我很欣慰。不管汇款如何处置,我都赞成,把我当投资人也可以,这样,我肩上的责任更大了,会继续投资的。能为你做点儿事,我很高兴。

团拜会办得不错,每个人在这里都有一份工作,更有人的尊严。我看到了宏远和江姑娘。他们能自由地学习和相爱,比我们幸运,比我们幸福,祝福他们吧。听说他俩今年高考,宏远成绩优秀且志向高远。从他身上我又看到了当年的你,一个正直、富有同情心的人。

近日,我又看了龙门山陵园的录像。牌坊很有民族特色,勾起了我对故乡的怀念。休闲广场打造得很漂亮,有现代气息。我想,叶落归根时,能在此地长眠,也是我的福分吧。顺,拜托你了,替我觅一处墓地,谢谢!周末汇十万美金作为墓地费用,注意查收。

诗凡

即日

白长顺默默地收好信,坐在旋转椅上,久久不发一言。

春节前夕,在王承西的主导下,顺达公司在龙门山举行团拜会,邀请了所有的股东及家属参加,江老板夫妇带着江玉兰也来了。到了山上,江玉兰碰上了白宏远,两人便一起四处转悠,参观各个地方。他们转到陵园广场时,正遇上王承西领着几个学生扛着摄像机在录像,就这样被摄入了镜头。

诗凡,你愿叶落归根魂归故里,我很高兴。我会以公司的名义给你置一块最好的墓地。到那时我也会躺在这个陵园里，朝朝暮暮陪伴你。想着想着，白长顺从口袋里拿出一张纸，反复默念，又拿笔改了几个字，才余味犹尽地放回口袋。

白长顺到秘书处对秘书说："通知两位经理，下午两点开会。"

他转身见王承西还在查资料，就说："你莫走了。"

王承西站起来说："你们几个经理开会，我就不参加了。"

"不参加了？没这么简单。"白长顺故作生气，"都是你惹的祸。"

"啥子？"王承西感到莫名其妙，跟着白长顺回到总经理办公室。

白长顺靠着办公桌，双手交臂，两眼盯着王承西说："你是真不明白，还是装糊涂？"

王承西斜靠在沙发上，坦然地说："诗凡在信上说了什么，我是真不知道。"

白长顺没说话，转身从抽屉里拿出那份传真给王承西。王承西看后，指着白长顺佯骂道："你就是猪八戒过河——倒打一耙。我好心给公司拉来投资，你不光不领情，还怨上了。"

白长顺笑笑，在王承西身边坐下，从他口袋里掏出一包红塔山，自己点了一支，说："下午，我想开会讨论诗凡墓地的事。我打算以公司的名义送她一块墓地。另外，公司要赎回花瓶，了却我心中一桩事。"

王承西站起来，严肃地说："以你的威望，不管你提出什么意见，在经理会上都会通过，但在董事会上就未必了。"

王承西看着白长顺，用商量的口吻说："我看这样吧，这十万美金，算作诗凡的投资，墓地的费用，用分红的钱偿还。花瓶的事，再缓几个月吧，公司出钱赎回怕难以服众，最好还是用你、杜老幺，还有诗凡三人的红利来赎回，这样比较合理。"

白长顺低头沉思一会儿，拍了拍王承西肩头，默默地点了点头。

下午一点多，汪大师出现在白长顺办公室，西装加领带，胡须剃得精光，头型也整得油光水滑。他的办公室就在总经理办公室隔壁，但他每次下山，总是先到白长顺这里。见白长顺与王承西在聊天，他走过去说："我接到通知就猜想，肯定是王教授驾到，哈哈，果然如此。"

"你是大师，当然料事如神。"王承西说，"这身打扮，十足的经理派头。"

汪大师苦笑一下，坐下喝闷茶，这几天他也为这身打扮犯愁。陵园营销员一见他就大呼小叫"汪大师"，全然没把他当经理，弄得客户云里雾里，不晓得他究竟是经理还是大师，往往把业务都搅黄了。

汪大师将自己的苦衷向白长顺和王承西倾述，两人听了哈哈大笑。

这时，穿着职业装的刘四妹进来了。

刘四妹自从穿上邱主任为她挑选的职业装，就自我感觉良好。跨入了新的领域，每天单独面对错综复杂的事情，她一点也不怵，搞不懂的，大事问白长顺，小事找邱主任，工作做得像模像样。她整天乐呵呵的，人也显得年轻了许多。

刘四妹把白长顺叫到一边，故作神秘地说："你猜猜，上午我遇到哪个了？"不待白长顺开口，刘四妹又脱口而出："哈哈，碰上了刘老幺。"

白长顺一愣，一时半会儿想不起哪个是刘老幺。

"就是那个大闹灵堂追讨工资的刘老幺。我是今天上午在办公室碰上他的，他来揽业务。"

"哦，他呀。"白长顺想起了穿着破旧西装，提着塑料皮包的刘老幺。

刘四妹告诉白长顺，刘老幺成立了公司，证照齐全，她把十五层的装修工程承包给他了。

"哟，鸟枪换炮了。哪天约他吃个饭。"白长顺由衷地说。

刘四妹笑着连连摆手："他一口一个家门，嘴巴甜得很，缠着我，要请我吃饭。"

白长顺严肃地说："给他们业务，没错，但要把好质量关。另外农民工挣钱不容易，不要去麻烦人家。"停了停，白长顺又问道，"哎，刘老幺那次的工程款收到没有？"

刘四妹一跺脚，她也忘记问了。

下午的会很顺利，基本上是按王承西的思路进行的，议题重点放在了顺达大厦的租赁工作和超市连锁店的建立上。

散会后，王承西对白长顺说："走吧，我捎你一程。"

车刚开出顺达大厦，心情甚佳的白长顺突然说想到嘉陵江边去看看。王承西扭头看了他一眼，什么也没说，转过方向盘朝江边去了。

轿车行驶在沿江公路上，初夏的阳光给人兴奋喜悦的享受。夕阳的余晖照在白长顺脸上，他心里荡漾着莫名的兴奋。他眺望着嘉陵江，只见江水混浊，浩荡奔腾而去。白长顺突然对王承西说："西瓜，去游泳，敢么？"

王承西看看奔腾的江水，摇了摇头说："我不去。你想去的话，我可以送你去。"

白长顺有点儿失望，摆手说不去了，眼睛却仍盯着江水。他发现漫漫嘉陵江里，竟没有一个人游泳，不觉长叹道："我们那些年，一天要下几趟河。这月份，正是游泳的季节。"

王承西也感叹道："过了年的黄历——翻不得。这是啥年月，一家一个宝，哪舍得往外放。再说，现在各小区都有游泳场馆，谁家还让小孩下河。"

白长顺点头，望着滔滔江水说："有机会，再搞个游泳池，准能赚钱。"

过了一会儿，白长顺又说："又过了大半年，刘四妹的事，考虑清楚了吗？我的大教授。"

王承西把着方向盘，不好意思地笑了："过几天放暑假再说吧。"其实这段时间王承西内心一直充满矛盾。通过接触与观察，他对刘四妹的印象愈来愈好，纠结的是，刘四妹文化水平不高，有失他教授的身份。

白长顺晓得王承西嫌刘四妹没文化，只晓得跳坝坝舞。他冲着王承西说："跳坝坝舞怎么啦？全国人民都在跳。"

"跳坝坝舞，强身健体，没有错，主要是那些歌曲有好些已不合时宜了。"

"你当年唱得比谁都响亮。"白长顺说完哈哈大笑。

王承西严肃地说："当年，我唱过，发自内心地唱得很响亮。但是我现在不唱了，为什么？时代变了，我也得变。"

"这难道是刘四妹的错？"

"这不是谁的错，是没有人引导他们、组织他们，让坝坝舞也随着时代进步。"

快到市区时，车辆渐渐多了，车慢了下来，白长顺忽然看见了熟悉的黄葛树。在夕阳余晖的照耀下，庞大的树冠犹如换了盛装，古老的黄葛树站在那里宛若繁华闹市的一道风景。原来车子行驶到了他们中学附近的十字路口。久违的黄葛树，又见面了。白长顺骤然心动，叫道："停车，停车。"

下了车，白长顺径直向黄葛树走去。他自下乡后再没到这儿来过，只曾经和诗凡谈论过这棵黄葛树或梦到过这棵黄葛树。回城二十多年，天天忙于生计，竟从没有到黄葛树下来看一看，坐一坐。

这里变化很大，四周耸立着无数的高楼大厦，昔日宽阔的坝子不见了，取而代之的是几家火锅、面店、小饭馆。黄葛树沿街一侧,被好几个卖水果的小贩占据了。此时正值晚高峰时间,街上行人如织,小贩的吆喝声格外带劲儿。

白长顺走到树下,地上满是落叶,抬眼望去,树上是一蓬蓬新叶,嫩嫩的,黄黄的,伴着阳光在微风中摇曳。

王承西停好车,也来到树下,和白长顺一起坐在裸露的粗大而光滑的树根上,背靠着数人才能环抱的树干,两人谈论着童年的趣事。白长顺说,他最爱在黄葛树下的书摊看连环画,常忘记了回家。王承西说,他最爱吃这里的麻辣凉粉,常从家里偷粮票来换凉粉。

"我还请你吃过好几回凉粉呢。"王承西拍着大腿说。

白长顺头一歪:"有这事吗?我怎么没印象。"

王承西急了,指着白长顺说:"你这个白眼狼,心里就惦记着小芳。"

两人哈哈大笑。

水果贩子回头讨好地说:"那小面店有凉粉。"

两人进面店吃了碗凉粉,走出店门时,白长顺说:"没吃出当年的感觉,一切都变了。"

王承西望着黄葛树若有所思地说:"只有它没有变,历尽沧桑,可谓风雨不动,荣辱不惊。"

白长顺伫立在黄葛树下,望着高大挺拔的大树,思绪飞扬。他眼前浮现出孟诗凡的身影,依然是小山村时的打扮:齐耳的短发,粉红色上衣。

白长顺从口袋里掏出一张纸,鼓足勇气说:"你帮我发给她吧。"

王承西接过一看,念道:

> 与君仓皇一别,
>
> 转瞬花甲残缺。
>
> 流连回首,
>
> 那年,那月,
>
> 赔了青春,
>
> 废了学业。
>
> 踏遍千山万般苦,
>
> 唯有真情跨五岳。

白长顺告诉王承西,这首诗他写了好几天。王承西说:"写得不错嘛,不过,还是你自己发给她吧，公司不是已购置了几台电脑吗。"

"我不会电脑。"白长顺为难地说。

王承西说："电脑很简单。公司才进了几个大学生，不懂的，问他们，半天就能学会。"

两人正说着，王承西一抬头，意外地看到白宏远正站在黄葛树下四处张望。王承西叫了他一声，白宏远走过来，目露诧异，问道："你们怎么到这里来了？"

王承西笑道："这黄葛树下是我和你爸爸儿时的乐园。我们今天路过，你爸想找回童年的情趣。这不，刚去吃了碗当年最爱吃的麻辣凉粉。"

白宏远笑了，不由得抬头望了望苍劲的黄葛树，中学六年，他也经常路过这里，树，还是这棵树，似乎没发生什么变化；那些铺子和叫卖的小贩，也似乎历来就有。

"上车吧，正好送你们父子俩回家。"王承西说。

白宏远摆摆手，"谢谢王教授，我还有事，你们先走吧。"

白长顺不置可否，看见白宏远手中提着一大袋子书，示意他交给自己先带回家。白长顺知道学校今天放假，过两天就高考了。

白宏远没给他，说这书还要用，白长顺就明白是怎么回事了。可这是高考关键时刻，白长顺张了张嘴，话却没说出口。宏远看出了老爸的心思，说："去辅导，也是复习巩固，王教授，你说对吗？"

王承西笑着点头，把白长顺拽走了。他说："老白，别想不开，不要管得太多，年轻人有他们自己的生活。这代人比我们强。宏远这小子有头脑，遇事机灵，不像你，啥事闷在心里。"

两人回到车上，透过车窗看去，江玉兰气喘吁吁地来到了宏远身边，两人携手消失在来来往往的人流中。白长顺闭上眼睛，心中默念：但愿他们这一辈，胜过……